重现经典

重现经典编委会

主编　陈众议

[排名不分先后] 编委　陆建德　余中先
高　兴　苏　玲
程　巍　袁　伟
秦　岚　杜新华

重现经典
编委会
推荐语

近世西风东渐，自林纾翻译外国作品算起，已逾百年。其间，被翻译成中文的外国作品，难以计数。几乎每一个受过教育的中国人，都受过外国文学作品的熏陶或浸润。其中许多人，就因为阅读外国文学作品而走上文学创作的道路。比如鲁迅，比如巴金，比如沈从文。翻译作品带给中国和中国人的影响，从文学领域渗透到社会生活的各个方面。从某种意义上可以说，是翻译作品所承载的思想内涵把中国从古老沉重的封建帝国，拉上了现代社会的轨道。

仅就文学而言，世界级的优秀作品已浩如烟海。有些作家在他们自己的时代大红大紫，但随着时间的流逝而湮没无闻。比如赛珍珠。另外一些作家活着的时候并未受到读者的青睐，但去世多年后则慢慢被读者接受、重视，其作品成为文学经典。比如卡夫卡。然而，终究还是有一些优秀作品未能进入普通读者的视野。当法国人编著的《理想藏书》1996年在中国出版时，很多资深外国文学读者发现，排在德语文学前十位的作品，竟有一多半连听都没有听说过。即使在中国读者最熟悉的英美文学里，仍有不少作品被我们遗漏。这其中既有时代变迁的原因，也有评论家和读者的趣味问题。除此之外，中国图书市场的巨大变迁，出版者和翻译者选择倾向的变化，译介者的信息与知识不足，时代条件的差异等等，都会使大师之作与我们擦肩而过。

自2005年4月始，重庆出版社大力推出"重现经典"书系，旨在重新挖掘那些曾被中国忽略但在西方被公认为经典的文学作品。当时，我们的选择标准如下：从来没有在中国翻译出版过的作家的作品；虽在中国有译介，但并未得到应有重视的作家的作品；虽然在中国引起过关注，但由于近年来的商业化倾向而被出版界淡忘的名家作品。以这样的标准选纳作家和作品，自然不会愧对中国广大读者。

随着已出版书目的陆续增加，该书系已引起国内外读者的广泛关注。应许多中高端读者建议，本书系决定增加选纳标准，既把部分读者熟知但以往译本存在较多差误的经典作品，以高质量重新面世，同时也关注那些有思想内涵，曾经或正在影响着社会进步的不同时期的文学佳作，力争将本书系持续推进，以更多佳作满足不同层次读者的需求。

自然，经典作品也脱离不了它所处的时代背景，反映其时代的文化特征，其中难免有时代的局限性。但瑕不掩瑜，这些作品的文学价值和思想价值及其对一代代读者的影响丝毫没有减弱。鉴于此，我们相信这些优秀的文学作品能和中华文明继续交相辉映。

丛书编委会修订于2010年1月

AYN RAND

阿特拉斯耸耸肩

ATLAS SHRUGGED

三十五周年纪念版　35th ANNIVERSARY EDITION

第一部　PART ONE
矛盾律

NON-CONTRADICTION

[美]安·兰德 著　杨格 译

重庆出版集团 重庆出版社

我以我的生命以及我对它的热爱发誓

我永远不会为别人而活

也不会要求别人为我而活

Contents 总目录

三十五周年再版序言 |1|
Introduction to the 35th Anniversary Edition

PART ONE　第一部　|1|　矛盾律　**NON-CONTRADICTION**

PART TWO　第二部　|607|　排中律　**EITHER-OR**

PART THREE　第三部　|1265|　同一律　**A IS A**

AFTERWORD　后　记　|2111|

APPENDIX　附　录　|2115|

Introduction to the 35th Anniversary Edition

三十五周年再版序言

安·兰德认为艺术是一种"根据艺术家形而上学的价值判断,对现实的选择性再创造"。因此,就其本质来说,小说(就像雕塑或交响乐一样)不需要也不允许有解释性的前言。它本身疏离评论,自成一体,召唤读者走入、感知和回应。

安·兰德绝对不会同意在她的书前加上说教性(或者赞美)的序言,而我也无意拂逆她的愿望。作为替代,我想为她做个铺垫,使你了解她在准备写作《阿特拉斯耸耸肩》(Atlas Shrugged)时的一些想法。

在写小说之前,安·兰德就主题、情节和角色做了大量的笔记。她的笔记不是为了读者,而是严格地为了自己——使她有清晰的理解。同《阿特拉斯耸耸肩》相关的笔记,是她内心与行动的有力说明:探索中的自信,阻力下的执着。尽管未加整理,依然珠玑闪亮。同时,这些笔记也是一部不朽的艺术作品一步步诞生的绝妙记录。

在适当的时候，安·兰德的所有作品都将出版。不过，在这个《阿特拉斯耸耸肩》面世三十五周年的纪念版中，我选择了她的四篇有代表性的笔记，作为额外的礼物呈献给她的书迷。请允许我提醒第一次阅读此书的读者们，笔记中的内容披露了书中的情节。在了解故事之前就读笔记，会使欣赏这部小说的乐趣大减。

据我回忆，《阿特拉斯耸耸肩》直到一九五六年在兰德女士丈夫的建议下才成为小说的名字。贯穿整个写作阶段的题目是《罢工》(The Strike)。

兰德女士最早为《罢工》做的笔记日期是一九四五年一月一日，大约在《源泉》(Fountainhead)出版一年之后。自然，她当时是在想如何使眼前这部小说与后者区分开来。

主题：当主要的推动者们罢工后，这个世界发生了什么。

这意味着——一个失去动力的世界。表达：什么，怎样，为什么。具体的步骤和事件——从人的角度，他们的情绪、动力、心理和行为——接着，从人展开，从历史、社会和世界的角度。

主题要求：展现出谁是推动者的主体，他们为什么及如何起作用。谁是他们的敌人，为什么。仇视和奴役推动者的人背后的动机是什么；究竟是什么阻碍着推动者，以及原因。

上述最后一段完全包括在《源泉》里，而洛克（Roark）和托黑（Toohey）则是其完整的表述。因此，这不是《罢工》的直接主题——却是主题的一部分，必须牢记并且再次重申（尽管很扼要），以使主题清晰完整。

首先要解决的问题是重点放在谁身上——推动者、寄生者，还是这个世界。答案是：这个世界。故事主要展现的必须是一幅整体的画面。

就这一点来讲，《罢工》与《源泉》相比，更具有"社会"意味。《源泉》是关于人们灵魂中的"个人主义"和"集体主义"的；它揭示了创造者与二手货的本质和作用，主要关注的是洛克和托黑——呈现出他们是什么。余下的角色都是自我与他人关系这个主题的演变——是洛克和托黑这两个极端、这两极的混合体。故事主要关心的是角色，是人物本身——是他们的本性。而他们彼此的关系——也就是社会，即人和人的关系——则是次要的，是洛克对抗托黑的一个无可避免的直接后果。但它不是主题。

现在，这一关系必须成为主题。因此，人物便成了次要的。就是说，人物只是用来理清关系的。在《源泉》里，我让洛克推动这个世界，吉丁们（Keatings）靠他生存并因而恨他，而托黑们则故意出来毁灭他。但是，主题是洛克，而不是洛克与世界的关系。而现在，主题将会是关系。

换句话讲，我必须用实在的、具体的方式表明这个世界是被创造者推动的，确切地说明二手货如何依赖创造者生存。既包括精神的层面——而且（最特别的是）包括实实在在的具体事件（专注于具体而实在的事件，但要时刻记住它们是如何从精神上开始的）。

然而，为了达到这个故事的目的，我不以展示二手货如何在日常的现实中剥削推动者开始，也不去刻画一个正常的世界（它只出现在必要的回忆、倒叙或事件本身的暗示中）。我以假想推动者们进行罢工开始。这是小说真实的心脏和中枢。在此，要小心地留意一种差别：我并没有赞扬推动者们（那是《源泉》）。我是在呈现这个世界多么迫切地需要推动者们，又是多么刻薄地对待他们。我是用一种假想的情况来呈现的——一旦失去了他们，世界将会怎样。

在《源泉》里，除了暗示，我没有呈现世界是多么迫切地需要洛克。我的确呈现了这个世界如何以及为什么恶毒地对待他。但我主要呈现的是他。那是洛克的故事。而这本书则必须是这个世界的故事——这个世界与其推动者的关系的故事。（它们的关系，就像一具躯体与其心脏的关系，而这躯体正因贫血而濒临死亡。）

我不直接呈现推动者们在做什么——而是通过暗示来表现。我呈现的是当他们不做这一切时会发生什么。（从中你会看到他们在做什么，他们的环境和角色。在构建这一故事时，这是一条重要的原则。）

为了完成这部小说，安·兰德必须完全了解推动者们为什么会允许二手货寄生在他们身上——为什么创造者们有史以来从未罢过工——他们，甚至是他们当中最优秀的人，犯了什么错误，才会使他们被束缚在最底层。部分答案通过达格妮·塔格特（Dagny Taggart）这个角色——一位向罢工者宣战的铁路公司女继承人——戏剧性地展现了出来。下面这段笔记描述了她的心理，记录于一九四六年四月十八日：

她的错误——以及她拒绝加入罢工的原因——是过分乐观和过分自信（特别是后者）。

过分乐观在于她把人们想得太好了，她并不真正了解他们，而且十分慷慨。

过分自信在于她觉得自己能够比任何人都做得更多。她觉得可以独自撑起铁路(或整个世界)，可以仅凭一己之力，让人们做她希望的、需要的，以及正确的事；当然，她不强迫他们，更不奴役他们，不向他们发号施令，而是凭借自己旺盛的精力去影响他们。她做给他们看，教育和说服他们，她太能干了，他们一定会被她感染的(这还是对他们的理性、对理智的万能所抱有的信心。错在哪里呢？理性不是天生的，拒绝理性的人无法被理性征服。别指望他们，随他们便好了)。

达格妮在思考这两点时犯了严重的(但可以原谅和理解的)错误，这是个人主义者和创造者常犯的错误。这错误始自他们最善良的天性和原本正确的准则，只是这个准则被错误地运用了……

错误在于：由于创造者相信仁慈的宇宙和依此建立的机能，他们发自心底的乐观并没什么不对。只是，把这种乐观扩展到其他某些人就错了。首先，这没有必要。创造者的生活和本性并不要求他如此，他的生活并不依赖别人。其次，人是有自由意志的生命，因此，每个人都可能善良或邪恶，想成为哪一类人完全并且只取决于他自己(通过他的逻辑)。这样的决定只影响他自己，而不是(并且不能也不应该是)其他人所主要关心的。

因此，创造者固然必须崇拜"人"（指人自己的最高境界和天性中的自我崇尚），但他绝对不能犯那种认为必须崇拜"人类"（作为一个集体）的错误。这是两个截然不同的概念，有着完全（巨大而相反的）不同的后果。

"人"，作为人的最高境界，在创造者身上得到了自我实现和满足……无论创造者只有一个、几个还是很多，这都无关紧要。人数与此无关。自己也好，和几个志同道合者一起也好，他们都属于"人类"，都证明了人的本质，证明了什么是最极致、最纯粹、最高境界的人（理性的人，依循其本性而行动）。

一个人、许多人，甚至身边所有的人都缺乏成为"人"的理想，这对于创造者来说并不要紧，就让他自己恪守理想吧。这正是他所需要的对于"人"的全部"乐观"。但是，要认识到这一点，异常艰难和复杂——因此，达格妮一直错误地相信其他人比实际上更好（或者能变得更好，或者她会教他们变得更好，再或者，其实是她渴望他们变得更好），这是正常的——并且被这个希望束缚在了这个世界之中。

对自己和自己的能力无比自信，确信能从生活中得到自己所希望的一切，确信可以做成任何自己想做的事，并且只有自己才能做成，这对创造者来讲很正常（因为他是理性的，才会有这样的感觉……），［但是］他必须铭记：不错，创造者的确能够心想事成——前提是依循人的本性、宇宙的规律以及他自身高尚的品行，就是说，不要一厢情愿地期望别人，而且不要对那些集体性质的、主要关注他人的，或主要借助他人意志才能完成的事有所尝试和希望（这会是一种不道德的尝试和希望，与其创造者的本性背道而驰）。如果他做这样的尝试，他就不再是创造者，而会成为集体主义者和二手货。

因此，他绝不能对他想对别人做的事，以及依靠和通过别人做的事抱有信心（他不能——甚至不该希望去做这样的尝试——哪怕是尝试就已经不对了）。他绝不能认为他可以……以某种方式用自己的热情和智慧感染他们，令他们符合他的期望。他必须面对原本的他们，认可他们生来就是本性独立的个体，不受他的影响。［他必须］用自己独立的方式对待他们，对待那些经他判断，适合他的目标或符合他的标准的人（是他们自愿自发、独立地做到的）——而不要对其他人有任何指望。

现在，就达格妮来说，她的迫切愿望是经营塔格特泛陆运输。她看出身边没人符合她的目标，没人有这个能力、独立性和资格。她觉得自己可以与其他人共同经营，那些无能者、寄生虫，可以培训他们，或者只当他们是接受她命令、缺乏主动性和责任感的机器人。而她自己，事实上则成为萌发一切创意的火花，整个集体中所有责任的承担者。这根本无法做到。这是她的致命错误，也是失败的根本原因。

作为小说家，安·兰德最终要呈现的并非坏人或是有缺陷的英雄人物，而是理想的人——坚定如一、完整、完美。在《阿特拉斯耸耸肩》里，这个人物是约翰·高尔特（John Galt），一个直到小说的第三部分才出现，却推动世界和小说发展的高大形象。依循他（以及小说）的本性，高尔特有必要成为所有人物生活的中心。在兰德女士一九四六年六月二十七日所写的一篇笔记《高尔特与其他人物的关系》中，她简要说明了高尔特对于每个人物而言所代表的意义。

对达格妮——理想。是她的两个追求的答案：既是天才，也是她爱慕的人。第一个追求通过她寻找发动机的发明者表现出来。第二个——则是通过她日益坚定的信念：自己永远不会陷入爱情……

对里尔登（Rearden）——朋友。这种理解和欣赏是他一直都需要，但又不知道自己需要的（或者他觉得自己已经得到了——他曾在周围的人，他的妻子、母亲和兄妹身上寻找）。

对弗兰西斯科·德安孔尼亚（Francisco d'Anconia）——贵族。唯一给他挑战和激励的人——几乎就是"属于他的那种"观众。生活中拥有如此的快乐和色彩足以令人眩晕。

对丹尼斯约德（Danneskjold）——依靠。对于这个不安和鲁莽的漂泊者，他是唯一代表土地和根的人，如同拼命抵达的目标，疯狂出海远航后的港口——他唯一能够尊敬的人。

对作曲家——灵感和出色的听众。

对哲学家——他的抽象结果的具体化身。

对神父阿玛杜（Amadeus）——他的矛盾的源泉。痛苦地意识到高尔特是他一切努力的终点，一个品德高尚的人，一个完美的人——而在这个终点，他的方法并不适合（为了那些罪人，他正毁灭这终点，毁灭他的理想）。

对詹姆斯·塔格特（James Taggart）——永恒的威胁，神秘的恐惧，耻辱，负罪感（他自己的罪孽）。他与高尔特并无特别的联系，但他有那种持续不断的、毫无来由的、莫名的、歇斯底里的恐惧。在听到高尔特的讲话和初次见到高尔特后，他觉察到了这种恐惧。

对教授——他的良知、耻辱和提醒，时刻折磨他的幽灵，对他的一生说"不"的那个东西。

关于以上的一些注解：里尔登的妹妹斯苔西（Stacy）是一个小角色，后来从小说中删去。

弗兰西斯科（Francisco）在当时那个年代被拼写成"Francesco"；丹尼斯约德的名字为伊瓦尔，大概是沿用了瑞典"火柴大王"伊瓦尔·克鲁格的名字，后者是小说《一月十六日夜》中的人物彼扬·福克纳在现实生活中的原型。

神父阿玛杜是塔格特的牧师，塔格特向他做忏悔。牧师本应该是真诚献身于善事、始终奉行仁慈道德的正面人物。兰德女士告诉我，当她发觉不能令这个人物有说服力时，她便舍弃了他。

教授是罗伯特·斯塔德勒（Robert Stadler）。

现在要开始最后一段选摘。由于兰德女士思维活跃、观点层出，她常常被人问到她首先是哲学家还是小说家。到后来，对这个问题她已不胜其烦。然而，在一九四六年五月四日的一篇笔记中，她对自己，也是为自己，做出了回答。这篇笔记是关于创造性本质的论述。

看起来，我既是一个理论哲学家，又是一个小说家。
不过，还是后者更令我感兴趣；前者只是后者的工具；绝对必要，但只是工具而已，小说的故事才是终点。如果没有对合适的哲学原则的理解和说明，我便无法创作出合适的故事；但对原则的发掘之所以令我感兴趣，是因为可以将发现的这些合适知识运用到我的生活目的上；而我生活的目的则是创造我喜欢的那种世界（人和事）——也就是说，代表着人类的完美的那种世界。

定义人类的完美需要哲学知识。但是，我不想仅止于做这种定义。我想使用它，把它运用于我的作品（还有我的生活——而我生活和全部生命的核心与目的，就是我的作品）。

我想，写作非虚构哲学作品的念头之所以令我感到乏味，原因就在这里。这种书的目的其实是教导他人，是要把我的观点呈现给他们。而小说则是为我自己创造一种在我写作时愿意生活于其中的世界；如果可能，也间接地让其他人在他们能力所及的范围内享受这个世界。

也许有人说，哲学书籍的首要目的是把新的知识向自己做出澄清或说明，然后再把你的知识提供给其他人。然而，我所知道的区别在于：我需要得到并向自己说明我用过的新的哲学或概念，使其能够通过小说具体地表现出来。我不想把故事建立在旧有知识的主题或论点上，即别人已经发现或说明的知识，也就是别人的哲学（因为那些哲学是错误的)。从这个意义上说，我是一个抽象的哲学家(我想表现完美的人和他完美的一生——而且我还必须发掘出自己对于这种完美的哲学表达及定义)。

不过，当我一旦发掘出了这样的新知识，那么对于用抽象、泛泛的辞令，也就是知识化的形式来表达它，我则毫无兴趣。我感兴趣的是使用它，应用它——也就是用人和事件的具体形式，用小说的形式来表达。这一点是我最终的目的，我的终点。哲学知识或新发现只是通向它的手段。就我的目的而言，抽象知识这种非虚构形式无法引起我的兴趣，而小说、故事这种最终的应用形式却可以(无论如何，我都要向自己说明这些知识，但在这个归根结底又回到"人"的循环过程中，我选择它的最终形式——表达)。

我不知道自己在多大程度上代表了这方面的一种特殊现象。我想，我代表的是如何正确合成一个完整的人。总之，这应该是我创造约翰·高尔特这个人物的线索。他同样是抽象哲学家与实用发明家的结合，是思想者和行动者的共同体……

在学习时，我们从具体的物体和事件中归纳出一种抽象的概念。在创造时，我们则从抽象中塑造出具体的物体和事件。我们把抽象复原回它的特定含义，回到具体中去。

然而，是抽象帮助我们得到了我们想要的那种具体。它帮助我们去创造——为了我们的目的而根据我们的意图重新塑造这个世界。

我忍不住要再引用一段。这是同一篇论述，出现在几页之后。

从旁观者的角度附带说一下：如果创造性的小说写作是一个将抽象转化为具体的过程，那么这种写作就有三种可能的等级：通过旧的小说手法（人物、事件或情景曾为了同样的目的被同样地转化使用过）转化一个旧的（已知的）抽象概念（主题或论点）——这是最常见的垃圾；通过新的、独创的虚构手法转化旧的抽象概念——这是大部分的优秀文学；创造全新的、独特的抽象概念,并通过全新的独创的手法转化它。这,就我所知,仅有我能做到——我的小说写作。如果这是错误的自负,请上帝宽恕我吧(隐喻!)。就我目前看来,应该不是(第四种可能性——通过旧的手法转化一个新的抽象概念——从定义上就行不通:如果抽象是新的,就不可能存在别人曾用过的转化手法)。

她的结论是"错误的自负"吗?此时此刻,她写下这篇笔记已经有四十五年了,而你的手中正捧着安·兰德的名著。

你来判断吧。

伦纳德·佩科夫

一九九一年九月

PART ONE
矛盾律
non-Contradiction

第一部

Contents
第一部 | 分目录

1 |4| 主旋律
the **Theme**

2 |48| 锁链
the **Chain**

3 |80| 顶层和底层
the **Top** and the **Bottom**

4 |116| 坚定不移的推动者
the **Immovable Movers**

5 |160| 德安孔尼亚家族的巅峰
the **Climax** of the d'Anconias

6 |228| 非商业化
the Non-Commercial

7 |292| 剥削者和被剥削者
the Exploiters and the Exploited

8 |390| 约翰·高尔特铁路
the John Galt Line

9 |454| 神圣与世俗
the Sacred and the Profane

10 |526| 威特的火炬
Wyatt's Torch

主旋律

the Theme

"谁是约翰·高尔特？"

光线正暗下来，艾迪·威勒斯难以看清流浪汉的面孔。流浪汉简短地问话，毫无表情。不过，街道尽头落日的金黄在他的眼中闪烁着，而这双眼珠嘲弄地盯着艾迪·威勒斯——似乎这问题针对的是他身体里莫名其妙的不安。

"你问这干吗？"艾迪·威勒斯问，声音紧张。

流浪汉斜倚着门框，身后锥形的碎玻璃映出天空金黄的色泽。

"为什么这让你不舒服呢？"他问道。

"没有。"艾迪·威勒斯反驳着。

他急忙把手伸进口袋。流浪汉拦住他后，向他讨要一角钱，接着就喋喋不休起来，似乎是在打发时间，让下一个难题慢点到来。最近，街上乞讨零钱之事已经司空见惯，没有必要听什么解释，而且他也不想去听那个流浪汉是如何绝望的细节。

"买杯咖啡去吧。"说着，他递给阴影里那张看不见的脸一枚一角硬币。

"谢谢，先生。"话音返回来，了无兴趣，脸往前伸了一下，饱经风霜的黝黑的脸，上面布满了疲惫的皱纹；一双眼睛是聪敏的。

艾迪·威勒斯继续向前走去。他奇怪为什么每天这个时候都能感觉到它——莫名其妙的恐惧。不，他想，不是恐惧，没什么好害怕的：这只是一种庞大而弥漫开来的忧虑，毫无来由，不知所终。他已经习惯了这感觉，却无法解释；可是，那个流浪汉说话时的样子似乎表明他知道艾迪能感觉到它，似乎他认为一个人应该感觉到它，不仅如此，似乎他还知道原因。

艾迪·威勒斯有意识地约束自己，把肩膀抬平。他想，必须制止这种情况。他是在想象。他是否一直都有这种感觉呢？他三十二岁了。他努力地回想着。不，没有。但他无法记起这情形是什么时候开始的。这种感觉突然到来，毫无规律，并且现在比以前来得更加频繁。是黄昏，他想，我讨厌黄昏。

云彩和它下面摩天大厦的墙柱慢慢变成黄褐色，像一幅古老的油画，褪色的名作。一道道长长的尘垢从大厦的尖顶下方伸出来，贴着单薄的、被煤灰侵蚀的墙壁垂落。在某座高楼一侧墙壁的上部，有一条约十层楼高的裂缝，状如静止的闪电。一个突出的东西划破了屋顶上方的天空，那是半截尖顶，仍在承接着落日的光芒，而尖顶的另一半，金叶早已脱落。日光红而凝静，像映照出的火光：不是那种热烈的火焰，而是即将熄灭、无可挽回的余烬。

不，艾迪·威勒斯想，眼前的城市并没有什么令人不安的地方，看起来一如往常。

他继续走着，提醒自己回办公室已经迟到了。他并不喜欢回去要干的活儿，但必须得干完。因此他没有尝试拖延，而是让自己加快了脚步。

他转过一个弯。从两幢大楼黑暗轮廓的夹缝中，他看到一个悬在半空的巨大日历，就像从门缝里看到的一样。

这是去年纽约市长在一栋大楼顶部竖起来的日历。这样，市民们抬头瞧一眼公共建筑，就可以像区分一天的钟点一样区分日子。一个白色的长方块悬在城市上空，向下面街道上的人们传达着日期。在这个夜晚日落的锈红光线里，长方块显示着：九月二日。

艾迪·威勒斯移开视线。他从未喜欢过那幅日历的样子。它以一种难以名状的方式令他不自在。这种感觉看起来与他的不安融在了一起，两者并无本质区别。

他突然想起有句话——类似摘录的一句话，表达了日历看起来想要提示的东西，但他记不得了。他边走边搜寻着这句话，这便如同悬在心中的一块空白，既不能填上，也无法丢弃。他回头望去，白色的长方块伫立在楼顶，显示着不可更改的最终结果：九月二日。

艾迪·威勒斯将视线降回街道，移向一幢褐色石屋台阶前的蔬菜推车上。他看到一堆金黄色的胡萝卜和新鲜的绿葱，看到一方干净的白窗帘在一扇打开的窗前飘舞；他看到一辆公共汽车熟练地拐过街角。他纳闷他为什么感到安定了，然后，又为什么突然感到一种难以言表的愿望，希望这些东西没有被留在户外，没有对上方那块空白毫不设防。

当他来到第五大道时，眼睛一直没离开过途经的商店橱窗。他并不需要也不想买任何东西，但他喜欢看陈列的物品，任何物品，人们制作的、将被人们使用的物品。他喜欢街道繁华的景象。每四家店中就有一家倒闭，橱窗黑暗而空洞。

他不明白自己为什么突然想起了那棵橡树，的确毫不相干。但是，他想起了它，还有他在塔格特庄园度过的童年夏天。他与塔格特家的孩子们一起度过了童年的大半时光。现在，他成了他们的雇员，正如他的父亲和祖父是他们的父亲和祖父的雇员一样。

那棵大橡树曾耸立在塔格特庄园里一座孤零零的山丘上，俯瞰着哈德逊河。七岁的艾迪·威勒斯喜欢去看那棵树。它屹立在那里已有几百年了，而他觉得它会一直立在那里。树根就像手指插进泥土一样抓紧了山丘，他觉得即使是巨人抓住树冠，也无法把它连根拔起，只能撼动山丘和整个大地，就像晃动绳索那端的球。在橡树面前，他觉得安全，它是一个无法被改变和威胁的东西，是他力量的最高象征。

一天晚上，闪电击中了橡树。次日早上，艾迪看到了它，倒在地上，被劈成了两半。他像看黑洞洞的隧道一样向树干中看去。树的躯干只是个空壳，树心早就腐朽殆尽，什么也没留下——只有一层薄薄的灰尘，任由着微风吹散。失去了生命的力量，残存的躯体无法独自站立。

几年后，他听人说应该保护小孩不受惊吓，不去经历有关死亡、疼痛或恐惧的最初体验。不过，这些从来没有吓倒过他。当他安静地站在那里，向树干的黑洞中看去时，他感到了震惊。那是一种深深的背叛——更可怕的是，他无法确定究竟是什么遭到了背叛。既不是他自己，也不是他的信念，他知道，是其他的什么。他肃立在那儿好一阵才回家，此后，他从未对任何人提起这件事。

锈蚀的交通信号灯变换装置发出尖叫，艾迪·威勒斯在路边停下脚步，摇了摇头。他对自己有些恼怒了。今晚想起那棵橡树完全是莫名其妙，它对他已经不再有任何意义，只是一缕淡淡的感伤——在他体内某个地方，是快速闪过并消失的一滴痛苦，如同玻璃窗上的一滴雨，流淌出问号的痕迹。

他不想让童年与任何悲伤产生联系，他喜欢童年的记忆。他现在所能记住的其中任何一天好像都被凝固而灿烂的阳光淹没了。他觉得，那其中似乎有几缕光束照射到了他的现在：不是光束，更像是一盏盏的聚光灯，偶尔为他的工作、他孤寂的公寓，以及他默默而小心翼翼的生存带来片刻的光彩。

他想起了自己十岁那年夏季的一天。那天，在林间的空地，他那两小无猜的玩伴告诉了他长大后他们要做什么。那些话听起来如同日光一般闪亮。他听着，既钦佩又惊讶。当他被问到他想要做什么时，他脱口而出，"只要是对的，"然后补上一句，"你应该去做大事……我是说，我们一起。""做什么？"她问。他说："我不知道，所以我们应该去弄清楚。不仅仅是你刚才说的那些，不仅仅是做生意和养活自己。而是像打胜仗、从火海里救人或者爬山那样的事情。""为什么呢？"她问。他说："牧师上周日说我们必须一直追求最好的我们。你觉得那是什么？""我不知道。""我们必须弄清楚。"她没有回答，移开眼睛，望向铁轨。

艾迪·威勒斯笑了。二十年前，他曾经说过，"只要是对的"。从此，他一直信守着这句话，而其他的问题已经淡出了他的内心，他一直忙得无暇去问。不过，他始终认为一个人显然必须要做对的事，他一直不明白人们如何能做其他的，他只知道他们的确做了。对他来说，这依然简单而难以理解：简单在于，做的事就应该是对的，难以理解的是，它们并非如此。他边想边拐过街角，来到了塔格特泛陆运输公司的大楼。

这幢大楼是街上最为高傲的建筑。每看到它，艾迪·威勒斯都会露出微笑。楼身上一道道长长的玻璃窗没有损坏，与那些相邻的建筑形成对比。直插天际的楼身没有破碎的墙角或磨损的边缘。它似乎脱离了岁月的磨砺。它会一直矗立在那儿的，艾迪·威勒斯想道。

只要走进塔格特大楼，他就感到轻松和安全。这是个充满竞争和力量的地方。走廊地面是镜子一般的大理石。照明用的是坚固的、打磨过的长方形水晶灯。成排的女职员坐在一片片玻璃板后面的打字机前，敲击键盘的声音如同火车车轮飞速驶过的轰鸣。时而，一阵轻微的震颤仿佛是与之呼应的回响，穿透墙壁，从大楼地下的隧道传来。火车在那里启动，穿越整个大陆后再回到这里停下，几十年周而复始。塔格特泛陆运输，艾迪想着，联结海洋，他童年时代的一个骄傲的口号，比《圣经》中的任何一条戒律都更加耀眼和神圣。联结海洋，永远——艾迪·威勒斯重新焕发出他的忠诚，穿过亮可鉴人的一道道走廊，走进了大楼的心脏——塔格特泛陆运输总裁詹姆斯·塔格特的办公室。

詹姆斯·塔格特坐在办公桌后面。他看上去像是快五十岁了，似乎没有过渡，便一下子从青春时代走进了老年。他有一张小而易怒的嘴，稀疏的头发贴在光光的脑门上。他的姿势软弱无力，没有重心，似乎是在同他高大瘦削的身体作对。那身体线条优雅，本该拥有贵族般的自信，现在却转化成了蠢人的鲁钝。他的脸苍白而松弛，眼睛黯淡不清，一直不停缓慢游弋的目光始终带着憎恨，扫过眼前存在的一切。他看上去顽固而缺乏活力。他三十九岁。

听到开门声，他厌烦地抬了抬头。"别烦我，别烦我，别烦我。"詹姆斯·塔格特说道。

艾迪·威勒斯走向办公桌。

"是要紧的事，吉姆。"他说道，并没有抬高嗓门。

"好吧好吧，什么事？"

艾迪·威勒斯看了看办公室墙上的地图。玻璃下面，地图的颜色已经消褪——他模糊地想道，有多少塔格特家族的总裁曾坐在这张地图前，又坐了多少年。从纽约到旧金山，塔格特泛陆铁道网络的红色线条刻在褪色的全国版图上，像是血管组织。看上去似乎在很久以前，血液曾贯透了动脉，并且由于自己的过度膨胀，在全国范围内随意蔓延开来。一条红色的斑纹从怀俄明州的夏延一直蜿蜒下行到得克萨斯州的艾尔帕索——这是塔格特泛陆运输的里约诺特铁路。最近又添加了新的标记，这条红色斑纹已经延伸到艾尔帕索以南——但是，艾迪·威勒斯的目光刚刚触及那一点，便急忙转开了视线。

他看着詹姆斯·塔格特，说道："是里约诺特铁路的事，"他察觉到詹姆斯·塔格特的目光下垂到了桌子的一角，"又出了一起事故。"

"铁路事故每天都在发生。你非得拿这个来烦我吗？"

"你懂我的意思,吉姆。里约诺特铁路不行了。铁轨已经完蛋了,整条线路都是这样。"

"我们正在想办法弄新铁轨。"

艾迪·威勒斯继续说下去,仿佛那个回答根本不存在一样。"那条铁路完了。把火车开到那里没有意义。人们正在放弃使用。"

"在我看来,全国任何一条铁路都有几条支线运营亏损。我们不是唯一的一家。这是全国性的状况——一个暂时的全国性状况。"

艾迪站在那里,静静地望着他。塔格特最不喜欢艾迪·威勒斯的就是这个直视对方眼睛的习惯。艾迪的眼睛是蓝色的,很宽,而且带有疑问。他有金黄的头发和方正的脸庞,很平常,只有那种诚恳的关切和一览无余的迷惑的好奇才会令人注意。

"你想怎样?"塔格特厉声问道。

"我只是来告诉你一些你必须知道的事情,因为总得有人告诉你。"

"关于我们又出了一起事故?"

"关于我们不能放弃里约诺特铁路。"

詹姆斯·塔格特很少抬起他的头;他看人的时候,是翻起那双厚重的眼皮,从他宽阔的秃脑门下面向上方盯过去。

"谁想放弃里约诺特铁路了?"他问道,"根本不存在放弃它的问题。我讨厌你说这个,非常讨厌。"

"可是，我们过去六个月来一直没有完成计划。无论大小，我们没有完成过一次没有故障的运行。我们正在失去我们运输的顾客，一个接着一个。我们还能挺多久？"

"你太悲观了，艾迪。你缺乏信心，这会损害一个企业的士气。"

"你是说对里约诺特铁路什么都不做？"

"我从没这么说过。我们一弄到新铁轨就会做的。"

"吉姆，不会有什么新铁轨了，"他观察到塔格特的眼皮慢慢地翻上来，"我才从联合钢铁的办公室回来。我和沃伦·伯伊勒谈过了。"

"他说什么？"

"他讲了一个半小时，却没有给我一个直截了当的答复。"

"你纠缠他干吗？我记得铁轨的第一个订单下个月才交货。"

"可是在那之前，应该是三个月前就交货了。"

"无法预料的情况嘛，完全不是沃伦能控制的。"

"在那之前，六个月前就该交货了。吉姆，我们用了十三个月等联合钢铁交付那批铁轨。"

"你想让我怎么办？我又不能管沃伦·伯伊勒的生意。"

"我想让你明白，我们不能等了。"

塔格特用半是嘲弄、半是谨慎的语气，缓缓地问道："我妹妹怎么说？"

"她明天才会回来。"

"那么,你想让我怎么办?"

"这是要你来决定的。"

"好吧,无论你还要说其他什么,有一件事你不要提了——就是里尔登钢铁。"

艾迪没有即刻回答。少顷,他平静地说:"好,吉姆,我不会提的。"

"沃伦是我的朋友,"他没听到回音,"我不喜欢你的态度。一旦人力可及,沃伦·伯伊勒是会交付那批铁轨的。如果他无法交货,没人能够指责我们。"

"吉姆!你在说什么?你难道不明白吗?里约诺特铁路正在垮掉——不管别人是否在指责我们!"

"人们会忍着的——他们必须得忍着——如果不是因为凤凰-杜兰戈的话。"他看到艾迪的脸绷紧了,"在凤凰-杜兰戈冒出来之前,没人抱怨过里约诺特铁路。"

"凤凰-杜兰戈做得很出色。"

"想象一下,一个叫作凤凰-杜兰戈的东西和塔格特泛陆运输竞争!十年前,它只是一条地方性的牛奶运输线。"

"现在,它已经拿到了亚利桑那、新墨西哥和科罗拉多的大部分货运业务。"塔格特没有作声。"吉姆,我们不能失去科罗拉多,那是我们最后的希望,是所有人最后的希望。如果不把自己整顿好，我们在那个州的每一个大客户都会被凤凰-杜兰戈抢走的。我们已经丢了威特油田。"

"我搞不懂为什么所有人都在谈论威特油田。"

"因为艾利斯·威特是一个天才，他……"

"该死的艾利斯·威特！"

那些油井，艾迪忽然想到，难道与地图上的那些血管没有某些共同之处吗？这难道不就是很久以前塔格特泛陆运输的红色溪流蔓延到全国的方式吗？而现在，那看来是个壮举。他想到油井喷出的黑色溪流奔涌在大陆上，几乎比运载它的凤凰-杜兰戈的火车还要快。那块油田在科罗拉多的群山之间，曾经只是一片碎石地，早就被废弃了。艾利斯·威特的父亲当年就是靠榨取这些枯油井维持生活。现在，如同有人为山的心脏注射了激素，心脏起搏，黑色的血液从岩石中喷涌而出——当然，这就是血液，艾迪想，因为血能供养，能赋予生命，而这正是威特油田所做的。它使空旷的山坡霎时挤满人群，为地图上默默无闻的地方带来了新的城镇、新的电站和新的工厂。新的工厂，艾迪想，在来自所有传统工业的运输收入都在逐年下降的时候；一个富饶的新油田，在一个又一个著名油田的油泵停转的时候；一个新的工业州，曾经是除了牛和甜菜根以外，没有其他物产的地方。一个人做了这些，他用八年的时间做了这些。艾迪想，这就像他在上学时从课本里读到过却又从来不太相信的故事，生活在这个国家年轻时代的人们的故事。他希望他能见到艾利斯·威特。有许多关于他的谈论，但很少有人见过他；他很少来纽约。他们说，他三十三岁，脾气暴躁。他发现了使枯油井复苏的办法，就开始复苏它们。

"艾利斯·威特是一个只认钱的贪婪的恶棍，"詹姆斯·塔格特说，"在我看来，生活中有比赚钱更重要的事情。"

"你在说什么呀，吉姆？这有什么相干——"

"另外，他欺骗了我们。我们为威特油田服务了许多年，很尽心。在老威特还活着的时候，我们每周发一列油罐车。"

"现在不是老威特在的日子了，吉姆。凤凰-杜兰戈每天在那里开两列油罐车——而且准时。"

"假如他给我们时间和他一起发展的话——"

"他可没时间来浪费。"

"他指望什么？是我们把其他客户都甩到一边，牺牲全国的利益，把我们的货车都给他吗？"

"什么呀，不是，他从不指望任何事，他只是和凤凰-杜兰戈做生意。"

"我觉得他是一个有破坏力的、不讲理的无赖。我觉得他是一个被过分高估的、毫不负责的暴发户。"听到詹姆斯·塔格特毫无生气的语调突然有了一种感情，令人十分吃惊。"我不认为他的油田取得了有益的成就。在我看来，他打乱了整个国家的经济，没人想到科罗拉多会成为一个工业州。如果一切都在不停地变化，我们怎么能有安全感并且做出计划？"

"上帝呀，吉姆！他是——"

"是的，我知道，我知道，他是在赚钱。但在我看来，那不是衡量一个人社会价值的标准。至于他的石油，要不是因为凤凰-杜兰戈，他就得来巴结我们，和其他客户一样排队，而且不能提超出他的合理运输份额的要求。如果我们想反对那种破坏性的竞争，就没有别的办法。没人能指责我们。"

艾迪·威勒斯想，他的努力已经到了他的胸口和太阳穴所能承受的压力的极限；他想把这件事讲清楚一次，而且他觉得，这事已经再清楚不过了，除非自己的表达方式有问题，否则不会有其他原因妨碍塔格特对此的理解。因此，他尽了很大的努力，但依旧徒劳，如同他们以往的所有讨论都以他的失败告终一样；无论他说什么，他们似乎从来不是在说同一件事情。

"吉姆，你在说什么？如果铁路垮掉了，即使没人指责我们，又有什么用？"

詹姆斯·塔格特笑了笑，淡淡的，带着愉悦和冰冷。"很感人，艾迪，"他说，"你对塔格特泛陆运输的投入——非常感人。如果你不小心的话，就真的会变成一个世袭的奴隶了。"

"我本来就是，吉姆。"

"不过，我可以问一下吗？你的工作是和我讨论这些事情吗?"

"不是。"

"那你难道不知道我们有各种管理部门?你为什么不把这些报告给相关的人?你怎么不到我亲爱的妹妹那儿哭诉去?"

"是这样,吉姆,我知道轮不到我和你说这些。可是,我不明白发生的这一切,我不知道你的那些顾问告诉了你什么,或者他们为什么不能让你明白这一切。因此,我觉得我要试着自己来告诉你。"

"我珍视我们童年的情谊,艾迪。但是,你认为这就可以让你不打招呼就随时走进这里吗?想一想你的级别,难道你不应该记住我是塔格特泛陆运输的总裁么?"

这次是白费了。艾迪·威勒斯像往常一样看着他,没有受到伤害,只是疑惑地问道:"那么你不打算对里约诺特铁路做什么了?"

"我没这么说过,我根本就没这么说过。"塔格特正看着地图上艾尔帕索以南的那条红线,"只要等圣塞巴斯蒂安矿一开动,我们的墨西哥支线也还清了债务——"

"别说这个了,吉姆。"

塔格特转过身来,被艾迪声音中一种从未有过的怨恨吓了一跳:"怎么了?"

"你知道怎么了。你妹妹说——"

"让我妹妹见鬼去吧！"詹姆斯·塔格特说。

艾迪·威勒斯一动不动。他没有回答，站在那里凝视着前方。但是，他对詹姆斯·塔格特和办公室里的一切视而不见。

片刻后，他鞠躬退了出来。

下午，詹姆斯·塔格特的随从人员正在关灯，准备结束一天的工作。但随从主管珀普·哈普尔依然坐在他的桌前，拧着一台被拆了一半的打字机的横杆。公司里所有的人都有这样一个印象：珀普·哈普尔就生在那个角落的那张桌子前，而且从来不想离开。从詹姆斯·塔格特的父亲那时起，他就是随从主管了。

当艾迪·威勒斯从总裁办公室走出来时，珀普·哈普尔瞥了他一眼。这一眼是缓缓的，意味深长的，似乎在说他知道艾迪来到大楼的这个角落就意味着铁路有麻烦，知道此行毫无结果，而且他对他所知道的这些无动于衷。艾迪曾经在街角那个流浪者眼中看到过这种带着讥讽的无动于衷。

"嘿，艾迪，知道哪儿能买到羊毛汗衫吗？"他问道，"满城都找遍了，哪儿都没有。"

"我不知道，"艾迪停下来，说，"干吗问我？"

"我谁都问，没准有人会告诉我。"

艾迪不安地看着这张空洞而衰老的脸，以及他头上的白发。

"这个关节受寒了，"珀普·哈普尔说，"今年冬天会更冷。"

"你在干吗？"艾迪指着被拆散的打字机问。

"这鬼东西又坏了。送去修也没用,上次他们用了三个月才修好。也许我能鼓捣好它,但估计顶不了多久了。"他把拳头放在键盘上,"老伙计,你该进废品堆了,用不了多久了。"

艾迪吃了一惊,这正是他一直在极力回忆的那句话:用不了多久了。不过,他已经忘了自己当初为什么要记起这句话。

"没用了,艾迪。"珀普·哈普尔说。

"什么没用了?"

"没什么,随便什么。"

"怎么了,珀普?"

"我不会再去申请一台新的打字机,新的是用锡做的。等老机器没了,就不再有人打字了。今天早晨地铁里有起事故,车闸失灵了。你应该回家去,艾迪,打开收音机听一听好的舞曲台。把它忘掉吧,孩子,你的问题就是你没有个爱好。有人又偷了灯泡,就从我住的地方下面的楼梯那儿。我胸口痛,今天早上买不到任何止咳药,我们街角的那家药店上周倒闭了。得克萨斯西部铁路上个月倒闭了。他们昨天因为临时修路关闭了皇后堡大桥。唉,有什么用?谁是约翰·高尔特?"

她坐在火车车厢的窗前,向后仰着头,一条腿伸出去,搭在对面的空座位上。窗框随着运行的节奏摇动,窗玻璃悬挂在空旷的黑暗之中,不时,点点的灯光如同明亮的条纹划过车窗。

她的腿被包裹在紧绷的闪亮丝袜里，修长的线条笔直地经过弓起的脚背，停在高跟鞋内的足尖。这种女性的优雅似乎并不属于充满灰尘的车厢，与她浑身上下也极不协调。她穿着一件虽然曾经价格不菲、此刻却已松垮走形的驼毛大衣，随意地包裹着她那瘦削而紧张的身体。衣领竖起，碰到她帽子的斜边。一袭快要及肩的褐发垂在脑后。她的脸瘦削而有棱角，嘴部轮廓分明，富有肉感，紧紧地闭着。她的手始终在衣袋里，姿势僵硬，没有女人的温柔，似乎她讨厌固定不动，似乎她对自己的身体，一个女性的身体，毫无意识。

她在坐着听音乐，这是一首胜利的交响曲。音符汹涌着升高，不仅是在表现上升，它们本身就是上升，它们是向上的本质和形式，把人类的每一个以向上为动力的行为和思想都体现了出来。它是突然迸发的声音，冲破黑暗，广播四方。它有着释放的自由和目的的严谨，把空间荡涤得干干净净，只留下不受羁绊的努力的快乐。声音中只有一个微弱的回音在表达音乐所摆脱的那一事物，其余的都在表达发现没有丑恶和痛苦，而且从来就不必有时的那种惊奇。它是一首宽广无际的救赎之歌。

她想：只是那么几个瞬间——在它继续时——可以彻底放弃，忘掉一切，听任你自己去感受。她想：去吧，放下束缚，就是这样。

在她心底的某个边缘，在音乐后面，她听到了火车车轮的声音。它们以均匀的节奏敲打着,每到第四下都敲出一个重音,好像在有意强调着一个目的。因为听到了车轮声,所以她便放松了。她边听交响曲边想:这就是车轮必须保持转动的原因,这就是它们要去的地方。

她以前从未听过这首交响曲,但知道它是理查德·哈利写的。她听得出那种激烈和极度的紧张,听得出主旋律的风格。在人们不再写歌的年代,这是一首清澈、精妙的曲子……她坐在那儿,仰望着车厢顶部,却视若无睹,浑然忘记自己身在何处。她不知道自己是在听一首完整的交响曲,抑或只是一段主旋律,也许,她是在听自己心中的交响曲。

她隐约想到,理查德·哈利的所有作品中都预示般地回响着这段主旋律,并贯穿在他漫长的挣扎中——直至中年,名利从天而降并击倒了他,而这——她一边继续听着交响曲一边想——就是他奋斗的目标。她记起了他的音乐中带有暗示的内容和承诺性的乐句,旋律中断断续续的、有了开头却不能如愿以偿的音符。理查德·哈利在写这部作品的时候,他……她一下子端坐起来,理查德·哈利是什么时候写的这部作品呢?

与此同时,她意识到了自己所在的地方,第一次开始纳闷这音乐从何而来。

几步以外的车厢尽头,一名司闸员正在调节空调的控制装置。他很年轻,有着一头金发。他吹的口哨,正是这首交响曲的主旋律。她意识到他已经吹了有一阵子，那正是她刚才所听到的一切。

她怀疑地注视了他一会儿，然后高声问道："请告诉我你吹的是什么？"

那小伙子向她转过身来，一个直视过来的眼神和她相遇，她看到了一抹坦荡、热情的笑容，似乎他正在与朋友分享着信心。她喜欢他的脸——线条结实硬朗，没有她已经习惯从别人脸上看到的那种让面部走形的松弛肌肉。

"是哈利的协奏曲。"他笑着回答。

"是哪一首？"

"第五。"

她有意停顿了一下，然后一字一句地缓缓说："理查德·哈利只写过四首协奏曲。"

小伙子的笑容消失了，就像她刚才一样，似乎猛然间惊醒，回到了现实。如同快门被猛然按下，只留下一张没有表情、毫无人气、漠然而空洞的面孔。

"对，是的。"他说，"我错了，我搞错了。"

"那么，这究竟是什么？"

"是我在什么地方听到的。"

"什么？"

"我不知道。"

"你在哪儿听到的？"

"记不得了。"

她无望地停止了问话。他转过身去，也不再有兴致。

"它听上去像是一段哈利的主旋律，"她说，"但是，我清楚他谱的每个音符，他从没写过这个。"

小伙子转回来面对着她，脸上除了一丝淡淡的专注，依旧没有表情。他问："你喜欢理查德·哈利的音乐？"

"是的，"她说，"非常喜欢。"

他端详了她一会儿，似乎在犹豫，然后走开了。她看着他干活时熟练的动作。他只是闷头干着。

她已经两个晚上没合眼了，可是，她不能让自己入睡。有太多的问题要考虑，时间已经不多了：火车一大早就会抵达纽约。她需要时间，但她希望火车能够再快些。不过，这是塔格特彗星号——全国最快的列车。

她尽量去思考，但音乐依旧萦绕在心中，总是能听到，是饱满的和声，如同某种执拗的脚步，无法停下来。她恼怒地摇晃着脑袋，一把拽下帽子，点燃了一根烟。

不能睡，她想，她要坚持到明天晚上……车轮发出有节奏的撞击声，她对它们已经熟悉得可以充耳不闻，但这声音却成了她身体里的一种安详……熄灭香烟的时候，她知道自己还需要一根，不过，她想还是等一分钟，就几分钟，然后再去点燃它……

她睡了过去,然后突然惊醒,尽管不知道发生了什么,但她明白一定出了什么事:车轮停了下来。在夜晚幽蓝的灯光下,车厢无声地停在那儿,影子模糊。她瞧了一眼手表:不该停车啊。她向窗外望去,列车静静地停在空旷的原野之中。

她听到有人在过道另一侧的座位上移动着,便问:"我们停下有多久了?"

一个男人的漠不关心的声音回答道:"大约一个小时。"

那个睡眼蒙眬的男人吃惊地看着她,因为她一跃而起,冲向了车门。

外面,是寒冷的风,和空旷的天空下空旷的大地。她听到野草在黑暗中瑟瑟作响。远处,她看见了站在机车旁的人们的身影,在他们上方,一盏红色信号灯高挂在夜空。

她迅速走过一排排静止的车轮,向他们走去。没人注意到她走过来。车组人员和几个乘客聚在红灯下,他们已经不再说话,似乎只是在平静中等待着。

"出了什么事?"她问道。

司机惊愕地转过身。她的问话听上去像是命令,不是乘客那种业余的好奇。她站在那儿,手揣在口袋里,衣领竖起,在寒风的吹打下,几绺头发在面前飞扬。

"红灯,女士。"他说,用大拇指向上指着。

"亮了有多久？"

"一个小时。"

"我们不是在主轨上，对不对？"

"没错。"

"为什么？"

"我不知道。"

列车长开口了："我觉得我们不应该被赶到副线上，那个切换装置有问题，而这个东西彻底坏了。"他冲红灯扬扬头。"我看那个信号灯是不会变了，我觉得它是爆了。"

"那你们在干什么？"

"等着它变。"

她又惊又怒，还没说话，司炉工窃笑着说："上星期，大西洋南方的那个什么特别破烂儿被晾在副线上两个小时——就是出了错。"

"这是塔格特彗星号，"她说，"彗星号从来没晚点过。"

"这是全国唯一没有晚点过的了。"司机说。

"总会有第一次的。"司炉工说。

"这位女士，你不懂铁路。"一个乘客说，"全国上下的信号系统和调度员是最不值钱的。"

她没有扭头搭理那个乘客，而是对司机说："如果你知道那个信号灯坏了，你打算怎么办？"

他不喜欢她那种权威的语气，也不明白她怎么就那么自然。她看上去很年轻，只能从她的嘴和眼睛看出她已经三十多岁了。那深褐色的眼睛直率而令人不安，似乎能穿过不合理的东西，看透一切。那张面孔隐约有点熟悉，但他想不起来在哪里见过了。

"女士，我可不想把脖子伸出去。"

"他的意思是，"司炉工说，"我们的职责是等候命令。"

"你的工作是开这辆火车。"

"但不能闯红灯。如果信号灯叫停，我们就得停。"

"红灯意味着危险，女士。"那名乘客说道。

"我们不会去冒险，"司机说，"如果我们动了，无论是谁该负责，他都会把责任推给我们。所以，除非有人让我们走，否则我们就停在这里。"

"那如果没人这么做呢？"

"迟早会有人的。"

"你建议等多久？"

司机耸了耸肩膀，"谁是约翰·高尔特？"

"他是说，"司炉工解释道，"不要问没人能回答的问题。"

她看了看红灯和浸没在远方未知黑暗里的铁轨。

她说："小心开到下一个信号处，如果那里正常，上主轨道，然后在第一个开门的办公室停下。"

"哦？谁说的？"

"我说的。"

"你是谁?"

一个短得不能再短的停顿,她被这个没有料到的问题惊呆了。可是,当司机靠近看了看她的脸后,便在她回答的同时,用力地喘了口气,"我的天啊!"

她并没有不悦,只是像一个很少听到这个问题的人那样,回答道:"达格妮·塔格特。"

"那,我就——"司炉工说道,然后他们全都不出声了。

她还是以同样自然而然的权威语气继续说道:"开到主轨道上,然后停在第一个开门的办公室等我。"

"是,塔格特小姐。"

"你们必须把时间赶回来,用天亮前剩下的时间,保证彗星号正点。"

"是,塔格特小姐。"

她正转身要走,司机问:"如果出了任何问题,你会负责吗,塔格特小姐?"

"我会。"

列车长一路跟着她,向她的车厢走去。他不知所措地说着:"可是……就这么一张普通的坐票吗,塔格特小姐?怎么会呢?你怎么不告诉我们呢?"

她随和地一笑:"没时间讲究了。我自己的车厢挂在了从芝加哥开出的22号车上,但我在克里夫兰下了车——而22号车要晚点了,我就没让它等,坐了后来的彗星号,那会儿已经没有卧铺了。"

列车长摇着头:"你哥哥——他可不会坐普通座。"

她笑起来:"是呀,他才不会。"

机车旁的人们看着她走过去,那个年轻的司闸员也在其中。他指着她的背影,问:"她是谁?"

"那是塔格特泛陆运输公司的管理者,"司机的语气里透出由衷的尊敬,"负责运营的副总裁。"

当列车猛地向前一晃,汽笛声消散在原野上空时,她坐在窗前,点燃了另一根烟,心想:像这样的漏洞,在全国随时随地可以碰到。不过,她感觉不到生气或焦虑,她没时间感觉。

这只是等待处理的又一件事情。她知道,俄亥俄分公司的那个负责人根本就不行,可他是詹姆斯·塔格特的朋友。她以前之所以没有坚持撤掉他,只是因为没有更好的人选。奇怪的是,合适的人太难找了。不过,她必须撤掉他,她想,而且她会把这个职位交给欧文·凯洛格,纽约塔格特车站的经理助理之一,一位年轻的工程师,干得很出色;实际上是欧文·凯洛格在管理这个车站。她观察他的工作已经有一段时间了;如同采钻人在毫无希望的荒野上那样,她一直在寻找能力的火花。凯洛格做一个分公司的负责人还太年轻,她曾经想再等一年。但是已经没时间等下去了，她一回去就得跟他谈。

窗外，依稀可辨的大地现在移动得更快了，不断融合成一道灰霭。经过大脑里枯燥的计算，她发现还是有时间去感受些什么的：那便是艰苦而令人振奋的行动的快感。

伴随着空气中的第一声汽笛，彗星号钻进了纽约城地下的塔格特车站隧道。达格妮·塔格特坐直了身体。火车驶入地下时，她总是能感觉到那种迫切感、希望感和神秘的兴奋。就好像平时存在的一切都是用劣质色彩印出的丑陋的照片，而这则是锋利的寥寥几笔构成的素描，使事物看起来干净、重要——而且值得去做。

她看着隧道流向身后：光光的混凝土墙壁，一堆管线，网状的铁轨延伸到黑洞之中，里面挂着的红灯绿灯像是远处滴落的颜色。再没有其他的东西了，没有什么可以用来稀释一切，因此，人们可以去赞赏这种纯粹的目的，以及实现它的绝妙创造力。想到此时就在头顶的塔格特大楼，高耸入云，她想，这些是大楼的根，空心的根，在地下交织，供养着这座城市。

车停下来之后，她下了车，听到脚下高跟鞋踩到水泥地的声响，她感到轻快、欢欣鼓舞、跃跃欲试。她迈开步子，走得飞快，好像脚步的速度可以感染她接触到的一切。过了一会儿，她才意识到自己在用口哨吹着一支曲子——正是哈利《第五协奏曲》的主旋律。

她感觉到有人在看她，于是转过身去。那个年轻的司闸员正站在那里盯着她。

她坐在詹姆斯·塔格特办公桌对面那张宽大椅子的扶手上，敞开的大衣下面，是发皱的旅行套装。艾迪·威勒斯坐在房间另一边，不时做着记录。他的职务是主管运营的副总裁特别助理，主要的职责就是把她从浪费时间的琐事中解放出来。她要求他出席这种会谈，这样，她随后就不用再向他做任何解释。詹姆斯·塔格特坐在他的办公桌后面，脑袋缩在肩膀里。

"里约诺特铁路是彻头彻尾的垃圾，"她说道，"比我想的还要糟，但我们要挽救它。"

"当然。"詹姆斯·塔格特说。

"部分钢轨还可以凑合用，不过没多少，也用不了多久。我们要开始在山区路段铺设新轨，从科罗拉多开始。我们要在两个月之内拿到新钢轨。"

"噢，沃伦·伯伊勒说过他会——"

"我已经从里尔登钢铁那里订了钢轨。"

艾迪·威勒斯发出了轻微但抑制不住的声音，那是他被压抑的欢呼的愿望。

詹姆斯·塔格特没有立即回答。"达格妮，你怎么不好好坐在椅子上?"他终于说话了,语气大为不悦,"没人这样开会。"

"我这样开。"

她在等待。他的眼睛避开了她的视线,问道:"你是说你已经从里尔登订了钢轨?"

"昨天晚上。我从克里夫兰给他打了电话。"

"但董事会还没有授权此事,我还没有授权此事,你还没征求过我的意见。"

她探身过去,抓起他桌上的话筒,递给了他:"打电话给里尔登,把它取消。"

詹姆斯·塔格特坐回到椅子里。"我没这么说,"他恼怒地回答,"我根本没这么说。"

"那就这样了?"

"我也没这么说。"

她转过身,"艾迪,让他们起草和里尔登钢铁的合同,吉姆会签的"。她从口袋里掏出一个皱巴巴的纸团,扔给了艾迪,"这是数目和条款"。

塔格特说:"但董事会还没——"

"董事会与此事无关。他们十三个月前就授权你买钢轨了,从哪儿买是你的事。"

"在做这样的决定前不给董事会发表意见的机会,我觉得不妥。而且,我觉得我不该承担这个责任。"

"我来承担好了。"

"那费用——"

"里尔登的价格要比沃伦·伯伊勒联合钢铁的便宜。"

"好吧,那沃伦·伯伊勒怎么办?"

"我已经取消了合同,我们六个月前就有权取消合同了。"

"你什么时候取消的?"

"昨天。"

"可是他没打电话给我确认这件事。"

"他不会打的。"

塔格特坐在那里,低头盯着办公桌。她搞不懂他为什么讨厌和里尔登打交道,为什么他的厌恶又是如此的奇怪和躲躲闪闪。自从里尔登的第一个炼钢炉生火那天起,里尔登钢铁就成了塔格特泛陆运输的主要供应商。当时还是他们的父亲在做铁路总裁,到现在已经十年了。十年来,他们的大多数钢轨都是来自里尔登钢铁。在全国,能够按合同准时、保质地供货的公司不多,里尔登是其中一家。达格妮想,如果她疯了,她会觉得她哥哥讨厌和里尔登打交道是因为里尔登的绝对高效。但她不会这么认为,因为她觉得这毫无道理。

"这不公平。"詹姆斯·塔格特说。

"什么不公平?"

"我们总是把生意给里尔登。在我看来,我们也应该给其他人机会。里尔登不需要我们,他已经够大了。我们应该帮助更小的企业发展。否则,我们只是在鼓励垄断。"

"别扯那些没用的,吉姆。"

"为什么我们总是从里尔登那里拿货?"

"因为我们总能从他们那里拿到。"

"我不喜欢亨利·里尔登。"

"我喜欢。但是,喜欢还是不喜欢又有什么关系?我们需要铁轨,只有他能给我们。"

"人的因素是很重要的,你一点儿也没有意识到人的因素。"

"我们是在说挽救铁路的事,吉姆。"

"是啊,当然了,不过,你还是没有意识到人的因素。"

"是的,我没有。"

"如果我们给里尔登这么大一笔钢轨的订单——"

"不是钢,是里尔登合金。"

她一向是避免流露个人情绪的,但看到塔格特脸上的表情时,她却忍不住破了例,大笑起来。

里尔登合金是一种新型合金材料,是里尔登经过十年试验后制造出来的。他最近才把它投入市场,连一个用户、一个订单都还没有。

塔格特无法理解达格妮从大笑到声音骤然冰冷而尖厉的转变。"省省吧,吉姆,你想说什么我都知道。以前没人用过,没人认可里尔登合金,没人感兴趣,没人想要。然而,我们的铁轨就要用里尔登合金。"

"但是……"塔格特说,"但是……但是以前从来没有人用过!"

他满足地看到,在恼怒面前,她不吭声了。他喜欢观察情绪,它们就像沿着人们未知性格的黑暗处串起的红灯笼,标记出一个个易受攻击的点。不过,人为何会对一种金属合金产生私人的情绪,这种情绪又表明了什么,这对他来说难以理解,因此,他的发现对他没有丝毫的用处。

"铸造业权威的一致意见,"他说道,"似乎是对里尔登合金高度怀疑,竞争——"

"免了吧,吉姆。"

"那,你听谁的意见?"

"我不是来听意见的。"

"你依据什么?"

"判断。"

"那么,你听取谁的判断?"

"我的。"

"但你征询过谁?"

"没人。"

"那你究竟对里尔登合金知道些什么?"

"它是市场上有史以来最好的产品。"

"为什么？"

"因为它比钢更强硬，比钢更便宜，比现有的任何大块金属都更耐用。"

"可这是谁说的？"

"吉姆，我在大学学的是工程。我看得出来。"

"你看到了什么？"

"里尔登的配方公式和他让我看的试验。"

"好吧，如果真是好东西，就会有人用的，但没人用过。"他看到了愤怒，一闪而过，便紧张地继续说，"你怎么知道它是好东西，你怎么能肯定？你怎么能决定？"

"有人决定这类事情？吉姆，谁呀？"

"我是说，我不认为我们非得是第一个，坚决不。"

"你还想不想挽救里约诺特铁路？"他没回答。"如果负担得起，我会把整条线的每根铁轨都拆了，换上里尔登合金。任何一处都坚持不了多久了，全都需要换。但是，我们负担不起。我们得先从一个坏窟窿里爬出来。你还想不想让我们跨过这道坎儿？"

"我们还是全国最好的铁路。其他的更糟。"

"那么，你是不是想让我们继续待在窟窿里？"

"我没那么说！你为什么总是把事情过分简单化呢？你如果担心钱，我搞不懂你为什么要把它浪费在里约诺特铁路上，凤凰-杜兰戈已经把我们那里的生意抢光了。为什么在眼睁睁地看着对手毁掉我们的投资时，还要花钱呢？"

"因为凤凰-杜兰戈铁路很好，但我想让里约诺特铁路比它更好；因为如果必要的话，我要打垮凤凰-杜兰戈——只是没这个必要，因为科罗拉多的市场足够让两三家铁路一起发财；因为我要把系统抵押出去，在艾利斯·威特附近的每个区域都建立一条支线。"

"我简直受够了听到艾利斯·威特的名字了。"

他不喜欢她的眼睛转动着看他的样子，他一动不动地看了她一会儿。

"我不认为有什么必要马上采取行动。"他说，似乎受到了冒犯，"你认为是什么引起了塔格特泛陆运输目前的恐慌？"

"你的政策导致的后果，吉姆。"

"什么政策？"

"用十三个月在联合钢铁身上进行的尝试，是其中一个；你在墨西哥的灾难，是另一个。"

"董事会通过了联合钢铁的合同，"他急忙分辩道，"董事会投票要建圣塞巴斯蒂安铁路。另外，我不明白你为什么用灾难这个词。"

"因为，现在墨西哥政府随时都会把你的铁路收归国有。"

"那是撒谎！"他几乎尖叫起来，"纯粹是恶毒的谣言！我是凭非常可靠的政府内部消息——"

"别显得那么害怕，吉姆。"她轻蔑地说。

他没有回答。

"现在对此惊慌失措没有任何用处。"她说道，"我们能做的是尽力缓冲这个打击。这会是一个很惨重的打击。四千万美元的损失很难弥补。但是，塔格特泛陆运输过去抵挡住了许多大风大浪，我会全力使它经受住这一次。"

"我拒绝考虑。我完全拒绝考虑圣塞巴斯蒂安铁路国有化的可能性！"

"行啊，那就别考虑。"

她不说话了。他辩解道："我不明白你为什么急着把机会给艾利斯·威特，同时又认为参与开发此前从未得到过机会的贫困地区是个错误。"

"艾利斯·威特不请求别人给他机会。我也不是在做给机会的生意，我是在管理铁路。"

"在我看来，这种眼光太狭窄了。我想不通我们为什么应该去帮助一个人，而不是整个国家。"

"我对帮助任何人都没兴趣，我想赚钱。"

"这是种不切实际的态度。对利润那种自私的贪婪是过去才有的东西。如今公认的是社会这个整体的利益在任何商业项目中都必须被放在第一位——"

"你还想再兜多久的圈子来逃避这个话题,吉姆?"

"什么话题?"

"里尔登合金的订单。"

他没有回答,坐在那里无声地打量着她。她纤弱的身躯疲惫得几乎就要倒下,靠她平平的肩膀支撑着挺立在那儿,而肩膀则是靠意志的力量在支撑着。几乎没人喜欢她的脸:那张脸太冷了,眼睛太咄咄逼人,没什么能带给她柔和的魅力。但那双漂亮的腿,从他视野正中的椅子扶手上斜搭下来,不禁令他气恼;它们破坏了他的其他判断。

她依旧沉默着,令他不得不开口问道:"你就这么决定买了?一时兴起,在电话上?"

"我六个月前就决定了。我是在等汉克·里尔登做生产的准备。"

"别叫他汉克·里尔登,听起来太粗俗了。"

"其他人都这样称呼他。别转移话题。"

"你为什么非得昨天晚上给他打电话?"

"直到那个时候才找到他。"

"你为什么不等回纽约后,而且——"

"因为我看到了里约诺特铁路。"

"好吧,我需要时间来考虑,把事情提交给董事会,征询最好的——"

"没有时间了。"

"你还没给我机会来形成意见。"

"我根本就不在乎你的意见。我不会和你、你的董事会,或者你的那些学者们去争论。你只要做一个选择,而且是现在。只需要说行还是不行。"

"这是荒唐、粗暴、专制的做法——"

"行还是不行?"

"你的问题就在这里,总是用'是'或者'不是'。事情从来不是那么绝对的,没有绝对的事。"

"铁轨,就是绝对的事;我们要或不要,也是。"

她等待着。他没有回答。

"怎么样?"她问。

"你会对此负责吗?"

"我会。"

"那就这样吧,"他说,又补上一句,"不过你要自己承担风险。我不会把它取消,但不承诺我会在董事会面前说什么。"

"你想说什么都行。"

她起身要走。他俯过身子,不愿意结束这次见面,而且是结束得这么果断。

"你当然能认识到,通过这个需要一个很长的程序,"他说这话时几乎充满了希望,"不是那么简单的。"

"哦,当然,"她回答,"我会给你送来详细的报告,艾迪会准备的,而且你是不会看的。艾迪将协助你具体落实。我今晚要去费城见里尔登,我和他有好多事要做。"她补充道:"就这么简单,吉姆。"

在她已经转身要走的时候,他又说话了——而且他说的话似乎莫名其妙:"对你来说是没问题,因为你幸运。别人就做不到了。"

"做什么?"

"别人都是人,他们敏感,不能把一生献给金属和发动机。你是幸运的——从没有什么感觉,你从来就对一切没有任何感觉。"

看着他的时候,她那深褐色的眼睛从惊愕慢慢变为沉静,然后有了一种奇怪的似乎是厌倦的神情,不过在这一刻,那神情远远超出了原有的克制。

"是的,吉姆,"她平静地说,"我想我从来就对一切没有任何感觉。"

艾迪·威勒斯随她来到她的办公室。只要她一回来,他就感到世界变得清朗、简单、容易面对——而且忘掉了他曾有的无形的忧虑。只有他认为,她虽然是女人,但担任这个庞大的铁路世界的执行副总裁是自然而然的。在他十岁的时候,她告诉他自己将来要管理铁路。现在的他,就像那天在林间空地上一样,对此没有一丝惊讶。

走进她的办公室,看到她坐下来翻看他为她留下的备忘录时,他感觉自己好像坐在车里,发动机已经发动,车轮即将前进。

离开她的办公室前,他想起还有一件事没汇报:"车站的欧文·凯洛格请我和你定个时间,他要见你。"

她惊讶地抬起头,"真有意思,我原本就要找他来。让他上来,我想见他……艾迪,"她突然补充了一句,"见他之前,让他们替我接通阿雅斯音乐出版公司的阿雅斯的电话。"

"音乐出版公司?"他有点怀疑地重复着。

"是的,我有事要问他。"

当阿雅斯先生用热情而彬彬有礼的声音询问有何可以效劳时,她问道:"你能否告诉我,理查德·哈利是否写了一首新的协奏曲——《第五协奏曲》?"

"《第五协奏曲》,塔格特小姐?当然没有。"

"你确定?"

"非常确定,塔格特小姐。他已经八年没写任何东西了。"

"他还活着吗?"

"当然啦——嗯,我倒是不能肯定。他已经彻底淡出了公共生活——但是,如果他去世的话,我们一定会听到消息的。"

"如果他写了什么,你会知道吗?"

"当然,我们会是头一个知道的。我们出版他所有的作品。

不过,他已经停止创作了。"

"我明白了,谢谢你。"

欧文·凯洛格进入她的办公室时,她满意地打量着他,很高兴看到自己对于他外貌的模糊记忆是准确的。他的面孔和列车上那个年轻的司闸员有着同样的特质,她可以和这种人打交道。

"坐吧,凯洛格先生。"她说。但他还是在她的桌前垂手而立。

"你曾经要求过,一旦我决定换工作,就要让你知道,塔格特小姐。"他说话了,"所以我来是告诉你,我要辞职。"

她万万没有料到。过了好一会儿,她才平静地问:"为什么?"

"个人原因。"

"你在这里不满意?"

"不是。"

"你有了更好的工作?"

"不是。"

"你要去哪家铁路?"

"我不是去任何一家铁路,塔格特小姐。"

"那么你要去做什么工作?"

"我还没决定。"

她有点不安地审视着他。他的神情中没有恶意;他直视着她,回答直接而简练。他说话时就像一个没有任何东西要隐藏或要展示的人，神色中带着礼貌，但没有表情。

"那你为什么希望辞职？"

"是个人原因。"

"你病了？是健康问题？"

"不是。"

"你是要离开纽约？"

"不是。"

"你继承了足够的钱，可以退休了？"

"不是。"

"你还打算继续工作来维持生活？"

"是的。"

"但是，你不想在塔格特泛陆运输工作了？"

"不想。"

"这样的话，一定是这里发生了什么事，使你做出了这个决定。是什么事？"

"没有，塔格特小姐。"

"我希望你能告诉我。我有理由想知道。"

"你相信我说的话吗，塔格特小姐？"

"是的。"

"与我在这里的工作有关的任何人、任何事，和我的决定都不相干。"

"你对塔格特泛陆运输没有任何怨言吗?"

"没有。"

"那么,我想你在听到我要给你开出的条件后,也许能重新考虑。"

"很抱歉,塔格特小姐,我不能。"

"我可以告诉你我想说的吗?"

"可以,如果你想的话。"

"你能否相信我,在你请求见我之前,我已经决定要给你这个职位了?我想让你知道这一点。"

"我永远都相信你,塔格特小姐。"

"俄亥俄州分公司的主管,如果你想要的话,这个职位就是你的了。"

他的脸上没有流露任何反应,那些话对他,如同对一个从没听说过铁路的原始人一样,毫无意义。

"我不想要,塔格特小姐。"他回答道。

过了一阵儿,她说话了,声音发紧:"你来列条件吧,凯洛格,自己开个价。我想让你留下来。我可以出的价,比其他铁路开给你的任何条件都要高。"

"我不会去任何一家其他铁路工作。"

"我原本以为你喜欢你的工作。"

这是他的第一个带有感情的迹象，只是略微睁大了一下他的眼睛，并且回答的声音中，有一种奇怪的、轻轻的强调："我喜欢。"

"那就告诉我，说什么才能留住你？"

他不自觉地看着她，显然非常坦诚，似乎这句话起了作用。

"也许，我来这里告诉你我要辞职是不太合适的，塔格特小姐。我知道，你让我告诉你，是想有一个让我还价的机会。所以如果我来了，看起来就像是我打算讲价钱。但我不是。我来只是因为我……我要守信用。"

他话音里的那个停顿像一道闪光告诉她，他是多么在意她对他的兴趣，以及她提出的请求，而且，他的决定并不是轻易做出的。

"凯洛格，我没有任何东西能够给你吗？"

"没有，塔格特小姐，没有任何东西。"

他转身离去。平生第一次，她感到无助和挫败。

"为什么？"她问道，却不是在问他。

他停住脚步，耸了耸肩，笑了——那一瞬间，他有了生气。那是她所见过的最奇特的笑容：其中有神秘的乐趣、万般的伤心以及无尽的苦楚。他回答道：

"谁是约翰·高尔特？"

锁链

the **Chain**

9

开始，是些许灯光。当塔格特的一列火车驶向费城的时候，几点明亮、散落的灯光出现在黑暗之中。在空寂的平原上，它们看起来漫无目的，但又强大得不可能没有目的。乘客们了无兴致，懒散地瞧着它们。

接着，出现了一栋建筑，黑色的身影在夜空中几乎难以分辨。随后是一幢大楼，离轨道很近。大楼一片漆黑，火车灯光的倒影从它坚固的玻璃幕墙上划过。

迎面驶来的一列货车挡住了视线，车窗外充斥着急驰而过的浑浊噪音。在空挂的货车车厢上方突然出现的缺口里，乘客们看到了远处模糊闪烁的红光下的建筑物。那光不规则地跃动着，好像那些建筑物正在呼吸。

货车消失后，他们看到缭绕的蒸汽包裹下棱角分明的大楼。几点强光在缕缕蒸汽中间透射出一道道光束，蒸汽和天空一样火红。

随后出现的物体看起来不像是建筑，倒像是一个方格玻璃的外壳。在它的里面,密实的橙红色火焰飘舞着,遮住了大梁、吊车和桁架。

对这样一个绵延数英里、无人却又喧闹的城市,乘客们无法理解它的复杂。他们看到像扭曲的摩天大厦一样的高塔,悬在半空的桥,以及从坚固的墙外忽然向内喷火的口子;他们看到一排泛着红光的罐子在夜幕下移动着。这些罐子里,是又红又烫的金属。

一幢办公楼出现在铁道旁,楼顶上巨大的霓虹招牌照亮了驶过的车厢内部。招牌上写着:里尔登钢铁。

一个身为经济学教授的乘客对他的同伴说:"在我们这个工业时代巨大的集体成就中,个人有什么重要意义?"另一个当记者的乘客为他将来的专栏做着笔记:"汉克·里尔登在他碰过的所有东西上都留下了他的名字。由此,你就可以知道汉克·里尔登是什么样的性格了。"

当一股红色的喷气从一个长长的物体后面射向空中时,列车正冲进黑暗之中。旅客丝毫没有注意到;他们从来没学过去关注另一炉钢水的出炉。

这是里尔登合金第一个订单的第一炉。

对于工厂里高炉瞭望口前面的那些人来说,这倒出的第一炉钢水带来的是一种黎明般的震撼。细细的钢流有阳光一样纯正的白色。黑色的蒸汽掺杂着炽烈的红斑,一缕缕腾空而起。喷泉般的火花如同动脉被割断了一样抽搐着涌出。空气仿佛被撕成了碎片，反射着无形的烈焰，红色的汽团在空中旋转飞舞，似乎想冲破人类建筑的束缚，毁灭头顶的立柱、大梁和吊车桥架。然而，液态的金属却没有一点暴虐的迹象，它弯曲成长长的白色线条，如绸缎一般光滑，闪烁着善意的微笑。它温顺地沿着脆弱的沟渠，经过土质的渠口，从二十英尺高的空中落进下面那个两百吨容量的钢水包。星星点点的光芒如同优雅的花边和孩子们天真无邪的眼神，在它那沉稳平滑的表面闪烁着，跳跃着。只有靠近一些，才能看出这白色的绸缎是在沸腾之中。钢花不时飞溅，落到下面的地上。它们是金属，在落地的那一刻便开始冷却，并且迸射出火苗。

两百吨比钢还硬的金属，在四千度的高温下奔流，它的威力，足以摧毁任何壁垒和任何靠近它的人。然而，从它的每一寸路线，每一磅压力，到它身体内的每一个细胞，都是由一个对它有着十年研究的精心意图控制和运行的。

刺眼的红色光亮在车间的黑暗之中晃来晃去，不断地映红远处角落中一个人的脸庞；他倚在一根柱子上观察着。耀眼的闪光像楔子一样，不断刺入他那双有着冰一样质地的淡蓝色眼睛，不断掠过一排排黑色的铁柱和他灰黄相间的头发，掠过他风衣的带子和他揣手的衣袋。他的身体高大而瘦削，和周围的人相比总是鹤立鸡群。他的颧骨很高，几道深深的纹路刻在脸颊上，那不是岁月的褶皱，生来就有，这使得他在二十岁的时候看上去更老，而在四十五岁的现在却看上去年轻。从他记事起，人们就说他的脸很难看，因为它冷酷而桀骜不驯，因为它毫无表情。现在，他在察看金属的时候，依然面无表情。他，就是汉克·里尔登。

钢水升高到了包顶，傲慢而放肆地溢出来。随后，一滴滴刺眼的白色变成闪亮的棕色，紧接着变成黑色的金属锥体，然后碎裂开来。熔渣慢慢形成像地壳一样厚实的褐色硬壳。随着硬壳的增厚，出现了几个破洞，里面的白色液体仍然在沸腾。

一个工人坐在上方吊车的驾驶室内，将车身转了过来。他用一只手熟练地拽了一下控制杆：铁链垂下来，顶端的钢钩抓住了钢水包的把手，平稳地把它像牛奶桶一样提起——两百吨的金属划过半空，奔向一排正等待被注入的模具。

汉克·里尔登向后一靠，闭上了眼睛。他感到身后的柱子在吊车的隆隆声中颤动着。活儿干完了，他想。

一个工人看到了他，便像庆祝般咧开嘴笑了。谁知道这个一头金发的高个子为什么今晚非要跑到这里来。里尔登回敬了他一个微笑：这是他今晚得到的唯一的祝贺。然后，他动身回自己的办公室，又恢复了面无表情。

那天晚上，汉克·里尔登很晚才离开办公室，步行回家。这条路要在空旷的野地里走好几英里，但他喜欢走，而且说不清原因。

他一只手插在衣兜里走着，掌心握着一个手镯。它用里尔登合金打造而成，是一根链条的形状。他不时用手指感觉一下它的质地。用了十年的时间才做成这只手镯。十年，他想，真是一段漫长的时间。

黑暗的路旁边是树。抬头看去，能看到星空映衬下的几簇叶子；树叶干枯，打着卷，摇摇欲落。远处，几点灯光从散落四野的房屋窗户中透出来，但这灯光，却使这路显得更加孤寂。

他只在快乐的时候才会感到孤独。不时地，他回过头，望向身后工厂上方那片泛着红光的夜空。

他没有想那过去的十年。在这个晚上，那十年只剩下一种感觉，无以名之，安宁而庄重。那感觉是一个总和，而他已不必去细数其中的每一部分。然而，那些没有被记起的部分，依旧蕴藏在那感觉当中。它们是在工厂实验室炽热的炼钢炉旁度过的那些夜晚——

——那些在家里的工作室度过的夜晚，在纸上记满了公式，然后在失败的恼怒中把它们团成一团。

——那些白天，他挑选来协助自己的几个青年科学家，像战士准备去打一场注定失败的仗，等待着他的命令。他们已经心力交瘁，却依然无怨无悔，只是沉默着，让心里的话在空气中飘荡："里尔登先生，这做不到——"

——那些吃了一半的饭,被闪电般突如其来的新想法打断并舍弃,一个必须立即去求证、去努力、去试验、去花数月的工作在上面,然后,像放弃其他的失败一样放弃的想法。

——那些时间,扔下了会议、合同,扔下了自己要经营全国最好钢铁厂的责任挤出来的时间,如同为了一份秘密的爱情而带着负罪感挤出来的时间。

——那个横跨十年而未动摇的念头,无时无处不在。当他看到城市的建筑,看到铁路,看到农舍窗里的灯光,看到宴会上漂亮的妇人手中切水果的刀子,这念头始终在他的心里:一种金属合金,会比钢铁的用途更广;把它拿来与钢相比,就像拿钢与铁相比一样——

——那种当他扔掉一个希望或者样品时的自我折磨,强迫自己忘记疲惫,不给自己时间去感觉,迫使自己经受这种痛苦:"不够好……还是不够好……"然后带着唯一的动力继续,那就是相信自己一定可以成功。

——然后就是成功的那天,把胜利的果实命名为里尔登合金。

——这些,就是经过高温、已经熔化在他身体里的往事,而它们制成的合金却是一种奇怪、安静的感受,使他面对着黑暗的田野微笑,并且惊讶快乐为什么能令人受伤。

过了一会儿,他意识到自己是在想自己的过去,好像其中的某些日子铺开在他面前，迫使他再次去看。他不想去看，他向来把回忆蔑视为一种毫无用处的沉溺。但随后他明白了，今夜对往事的追忆是对他兜里那块金属的纪念，于是他便由着自己去看了。

他看到了那天，他站在岩石矿层上面，感觉到一串汗珠从脑门淌到脖子。当时他十四岁，那是在明尼苏达铁矿工作的第一天。他正在尽量忍着胸口的酸痛来喘气。站在那里，他咒骂着自己，因为他已下定了决心不能疲惫。过了一会儿，他认为疼痛不是停下来的好理由，便回去接着干活了。

他看到了那天，站在他的办公室窗前瞧着那些铁矿，从那天上午起，他拥有了它们。那时他三十岁。如同那些苦痛是无关紧要的一样，这中间过去的岁月也是无关紧要的。他曾经在矿山、铸造厂和北面的钢厂工作过，越来越接近他当初选择的目标。他对于那些工作的全部记忆，就是他周围的人似乎从不知道该去做什么，而他却始终很清楚。他记得自己曾经纳闷，为什么那么多的铁矿都关掉了，就像自己刚接收的铁矿，本来也濒临关闭。他望着远方层层叠叠的岩石。路口，工人们正在大门上方竖起新的招牌：里尔登铁矿。

他看到了一天傍晚，他疲惫不堪地躺在办公室的桌子上。天色已晚，他手下的员工都已经离开，因此，他可以毫无顾忌地一个人躺在那儿。他很累，似乎他是在和自己的身体进行着较量。所有这些令他筋疲力尽的日子,即使他拒绝承认,仍一下子捉住了他,把他放平在办公桌上。除了不想动,他什么都感觉不到,失去了感受——甚至忍受的力气,他已经燃尽体内所有的能量。他曾经把那么多的活力向四处播撒,开始了那么多的事业——但他想知道,在他感到连身体都抬不起来的现在,是否有人能够给他最需要的活力。他问自己,是谁促使他开始,并且让他坚持下去。然后,他抬起了头,付出平生最大的努力,慢慢地起身,直到可以用一只手抵着桌面,用一条颤抖的胳膊支撑着自己坐好。从此,他再没问过这个问题。

他看到了那天,自己站在小山上,俯瞰一片旧钢厂的肮脏废墟。钢厂已被关闭废弃,前一天晚上,他把它买了下来。劲风疾吹,云缝中挤出一丝灰白色的光亮。在这微光中,他看到吊车巨大的钢铁身躯上暗红的锈蚀,如同失了生命的血迹——还有丛生的鲜绿野草,像贪婪的食人植物,漫过了堆在缺窗少门的墙脚下的碎玻璃。他看到远处大门附近人们的黑影。这些失业者来自破败的屋舍,那里曾经是一座繁华的城镇。他们静静地站在那里,看着他停在工厂门口那辆锃亮的轿车。他们猜想,那个站在山头上的人,是否就是人们谈论的那个汉克·里尔登,这个工厂是否真的会重新开门。"宾夕法尼亚钢铁制造业的历史性周期显然是在走下坡路。"一家报纸曾这样报道,"专家认为亨利·里尔登在钢铁行业的风险投资是毫无希望的。不久你们就会目睹亨利·里尔登的悲惨结局。"

那是十年以前。今晚，吹在脸上的寒风就像那天一样。他回首望去，工厂的红色光亮在空中一吐一吸，如同日出一般，是一幅充满生命力的景象。

这些便是他的站点，是生命的特快列车途经的车站。它们之间的岁月没有给他留下特别的记忆，那些日子飞逝而过，一片模糊。

无论那是怎样的，他想，无论是艰辛抑或痛苦，都很值得，因为它们让他走到了这一天——这一天，里尔登合金的第一个订单出了第一炉钢，将成为塔格特泛陆运输的轨道。

他摸了摸口袋里的手镯，这是他用第一炉金属做成的，是做给他妻子的。

在抚摸它的时候，他突然意识到，自己想的是一个叫作"他的妻子"的抽象的东西——而不是他娶的那个女人。他感到了后悔的刺痛，开始希望自己没有做这个手镯，接着便对他的后悔自责起来。

他使劲晃了晃脑袋，现在不是与过去的困惑纠缠的时候。他感到他可以原谅一切，因为快乐是最好的净化剂。他感觉一切生命都在今夜祝福着他。他很想遇到什么人，面对第一个陌生人，坦白而毫无戒备地说："看看我吧。"他想，同他一样，人们都渴望看到一脸喜悦的样子——从似乎难以解释而毫无必要的阴暗痛苦中获得暂时的解脱。他始终不能理解，人们为什么要不快乐。

黑暗的路不知不觉地攀升到了山顶。他停住脚步，回头望去。远远的西边，红色的闪光变成狭长的一片。从数英里外望去，它上方的霓虹招牌显得很小。黑色的夜空中矗立着几个字：里尔登钢铁。

他站得笔直，仿佛面对着一位法官。他在想，今晚的黑暗之中，其他的招牌也在照亮着大地：里尔登铁矿——里尔登煤炭——里尔登石灰岩。他想到了今后的日子，希望能在它们的上方再亮起一块霓虹招牌：里尔登生活。

他猛然转身，继续走下去。离家更近的时候，他察觉到自己的步伐慢了下来，他的情绪中，某种东西正衰退下去。他隐约觉得并不情愿走进家门，但他却不想有这种感觉。不，今晚不会的，他想；今晚，他们会明白的。但是，他不知道，也从来没有解释过，究竟他要他们明白些什么。

走近房子时，他看到了起居室窗户里的灯光。那房子建在山坡上，像一个白色的庞然大物耸立在他面前，看上去光秃秃的，只有几根半殖民风格的立柱不情愿地点缀着它，有着索然无味的裸体所特有的那种不悦的表情。

他不能肯定自己走进客厅时，妻子是否注意到了他。她正坐在壁炉旁说着什么，手臂的线条配合着她的话优雅地摆动。他听到她的声音有一个短暂的停顿，心想她是看到了自己。但她没有抬头，依旧在滔滔不绝。他不能肯定。

"——但那只是一个有文化的人对所谓纯粹的物质创造感到无聊，"她说道，"他只是对生产铅没有兴趣。"

然后，她转过头来，看着站在长长的房间另一头的阴影里的里尔登，手臂优美地张开，如同她身旁的两只天鹅的脖颈。

"怎么，亲爱的，"她用开玩笑的轻快语气说道，"现在回家不是太早了吗？难道没有扫扫碎铁渣，或者清理一下通风孔什么的？"

人们都转向了他——他的母亲，他的弟弟菲利普，还有他们的老朋友，保罗·拉尔金。

"对不起，"他回答着，"我知道我回来晚了。"

"别说对不起，"母亲说，"你本来可以打个电话回来。"他瞧着她，似乎模糊地记起了什么。"你答应了今晚回来吃饭的。"

"噢，对了，我是答应了。对不起，不过今天在厂里，我们出了——"他戛然停住，不知道是什么使他无法说出回家要说的那件事，只是接着说，"就是我……忘记了。"

"妈妈就是这个意思。"菲利普说道。

"噢，让他先缓过点神来吧，他现在心还在工厂呢，"他的妻子快活地说，"亨利，把外套脱下来。"

保罗·拉尔金看着他，忠厚的眼神像害羞的狗一样。"嗨，保罗，"里尔登招呼道，"你什么时候来的？"

"哦，我搭了五点三十五分纽约的火车。"拉尔金感激地笑着。

"有麻烦？"

"最近谁没麻烦啊？"拉尔金的笑变得无可奈何，表明他这话只是说说罢了，"不过，没有，这次没什么特别的麻烦，只是想应该顺便来看看你。"

他妻子笑了起来。"你让他失望了，保罗。"她转向里尔登，"这种心态是自卑还是优越，亨利？你相信没人能只是来看看你吗？还是你相信缺了你的帮助就没人能过得好？"

他本想生气地反驳，但她朝他笑着，似乎这只是一句随便说说的玩笑，而他对这种无意义的谈话丝毫没有兴趣，因此没有回答。他站在那儿盯着她，对那些他一直无法理解的事感到纳闷。

莉莉安·里尔登总的说来是个漂亮的妇人。她身材高挑、优雅，和她习惯穿的宫廷式高腰裙搭配得正好。她的侧脸轮廓精致，仿佛属于那个时代的一座雕塑：纯洁、高傲的线条，以及那透着古典的简洁、光亮的淡褐色波浪卷发，都表现出一种素朴而尊贵的美。然而，当她转过整张脸时，人们就会微微失望。她的脸不美，眼睛是缺陷：黯淡含混，既不是灰色，也不是褐色，缺乏生气，空洞无神。里尔登一直纳闷，她似乎经常被逗笑，可她的脸上为什么没有悦色？

"我们以前见过,亲爱的,"她回答着他沉默的审视,"尽管你似乎不太肯定。"

"你吃过晚饭了吗,亨利?"他的母亲问道,声音中带着自责的急切,似乎他的饥饿是对她个人的一种侮辱。

"吃了……没有……我不饿。"

"我最好让他们——"

"不,妈妈,现在不用,没关系。"

"这就是我和你一直存在的问题。"她并没看他,对空唠叨着,"为你做什么都没用,你不会领情的。我永远做不到让你好好吃饭。"

"亨利,你工作得太辛苦了,"菲利普说,"这对你不好。"

里尔登笑了。"我喜欢这样。"

"那是你告诉你自己的。那是一种神经衰弱,你知道的。一个人沉溺在工作里,是因为他要逃避什么。你应该有点爱好。"

"噢,菲尔,看在基督的分上!"他说道,但马上就懊悔自己语气中透出的烦恼。

菲利普的健康状况一直不太稳定,尽管医生并未从他松垮、瘦高的身体中发现什么具体问题。他三十八岁,但他长期的萎靡不振有时让人认为他比他哥哥要大。

"你应该学着找些乐趣,"菲利普说,"否则,你会变得呆滞、狭隘。思维单一,你知道的。你应该从你个人的巢穴中出来,看看世界，你现在这样子，会错过生活的。"

里尔登强忍着火气，告诉自己这是菲利普的关心，告诉自己不应该感到厌恶：他们都是在努力表达对他的关切——而他宁愿他们不要来关心这些。

"我今天很开心，菲尔。"他笑着回答——而且奇怪菲利普怎么不问问他为什么。

他希望他们当中有人会问问他。他开始发现注意力很难集中。钢水流动的景象依旧在他的心中燃烧，填满了他的意识，没有地方给任何其他的东西了。

"你或许是道过歉了，只是我应该早点知道，而不是等着你的道歉。"这是母亲的声音。他转过身去，她用那种受伤的神情看着他，仿佛她是一个已经忍耐很久的弱者。

"毕坎姆夫人来吃了晚饭。"她责备地说。

"什么？"

"毕坎姆夫人，我的朋友，毕坎姆夫人。"

"然后呢？"

"我和你说过她，说了很多次，但你从来记不住我说的话。毕坎姆夫人急着见你，但她晚饭后就得走，她等不了，毕坎姆夫人是个大忙人。她非常想告诉你我们在教区学校取得的成绩，关于金属手工课，关于那些贫民区孩子正在亲手制作的漂亮的锻铁门把手。"

他全神贯注地考虑了一下，才平和地说："我很抱歉，令你失望了，妈妈。"

"你并不抱歉，你如果努努力是可以回来的，但是，你除了为自己，什么时候为别人做过努力？你对我们中的任何人和我们做的任何事都没有兴趣，你觉得你付了账单就够了，是不是？钱，你只知道钱。你给我们的只有钱，你付出过一点时间给我们吗？"

如果这表明她想他，他思索着，那么这就意味着感情，如果这意味着感情，那么他就不该感到那是一种沉重和阴郁，这迫使他沉默，免得他的声音暴露出他的厌恶。

"你不在乎，"她的声音一半是唾弃，一半是乞求，"莉莉安今天有个重要的事需要你，但我告诉她，等着和你讨论是没有用的。"

"噢，妈妈，那不重要。"莉莉安说道，"对亨利来说不重要。"

他向她转过去。他站在屋子中间，依旧穿着风衣，似乎陷入了不可能变为现实的虚幻之中。

"一点也不重要，"莉莉安快活地说；他听不出她的声音是抱歉还是夸耀，"不是生意上的事，纯粹是非商业性的。"

"是什么？"

"只是一个我要搞的聚会。"

"一个聚会？"

"噢，别看起来那么害怕，不是明天晚上。我知道你实在太忙了,所以要在三个月以后,而且我想让它成为一件很大、很特别的事。所以,你能不能答应我那天晚上一定在这里,而不是在明尼苏达、科罗拉多,或者加利福尼亚?"

她怪怪地看着他,话说得既轻描淡写,又目的明确,她的笑容过分地渲染着一种天真的气氛,同时又暗示出像是藏着什么王牌。

"三个月后?"他说道,"但是你知道,我没法预料会有什么紧急的业务需要我出城。"

"哦,我知道!但是我难道不能早早地和你预约吗?就像那些铁路总裁、汽车生产商,或者垃圾——我是说,废品——经销商那样?他们说你从不错过一次约会。当然,我会让你根据你方便的时间选择一个日期。"她抬头看着他,她的眼神,在从她位于低处的前额向上抵达他的高度时,具有了一些特殊的女性吸引力。她半是随意半是谨慎地问道:"我想的是十二月十号,不过你是不是更愿意九号,或者十一号?"

"这对我没有区别。"

她轻柔地说:"十二月十号是我们的结婚纪念日,亨利。"

他们全都看着他的脸,假如他们期待的是内疚的神情,那么他们看到的,是一丝感到有趣的微笑。她不可能用这个做陷阱,他想着,因为他只要拒绝接受任何对他健忘的指责,然后把她冷落在那儿,就可以轻易脱身了;她明白,她唯一的武器,就是他对她的感情。他想,她的用意是矜持而间接地试探他的感情,并向他表白自己的感情。聚会不是他的庆祝方式,却是她的。对他来讲,这并不代表什么;而对她,这意味着她能给他和他们的婚姻的最好的礼物。他想,他必须尊重她的意愿,即使他不赞同她的标准,即使他不知道自己是否还在乎她的任何礼物。他必须让她获胜,他想道,因为他的怜悯已经是她此时唯一的出路。

他笑了,一个开朗的、不带厌恶感的笑容宣布着她的胜利。"好吧,莉莉安,"他平静地说,"我保证十二月十日的晚上在这里。"

"谢谢你,亲爱的。"她的笑里有一种封闭的、神秘的色彩;他很奇怪,为什么突然觉得他的态度令他们所有人都失望了。

如果她相信他,他想,如果她对他的感情还在,那么他就要配得上她的信任。他不得不说了;语言是聚焦在一个人思想上的透镜,而他今晚只能用它来说出一件事。"我很抱歉我回来晚了,莉莉安,但今天在工厂,我们炼出了第一炉里尔登合金。"

片刻的寂静后,菲利普说道:"哦,那不错啊。"

其他人什么话都没说。

他把手伸进了衣袋,一触到手镯,它的真实感便将其他的一切一扫而光,他又有了当时看到钢水在他面前倾泻出来时的感觉。

"我给你带了件礼物,莉莉安。"

他不知道,当他把那根金属链条掉在她膝盖上的时候,他站得笔直,手臂的姿势有如远征归来的十字军正在把战利品献给他的爱人。

莉莉安·里尔登拾起了它,把它套在两根并排的手指上,对着灯光举起来。链环笨重而粗糙,闪烁着一种蓝绿色的奇特光泽。

"这是什么?"她问道。

"用里尔登合金第一个订单的第一炉钢生产的第一件物品。"

"你的意思是,"她说,"它和一根铁轨有着完全相同的价值?"

他茫然地看着她。

她晃动着手镯,手镯叮当作响,在灯下泛着光芒。"亨利,它太完美了!多好的创意呀!我会轰动纽约的,我戴的首饰,是和那些桥的大梁、卡车的发动机、厨房的炉子和打字机用同样的东西做成的,还有——那天你说什么来着,亲爱的——汤锅?"

"天啊,亨利,可是你太自负了!"菲利普说。

莉莉安大笑着,"他是个多愁善感的人,所有的男人都是。但是,亲爱的,我很欣赏。不是欣赏这个礼物,而是欣赏你的意图,我明白。"

"如果你问我的话,这意图明明就是自私,"里尔登的母亲说道,"别人如果要送妻子礼物的话,会送一个钻石的手镯,因为他会想到那是她的快乐,而不是他的。但亨利要送礼物,只是因为他做出了一种新的铁皮,哎,它对所有人来说都比钻石更珍贵,因为那是他做的。他从五岁开始就是这样——我见过的最自负的小子——而且我知道他长大后会成为这个地球上最自私的动物。"

"不,它很可爱,"莉莉安说,"很迷人。"她把手镯放在桌上,站起来,双手扶着里尔登的肩膀,踮起脚尖,亲吻了他的脸颊,说:"谢谢你,亲爱的。"

他没有动,没有朝她低下头去。

过了一阵,他转过身,脱下外套,远离其他人坐在了壁炉旁。他只觉得筋疲力尽。

他没有去听他们在说什么,只是隐隐地听到莉莉安在跟他母亲争论着什么,替他做着辩护。

"我比你更了解他,"母亲在说,"汉克·里尔登对人、动物或草都没有兴趣,除非与他或他的工作有某种联系,那才是他关心的。我尽了最大努力教他谦逊,我尝试了一辈子,还是没成功。"

他曾经让母亲不受任何限制地选择她喜欢的生活方式和地点,他一直奇怪她为什么坚持同他住在一起。他想,他的成功,对她并非全无意义,如果确实如此,那它就是联结他们的纽带,他唯一认可的纽带。如果她需要她那成功的儿子家中的一块地方,他不会拒绝的。

"别想让亨利做一个圣人,妈妈,"菲利普说,"他根本就不想做。"

"可是,噢,菲利普,你错了!"莉莉安说,"你是大错特错了!亨利具备成为圣人的一切条件,这才是麻烦的地方。"

他们想从他身上得到什么?——里尔登想着——他们想要什么呢?他从未向他们要求过什么,是他们希望抓住他,向他索取——而且是以爱的形式,但是,他发现这种形式比任何一种恨都更难以忍受。他鄙视无缘无故的爱,正如他鄙视不劳而获。他们声称出于某些不知道的原因而爱他,却忽略了他希望自己被爱的那些地方。他不清楚他们希望用这种方式从他身上得到什么反应——假如这反应是他们想要的。一定是,他想,不然为什么总是抱怨?总是指责他的漠然?总是无休止地猜忌,似乎他们随时可能受伤?他从不想伤害他们,却一直感觉到他们的那种防备和责难,似乎他说的任何话都会伤着他们,不是他说什么和做什么的问题,几乎……几乎仅仅是他的存在就会伤害到他们。别胡思乱想了——他告诫着自己,同时带着他那残酷无情的正义感去痛苦地面对这个谜团。他不能毫不理解地去谴责他们,然而,他无法理解。

他喜欢他们吗?他觉得不。他曾经想去喜欢他们,但那不一样。他过去曾指望发现潜伏在人类身上的某种无须言明的品质,并因此来喜欢他们。而现在,除了毫无怜悯的漠然,他对他们没有任何感觉，甚至连失去的遗憾都没有。他是否需要什么人成为他生活的一部分？他是否怀念曾想去感受的那种感觉？不，他觉得。他曾经怀念过吗？他认为是的，但那是年轻的时候，如今已经不再怀念。

他的疲劳感正在加重，他意识到那其实是厌倦。他觉得出于礼貌，自己应该掩饰住——并且一动不动地坐着，抵抗折磨他的困意。

就在快要睁不开眼睛的时候，他感觉到两根柔软、湿润的手指碰了碰他的手：保罗·拉尔金拉了张椅子坐在他旁边，探身过来，和他单独聊起来。

"汉克，不管业界怎么评论，我觉得里尔登合金是个了不起的产品，很了不起，就像你碰过的其他东西一样，它会赚大钱的。"

"是啊，"里尔登回答，"它会的。"

"我只是……我只是希望你不要有麻烦。"

"什么麻烦？"

"哦，我不知道……现在这个世道……有的人……可你怎么知道呢……什么都有可能……"

"什么麻烦？"

拉尔金坐在那儿，弓着肩膀，用温和、恳求的目光仰望着他。他矮胖的身体看上去总是脆弱而残缺，似乎需要一个壳，被人轻轻一碰就可以缩进去。他渴望的眼睛和茫然、无助、恳求的笑容就是这个壳。像是一个听任莫测的宇宙摆布的小男孩那样，他的笑可以使人打消戒心。他五十三岁。

"你的公关做得不太好，汉克，"他说，"给新闻界的印象总是很差。"

"那又怎么样？"

"人家不喜欢你，汉克。"

"我从客户那里没听到任何抱怨。"

"我不是这个意思。你应该雇一个好新闻发言人，把你推销给公众。"

"为什么？我推销的是钢铁。"

"但你不能让公众都反对你，公众的意见，你知道——是很有分量的。"

"我不认为公众在反对我，而且，无论反不反对，我觉得什么都说明不了。"

"报纸在反对你。"

"它们有时间可以浪费，我可没有。"

"我不喜欢，汉克，很不好。"

"什么？"

"它们写的关于你的东西。"

"它们写我什么了？"

"哦，你知道那一套，比如你身上带刺，你冷酷无情，你在工厂管理上独断专行，你唯一的目标就是生产钢铁和赚钱。"

"可那就是我唯一的目标。"

"但是你不应该那么说。"

"为什么不呢？我应该怎么说？"

"哦，我不知道……但你的工厂——"

"那些是我的工厂，对不对？"

"是的，不过——不过你不应该总是在这一点上大声地提醒人们……你知道现在的世道……他们认为你的态度是反社会的。"

"我才不管他们怎么认为。"

保罗·拉尔金叹了口气。

"怎么了，保罗？你究竟要说什么？"

"没什么……没什么特别的。只是，谁也说不准现在这种时候会发生什么事……一定要非常小心……"

里尔登不禁轻声笑了出来，"你不是在替我担心吧，是吗？"

"只是因为我是你的朋友，汉克，我是你的朋友，你知道我是多么敬佩你。"

保罗·拉尔金一直不走运。他干什么都不顺，既谈不上失败也不能算是成功。他是个生意人，但无论在哪一个行当都做不长久。眼下，他正苦撑着一个制造采矿设备的小厂。

他怀着敬畏，多年来一直跟随着里尔登。他会来讨主意，有时来借贷，但并不频繁。贷款的数额都不算大，虽然不是一直准时，但总是能还清。在这种关系中，他如同一个贫血的人，仅仅看到热情洋溢的生命就可以使他得到活力的补充。

看到拉尔金的努力，里尔登又体会到了观察一只压在火柴棍下挣扎的蚂蚁时的感觉。对他是这样的困难，里尔登心想，对我却是如此的轻松。因此，只要有时间，他便会给出建议、关注以及耐心而恰到好处的兴趣。

"我是你的朋友，汉克。"

里尔登探询地望着他。

拉尔金把目光移到别处，似乎心里踌躇不决。过了一阵，他小心翼翼地问："你在华盛顿的那个人怎么样？"

"还可以，我猜。"

"你要很肯定才对，这很重要。"他抬头看着里尔登，用一种强调的固执口气重复着，仿佛正在完成一个痛苦的道德使命，"汉克，这非常重要。"

"我推测还可以。"

"实际上，这就是我来这里要跟你说的。"

"有什么特别的原因吗？"

拉尔金思忖了一下，觉得使命已经完成了，便说道："没有。"

里尔登不愿意谈这个话题。他知道需要有人在立法机构里维护他，所有的企业家都会雇这样的人。但他从来没在这方面花过太大的精力，他不能完全说服自己这件事的必要性。一种无法解释的厌恶，部分是因为苛求，部分是因为厌倦，每每让他无法对这个问题思考下去。

"问题在于，保罗，"他一边极力去想，一边说，"能挑出来做这件事的人都太脏了。"

拉尔金移开了视线，说："这就是生活。"

"如果我知道是为什么就见鬼了。你能告诉我吗？这个世界究竟出了什么毛病？"

拉尔金伤感地耸了耸肩膀，"问这些没用的问题干什么？海洋有多深？天空有多高？谁是约翰·高尔特？"

里尔登一下子坐直了。"不，"他朗声说道，"不，不应该有这种感觉。"

他站了起来。在谈论这些事的时候，他的疲劳消失得无影无踪。他突然感到有一股反抗力量的迸发，他在走回家时那些对生存的看法，现在似乎正在被莫名地威胁，需要他夺回来，并且再次坚持。

他的精力渐渐恢复。他走过房间，看着他的家人。他们是一群困惑的、不快乐的孩子——他想——他们全都是，包括他的母亲，而他却傻到去憎恶他们的愚笨；那愚笨源于他们的无助，而非他们的恶意。他必须让自己学会去理解他们，因为他有太多的东西可以给予，因为他们永远无法分享他快乐而无穷的力量。

他从房间的另一端瞥向他们。母亲和菲利普在热切地谈论着什么，不过，他注意到他们并不是真的热切，他们是紧张。菲利普坐在一张矮椅上，挺着肚子，身体的重量都压在了肩胛骨上面，好像这个难受的姿势是为了惩罚那些旁观者。

"怎么了，菲尔？"里尔登走近他，问道，"你看起来疲惫不堪。"

"我今天很累。"菲利普闷闷不乐。

"可不是就你一个人工作辛苦，"母亲说，"别人也有他们的问题——尽管不是像你那些上亿元的、天南地北的问题。"

"当然，那很好啊，我总觉得菲尔应该找到些他自己的兴趣。"

"好？你是说你愿意看到你弟弟的健康垮掉？那会让你开心，是不是？我一直觉得是这样。"

"怎么会？不，妈妈，我很愿意帮忙。"

"你不必非得帮忙，不必对我们任何人有任何感情。"

里尔登从来不清楚他的弟弟在做些什么，或者想做什么。他供菲利普上完了大学，但菲利普一直以来都没有什么抱负。按照里尔登的标准，一个人不去工作挣钱肯定是有问题，但他不会把自己的标准强加给菲利普；养活他的弟弟是轻而易举的事。让他慢慢来吧，里尔登多年来一直这么想，还是别让他为了生计挣扎，这样才能有机会选择自己的事业。

"菲尔，你今天干什么了？"他耐心地问道。

"你不会感兴趣的。"

"我感兴趣，所以才问。"

"我从这儿去了雷丁，又去了威尔明顿，四处去跑，见了二十个人。"

"你为什么非要去见他们？"

"我在想办法为全球发展盟友这个组织筹款。"

里尔登从来就没弄清楚过菲利普加入了多少种组织，也不了解它们的活动。最近六个月，他听菲利普含糊地说起过这个组织，似乎是一个致力于心理学、民间音乐和互助耕作的自由演讲团体。里尔登从来就很蔑视这类团体，也就更不会打听它们的详情了。

他仍然沉默着。菲利普主动补充道："有个非常重要的项目，我们需要一万块钱，但筹钱是个苦差事。人们的社会良知一点儿都没了。每当我想起今天看到的那种鼓鼓的钱袋——为什么？他们只要心血来潮就可以花掉比那还多的钱，我却没办法从他们那里挤出一百块来，我就这点请求。他们没有道德责任感，没有……你笑什么？"他突然问。里尔登站在他的面前，正咧着嘴笑。

简直像小孩一样厚脸皮，里尔登心想，太粗鲁了：暗示和羞辱一起来了。只要把羞辱还回去，就可以轻松地让菲利普闭嘴，他想——因为这羞辱是真的，所以才致命——不过他说不出这种话。他想，这可怜的笨蛋肯定知道他得任由我摆布，毫无还手之力，所以我没必要那样做，不那样做才是最好的回答，他才会明白的。他究竟是活在一种怎样的不幸之中，才把自己折腾得这么惨？

接着，里尔登忽然想到，他可以把菲利普无休止的不幸打破一次，给他一个惊喜，一个心灰意冷时的喜出望外。他想：他的愿望其实又关我什么事呢？那是他的，就好像里尔登合金是我的一样——那对他的意义，恐怕和里尔登合金对我的意义一样重要——还是让他高兴一次吧，也许能让他领悟点什么——我不是说过快乐是最好的净化剂吗？——我今晚是在庆祝，那就让他也分享一下——这对他意味着很多，对我却不值一提。

"菲利普，"他笑着说，"明天给我办公室的伊芙小姐打个电话，她会给你一张一万块的支票。"

菲利普茫然地瞪着他，那眼神既不是震惊，也不是兴奋，只是像玻璃球一样空空地瞪着。

"噢，"菲利普应了一声，紧接着说，"我们非常感谢。"声音里没有感情，甚至连最简单的贪婪也没有。

里尔登无法理解自己的感觉：似乎一个沉重而空洞的东西在身体里轰然倒下，他能同时感到它的重量和空虚。他明白，这是失望，但他奇怪为什么如此黯淡和丑陋。

"亨利，你真是太好了。"菲利普干巴巴地说着，"我很吃惊。我没指望从你这儿拿到这笔钱。"

"你还不明白吗，菲尔？"莉莉安说，声音异常清脆而欢快，"亨利今天炼出了他的合金。"她转向里尔登，"亲爱的，要不要宣布今天为全国假日呀？"

"你是个好人，亨利，"母亲说道，接着又说，"但不总是这样。"

里尔登站在那儿看着菲利普，似乎在等待着。

菲利普看向别的地方，然后抬眼对上了里尔登的眼神，就好像是他自己在仔细审视一样。

"你并不是真想帮助那些穷人，对不对？"菲利普问道——而里尔登听着，简直无法相信他的语气竟然是责难。

"对，菲尔，我一点都不想，我只想让你高兴。"

"但这钱不是给我的。我不是出于个人目的在筹集这笔钱。我在这件事当中没有任何私利。"他语调冰冷，透出那种自以为的高尚。

里尔登扭开头去，突然觉得恶心：不是因为这些言语太虚伪了，而是因为它们是真实的，菲利普就是这个意思。

"还有，亨利，"菲利普紧接着说，"我想请你告诉伊芙小姐给我现金，你介意吗？"里尔登困惑地转过来。"是这样，全球发展盟友是个非常进步的团体，一直认为你代表了这个国家最黑暗的社会退步力量。所以，你知道，如果你的名字出现在我们的捐助者名单上面，会让我们很难堪，因为会有人指责我们被汉克·里尔登收买了。"

他想抽菲利普的耳光，但一股几乎难以忍受的厌恶令他闭上了眼睛。

"好吧，"他静静地说，"你会拿到现金的。"

他走到房间最远的那扇窗前，站在那里，眺望远方工厂的光亮。

他听到拉尔金在身后叫道:"该死的,汉克,你不该给他!"

然后是莉莉安冷冷的、幸灾乐祸的声音:"可是你错了,保罗,你大错特错了!如果没有我们可以施舍,他的虚荣心怎么办?如果没有弱者可以统治,他的力量从哪里来?如果不让我们依靠他,他该拿自己怎么办?这完全没问题,我不是在批评他,这只是人性的规律。"

她拿起金属手镯,把它举起来,让它在灯下熠熠生辉。

"一条锁链,"她说道,"很合适,不是吗?这是一条他用来捆住我们所有人的锁链。"

顶层和底层

the Top and the Bottom

3

屋顶像酒窖一般沉重和低矮,人们穿过房间时都弯着腰,似乎在用肩膀扛着拱顶。一个个深红色的皮质环形卡座嵌在被岁月和潮气侵蚀的石头墙里。这里没有窗户,只有点点蓝光从砖石的凹陷处射出,死寂的蓝光与黑暗很是搭配。要进入这里,需要经过向下延伸的狭窄台阶,像是深深地进入地下。这是纽约最贵的一家酒吧,建在一座摩天大厦的顶层。

一张桌旁围坐着四个人。在高达六十层的城市上空,他们并没有无拘无束地高谈阔论,反而压低嗓音,像是在地窖里面。

"情况和局势,吉姆,"沃伦·伯伊勒说道,"情况和局势完全超出了人类的控制能力。我们为铁轨的生产做好了计划,但难以预料的事情发生了,谁也阻止不了。要是你能给我们一个机会的话,吉姆。"

"不团结,"詹姆斯·塔格特慢吞吞地说,"看来是产生社会问题的根本原因。在某些方面,我妹妹对我们的股东有一定的影响力。有时我们无法战胜他们那些破坏性的策略。"

"你说对了，吉姆，不团结，这才是麻烦。我完全认为，在这个复杂的工业社会中，没有什么成功的企业逃得过其他企业出现的问题。"

塔格特呷了一口酒就把杯子放下了，说："真该把这个调酒的给炒了。"

"比如，拿联合钢铁来说，我们有全国最现代化的工厂和最好的组织结构，这一点，在我看来是毫无问题的，因为去年我们获得了《环球》杂志颁发的工业效率奖。因此我们认为已经尽了全力，谁也不能责备我们。但是，如果铁矿石的状况是全国性的问题，那我们也无能为力。我们弄不到铁矿石，吉姆。"

塔格特没有说话。他坐在那里，把两只胳膊摊放在桌子上。桌子本来就很小，他这样一来，就使得另外三个人更不舒服了，但他们似乎都不反对他享有的这种特权。

"谁也搞不到铁矿石了，"伯伊勒说道，"铁矿的自然枯竭，你知道，还有设备老化，材料短缺，运输的困难和其他不可避免的情况。"

"铁矿业的濒临灭亡也扼杀了采矿设备行业。"保罗·拉尔金插了一句。

"企业之间显然是互相依存的，"伯伊勒继续说道，"每个人都应该分担其他人的困难。"

"我认为这是对的。"韦斯利·莫奇附和着，但是根本没人理他。

"我的目的，"沃伦·伯伊勒接着说，"是保护自由经济。普遍的意见是，自由经济现在正在被审判，如果不能证明它的社会价值，并且承担它的社会责任，人们就不会容忍它的存在。如果它无法发展成一种公众的精神，那它就死定了。"

五年前，沃伦·伯伊勒还是无名之辈，之后就成为全国各种新闻杂志的封面人物。他靠自己的十万块钱和政府的两亿贷款起家，吞并了许多小企业后，使他的公司成了现在的庞然大物。他喜欢说的话是，这证明了个人能力在这个世界还是有机会获得成功的。

"唯一可以为私人财富辩护的，"沃伦·伯伊勒说，"就是公共服务。"

"我认为这是毫无疑问的。"韦斯利·莫奇又附和了一句。

沃伦·伯伊勒一口吞下他的酒，发出很大的响声。他身材魁梧，有着壮年男性的气度，周身上下给人暴躁不安的感觉，除了他那双细长的小黑眼睛。

"吉姆，里尔登合金像是个耸人听闻的骗局。"

"哼哼。"塔格特哼了一声。

"我听说没有一个专家对此有赞同的结论。"

"没有，一个也没有。"

"我们好几代人都在一直改良钢轨，并增加钢轨的重量。里尔登合金轨道果真比最廉价等级的钢轨还要轻吗？"

"不错，"塔格特点头说，"是更轻。"

"但这太荒唐了，吉姆，这在物理上是不可行的。要用在你重负荷、高速度的主干道上？"

"是啊。"

"你这可是惹祸上身。"

"是我妹妹。"

塔格特让酒杯的吸管在两个手指头间缓缓地转动着。大家一阵沉默。

"国家金属工业理事会，"沃伦·伯伊勒说道，"通过了一个决议，成立一个委员会调查里尔登合金的问题，因为它的应用可能会成为真正的公害。"

"我看，这很英明。"韦斯利·莫奇说。

"在所有人都同意，"塔格特的声音突然尖得刺耳，"在大家都意见一致的时候，一个人怎么竟敢坚持异议？凭什么？我就想知道——凭什么？"

伯伊勒把目光投向塔格特的脸，但房间里昏暗的光线令他无法看清，只瞧见黯淡发紫的一块。

"当我们在自然资源极度短缺时，"伯伊勒缓和了声音，说道，"当我们想到那些关键性的原材料被浪费在一个毫不负责的私人试验上时，当我们想到铁矿……"

他有意停住，又瞟了塔格特一眼。但是，塔格特似乎知道伯伊勒在等什么，并且似乎发现了保持沉默的好处。

"吉姆，公众和自然资源有着生死攸关的利害关系，比如铁矿石。对一个反社会者的不负责任和自私的浪费，他们不会听之任之。不管怎么说，一切私人财富都只不过是为了社会的整体利益而采取的托管方式罢了。"

塔格特看了伯伊勒一眼，笑了，显然是在表明他要说的话就是伯伊勒刚才所说的问题的答案。"这儿的酒简直是刷池子水，我想，这大概就是想清静要付的代价吧。但我的确希望他们能明白，他们是和专家在打交道。因为我是掏钱的，我希望自己的钱花得值，能让我高兴。"

伯伊勒没作声，脸色阴沉了下来。"听着，吉姆……"他重重地说道。

塔格特笑着："什么？我在听呢。"

"吉姆，我相信你会同意垄断是最有破坏性的。"

"是的，"塔格特说，"这是一方面；另一方面，没有约束的竞争也会带来灾难。"

"没错，的确是这样。根据我的看法，正确的道路总是在中间，所以我想，社会的职责就是要剪除极端，对不对？"

"是的，"塔格特说，"是这样。"

"想一想铁矿石行业的景象。全国产量看来正在可怕地下跌，威胁着整个钢铁行业的生存，到处的钢厂都在倒闭。只有一家采矿公司幸运地不受大气候的影响，产量充足，总能按计划完成。但谁能从中获益呢？只有它的主人。你会把这叫作公平吗？"

"不，"塔格特说，"这不公平。"

"我们大多都不拥有铁矿，怎么竞争得过一个占着一方上帝的资源的人呢？那么，他总能提供钢材，而我们却只能挣扎和等待，并且丢掉客户，关门倒闭，这还有什么好奇怪的吗？让一个人毁掉整个行业，这符合公众利益吗？"

"不，"塔格特说，"不符合。"

"在我看来，国家政策的目的应该是在每个人合理的铁矿份额内，给每人一个机会，着眼于保护这个行业的整体。你难道不这样认为吗？"

"我也这么想。"

伯伊勒叹了口气，然后小心翼翼地说："但是我想华盛顿没有多少人能够明白渐进的社会政策。"

塔格特缓缓地说道："有，不多，也不好接近，但还是有。我或许会和他们谈谈。"

伯伊勒拿起酒，一饮而尽，好像终于听到了他想听的。

"说到渐进政策，沃伦，"塔格特说，"或许你该问问自己，在许多铁路倒闭、大片地区没有铁路运输的交通短缺时代，容忍重复建设的浪费；在具备历史优先条件并且铁路网已经建起来的公司所在的地区，容忍破坏性的同业相残竞争——这是否符合公众的利益？"

"嗯，对，"伯伊勒高兴地说，"这似乎是个有意思的问题，我会和几个国家铁路联盟的朋友讨论讨论。"

"友谊，"塔格特用一种闲散而漫不经心的语气说道，"比金子更珍贵。"突然，他转向了拉尔金，"保罗，你不这么认为吗？"

"什么……对，"拉尔金错愕地说，"当然。"

"我就指望你了。"

"啊？"

"我指望着你的许多交情呀。"

他们似乎都清楚拉尔金为什么没有立刻回答。拉尔金的肩膀好像朝桌子沉了下去。"假如大家都为了一个共同的目标而努力，就不会有人非得受到伤害了！"他突然以极不协调的绝望语气喊道。见塔格特正注视着他，他又用请求的口气说："我希望我们不要去伤害任何人。"

"这是一种反社会的态度，"塔格特故意慢吞吞地说道，"害怕牺牲某人的人，不配谈论什么共同的目标。"

"但我尊重历史，"拉尔金急忙说，"我看得到历史的需要。"

"很好。"塔格特说。

"不能指望我去对抗整个世界的潮流，对不对？"拉尔金似乎是在乞求，但这乞求却不是向在座的任何一个人，"我能吗？"

"你不能，拉尔金先生，"韦斯利·莫奇说道，"你和我不会受到责备，假如我们——"

拉尔金猛地将头扭开，简直就是不寒而栗，他没办法去看韦斯利·莫奇。

"你在墨西哥玩得好吗，沃伦？"塔格特突然提高了嗓门儿，放松地问。他们似乎都明白了，他们会谈的目的已经达到，每个人想来搞清楚的事，也都搞清楚了。

"是个奇妙的地方，墨西哥，"伯伊勒快活地答道，"非常刺激，让我很受启发。不过，他们的食品配给很糟糕。我都病了。但是他们正努力使他们的国家稳定下来。"

"那儿的情形怎么样？"

"好极了，在我看来是好极了。不过现在，他们……但他们瞄准的是未来。墨西哥有伟大的未来，几年就会超过我们的。"

"你去圣塞巴斯蒂安矿了吗？"

桌前的四个人立刻坐直了身子，他们全都买了大量圣塞巴斯蒂安矿的股票。

伯伊勒没立刻回答，因此他的声音冒出来时，显得非常突然和做作："噢，当然了，那是我最想看的地方。"

"然后呢？"

"什么然后？"

"情况怎么样?"

"好极了,好极了。那儿的山里的铜储量,一定是地球上最大的。"

"他们看起来很忙碌吗?"

"我还从没见过那么繁忙的地方。"

"他们忙些什么?"

"呃,你知道,我和他们说西班牙语的那个管事的在一起,他说的话,我一半都听不明白,但他们肯定很忙。"

"有任何的……什么麻烦吗?"

"麻烦?圣塞巴斯蒂安那儿可没有,它是私人财产,只不过最后一段是在墨西哥境内,可那也没什么区别。"

"沃伦,"塔格特小心地问道,"关于他们打算把圣塞巴斯蒂安矿国有化的那些传言是怎么回事?"

"诽谤,"伯伊勒气愤了,"纯粹是恶毒的诽谤。我确信。我跟他们的文化部长一起吃过晚餐,跟其他人也一起吃过午餐。"

"应该有法律来对付那些不负责任的流言,"塔格特愠怒地说,"咱们再喝一杯。"

他气冲冲地朝侍者挥了挥手。屋子里的一个阴暗角落中有一个小吧台,一个枯瘦的侍者已经一动不动地在那儿站了很久。听到招呼,他带着一副瞧不起人的样子磨蹭过来。他的工作就是让这里的客人放松和高兴,但他的样子却像一个庸医,受刑般地对付着某种有罪的疾病。

四个人在无言中静坐着,一直到侍者送来他们的酒水。摆放在桌上的酒杯在昏暗中闪烁着点点蓝色的微光,像是四簇煤气放射出的微弱火苗。塔格特伸手拿过他的酒杯,忽然笑了起来。

"让我们为了由于历史的需要而做出的牺牲,喝了这杯。"他边说边看着拉尔金。

一阵短暂的沉默。如果光线明亮,那就会是两个人目光对视的较量,但在这里,他们只能看到对方的眼窝。接着,拉尔金也拿起了他的酒杯。

"伙计们,这可是我的聚会。"塔格特在众人喝酒时说道。

然后大家都找不到话说了。这时伯伊勒若无其事地说道:"嗨,吉姆,我想问问你,你在圣塞巴斯蒂安铁路上的火车运输服务究竟怎么回事?"

"什么,你什么意思?那儿怎么了?"

"呃,我不清楚,不过一天只开一趟客车是——"

"一趟车?"

"——在我看来,是没什么用的。而且,那是什么火车啊?你肯定是从你祖爷爷那儿继承的那些车厢吧?而且看来他已经用得够狠的了。你究竟是从哪儿找到的那个烧木头的火车头?"

"烧木头的?"

"是啊,烧木头的。我只在相片里见到过。你从哪个博物馆里弄来的?别装得好像你不知道似的,你就告诉我这里有什么门道吧。"

"是,我当然知道,"塔格特忙说,"那只是……只是你碰巧选在了我们机车出问题的那个星期——我们已经订了新的发动机,但稍微晚了几天——你也知道我们和机车生产商之间的问题——但只是暂时的。"

"当然,"伯伊勒说,"既然延误就没办法了。不过话说回来,那是我坐过的最难受的火车,几乎把我的五脏都颠出来了。"

没过多久,他们注意到塔格特变得沉默寡言,好像有什么心事。当他突然连抱歉也不说一声就站了起来时,他们也像接到命令般地起身。

拉尔金挂着过分热情的笑容,喃喃地说道:"很荣幸,吉姆,很荣幸,大项目就是朋友一起喝酒的时候诞生的。"

"社会改革是缓慢的,"塔格特冷冷地说,"需要忍耐和小心。"他头一次转向了韦斯利·莫奇,"莫奇,我喜欢你的地方,就是你不多话。"

韦斯利·莫奇是里尔登安排在华盛顿的人。

塔格特和伯伊勒下楼来到大街上时,天空中还有一抹落日的余晖,他们并不觉得吃惊——封闭的酒吧让人觉得已经是午夜。夜幕勾勒出一座摩天大厦的轮廓,笔直而锋利,像一把扬起的剑。在它远远的后方,悬挂着那个日历。

塔格特匆匆翻起大衣领子，系上扣子挡住街上的寒风。他今晚本来并没打算回办公室，但现在不得不回去。他要去见他的妹妹。

"……一个艰巨的任务摆在我们面前，吉姆，"伯伊勒说着，"一个艰巨的任务，这么危险而复杂，这么多的风险……"

"这全要靠，"詹姆斯·塔格特缓缓地答道，"认识能实现它的那些人……必须清楚这一点——能实现它的人。"

达格妮九岁的时候就下了决心，将来有一天她要管理塔格特泛陆运输公司。当她站在钢轨之间，看到笔直伸向远方、最终汇成一点的铁路时，她便向自己说出了这个决心。钢轨横穿树林的样子，使她有一种高傲的快感：它不属于那些古树，不属于从树上俯探灌木丛、野花，以及孤寂的细叶的那些绿色树枝——但它在那里。两行钢轨在太阳下是如此灿烂，它们之间的黑色枕木仿佛是她要攀爬的木梯。

那并不是突然的决定，她很早就知道，那决定只是给她说过的话加上了最后的封印。她和艾迪·威勒斯在意识初萌的童年，就像遵守着一个心照不宣的诺言，把自己交付给了铁路。

她对于自己身边的世界，对于其他的孩子和大人，都感到极度乏味。她认为自己被囚禁在一群无聊的人中间，是一个遗憾的意外，需要忍耐一阵子。她窥探到了另外一个世界，并且知道那个世界存在于某个地方。那个世界创造出了火车、大桥、电话线，以及晚上眨着眼睛的信号灯。她就想，等她长大，她要到那个世界去。

她从没有试图去解释自己喜欢铁路的原因。无论别人怎么想，她知道她的这种情结是他们没有也无法回答的。在学校，她对自己唯一喜欢的数学课也有着同样的感受。她能体会到解难题的兴奋，接受挑战并轻松干掉它的得意，以及迎接下一场更难的考试时跃跃欲试的心情。同时，对于这个简洁、严谨、闪耀着理智光芒的科学对手，她的敬意也与日俱增。她一下子就对研究数学有了如此这般的感觉："人们对它的研究实在太伟大了"，"我的数学这么好真是太棒了"。那是一种敬仰和个人的能力一起带给她的愉悦。她对于铁路的感觉完全相同：尊崇创造出这一切的技能和那种巧妙、智慧的天赋。她带着神秘而崇拜的笑容告诉自己，有一天她会知道如何去做得更好。她常常泡在铁路和道房附近，就像一个谦逊的学生，只是那谦逊里有一种未来的骄傲，一种可以努力获得的骄傲。

"你实在太狂妄了"，是她童年时经常听到的两句评语之一，尽管她从没直说出她的能力。另一句话是："你是自私的"。她就问这是什么意思，但从来没得到过回答。她看着那些大人，奇怪他们怎么就能觉得她会为如此模糊的指责而感到愧疚。

她告诉艾迪·威勒斯自己要去管铁路的时候，是十二岁。

她十五岁的时候,第一次想到女人是不该去管理铁路的,而且还会遭到人们的反对。见鬼去吧,她想——并从此不再为这种念头纠结。

十六岁时,她开始在塔格特泛陆运输工作。她的父亲答应了她:他是觉得既好笑又有点好奇。一开始,她在一个乡间小站做夜班管理员,因为白天要在大学学习工程专业,她头几年只能晚上去上班。

与此同时,詹姆斯·塔格特也开始了他的铁路生涯,他当时二十一岁,在公关部门工作。

很快,达格妮便从塔格特泛陆运输的管理人员中一帆风顺地脱颖而出。她承担那些职责重大的工作是因为没有人去承担。她周围有寥寥可数的一些天资聪颖的同事,但这样的人越来越少。她的上司有权力,但好像害怕使用,他们的时间都花在了躲避作决定上面。因此,她告诉人们应该去干什么,人们就照办了。她在升迁到每一个职位之前,都已经做了很久那个职责范围的工作。仿佛走在一间空屋子里,既没人阻拦她,也没人赞同她的前行。

她父亲对她似乎很吃惊,并感到自豪,却不讲什么。在办公室看到她时,他的眼里有一种伤感。她二十九岁时,父亲去世了。"总是有一个塔格特家的人在管理这铁路。"这是他对她说的最后一句话。他的眼神里有一丝古怪:和敬意在一起的,是怜悯。

塔格特泛陆运输的控股权留给了詹姆斯·塔格特。他在三十四岁时，当上了这家铁路公司的总裁。达格妮想到了董事会要选他出来，却一直不懂他们为什么如此急不可耐。他们讲到了传统，总裁向来是塔格特家的长子。他们选出塔格特是因为害怕，正像他们因为害怕而不敢从梯子下面走过。他们讲到了他"能够使铁路受欢迎"的才能，他"良好的媒体关系"，以及他"在华盛顿方面的能力"，他似乎格外善于赢得国会的支持。

达格妮对"在华盛顿方面的能力"及这种能力的意义一窍不通。不过，这看起来似乎有必要，她也就置之不理，想着的确是有很多类似清理下水道那样令人不快但又需要人去做的工作，而吉姆看来喜欢做这个。

她从不渴望总裁的位子，业务部门才是她唯一关心的。她到铁路上的时候，那些讨厌吉姆的老铁路工人就会说，"总是有一个塔格特家的人在管理这铁路"，并用她父亲望着她时的样子看着她。她的脑海中便总有一个信念：吉姆还没有聪明到能给铁路造成多大损害，无论他造成什么损害，她也总是能够把它纠正过来。

十六岁时，她坐在管理员的桌前，看着塔格特的列车灯火通明地驶过，她曾经想，她已经进入了自己的那个世界。但在随后的日子里，她明白她还没有。她发现面前的对手根本不值一提：那不是一个令她在挑战时感到荣耀的超级高手，而是一种愚蠢——一团灰溜溜的棉花，看上去柔若无形，对一切都不妨碍，却成了她的障碍。她赤手空拳地站在这个谜的面前，找不到答案。

只是在起初几年，当人类那种纯净、刚硬、闪亮的能力在她面前惊鸿一现时，她会暗自惊呼。她对寻找一个有着高于自己的心性的朋友或敌人有着一种痛苦的渴望。她有工作要做，没时间感受痛苦，只是偶尔才会。

詹姆斯·塔格特在公司采取的第一个措施是建设圣塞巴蒂安铁路。很多人对此负有责任，但对达格妮来说，只有一个名字贯穿了整个冒险，无论她什么时候去看，它都遮盖住了其他的名字。它始终出现在长达五年的挣扎里，出现在浪费的数英里轨道之中，出现在记录着塔格特泛陆运输亏损的一页页数字里，像是无法愈合的伤口里红色的血滴——正如它出现在世界上每一个证券交易所的记录带上——出现在闪着红色火光的熔铜炉烟囱上——出现在关于某一丑闻的头条消息中——出现在记录了百年贵族历史的羊皮纸文件里——出现在遍及三个大陆的女人闺房内鲜花中的卡片上。

那个名字是弗兰西斯科·德安孔尼亚。

弗兰西斯科·德安孔尼亚在二十三岁时继承了一大笔财富，成为著名的铜业大王。如今，他三十六岁，是地球上最富有、最放荡，也最令人吃惊的花花公子。他是阿根廷一个显贵家族的后代，拥有肉牛农场、咖啡种植园，以及智利的大部分铜矿。他几乎拥有了半个南美洲。分布在美国的各种矿业只是他财产的九牛一毛。

当弗兰西斯科·德安孔尼亚突然买下墨西哥大片荒芜的山地时，他发现了富铜矿的消息便传了出来。他没有花费任何力气去卖他的股份；那些股份简直是被人求着卖了出去，他仅仅是从申请的买主中选出他想照顾的那些人。他有非凡的理财本领，没人能从与他的交易中占到什么便宜——如果他愿意，他做的每一笔生意和走的每一步都会继续增加他已经无比庞大的财富。那些谴责他最厉害的人，也正是利用了他的才能所带来的机会的头一批人，他们还想继续瓜分他新的财富。弗兰西斯科·德安孔尼亚亲自命名了圣塞巴斯蒂安矿。詹姆斯·塔格特、沃伦·伯伊勒，还有他们的那些朋友，是持有该项目最多股份的那一部分人。

达格妮从没发现到底是什么力量促使詹姆斯·塔格特从得克萨斯修建一条铁路支线，直通到荒芜的圣塞巴斯蒂安。看来大概他自己也不清楚这一点：他就像一块没有屏蔽的开阔地，迎接着所有吹来的风，而最终的结果完全依赖于偶然。塔格特泛陆运输的几个高层主管反对这个项目：公司要把全部精力集中在重建里约诺特铁路上，不可能两头兼顾。然而，詹姆斯·塔格特是铁路公司的新总裁，那是他上任的第一年。他获得了胜利。

墨西哥非常渴望合作，这个不承认地产权的国家签署了合同，保证了塔格特泛陆运输公司两百年的铁路所有权。弗兰西斯科·德安孔尼亚的矿产也得到了同样的承诺。

达格妮坚决反对建设圣塞巴斯蒂安铁路，她尽力去说服所有的人，但她只是一个营运管理部门的助理，还太年轻，没有任何权威，她的话也就没人去听。

她自始至终都无法搞清支持这条铁路的那些人的动机。在一次董事会上，她作为一个少数派，像观众一样无能为力地坐在那里，感到屋子里有一种奇怪的回避气氛，笼罩着每一段讲话和每一次争论，仿佛除了她，其他人对他们作出决定的真正原因早已不言自明。

他们谈论着未来和墨西哥贸易的重要性，谈论着一条繁忙的货运线路，以及独家运输采之不竭的铜矿产品带来的丰厚收入。他们列举弗兰西斯科·德安孔尼亚过去的业绩来证明这一点，不提任何有关圣塞巴斯蒂安矿的矿物的实际资料。这方面的事实材料很少，德安孔尼亚发布的信息十分不具体，不过，他们好像并不需要什么事实。

他们长篇大论地讲着墨西哥人的贫困，以及他们对铁路的迫切需要。"他们从来没有过机会。""帮助贫穷国家发展是我们的责任，一个国家，在我看来，是它的邻国的帮手。"

她坐在那儿听着，想到了塔格特泛陆运输公司不得不放弃的许多铁路支线，多年来，这家伟大的铁路公司收入一直在下降。她想到了被整个系统有意忽略的那些迫切需要的维修。他们对于维修问题的政策根本就不是政策，而是用橡胶玩弄的一场游戏，可以抻长一点，然后再抻长一点。

"墨西哥人，在我看来，是一个被原始经济所压迫的勤劳民族，如果没人帮助，他们怎么能够实现工业化？""考虑投资的时候，我的意见是应该把希望寄托在人的身上，而不只依赖于单纯的物质因素。"

她想到因为连接杆出现裂缝而在里约诺特铁路旁边停置的机车，想到成吨的石土冲破坍塌的护墙，堵住了轨道，导致里约诺特铁路的所有交通瘫痪了五天。

"既然一个人必须把兄弟的利益摆在自己的利益之前，在我看来，一个国家也必须先考虑它的邻国的利益。"

她想到了人们开始关注的一个叫作艾利斯·威特的新面孔，辽阔的科罗拉多正濒临死亡，他的行动成为第一滴水，引出了即将喷发的产品洪流。里约诺特铁路是在被导向一条最终崩溃的道路，而现在，正是需要它发挥全部能量的时候。

"物质的欲望并不是全部，还是要考虑非物质的想法。""一想到我们有一张巨大的铁路网，而墨西哥人民只有一两条短缺的铁路，我就会羞愧地忏悔。""自给自足的古老经济理论早就过时了，一个国家想在到处都是饥饿的世界上繁荣，是不可能的。"

她想到了很久以前，在还没有她的时候，塔格特泛陆运输公司刚刚成立，需要能用的每一根铁轨、每一根路钉和每一块美金——而可用的却那么的少。

他们这时又提到了墨西哥政府能够控制一切的效率性。他们说，墨西哥会有一个伟大的将来，在几年后能够成为一个危险的竞争对手。"墨西哥有纪律性。"董事会的人在会上一直以羡慕的语气这样说。

詹姆斯·塔格特用说一半留一半的话和模糊的暗示让大家明白，他从来不提姓名的那些华盛顿的朋友希望看到在墨西哥修建一条铁路，这样的铁路会对国际外交事务起到极大的帮助作用，而全球公众的良好反应将使塔格特泛陆运输公司得到远比它的投资更多的回报。

他们表决通过，投资三千万美元修建圣塞巴斯蒂安铁路。

当达格妮离开会议室，走在空气清冷的街上时，她听到两个字清楚而不间断地在她麻木而空虚的心里重复着：离开……离开……离开。

她听着，吓呆了。她无法想象自己离开塔格特泛陆运输公司。她感到恐惧，并不是恐惧这个念头，而是这念头从何而来。她生气地摇着她的脑袋，告诉自己，塔格特泛陆运输公司比任何时候都需要她。

两名高级主管辞了职。主管业务的副总裁也辞了职，他的位置被詹姆斯·塔格特的一个朋友取代了。

钢轨铺到了墨西哥的荒漠上——与此同时，因为轨道破旧，降低里约诺特铁路车速的命令也下达了。一个带有大理石柱和镜子的加固混凝土仓库建在一个墨西哥村子里尘土弥漫的广场上——而在里约诺特铁路上,由于一条钢轨裂开,一列油罐车冲下护堤,撞进了燃烧的垃圾堆。艾利斯·威特不等法庭决定这场事故是否如詹姆斯·塔格特所说的那样是天灾,就把运油的业务转给了凤凰-杜兰戈,一个毫不起眼、还在拼命努力的小铁路公司,只是,它努力得不错。凤凰-杜兰戈一下子坐上火箭升了天。从那时起,它和威特石油,以及附近山谷里的工厂一起成长起来——它的轨道以每月增加两英里的速度在延伸,一直穿过崎岖不平的墨西哥玉米地。

三十二岁的时候,达格妮告诉詹姆斯·塔格特她想辞职。过去的三年里,她在没有头衔、功劳和权力的条件下,支撑着业务部门。吉姆的那个朋友已经厌烦了主管业务副总裁的头衔,她再也不愿意把整天、整夜、整小时的时间都浪费在躲避他对她的干扰上。他从不制订任何政策,总是竭尽可能地阻挠她的主意,最后再把她的主意当作他自己的决定。她给她哥哥下了最后通牒——他喘了口气,说:"可是,达格妮,你是个女人!一个女人做业务副总裁?从没听说过!董事会不会考虑的!"

"那,我就走人。"她回答道。

她从没想过怎么去打发今后的生活。要离开塔格特泛陆运输公司,如同截去她的双腿。她觉得只能让它发生,后面就听天由命了。

她一直没明白为什么董事会成员一致同意任命她为主管业务的副总裁。

是她，最后把圣塞巴斯蒂安铁路交给了他们。她接管时，建筑工程已经进行了三年，仅仅铺设了三分之一的轨道，而产生的费用已经超出了批准的总额。她炒了吉姆的朋友们的鱿鱼，找到一家承包商，用一年的时间完成了工程。

圣塞巴斯蒂安铁路现在已经在运营，既没有增长的贸易业务通过边境，也没有任何运铜的火车。每隔很久，才有只坐满几节车厢的列车从圣塞巴斯蒂安一路晃荡着下山。据弗兰西斯科·德安孔尼亚说，铜矿仍在开发的过程当中。塔格特泛陆运输公司在此的消耗却从未停止。

现在，她像许多个夜晚一样，坐在她的办公室里，努力思考着用哪条支线，以及多少年的时间，来挽救整个系统。

里约诺特铁路一旦重建，就可以补救其他的损失。在她查看报表上一笔又一笔的亏损时，她不去想在墨西哥冒险的、漫长的，而且毫无意义的痛苦。她想起了电话中的一次对谈："汉克，你能帮帮我们吗？你能不能在最短的时间给我们钢轨，同时给我们最长的付款期限？"一个平静、沉着的声音回答："当然。"

想到这个，她便有了一个支撑点。俯在办公桌上的文件上方时，她忽然发觉注意力更容易集中了。至少可以指望一件事，在需要的时候不会泡汤。

詹姆斯·塔格特穿过达格妮办公室外间的接待室,半小时前在酒吧伙伴们那里获得的信心依然满满。打开她房门的时候,这信心却消失了,他像一个被拽去受罚的小孩,充满着对今后的怨恨,走到她的桌前。

她正低头在看文件,台灯照着她蓬乱不整的头发,肩头撑起的白衬衣,松垮得显出了她瘦削的身体。

"什么事,吉姆?"

"你想从圣塞巴斯蒂安铁路上收回什么?"

她抬起头,"收回?怎么回事?"

"我们在那儿运行的是什么样的日程表,什么样的火车?"

她笑了,那笑声是快活的,又稍稍有些疲倦。"你真该经常读一读送到总裁办公室的那些报告。"

"你什么意思?"

"在过去的三个月里,我们一直是在运行那个日程和那些火车。"

"一天一班客车?"

"——是在上午。另外每隔一个晚上有一班货车。"

"天啊!在这么重要的支线?"

"这么重要的支线连那两趟车都支付不起了。"

"但墨西哥人希望从我们这里得到真正的服务。"

"这我敢肯定。"

"他们需要火车!"

"来做什么?"

"来……帮他们发展当地的工业。如果我们不给他们运输的话,你怎么能指望他们发展呢?"

"我没指望他们发展。"

"那只是你的个人意见,我不知道你有什么权力开始压缩我们的日程。为什么?仅仅运铜一项业务就足够支付所有的费用了。"

"什么时候?"

他看着她,脸上露出一个人要说出伤害力十足的话时那种满意的表情,"在弗兰西斯科·德安孔尼亚管理那些铜矿的时候——你始终相信它们会成功的,对不对?"他一边强调着那个名字,一边看着她。

她说:"他或许是你的朋友,但——"

"我的朋友?我觉得是你的。"

她沉着地说:"过去十年不是。"

"太糟糕了,对吧?可他还是地球上最聪明的经营者之一,从没在任何一次冒险当中失过手——我是说,生意冒险——况且他也把自己上百万的资金砸到了那些矿上,所以我们能够信任他的判断。"

"你什么时候才能认识到弗兰西斯科·德安孔尼亚已经变成了一个一钱不值的混混?"

他哑然失笑,"就他的人品来说——我一直觉得他就是那样的。但你没听我的意见,你的看法正好相反。噢,天啊,多么截然相反呀!你肯定记得我们为此事的争吵吧?我是不是应该摘出几句你说他的那些话呀?你干的某些事,我只能猜测。"

"你希望谈论弗兰西斯科·德安孔尼亚吗?这就是你来这里的目的?"

他的脸上流露出失败的恼怒——因为从她脸上什么也看不出来。"你绝对清楚我是为什么来的!"他厉声叫道,"我听说了一些关于我们在墨西哥的火车的事,简直难以相信。"

"什么事?"

"你在那儿用的都是些什么货色?"

"我能找到的最差的。"

"你承认这一点?"

"我已经在呈交给你的报告中声明了这一点。"

"你真的是在用烧木头的火车头吗?"

"那是艾迪帮我在路易斯安那的一个废弃的火车头仓库里找到的,他连那家铁路公司的名字都记不住。"

"你就用这个来当塔格特的火车?"

"是的。"

"这是哪门子的好主意啊？究竟是怎么回事？我要知道是怎么回事！"

她直视着他，平静地说："如果你想知道，我在圣塞巴斯蒂安铁路那里，除了垃圾，尽可能地什么都没留下。我转移了一切可以转移的——转换器、车间工具，甚至打字机和镜子，都从墨西哥转移出去了。"

"究竟为什么？"

"这样，那些强盗把铁路据为国有的时候，就抢不走太多东西了。"

他已经暴跳如雷了："你这么干是没好下场的！这次你是逃不掉的！居然敢干出这种低级、令人不齿……就因为那些恶毒的谣言，而我们有两百年的合同跟……"

"吉姆，"她缓缓说道，"我们的整个系统里已经再挤不出哪怕一节车厢、一辆机车或一吨煤了。"

"我不会允许的，我绝不允许对一个需要我们帮助的、友好的民族用这种蛮不讲理的做法。物质的贪婪不是一切。再怎么说，就算你不能理解，也还是有非物质的考虑因素！"

她拽过一个记事本，拿起铅笔："好吧，吉姆，你想让我在圣塞巴斯蒂安铁路上运行多少趟车？"

"啊？"

"为了弄到柴油机和钢制车皮，你想让我削减哪条线路、哪趟车?"

"我不想让你削减任何车次!"

"那我到哪里去弄给墨西哥的设备?"

"这是你要解决的问题,是你的工作。"

"我做不到,你必须决定。"

"又来你的那套老把戏了——把责任推给我!"

"我是在等你的指示,吉姆。"

"我是不会这样上你的当的!"

她把笔一扔:"既然这样,圣塞巴斯蒂安铁路的安排就维持现状。"

"你就等着下个月的董事会吧,我会要求对业务部门越权的允许范围一次性做个了断。你到时候必须回答这个问题。"

"我会回答的。"

不等詹姆斯·塔格特关门离开,她已回到了她的工作中。

做完后,她把文件推到一边,抬头凝视着,窗外是黑色的天空,城市已经变成一片没有加固的、流光溢彩的玻璃。她不情愿地站了起来。疲劳带来的小小挫败感让她很不舒服,不过今晚,她知道自己的确是累了。

外间的接待室已经灯灭屋空,她的下属们都走了,只有艾迪·威勒斯仍在他的办公桌前,他那个玻璃围成的隔断在大大的房间中看起来像是一格灯光。她出去时冲他挥了挥手。

她没有乘电梯到楼下的大厅，而是走塔格特车站的通道。回家的时候，她喜欢穿过这条通道。

她一直觉得通道看上去像是座教堂。望着上方高高的屋顶，她看得见支撑着模糊的圆顶的花岗岩柱子，以及巨幅玻璃上方的黑暗。穹顶带有一种大教堂的庄严宁静，在高处扩散开来，保佑着下面匆匆忙忙的人们。

在通道内最醒目的位置，伫立着铁路的创始人内森内尔·塔格特的塑像，但是，旅客们对其早已熟视无睹。只有达格妮一直能意识到他的存在，从不觉得那是自然而然的。在经过通道的时候看一看塑像，是她唯一的祈祷方式。

内森内尔·塔格特是个一文不名的探险者，他来自新英格兰的某个地方，在铁道的萌芽时期修筑了横贯大陆的铁路。他的轨道至今还在，而他的筑路奋斗史慢慢成了传奇，因为人们要么没办法去理解，要么就认为这不可能。

他是一个从不接受别人阻挡的人。他定下目标，然后便为之努力，做事的方式像他的铁轨一样刚直。他从不求助于贷款、债权、补助、土地基金，或来自政府的立法支持。他挨家挨户地从人们的手里筹集钱——从银行家的桃木大门一直敲到孤零零的农户用隔板做成的门板。他从来不谈论公共利益，只是告诉人们，他们会从他的铁路上获得很高的利润，并告诉他们为什么，他的理由非常有说服力。经过了几代人，塔格特泛陆运输是少有的几家从来没倒闭过的铁路公司之一,也是唯一一家股份依然掌握在当初出资人的后代手中的公司。

在他生前,"内特·塔格特"这个名字并不响亮,反而臭名昭著,被带着厌恶的好奇而不是尊崇一再重复。假如有人崇拜他的话,也是像崇拜成功的强盗一样。尽管如此,但他的财富中没有一分钱是巧取豪夺而来。如果说他感到有什么罪过,那就是他为自己挣得了财富,并且念念不忘这是他自己的。

有许多关于他的传闻。据说,在荒凉的中西部,当他的铁路修到一个州的境内一半时,他杀了一名企图吊销他执照的州议员;有些议员想靠贱卖塔格特的股票发财。塔格特被起诉谋杀,但他们无法证实这个指控。从此,他和议员们之间再也没有任何麻烦了。

据说,内特·塔格特曾经多次把命赌在铁路上。但有一次,他下的赌注比命还重要。当他的工程由于急需资金而不得不停工的时候,他把一个提议给他政府贷款的著名绅士从三层楼高的地方扔了下去,然后用他的妻子作抵押,从一个嫉恨他、但又垂涎他妻子的富翁那里得到了贷款。他及时还了贷款,没有赔上他的抵押品。这笔交易得到了他妻子的同意。她是南方一个显赫贵族家的美人儿,但被家族剥夺了继承权,因为在内特·塔格特还是个年轻的穷冒险家的时候,她就与他私奔了。

达格妮有时候为内特·塔格特是自己的祖辈而感到遗憾。

她对他的情感和那种身不由己的家庭血缘情感不一样，她不希望那是一种人们对待自己的教父或祖父的感情。如果不是自己的选择，她就无法去爱，而且讨厌别人这样要求她。但是，如果可以选择自己的祖辈，她会怀着尊敬和感激，选择内特·塔格特。

内特·塔格特的塑像取自一幅素描，也是有关他的外貌的唯一记载。他生活的年代太过久远，但人们对他的印象，就是像素描中那样的年轻人。在达格妮小的时候，他的塑像是她关于高贵的第一个概念。去教堂或者学校的时候，听到人们说起这个词，她就想，自己知道它的含义：她想到了那座塑像。

那塑像是一个瘦瘦高高、脸庞瘦削的年轻人，昂着头，仿佛他在面对挑战，并因自己能够面对它而感到喜悦。在生活中，达格妮只想像他那样高昂着头。

今晚，走过通道，看到塑像时，她便得到了片刻休息，仿佛一个令她说不出口的重负得到了减轻，仿佛有一阵微风在轻轻吹拂着她的额头。

在通道入口处的一个角落，有一个小小的报摊。报摊的主人是一位有教养的、安详而有礼貌的老者，二十年来一直站在这里。他曾经开过一家香烟厂，但它后来倒闭了，他便退下来，在这永远喧嚣不停的陌生人潮之中，守着这个孤独而不起眼的小报摊。他无家无友，只有一个嗜好，也是他唯一的乐趣。他在收藏世界各地的香烟，知道各种现在生产的，乃至过去曾经有过的品牌。

达格妮出门前喜欢在他的报摊停一下。他就像一条年老的看家犬,尽管衰弱得无力再去保护,仍然忠诚地守在那里,使主人安心。他就像是塔格特车站的一部分。他喜欢看到她走过来。只有他一个人知道这个在西服便装和斜帽下默默在人群中匆匆穿过的年轻女人的地位,对此他感到很有趣。

今晚,她像平素一样停下来买香烟。"收集得怎么样了?"她问道,"有什么新的收藏吗?"

他摇着头,伤感地笑了笑,"没有,塔格特小姐,世界上任何地方都没有什么新牌子出来,连老牌子都一个接一个地消失了,现在只剩下五六种还在卖,过去可是有好几十种。人们不再去做新东西了。"

"他们会的,这只是暂时的。"

他瞟了她一眼,没有回答,然后说:"我喜欢香烟,塔格特小姐,我喜欢想象火被一个人拿在手里。火,一种危险的力量,却在他的手指中间服服帖帖。一个人长时间地坐着,边凝视着烟雾边思考,这常常令我感到奇妙。我不知道这段时间会产生什么绝妙的想法。人在思考时,心中便会燃起火花——这时,点燃的香烟就自然而然地成了他的一种表达方式。"

"他们会思考吗?"她不禁问道,却马上收口。这是个困扰着她自己的问题,她不愿意去谈。

老人看来留意并且明白了她的停顿。不过，他没有去谈论这个话题，而是转移了，说："我不喜欢人们现在的样子，塔格特小姐。"

"怎么？"

"我不知道。但我在这里观察了他们二十年，而且看到了变化。他们过去是匆匆忙忙地经过这里，看着好极了。那是一种知道要去哪里，并急着赶过去的匆忙。而现在，他们赶路是因为他们害怕，是恐惧而不是目标在驱使着他们。他们不是要到哪里去，他们是在逃避。我也不认为他们知道要去逃避什么。他们不看彼此，擦身而过时急着互相推拉。他们笑得太多了，可那种笑是难看的：不是快乐，是乞求。我不知道这世界是怎么了。"他耸了耸肩膀，"哦，嘿，谁是约翰·高尔特？"

"他只是一个毫无意义的短语！"

她被自己声音中的尖厉吓了一跳，便抱歉地说道："我不喜欢这句空洞的口头语。这是什么意思？从哪儿来的？"

"没人知道。"他缓缓说道。

"为什么人们总是说这个？好像没人能解释它表示什么，却都在说，就跟他们知道其中的含义似的。"

"这为什么会让你不安呢？"他问道。

"我不喜欢他们说这句话时想要表达的意思。"

"我也不喜欢，塔格特小姐。"

艾迪·威勒斯在塔格特车站的职工餐厅吃晚饭。楼里有一家塔格特高级主管喜欢去的餐馆，可他不喜欢。职工餐厅似乎是铁路的一部分，让他更有家的感觉。

餐厅在地下，房间极大，墙上的白瓷砖反射着灯光，看上去像是银色的绸缎。屋顶很高，玻璃和铬合金的食品柜台闪闪发光，让人觉得宽敞明亮。

艾迪·威勒斯时常会在餐厅碰到一个铁路工人。艾迪喜欢他的模样。他们偶然聊过一次，从那之后，只要碰上，他们就会坐到一起吃饭。

艾迪已经记不得自己是否问过他的名字以及他是干什么工作的，他觉得应该是一种下层的工作，因为那人的衣服粗旧，沾着油污。那人和他并不是一类人，却静静地出现在那里，对他视为生命的同一件事——塔格特泛陆运输——也怀着极大的兴趣。

今晚，艾迪下来得晚了。在人流稀稀落落的餐厅里，他看到那个工人坐在角落里的一张桌子前。艾迪高兴地笑了，朝他招了招手，端着餐盘走过去。

在这个清静的角落，艾迪在漫长而紧张的一天后放松了下来，觉得很自在。他可以看着对面那个工人那双专注的眼睛，说些在其他地方不会说的话，承认不会对任何人承认的事，随便去想些什么。

"里约诺特铁路是我们的最后一线希望，"艾迪·威勒斯说，"但它会挽救我们的。至少在最需要的地方，我们会有一条情况不错的支线，而且，那会有助于挽救其他的那些……很可笑——对不对？——说起塔格特泛陆运输的最后一线希望。如果有人告诉你流星要毁灭地球，你会当真吗？……我也不会……'联结海洋，直到永远'——那是我和她小时候一直听到的。不，他们没说过'直到永远'，可就是那意思……你知道，我根本就不是什么伟人，我不可能修建起这样的铁路。如果它完了，我没法让它起死回生，我只能和它一起去死……别在乎我说的，我不知道我怎么想说这些，可能只是因为今晚太累了……对，我工作得很晚。她并没叫我留下来，但别人都走光了以后，她的门下面还透着光……对，现在她已经回家了……麻烦？哦，办公室总是会有麻烦。不过她不担心，她知道她能带我们闯过去……当然了，是很糟糕。我们现在的事故比你听说的要多得多。上周，又损失了两台柴油机车，一台——是年久报废了，另一台——是迎面撞车事故……是啊，我们在联合机车厂订购了机车，但得等两年，我不知道能不能拿到……上帝，我们真的需要呀！发动机的动力——你无法想象这有多重要，这是一切的心脏……你笑什么？哦，就像我正在讲的，糟透了。不过，至少里约诺特铁路是安排好了。第一批钢轨几个星期内就会运到，这次，什么也阻止不了我们……当然，我知道谁去铺轨道，克利夫兰的迈克纳马拉。他是帮我们完成圣塞巴斯蒂安铁路的工程商。至少有个人知道该怎么干，所以我们还安全，可以指望他，现在没剩多少好承包商了……我们是太赶了，但我乐意这样。我已经比平时早到办公室一小时了，可她还是在我前面就来了，她一直是头一个到的……什么？我不清楚她晚上都干些什么，我想没什么太多的事情吧……不，她从不和谁出去，大部分时间她都坐在家里听音乐，她放唱片……谁的唱片，你关心这个干吗？理查德·哈利。她热爱理查德·哈利的音乐。除了铁路以外，那是她唯一热爱的东西。"

坚定不移的推动者

the Immovable Movers

4

发动机的力量——黄昏，达格妮仰望着塔格特大楼时想到——是最先需要的，发动机的力量支撑着大厦，这样一种动力，支撑着它屹立不动。大厦依靠的不是钻入花岗岩的基柱，而是从辽阔大陆上驶过的发动机。

她有一丝隐约的焦虑。她刚从新泽西的联合机车厂回来，见了那家公司的总裁，却一无所获：既没有弄清推迟交货的原因，也没有确定柴油机的具体生产日期。那个总裁和她谈了两个小时，可他的回答与她的问题毫不相干。只要她试图谈到具体问题，他就表现出一副原谅、谦让、不加责备的神态，好像其实是她缺乏涵养，破坏了那些对其他人都不言而喻的规则。

在穿过工厂的路上，她看到一台巨大的机床被遗弃在院子的角落里。很久以前，那曾是一台精密机床，那种样式现在已无法买到了。它并没有坏掉，而是在闲置和忽略中被侵蚀，被铁锈和滴下的肮脏机油腐坏。她转过脸不去看它。那样的景象总是会激起过于强烈的愤慨，使她一时失去控制。她不知道为什么，她没法明确定义自己的感觉。她只知道,她的感受中有抗议不公正的呐喊,而令她呐喊的原因,远远不止一台旧机器。

她走进办公室外间时,其他人都已经走了,但艾迪·威勒斯还在那里等着她。从他的神态和他随自己走进办公室的沉默中,她立刻知道,一定是出了什么事。

"怎么了,艾迪?"

"迈克纳马拉撤了。"

她茫然地看着他:"撤了,你什么意思?"

"走了,退休了,不做这生意了。"

"迈克纳马拉,我们的工程承包商?"

"对。"

"可这不可能!"

"我知道。"

"出了什么事,为什么?"

"没人知道。"

她故意慢慢地解开大衣的扣子,在桌后坐下,开始摘手套,然后说:"从头开始,艾迪,坐下。"

他还是站着,静静地说:"我和他的总工程师谈了,是他从克利夫兰打来长途电话告诉我们的,只说了这些,其他就什么都不知道了。"

"他说什么?"

"迈克纳马拉已经把生意关了，走了。"

"去哪里？"

"他不知道。没人知道。"

她注意到自己的一只手正攥着另一只手上的手套的两个手指，那手套只摘了一半就停下了。她一把将它扯下来，扔在了桌子上。

艾迪说："他是扔下了一堆大额合同走的，他的客户已经把未来三年的预约名单都排满了……"她什么也没说，他低声补充道，"如果我能弄明白这件事，就不会如此害怕……但是，这件事找不出任何原因……"她依然沉默。"他是全国最好的工程承包商。"

他们对视了一下。她想说的是，"哦，天啊，艾迪"，却语调平稳地说："不用担心，我们会给里约诺特铁路找到另一个工程承包商的。"

她离开办公室时已经很晚了。她在楼门前的人行道上停住了脚步，望着眼前的街道。她突然感到自己的精力、目标和欲望都消失一空，像是发动机"啪"地断裂，停止了转动。

微弱的光线从身后的建筑中放射出来，融进了天空，这天空融化了无数未知的灯光，映衬着电动城市的喘息。她想休息了。去休息，她想，去什么地方找些东西享受。

她的工作是她想要的和所有的一切。不过，也有像今晚这样的时候，她会感到突然的、特别的空，不是空虚，而是沉寂，不是绝望，而是凝固，仿佛她体内的一切都完好无缺，但全都停止不动了。然后，她会产生一种愿望，想在外面找到快乐，在某个作品或宏伟的景观面前，做一个被动的旁观者。不是去获得，而是去接受；不是去开始，而是去应对；不是去创造，而是去赞美。我需要它来支持自己继续，她想，因为快乐是一个人的燃料。

她一直是——她闭上眼睛，带着一丝安慰而痛苦的笑容——她自己幸福的动力。她曾经想象自己能够被别人成就的力量来推动，就像黑暗荒原上的人们愿意看到过路列车那明亮的车窗，那是力量和目标，会令他们在旷野和深夜感到安心——她也想感受它一会儿，只要能有一个简短的招呼，能有匆匆的一瞥，只要能挥着她的手臂说：有人要去某个地方……

她将双手插在大衣兜里，放慢了步子走着，帽檐的阴影遮住了她的半张脸。身边的大楼高得令她的视线触不到天际。她想，建设这个城市耗费如此之大，它应该能提供很多很多。

在一家商店的门口上方，收音机喇叭的黑洞正冲着街道放出声音，那是正在城市的某个地方进行的一场交响乐演奏会。那是一阵长长的、不成形的尖叫，像是衣服和肉体被胡乱地扯来扯去；那声音支离破碎，毫无和谐可言，没有旋律和节奏来维系。如果音乐是情感，而情感来源于思想，那这声音就是混乱、非理性，以及人自弃时无望的尖叫。

她继续走着，在一家书店的橱窗前停下了脚步。橱窗里一本本套着棕紫色护封的厚书摞成了一个金字塔形状，书的封面上写着：《换羽的秃鹫》。旁边贴着一张海报："属于我们这个世纪的小说，深入地剖析商人的贪婪，无畏地揭露人的堕落。"

她经过一家电影院，这里的灯光照亮了半个街区，只有一幅巨型图片和一些字句高挂在明晃晃的半空。图片上是一个正在笑着的年轻女子，她的面孔，即使是头一次看到，也会感到像是看了许多年后的那种厌烦。那些字句是："……一出非同寻常的戏剧回答了重大的问题：女人应该说话吗？"

她走过一家夜总会门口。一对男女摇摇晃晃地出来，走向出租车。那女孩眼神蒙眬，脸上淌着汗珠，披了条白色的貂皮披肩，漂亮的晚礼服却像懒散的家庭主妇的浴衣那样从一个肩头滑落，袒露出一大半胸脯，但她的神态中，没有大胆和放肆，而是如做苦力一般的漠然。她的男伴抓紧了她裸露的胳膊，带她走着，脸上没男人期待浪漫探险的那种表情，而是男孩在院墙上涂写污秽词语时那副诡秘的样子。

她一边继续走一边想，她希望发现些什么呢？这就是人们生活中需要的东西，这就是他们精神、文化和享受的形式。许多年了，她从未在任何地方看到过例外。

在她住处的街角，她买了一份报纸，然后回家了。

她的公寓是一幢摩天高楼顶层的两居室。她客厅拐角处的大玻璃窗，使它看上去像航行中的船头。城市的灯火像点点磷光，闪烁在钢铁和石头的黑色浪涛上。她打开灯时，几何形状的光线被几件带着棱角的家具切割后，在光秃秃的墙壁上投射下长长的三角阴影。

她站在屋子中央，独自在天空和城市之间。只有一样东西可以带给她那种她想体会的感觉，那是她所能找到的唯一一种享受的方式。她走到唱机前，放上一张理查德·哈利的唱片。

这是他的《第四协奏曲》，也是他最后的一部作品。开篇弦乐的激扬将街道上的景象从她心中荡涤一空。这部协奏曲是叛逆的呐喊，是扔给那漫长折磨的一个"不"字——拒绝着苦难，而这拒绝伴随着为自由而挣扎的巨大痛楚。这音乐如同一个声音在说：没有痛苦的必要——那么，为什么最大的痛苦总是给了那些拒绝它的人？我们拥有爱和快乐的秘密，是谁，会因此给我们什么样的惩罚？折磨的声音变得更加挑衅，痛苦的宣言变成了对遥远未来的赞美，为了未来，忍受现在的一切，甚至这痛苦本身都是值得的。这是一首叛逆的歌——一首在绝境之中求索的歌。

她一动不动地坐着，闭上眼睛倾听。

没人知道理查德·哈利后来的情况。他的生活中充满了对英雄的诅咒，并为此付出了相当大的代价。在阁楼和地下室度过的许多个年头里，在灰色的墙壁囚禁下，他的音乐却洋溢出强烈的激昂；那曾是一段阴暗的抗争，是与寓所那道长长的、没有照明的台阶抗争，与冰冻的下水管，与散发着诱人香味的蛋糕房里三明治的价格标签抗争，与听众们目光空洞的脸抗争；那抗争曾经狂暴而无休止，却找不到清醒的对手，搏斗的对手只是一面毫无听觉的墙壁，却有着最佳的隔音性能：漠然。它吞噬了敲击、和声与尖叫——对于一个本来可以赋予声音更多表现力的人来说，那是一场寂静无声的战斗，那寂静是晦暗和孤独的，在夜晚，当偶有的乐团演奏他的作品时，他仰望夜空，知道自己的灵魂正随着广播中颤抖着扩散的电波荡漾在城市的空气中，然而，却没有听众去聆听。

"理查德·哈利的音乐有英雄的色彩，这种东西已经不再适合我们的时代。"一个评论家说道，"理查德·哈利的音乐与我们的时代主旋律格格不入，它带有一种忘形的迷狂。现在，谁还在意这种忘形的迷狂？"

他的生活是所有那些人生活的缩影。他们死后一百年，才得到公园里竖立的一座纪念碑作为回报，却已于事无补——只是理查德·哈利死得还不够早，根据默认的历史法则，他本不该看到的那个夜晚，他却在活着的时候看到了。当时他四十三岁，那天晚上，演出了他在二十四岁时写的歌剧《费顿》。他按自己的目的和意图改写了这个古老的希腊神话：太阳神希里阿斯的儿子费顿偷了父亲的日轮战车，胆大包天地企图在空中驾驭太阳。在哈利的歌剧里，费顿没有像在神话中那样死亡，他成功了。这部歌剧曾在十九年前演出了一场，却在一片倒彩和嘘声中停止了。当天晚上，理查德·哈利沿着城里的街道一直走到黎明，苦思着一个问题的答案，却不得其解。

十九年后，这部歌剧再次上演的那晚，音乐在剧场有史以来最热烈的观众喝彩声中结束。剧院的古老院墙无法阻挡这喝彩声冲出大厅，冲下台阶，冲到大街上，冲向那个十九年前走在这街道上的男孩。

达格妮也在那晚喝彩的观众当中，她是早就知道理查德·哈利的音乐的那几个人之一，但她从未见过他。她看到他被推到了台上，面对一大片挥舞着的手臂和攒动着的人头。他个子很高，身体瘦弱，头发花白，一动不动，没有鞠躬，没有笑容，只是站在那里望着人群，脸上带着凝视问题时安静而认真的神情。

"理查德·哈利的音乐，"一个评论家在翌日上午写道，"属于全人类，体现了人民的伟大。""在理查德·哈利的生活中，"一个牧师说，"有令人鼓舞的教导。他曾有过悲惨的挣扎，但那又有什么关系呢？他的高尚和可贵就在于，他要忍受住来自他的兄弟们的折磨、不公和辱骂——为了让他们的生活更加丰富，并教导他们欣赏伟大音乐的美妙。"

演出的次日，理查德·哈利隐退了。

他没有给出解释，只是告诉他的发行商，他的创作生涯就此结束。尽管他知道自己作品的版税会带给他巨大的财富，但还是把他的版权以低廉的价格卖给了发行商。他离去了，没有留下地址。那是八年前，从此再没人见过他。

达格妮头向后仰，闭上眼睛，听着《第四协奏曲》。她半蜷着躺在沙发里，身体放松，一动不动。在她静止的脸上，嘴被压力勾勒出一种形状，一种用渴望的线条勾画出的感性形状。

过了一会儿，她睁开眼睛，注意到了她掉在沙发下的报纸。她心不在焉地伸手拿起，翻过头版那些乏味的大标题。报纸打开了，她看到一张自己认识的面孔和一则报道的标题，便猛地合上报纸，把它甩到一边。

那张面孔是弗兰西斯科·德安孔尼亚。标题是说他到了纽约。是什么事？她想着。她不必去见他，她已经很多年没见过他了。

她坐在那里看着地上的报纸，别去读，她想，别去看。不过那张脸，她心想，没有改变。当一切已都不复存在，面孔怎么能够依然如故呢？她但愿他们没有抓拍到一张他笑着的照片。那种笑容是不属于报纸的。那是一个可以洞察、知晓和创造存在的光辉的人所拥有的笑容，是一个才华出众的聪明头脑所拥有的那种愚弄、挑衅的笑容。别去读它，她想，别在现在——别在这样的音乐里——哦，别在这样的音乐里！

她抓起报纸，打开了它。

报道中说，弗兰西斯科·德安孔尼亚在他入住的韦恩·福克兰酒店的套间接受了报界的采访。他说他来纽约有两个重要的原因：一个在幼童俱乐部衣帽间工作的女孩，以及第三大道牟氏熟食店的肝泥香肠。他对马上要开庭的吉尔伯特·维尔夫妇的离婚案无话可说。几个月前，有着贵族血统和非凡美貌的维尔夫人向她那位著名的年轻丈夫开了一枪，并公开宣称，她希望甩掉他是为了她的情人，弗兰西斯科·德安孔尼亚。她向媒体透露了她秘密约会的细节，包括她曾在位于安第斯山的德安孔尼亚别墅度过了去年的新年前夜。她的丈夫大难不死，已经起诉离婚。而她也提出了诉讼，要求分得她丈夫万贯家财的一半，并要求她丈夫交代自己的私生活，因为据她说，与其相比，她的这点事就显得很无辜了。最近几个星期，所有这些都被报纸炒得沸沸扬扬，但记者提问时，德安孔尼亚先生却对此不置可否。他们问他是否会否认维尔夫人所说的那些事情，他回答道："我从不否认任何事。"记者们对他突然造访纽约大为惊讶，他们认为，在这桩丑闻即将登上头版、造成轰动的当口，他是不会愿意亲临此地的。但他们错了。弗兰西斯科·德安孔尼亚为他到来的原因又加上了一个注解："我想亲眼看看这出闹剧。"

达格妮听凭报纸滑落到地板上，她弯着腰，头埋在手臂里，一动不动地这样坐着，但垂到她膝盖处的缕缕头发，却在不时地颤动。

哈利壮丽的音乐继续充斥着整个房间，穿透窗玻璃，飘扬到城市上空。她倾听着这音乐，这是她的追问，她的呐喊。

詹姆斯·塔格特环顾着他公寓的起居室，想知道现在是什么时间；他懒得去找自己的手表。他穿着起皱的睡衣，坐在扶手椅里，光着脚，找拖鞋实在太麻烦了。光线从灰蒙蒙的空中照进窗户，刺激着他依然蒙眬的睡眼。他感觉脑袋里面那块讨厌的沉重即将发作为头痛。他有点恼怒，想不明白自己为什么跑到了起居室，哦，对了，他记起来了，是来看时间的。

他把身体挪到扶手椅的一边，瞧见了远处楼顶的大钟，现在是中午十二时二十分。

透过卧室开着的门，他听到了贝蒂·波普在浴室里刷牙的声音。她的腹带和其他衣服都散落在椅子旁边的地板上。腹带的粉色已经变淡，上面的橡皮筋也裂开了。

"你快点，好不好？"他不耐烦地喊道，"我得穿衣服了。"

她没应声。她没关浴室的门，他可以听到漱口的声音。

我为什么要干这种事？他想到了昨晚，可是，寻找答案实在太麻烦了。

贝蒂·波普拖着一件小丑一样的紫黄格绸缎睡衣，慢腾腾地走进起居室。塔格特想，她穿睡衣可真难看，还是穿着骑马服、在报纸社会版里的照片好看得多。她是那种瘦长型的女人，全身的骨头和松散的关节活动起来都不流畅。她长相平平，面色不佳，脸上带着一种显贵家族才有的颐指气使的无礼。

"噢，嗨！"她伸展着身体，随口说道，"吉姆，你的指甲钳呢？我要修一修脚指甲。"

"不知道。我现在头疼，你回家去弄吧。"

"你看上去情绪不高啊，"她无动于衷地说道，"迟钝得像只蜗牛。"

"你怎么不闭嘴？"

她在屋里漫无目的地走来走去。"我不想回家，"她的语气中没有什么感情色彩，"我讨厌早晨，无所事事的一天又开始了。今天下午我要去丽姿·布莱因那里吃下午茶。哦，或许会好玩，因为丽姿是个妖精。"她端起一个玻璃杯，吞下杯子里剩的饮料，"你为什么不叫人修修你的空调？屋子里有股怪味。"

"你用完浴室了吧？我得去换衣服了，今天还有件要紧的事。"

"去吧，我不介意和你共用一间浴室，我讨厌被人催着。"

刮脸的时候，他看到她在敞开的浴室门前穿着衣服。她花了很久才束上腹带，系好吊袜带，穿上一件不好看却很昂贵的斜纹呢套装。那件小丑一样的睡衣是她照时尚杂志广告买的，它就像一件制服，她知道，有些时候会用得着，并且她会尽职尽责地在某种场合穿上它，然后扔掉。

他们的关系本质也是如此。没有激情和欲望，没有欢愉，甚至没有一点羞耻。对他们两人来说，性事既不是快乐也不是罪恶，没有任何意义。他们知道男人和女人应该在一起睡，因此便照办了。

"吉姆，不然今晚你带我去那家亚美尼亚餐馆吧？"她说道，"我喜欢吃烤串。"

"我不行，"他带着一脸肥皂沫，恼火地答道，"我今天还要忙很久。"

"你干吗不取消它呢？"

"什么？"

"管它是什么。"

"很重要，亲爱的，是我们的董事会议。"

"噢，别老闷在该死的铁路里。真枯燥。我讨厌生意人，他们太乏味了。"

他没吱声。

她狡黠地瞧了瞧他，懒洋洋的声调里有了一分活泼，"乔克·班森说你本来就不用在铁路上费什么劲，因为是你妹妹在管事。"

"哦，他这么说，是吗？"

"我觉得你妹妹糟糕透了。我觉得令人恶心——一个女人做起事来像脏猴子一样，而且到处摆出一副大老板的样子，太没女人味了。她以为她是谁呀？"

塔格特跨出浴室的门，倚着门框打量起贝蒂·波普。他的脸上暗含了一丝嘲讽和自信的笑容，心想，他们是有共同纽带的。

"亲爱的，也许你有兴趣知道，"他说，"我今天下午要让她摔个大跟头。"

"不会吧？"她兴趣上来了，"真的？"

"所以这个董事会议很重要。"

"你真的要把她踢出去？"

"不是，那样没必要，也不明智，我就是要让她难堪，这是我一直等待的机会。"

"你抓住她什么了？丑闻？"

"不不，你不会明白的。她这次做得太过分了，会被一巴掌打趴下的。她没和任何人商量，就耍了个无法被人原谅的花样。这是对我们邻国墨西哥的极其不尊重。董事会听到这个，就会针对业务部通过一两条新章程，再管她就会容易一点。"

"你是聪明的，吉姆。"她说道。

"我还是穿衣服吧，"他听起来很高兴，回到洗手池旁边，又快活地说了句，"也许我今晚会带你出去，买些烤串。"

电话响了起来。

他拿起话筒，接线员告诉他，是从墨西哥打来的长途。

电话中传来歇斯底里的声音，是他在墨西哥政界安排的耳目。

"我无能为力,吉姆!"那个声音上气不接下气地说,"我无能为力呀!……我们事先没有得到警告,我向上帝发誓,没人起过疑心,没人发觉。我尽了最大的努力,你不能怪我,吉姆,实在太突然了!法令是今天上午颁布的,就在五分钟之前,他们就这样对我们搞突然袭击,没有任何通知!墨西哥政府已经把圣塞巴斯蒂安矿和圣塞巴斯蒂安铁路收归国有了。"

"……因此,我可以请董事会的诸位放心,没有惊慌的必要。今天上午发生的事非常令人遗憾,但我有充分的信心——基于我对华盛顿制定外交政策的内部流程的了解——我们的政府会与墨西哥政府协商出一个公平的处理方案,我们将得到对我们财产的全部的、公正的补偿。"

詹姆斯·塔格特站在长长的会议桌前,对董事会成员讲话。他的声音明白无误,没有起伏,令人感到安全。

"然而,我要高兴地报告大家,我已经预料到了这种转变的可能,并采取了一切可能的预防措施来保护塔格特泛陆运输的利益。几个月前,我指示业务部门把圣塞巴斯蒂安铁路的日程削减到一天一班车次,并且把我们最好的动力机车、原料,连同每一件可以运走的设备,都从那里撤了出来。墨西哥政府只能得到几节木制车厢和一个落伍过时的火车头。我的决定挽救了公司的几百万美金——我会把确切的数字统计好以后发给你们。但我的确认为，股东们有理由希望那些在此项投资中未尽职守的人承担他们失职的后果。因此我建议，要求我们的经济顾问，当初提议修建圣塞巴斯蒂安铁路的克拉伦斯·艾丁顿先生，以及我们驻墨西哥城的代表朱尔斯·莫特先生，辞去他们的职务。"

大家围坐在会议桌旁听着，他们没有去想该做些什么，而是在盘算如何向他们所代表的股东交代，塔格特的讲话简直是雪中送炭。

塔格特回办公室时，沃伦·伯伊勒正在等他。当只剩下他们俩的时候，塔格特的神态变了。他无力地倚着桌子，面孔下垂、苍白。

"怎么样？"他问道。

伯伊勒无可奈何地摊开手："我查过了，吉姆，显然没问题。德安孔尼亚自己损失了一千五百万。不，这不是编造出来的，他没有玩什么手腕，他把自己的钱投了进去，现在，他的这笔钱损失了。"

"那么，他想怎么办？"

"这个——我不知道，没人知道。"

"他不会甘心就让自己被这么抢了，对吧？他那么精明，不会吃这种亏的，他肯定还留着一手。"

"我当然希望如此。"

"把世界上最老奸巨猾的骗子都挑出来加在一起也不是他的对手。他会对那些肮脏政客的一纸法令束手无策吗?他手里肯定攥着他们的什么东西,最后肯定是他说了算。我们一定要盯紧了,跟住他。"

"那要看你的了,吉姆,你是他的朋友。"

"朋友个鬼,我恨他那副德行。"

他按下叫秘书的按钮,秘书慌张地走进来,看上去不太高兴。他很年轻,但他的苍白和上流社会的举止使他看上去要老很多。

"你帮我约好弗兰西斯科·德安孔尼亚没有?"

"没有,先生。"

"可是,见鬼了,我告诉过你打电话给——"

"我没办法,先生,我试过了。"

"那就接着试。"

"我是说,我没办法约到他,塔格特先生。"

"为什么没办法?"

"他拒绝了。"

"你是说他拒绝见我?"

"是的,先生,就是这意思。"

"他不肯见我?"

"对,先生,他不肯。"

"你是和他本人说的吗？"

"不是，先生，我和他的秘书通的话。"

"他对你说什么了？他究竟说了什么？"那个年轻人犹豫着，看起来更不高兴了。"他说了什么？"

"他说，德安孔尼亚先生说你令他厌烦，塔格特先生。"

他们通过的提议被称为《反同业相残条例》。投票时，国家铁路联盟的成员们坐在深秋夜色渐浓的大厅内，谁也不看谁。

国家铁路联盟自称是为保护铁路行业的利益而成立的一个组织。这种保护是通过为了共同目标来发展合作途径而实现的；是通过它的每一个成员保证自己的个体利益服从行业的整体利益而实现的；行业的整体利益则由成员的多数票决定，每个成员都要服从多数人做出的决定。

"相同行业或相同领域的成员应该团结在一起，"联盟的组织者们曾经这样说过，"我们有同样的问题，同样的利益，以及同样的敌人。我们在对抗中耗费了自己的能量，而不是在世界面前表现一致。如果劲儿往一处使，我们就可以共生共荣。""这个联盟是组织起来对付谁呢？"一个怀疑者曾问过。回答是："为什么这样问？它不是'对付'任何人的，可是如果你愿意那样理解，那么它就是要对付托运人、厂家，或者任何想占我们便宜的人。任何一个联盟的成立又是为了对付谁呢？""这正是我想知道的。"那个怀疑的人说。

《反同业相残条例》在年度会议上被呈交给国家铁路联盟的全体成员投票表决,这是它的第一次公开亮相。但所有成员都听说过这个条例,私下里,它已经被讨论了很久,在最近几个月讨论得更加集中。坐在会议大厅内的都是各个铁路公司的总裁,他们不喜欢《反同业相残条例》,希望永远不要提到它。不过,一旦提到,他们就投了赞成票。

在投票前的讲话中,没有点到任何一家铁路公司的名字,发言涉及的都是公共事业。发言称,一旦公共事业面临运输短缺的威胁,铁路公司就会在"残忍的同业相残政策"下,使用恶性竞争来挤垮对方。在中止了铁路服务的困难地区存在的同时,也存在着在较大地区出现两家以上的铁路公司,争夺仅够维持一家的运输资源的情况。发言中说,在铁路资源匮乏的地区,新生的铁路公司有很大的机会,尽管这样的地方目前的确没有什么经济刺激,但是根据发言,作为一家有公众精神的铁路公司,应该承担起为奋斗中的居民提供运输的责任,因为铁路的首要目标是公共服务,而不是利润。

随后,发言讲到,大型的、已具规模的铁路系统是公共事业的根本,一个系统的垮台将是全国性的灾难。如果这样一个系统在公共事业的精神鼓舞下为国际友谊做出了贡献,却承受着巨大的亏损,那么它便有资格接受大家的支持,以挺过打击。

没有任何一家公司的名字被提到。但是,当会议主席举起了他的手,郑重地发出投票的信号时,大家全都看着凤凰-杜兰戈的总裁,丹·康维。

只有五个人投反对票,然而,在主席宣布这一措施获得通过时,却没有欢呼,没有赞许,没有动作,只有沉重的寂静。直到最后一分钟,每个人都在盼望着能有人挽救这一切。

《反同业相残条例》被形容为一种"自愿的自我约束"措施,意在"更好地执行"国家立法机构早已通过的法律。条例提出,国家铁路联盟的成员禁止从事属于"破坏性竞争"的活动;只允许一家铁路公司在限制地区经营;在此类地区,在那里经营时间最久的公司将得到特权,不正当地侵犯该领域的新来者,应在接到命令后九个月内停止经营;国家铁路联盟的执行董事会有权决定何处为限制地区。

会议休会时,人们都急着离开,没有私下的交流,没有朋友间的闲聊和交际,大厅少见地在极短的时间内便空空如也,没人搭理或是看一眼丹·康维。

在门厅里,詹姆斯·塔格特碰到了沃伦·伯伊勒。他们并没有事先约好,但塔格特看到大理石墙壁映衬下的那个庞大的身影,连脸都不用看就知道是伯伊勒。他们走向对方,伯伊勒脸上带着比平时更少的欣慰,说道:"我干完了,现在看你的了,吉姆。""你不必来这里的,为什么要来?"塔格特闷闷不乐地说。

"哦,就是觉得有意思。"伯伊勒答道。

丹·康维坐在空荡荡的座位中间,一直到打扫卫生的女清洁工来清理大厅。她喊他时,他顺从地站了起来,拖着脚步走到门口。在过道上经过她时,他从兜里摸出五块钱,沉默而谦和地递了过去,并没有去看对方的脸。他似乎不清楚自己在做什么,好像觉得自己是在一个需要慷慨地付了小费才能离开的地方。

达格妮正坐在办公桌前,突然,她的屋门猛地开了,詹姆斯·塔格特冲了进来。他还是头一回用这种方式进来,一脸兴奋。

自从圣塞巴斯蒂安铁路被国有化,她还没见过他。他既没有找她谈论此事,她也没有对此再说些什么。无可辩驳的事实证明了她是对的,因此她觉得没有必要再去评论,那种一半出于礼貌、一半出于怜悯的感觉,使她没有去对他说应该从此事中得出什么结论。无论如何,他只能从中得出一个结论。她听说了他在董事会议上的讲话,只是不以为然地耸了耸肩膀,感到很好笑。不管他有什么目的,如果她的成绩能被肯定,那么从现在开始,即使不为别的,就是为他自己,他也会放手让她去干了。

"你现在是不是觉得只有你才能为铁路做点什么?"

她迷惑不解地看着他。他语调高昂,站在她的办公桌前,兴奋得浑身紧张。

"所以你觉得我毁了公司,对不对?"他喊道,"只有你才是我们唯一的救星?觉得我没办法弥补在墨西哥的损失了?"

她缓缓地问道:"你想干什么?"

"我想告诉你些消息。还记得几个月前我说过的那个铁路联盟'反同业相残'提议吗?你不喜欢那个主张,你一点也不喜欢。"

"我记得,怎么了?"

"它已经被通过了。"

"什么被通过了?"

"《反同业相残条例》。几分钟前在会上通过的。从现在起,九个月后,科罗拉多就不再有凤凰-杜兰戈铁路公司了!"

她惊得跳了起来,把桌上的玻璃烟灰缸撞翻到了地上。

"你这个老恶棍!"

他纹丝不动地站在那里,脸上带着笑。

她清楚,自己正在他的面前无力地发抖,这是他最欣赏的一幕,她对此却并不在乎。然后她看到了他在笑——忽然间,令人丧失理智的愤怒消失得无影无踪,她变得毫无感觉。她用一种冷酷、客观的好奇审视着那个笑容。

他们站在那里对峙。他看起来就像是第一次不再惧怕她。他洋洋得意。这件事对他的意义远远超出了击垮一个竞争对手,这次,他不是战胜了丹·康维,而是战胜了她。她不清楚是什么原因,或者是通过什么方式,但她很肯定地感到他已经明白了这一点。

一个念头忽然闪现出来,就在这里,在她的面前,在詹姆斯·塔格特和那个使他笑起来的东西里面，藏着一个她从未起过疑心的秘密，明白和清楚这一点对她而言至关重要。但是，这念头只是一闪而过。

她急忙跑到衣橱前，一把抓过自己的大衣。

"你去哪儿？"塔格特的声调低了下来，听上去很失望，并且有些不安。

她没有回答，冲出了办公室。

"丹，你必须和他们斗下去，我会帮你，会尽一切力量来帮你。"

丹·康维摇了摇头。

他坐在桌子后面，面前摆了一个大大的空白记事簿，已经有些褪色了，屋子的角落里有一点黯淡的灯光。达格妮直接奔到了凤凰－杜兰戈在城里的办事处，康维就在那里，从她来时一直坐到现在。看到她进来，他笑着说："有意思，我想过你会来的。"他的语调柔和而冰冷。他们彼此并不熟悉，但在科罗拉多见过几次面。

"不，"他回答说，"没有用。"

"你这么说，是不是因为你签了的那个联盟协议？那不会算数的，那是赤裸裸的盘剥，不会得到法院的支持。如果吉姆想拿强盗惯用的'公共事业'口号当幌子，我会在法庭上作证，塔格特泛陆运输不足以应付科罗拉多的交通需求。如果法庭做出对你不利的裁决,你可以上诉,在今后的十年里不断地上诉。"

"是的,"他说,"我可以……我不敢肯定我会赢,但我可以那样去做,然后在铁路业多维持几年,可是……不,无论会怎样,我想的不是法律问题,不是这个问题。"

"那是什么?"

"我不想斗下去了,达格妮。"

她不敢相信地看着他。她可以确定的是,他以前从没说出过这样的话。人活了半辈子,是不可能退回去的。

丹·康维年近五十,他的脸一点不像一个公司的总裁,却像强悍的货车司机那样,方方正正、倔强而迟钝,像一个斗士那样,有着褐色的年轻皮肤和花白的头发。他接手了亚利桑那一家摇摇欲坠的小铁路公司,当时的纯收入甚至比不上一家经营良好的杂货店。他把它造就成了西南最好的铁路公司。他沉默寡言,看书不多,从没上过大学,除了一件事,他对人类所努力的一切都漠不关心。他对人们所说的文化没有任何感觉。但是,他懂铁路。

"你为什么不想斗下去了?"

"因为他们有权力那样做。"

"丹,"她问道,"你是不是昏头了?"

"我这辈子,从没食言过,"他闷声说道,"我不在乎法庭怎么决定,我保证过要服从大多数人,必须说到做到。"

"你指望大多数人也会同样对待你吗?"

"不,"那张迟钝的脸上有一丝不易觉察的抽动,他的身体仍然无法消化那绝望无援的震惊,他没有看她,轻声地说,"不,我没指望过。我听他们谈论这事儿一年多了,可是我一直不相信,甚至在他们表决的时候,我都不相信。"

"你指望什么呢?"

"我想……他们说所有人都要维护共同的利益,我觉得我在科罗拉多所做的一切都是好事,对大家都有益。"

"哦,你这个傻瓜!你看不出来这就是你受惩罚的原因吗——就因为那是好事!"

他摇摇头:"我不明白,但是我看不到出路。"

"你答应了他们要毁掉你自己吗?"

"对我们任何人来说,似乎都别无选择。"

"什么意思?"

"达格妮,现在整个世界的情况都很糟,我不清楚究竟哪里出了毛病,但是问题很严重。人们必须彼此依靠去找到出路,但除了大多数人,谁来决定走哪条路呢?我觉得这是唯一公平的决定方式,看不到其他的。我想会有人被牺牲掉,如果那轮到我头上,我没权利抱怨。他们是对的,人类必须团结在一起。"

她气得发抖,努力平静地说:"如果这就是团结的代价,那我要是还想在这个地球上和人类一起生活,就一定是被诅咒了。如果剩下的人只有靠毁掉我们才能生存,我们凭什么愿意让他们生存下去?自我奉献式的牺牲永远都说不通。他们没有任何权力把人当成动物一样的牺牲品,毁掉最优秀的人是不道德的,好人不能因此受到惩罚,有能力的人不能受到惩罚。如果那样做是对的,我们最好现在就开始彼此屠杀吧,因为这世界根本就不存在什么才是对的!"

他没有回答,无望地看着她。

"如果是这样的一种世界,我们怎么能在其中生活?"她问道。

"我不知道……"他喃喃自语着。

"丹,你真觉得这是对的吗?真的从内心里觉得这是对的吗?"

他闭上了双眼,说道:"不。"然后望着她。她头一次看到一种被折磨的神情。"我就是因此才一直坐在这里想弄明白。我知道我应该觉得它是对的——可我不能,就好像我的舌头说不出这句话来。我总是看到那里的每一根枕木,每一盏信号灯,每一座桥梁,每一个夜晚,在我……"他的头垂到了胳膊上,"噢,上帝呀,这太不公平了!"

"丹,"她的话从牙缝里挤出来,"和它斗。"

他抬起了头,眼中无神,说道:"不,那是错误的,我只是太自私了。"

"噢，这是什么老掉牙的废话？！你完全知道这是怎么回事！"

"我不知道……"他的声音很是疲惫，"我一直坐在这里拼命去想这件事……我再也弄不清楚什么是对的了……"他又加了一句，"我觉得我无所谓了。"

她突然明白，再多说什么都是没用的，丹·康维不再是一个能行动起来的人了。她不知道是什么让自己如此肯定。她茫然地说："你以前从来没有在需要斗争的时候放弃过。"

"没有，从来没有过……"他的语气中带着一种安静和漠然的惊讶，"我抵抗过风暴、洪水、滑坡、轨道断裂……我知道该怎么做，而且喜欢去做那些……但是这种斗争——是我不能做的。"

"为什么？"

"我不知道，谁知道这个世界为什么是这个样子？哦，谁是约翰·高尔特？"

她让步了："那你打算怎么办？"

"我不知道……"

"我是说——"她停住了话头。

他明白她的意思。"哦，总是有事情可做的……"他并不坚决地说，"我猜想，他们只会宣布科罗拉多和新墨西哥州为限制地区，我还可以经营在亚利桑那的铁路，"他又补充说，"就像二十年前那样……唉，这会让我有事干的。我累了，达格妮，我都没注意到，但我想我是累了。"

她无话可说。

"我不会在他们所谓的不景气地区修铁路，"他依然是那副漠然的语气，"那是他们想拿来安慰我的，不过我想，那也只是说说而已。不能把铁路修在一个方圆几百里没人烟的地方。那儿只有几家入不敷出的农户。在那儿修路是挣不到钱的。如果挣不到钱，谁会去？根本就说不通。他们纯粹是胡说八道。"

"噢，去他的不景气地区吧！我是在想你的事，"她不得不挑明了，"你自己怎么办？"

"我不知道……不过，有许多事我一直没时间去做。比如钓鱼，我一直喜欢钓鱼；也许我会开始读书，一直有这想法。也许我现在可以慢慢来了，也许我会去钓鱼，亚利桑那有些好地方，平静、安宁，几百里都见不到人……"他抬眼看了看她，说，"忘了这事吧，你为我担什么心？"

"不是你，是……丹，"她突然说，"我希望你能明白，我并不是看在你的分上才想帮你。"

他笑了，是微微的、朋友之间的笑容。"我明白。"他说。

"这不是出于同情、慈悲，或者类似这些丑陋的原因。你看，我是打算让你在科罗拉多为你的生活去拼，我是打算在你的生意里插一脚,然后把你逼到墙边,如果有必要,把你从那里逼走。"

他轻声笑了一下,是感激的。"那你也得花很大的力气。"他说。

"只是我从没觉得那有必要,我认为那里完全容得下我们两家。"

"是的,"他说,"有足够大的地方。"

"话说回来,如果我发现那里没有空间了,就会对付你。如果我能把自己的铁路修得比你好,我就会把你打得粉碎,而且不会在乎你怎么样。可这……丹,现在我不想去看我们的里约诺特铁路了,我……天啊,丹,我不想当一个强盗!"

他默默地端详了她一会儿。他的样子很怪,像是身在很远的地方。他轻声地说:"孩子,你应该早一百年生出来,那样你就有机会了。"

"去他的吧,我想要创造自己的机会。"

"那就是我在你这么大年纪时想做的。"

"你成功了。"

"是吗?"

她呆坐在那里,突然僵住了。

他坐直了身体,像下命令一般严厉地说:"你还是看看你的里约诺特铁路吧,最好把它完成——要尽快。在我离开之前准备好,因为如果不这样,艾利斯·威特和那里其他人的末日就要到了，他们可是这个国家还拥有的最优秀的一群人。你必须阻止它发生，现在全看你的了。你和你哥哥去解释什么没有我在那里竞争你就会更艰难之类的话，是毫无用处的。但是你和我明白这些，所以你去吧。无论做什么，你都不会是强盗，强盗不可能在那个地方经营铁路并且坚持下来。你在那里无论能得到什么，都是你挣来的。你哥哥那样的寄生虫毫不重要。现在要靠你了。"

她坐在那里看着他，实在搞不懂究竟是什么能把这样一种人击垮，但她知道，不是詹姆斯·塔格特。

她看到他望着自己，仿佛他也在他自己的疑惑中进行着挣扎。随后，他笑了，而她竟然难以置信地看到，那笑容慢慢地凝固成了悲哀和同情。

"你最好别替我难过，"他说，"我想，在我们俩之间，你今后的日子更艰难，而且我觉得你会变得比我更糟。"

她给工厂打了电话，约好那天下午去见汉克·里尔登。她刚放下电话，伏到铺在办公桌上的里约诺特铁路地图上，门就开了。达格妮抬起头，吓了一跳，没想到她办公室的门会在没有预先通知的情况下打开。

进来的是个陌生人。他很年轻，高高的个子，似乎笼罩着一层杀气。但她也说不清那是什么，因为他给人的第一印象是近乎高傲的自我控制力。他有双深色的眼睛，头发凌乱，他的衣服价格不菲，却破旧得像是他根本不在乎，或者没注意到自己穿的是什么。

"艾利斯·威特。"他自报了姓名。

她一下子跳了起来，同时明白了为什么她外间的办公室没有人阻拦他，或者说，能够阻拦他。

"请坐，威特先生。"她微笑着说。

"没这个必要，"他说话的时候没有半点笑容，"我从不开长会。"

她慢慢定了定神，坐下来，身体向后靠在椅背上，看着他。

"那么？"她问道。

"我来见你，是因为我觉得你是这个腐烂机构里唯一一个还有点脑子的人。"

"有什么事吗？"

"你可以把这当作最后通牒，"他用少有的清晰口齿一字一句地说道，"我希望塔格特泛陆运输公司，从现在起的九个月后，按我的业务要求来运营货车。如果你们在凤凰－杜兰戈身上使出的卑鄙伎俩是为了让自己可以不费吹灰之力，那我这就告诉你们，你们别想得逞。在你们提供不出我需要的服务时，我没对你们提任何要求，而是找了一家可以做到的公司。现在你们想迫使我跟你们打交道，让我除了听从你们的条件别无选择，让我的生意降低到你们那种不够格的水平，我这就告诉你，你们打错了算盘。"

她努力控制着自己，缓缓地说："我能不能讲一讲我对我们在科罗拉多的服务的打算？"

"不用，我对讨论和打算没兴趣，我只想要运输，要做什么和怎么做是你的事，不是我的。我只是在警告你，和我做生意的人，必须按照我的条件来，否则没商量，我从不和不够格的人谈条件。如果想运我生产的石油来挣钱，你就必须做得和我一样好。我希望你明白这一点。"

她平静地说："我明白。"

"我不想浪费时间来证明你为什么非得把我的警告当回事，如果你有管理这个腐败机构的水平，你就能够做出自己的判断。我们两个都清楚，如果塔格特泛陆运输公司仍像五年前那样经营科罗拉多的铁路，就会毁了我，我知道这就是你们想干的。你们想榨干我的油水后，接着再去吃其他的，这就是现在大部分人的策略。所以，我的最后通牒是：你有毁掉我的力量，我或许会死；但我一旦要死的话，肯定会拉上你们所有的人和我一起完蛋。"

她感觉到身体里的某个地方，在支持着她一动不动地承受责骂的麻木后面，有一个痛点，像烫伤一样灼痛。她想告诉他，她很多年来都在寻找像他那样可以共事的人；她想告诉他，他的敌人，同样也是她的，她在进行的是一场同样的斗争；她想冲他大喊：我和他们是不一样的！但是，她清楚她不能那样做，她承担着塔格特泛陆运输公司以及它名下的一切责任。目前,她没有权利去为自己申辩。

她挺直了身子,带着和对方一样坚定而毫不掩饰的目光,不卑不亢地回答:"你会得到你需要的运输,威特先生。"

她觉察到他脸上的一丝惊愕,他没料到会是这样的态度和回答,或许,是她没有说出来的东西最令他吃惊:她没有进行辩解,没有提出借口。他默默地打量了她好一会儿才开口,语气也缓和了一些:

"好吧,谢谢你。"

她微微地点了点头。他鞠了个躬,离开了。

"这就是经过,汉克。我制订的十二个月内完成里约诺特铁路的计划本来已经很难做到,可现在我必须得在九个月内赶完。你的轨道供货时间本来是一年,能否在九个月内完成?尽最大可能去做。否则,我就得想其他办法去完成它了。"

里尔登坐在桌子后面,那双冰冷的蓝眼睛在他瘦削的脸上切了两个并列的口子;它们保持着水平的状态,静静地半闭着。他平淡地说道:

"我可以。"

达格妮向后靠在了椅子上。这短短的回答不仅是安慰,更是一种震撼:她突然有种意识,其他的任何保证都没必要了,她不需要证明，不需要问题，不需要解释，这个头脑清楚而负责的人，用三个字就将一个难题安全地化解了。

"别那么如释重负，"他的话语中透着嘲弄，"别太明显了。"他狭长的眼睛带着察觉不出的笑意观察着她。"我会认为塔格特泛陆运输公司被攥在了我手里。"

"反正你也知道了。"

"我知道，而且我想让你因此付出代价。"

"我准备好了，多少？"

"从明天起发的货，每吨加二十块钱。"

"够狠的，汉克，这是你能给我的最优惠的价格吗？"

"不是，但这是我要的价格，我就是翻一倍你也得付。"

"是的，我得付，而且你也可以要，但你不会的。"

"我为什么不会？"

"因为你想让这条里约诺特铁路修好，这是你的里尔登合金的第一次亮相。"

他笑出了声："不错，我喜欢和从不幻想得到人情的人做生意。"

"你知不知道，在你决定抓住这个机会的时候，我为什么感到了轻松？"

"为什么？"

"因为这次，我是在和一个不装作给别人人情的人做生意。"

现在，他的笑里有了另一种味道，那就是愉快。"你对此从来不掩饰，对吧？"他问道。

"我注意到了，你也一样。"

"我以为我是唯一一个敢这么干的。"

"要这样说的话，汉克，我并没有破产。"

"要这样说的话——我想我有一天会让你破产的。"

"为什么？"

"我一直想这么做。"

"你还嫌周围的胆小鬼不够多？"

"所以乐于一试——因为你是唯一一个例外。那么，你觉得我应该乘你之危尽量猛赚一笔吗？"

"当然了，我不是傻子，不会认为你是为了帮我才做生意的。"

"你希望我那样吗？"

"我不是要饭的，汉克。"

"你难道不觉得支付起来有困难吗？"

"那是我的问题，和你无关。我就要钢轨。"

"每吨加二十块？"

"好吧，汉克。"

"好的，你会拿到钢轨，我也许会挣到这笔暴利——或者，塔格特泛陆运输公司也许在我收账之前就垮掉了。"

她收敛了笑容，说道："如果我不在九个月内把那条铁路修好，塔格特泛陆运输公司就会垮掉。"

"只要你来管，就不会。"

不笑的时候，他的脸看上去无精打采，唯有眼睛是生动的，带着冰冷和敏锐的清澈。不过她觉得，没人可以窥探到他那目光后面的想法，恐怕，连他自己都不知道。

"他们已经让你的日子难过得不能再难过了，对不对？"他问道。

"是的，我曾指望靠科罗拉多来挽救塔格特的系统，现在，需要我去挽救科罗拉多了。九个月后，丹·康维就要停止运营他的铁路了。如果到时候我的还没有就绪，再完成它也就没意义了。那里的人一天运输都不能断，更别说一周或是一个月了。照他们发展的速度，不可能彻底停下来然后再继续，这就像要强行刹住一辆时速两百英里的火车一样。"

"我明白。"

"我可以管理好铁路，可在一个到处都是连郁金香都种不好的农民的地方，我不可能经营好。我必须得有像艾利斯·威特那样的人来生产出东西，装满我的火车，所以即使要把剩下的所有人都轰进地狱来做这件事，我也必须在九个月内给他火车和铁路！"

他感到有趣，笑了："你是下了决心了，对不对？"

"难道你不是吗?"

他不会回答,只是收敛了笑容。

"你难道对此不关心吗?"她几乎是生气地问。

"不关心。"

"那么,你没认识到它意味着什么?"

"我的认识是我要把钢轨交给你,而你要在九个月内铺好铁路。"

她笑了,轻松、疲倦,又有点内疚,"是啊,我知道我们会的,我知道跟吉姆那样的人和他的朋友生气没用,也没那时间。首先,我要把他们做的改正,然后"——她顿了顿,彷徨地摇了摇头,耸耸肩膀说,"然后他们就无关紧要了。"

"对,他们就无所谓了。我听说了'反同业相残'那件事,让我觉得恶心,但是,不用理那些混账东西。"

这两个粗暴的词听起来让人惊愕,因为他的面孔和声音非常平静。"你和我会坚持把这个国家从他们行为的后果中挽救回来。"他站了起来,在办公室里踱着步子,"科罗拉多不会停下来,你会拉着它挺过去。然后,丹·康维和其他人就会回来。这种疯狂是暂时的,长不了,那是精神错乱,它自己就会毁了自己。只是你和我得更努力地干一阵子,也不过如此。"

她看着他高大的身躯在办公室里走来走去。这房间符合他的风格,空荡之外,只有几件必需的家具,功能全都简化到了纯朴的地步，而材质和式样却极为考究。这房间看起来像个发动机——一部装在宽大的窗子构成的玻璃盒内的发动机。不过，她注意到了一个令她惊讶的细节：置于文件柜上方的一只翡翠花瓶。花瓶的薄壁是由一整块深绿色的玉石雕刻而成，平滑的曲线纹理激起人探手一触的欲望，在房间中显得很是突兀，与其他物品的严厉气氛反差鲜明：它是一抹感性的色彩。

"科罗拉多是个好地方，"他说道，"它会成为全国最好的地方。你不能肯定我对那里是否关心？那个州正在成为我最好的客户之一，如果花点时间看看你的运货统计报告，你就会知道了。"

"我知道，我读那些报告。"

"我一直想过几年在那里建一个工厂，节省掉你的运输费用。"他瞟了她一眼，"如果我这么做，你会损失一大批钢材货运量。"

"尽管干你的，能运你的那些原料、你那些工人的日常生活用品、那些随着你过去的工厂货物，我就满意了——而且我也许根本没时间注意到丢了你的钢材……你笑什么？"

"太好了。"

"什么？"

"你那种异于如今其他人的反应。"

"不过，我必须承认，目前你是塔格特泛陆运输公司最重要的运输客户。"

"你不认为我明白这一点吗?"

"所以我不能理解为什么吉姆——"她顿住了。

"——竭尽全力地破坏我的生意?因为你哥哥吉姆是个傻瓜。"

"他是,但不仅如此,还有比愚蠢更坏的。"

"别浪费时间琢磨他,让他去吐唾沫好了,他也并不是什么更大的危险。像吉姆·塔格特这样的人只能把世界搞乱。"

"我想是这样。"

"顺便问问,如果我告诉你不能更快交货的话,你会怎么办?"

"我会把副线拆了,或者关闭一些支线,任何一条,然后用那些钢轨按时修好里约诺特铁路。"

他笑出了声:"所以我不担心塔格特泛陆运输公司。不过,只要我还做这个生意,你就不必从老的副线上拆钢轨。"

她忽然觉得,自己以前是错误地认为他缺乏感情:隐藏在他举止之下的,是欢乐。她意识到,只要他在旁边,自己就会有一种愉快的轻松感,而且她清楚他也有同样的感受。在她认识的人里面,她只有和他才能无拘无束地交谈。她想,这才是一个她尊重的灵魂,一个堪称对手的人。但在他们之间,总有一丝说不出的距离感,那种大门关闭的感觉。他的举止当中有一种超乎人性的东西,拒人于千里之外。

他在窗前停下脚步，站在那里望着外面。"你知不知道今天要给你发送第一批钢轨？"他问道。

"我当然知道。"

"过来。"

她走到了他的身边。他默默地向外指了指。远处，工厂厂房的另一端，她看到一长串敞篷货车停靠在铁路的副线上。一辆吊车的手臂划过上方的天空，用它那巨大的磁铁轻轻一碰，便抓起了固定在货盘上的一捆钢轨。灰色的云层密实地遮住了太阳的光线，可是那钢轨却熠熠闪亮，似乎披上了一层来自外太空的光芒，泛着蓝绿色的光泽。巨大的吊臂停在一节货车车厢的上方，降了下去，微微地一抖，便把钢轨放进了车厢。吊车带着一股满不在乎的庞然气势转了回来，看上去像是一个巨大的几何图形，在人和地球的上方移动着。

他们站在窗前，沉默地、全神贯注地看着。直到另一捆钢轨从空中划过时，她才开口。她说的第一句话并不是关于铁路、轨道或者按时完成的订单，而是像在迎接大自然的新杰作："里尔登合金……"

他留意到了，但没说什么，瞟了她一眼，便又转向窗口。

"汉克，这太棒了。"

"对。"

他的话平淡而坦然，语气中既没有一点沾沾自喜，也毫不客气。她知道,这是给她的感谢,是一个人能够给另一个人的最为难得一见的谢意:感谢对方让自己可以毫无拘束地承认自己的成就,并且知道自己得到了理解。

她说:"我一想到这些金属的那些用途,那些潜力……汉克,这是目前这个世界上发生的最重要的事,可他们谁都不知道。"

"我们知道。"

他们依然望着吊车,并没有去看对方。在远处的火车头前端,她能辨认出"TT"的字样。她能辨认出这条在塔格特整个系统里最繁忙的工业运输副线的轨道。

"一旦找到工厂,"她说道,"我就会定做用里尔登合金制造的火车头。"

"你会用得上的。你们里约诺特铁路上的火车现在能跑多快?"

"现在?一小时能跑二十英里就不错了。"

他指着货车:"这个轨道铺好以后,想跑二百五十英里都可以。"

"我会的,再过几年,等我们有了里尔登合金的车厢,就会比钢制车厢轻一半,却加倍安全。"

"你要注意一下那些航空公司,我们正在试制一架里尔登合金做的飞机,它没什么分量,却可以承载任何东西。你会看到远程、重载的空运。"

"我已经想过合金可以用在发动机上,任何一种发动机,也想过可以用它设计出来的其他东西。"

"想过圈鸡用的钢丝吗?就是用里尔登合金做的普通的鸡栅栏,一英里长的栅栏也就几角钱,却能用上两百年;还有那些在廉价店里买的厨具,可以一代接一代地用下去;还有连鱼雷都击不穿的轮船。

"我和你说过我正在试验里尔登合金的电话线吗?

"我做的试验实在是太多了,简直没法把它的用途全都一一展示出来。"

他们谈论着合金和它无穷无尽的可能,仿佛他们正站在山顶,眺望着脚下无尽的平原和四通八达的道路。只不过他们所说的是数字、重量、压力、阻力和费用。

她忘掉了她的哥哥和他那个国家联盟,把所有的问题以及人和事都忘在了身后。它们一直如阴云般笼罩着她的视野,她总想尽快跑出去,把它们扫开。她从未被它们所统治,它们也从不真实。而这才是真切的现实,她想,这种清晰的轮廓感,这种目标、光明和希望的感觉。这才是她期盼的生活方式——她不愿在比它逊色的世界中度过任何时光,做任何事。

她转头望向他的时候,恰巧与他的目光相遇。他们彼此非常靠近,从他的目光里,她看到了他和她有着同样的感受。她想，假如欢乐是人生存的目的和核心，而那个能够带给别人欢乐的东西是被紧紧守护在最深处的秘密，那么此刻，他们已经是坦诚相见了。

他后退了一步，语气中有一种奇怪的、不掺杂感情色彩的疑惑："我们是两个恶棍，对不对？"

"为什么？"

"我们没有任何精神上的目标或品质。我们追求的全都是物质的东西。那是我们唯一关心的。"

她看着他，无法理解。但他的目光已笔直地越过她，落在远方的吊车上。她但愿他没有说出刚才那番话。她不在乎这话里的指责，她从不那样去想自己，因此也无法体会到一种原罪的感觉。但她感到了一种说不出的忧虑，感到是某种后果严重的东西促使他说出了这些话，这东西对他很危险。他不是随随便便说的，但他的声音没有感情，既不是辩解，也不是羞愧。他只是像宣布一个事实那样，说得平平淡淡。

随后，当她注视着他的时候，这忧虑消失了。他正透过窗子望着他的工厂，毫无疑问，他的面孔上没有任何愧色，有的只是不折不扣的自信带来的平静。

"达格妮，"他说，"无论我们是什么，正是我们推动了这个世界，而且，正是我们要让它渡过难关。"

德安孔尼亚家族的巅峰
the Climax of the d'Anconias

5

艾迪走进她的办公室时,她首先留意到了他手里紧紧攥着的报纸。她抬头看去,只见他的脸色紧张而茫然。

"达格妮,你很忙吗?"

"怎么?"

"我知道,你不想提起他,但这里有样东西我觉得你应该看看。"

她默不作声地伸手接过报纸。

头版的消息说,墨西哥政府在接管了圣塞巴斯蒂安的矿山后,发现它们毫无价值——彻彻底底的分文不值。投入的五年工作和数百万美元全都打了水漂,只留下辛辛苦苦挖掘的空无一物的大洞。少得可怜的铜量根本不值得去开发,那里根本不存在、也不可能存在丰富的金属矿,而且不存在任何会使人上当的迹象。墨西哥政府处于一片愤怒的喧嚣之中,他们正在针对这一发现召开紧急会议,觉得自己是被欺骗了。

艾迪观察着她。他知道达格妮虽然还坐在那儿盯着报纸,实际上早就把那篇报道读完了。他明白自己恐惧的预感是正确的，尽管他也不清楚那篇报道中究竟是什么令他恐惧。

他等待着。她抬起头，没有去看他。她的眼珠一动不动，全神贯注，似乎在努力分辨着远处的什么东西。

他低声说道："弗兰西斯科再怎么样，再堕落，也不是傻子——我已经不再费力去琢磨了——他不傻，不可能犯这种错。这绝不可能，我不明白。"

"我开始明白了。"

她的身子像打了个激灵般猛地坐直，说道：

"给他住的韦恩·福克兰酒店打电话，告诉那个混蛋，我要见他。"

"达格妮，"他的语气带着伤心和责备，"他可是弗兰西斯科·德安孔尼亚。"

"过去是。"

在黄昏刚刚降临的大街上，她向韦恩·福克兰酒店走去。"他说，你随时都可以去。"艾迪告诉她。第一点灯光从云层下面高高的窗户中透了出来，摩天大厦看起来像是废弃的灯塔，向不再有航船的空旷海面送出微弱的、奄奄一息的信号。几片雪花从空荡的店铺那黑暗的窗户旁飘过，融进人行道的泥土里。一串红灯穿过街道，消失在阴沉的远方。

她不知道为什么想要奔跑,她觉得应该奔跑,不,不是在这条街上,而是在炽热的阳光里的绿色山边,在塔格特山庄的脚下,紧靠着哈德逊河的路上。每当艾迪喊"那是弗兰西斯科·德安孔尼亚",她就会那样奔跑。两人一起朝着山下的路上开来的汽车冲下去。

在他们的童年时代,他是唯一一个每次到来都会引起轰动的客人,那是他们的生活中最轰动的事情。跑着去迎接他已经成为他们三个人比赛的一部分。在离那条路还剩一半远的地方,山边有一棵桦树,达格妮和艾迪总是想赶在弗兰西斯科开足马力上山同他们会合之前,拼命跑到那棵树旁。在每一个夏天他到来的日子里,他们从没能赶在他前面跑到那棵桦树旁,每次都是弗兰西斯科抢先一步赶到并且超过它很远以后,他们才到。弗兰西斯科总是赢,就像他总是能赢得所有的东西一样。

他的父母是塔格特家的老朋友。他是家中唯一的儿子,从小就在周游世界的旅行中长大,据说,他父亲希望他把整个世界视为他今后的地盘。达格妮和艾迪从不清楚他是在哪里度过冬天的,但每年的夏天,他都会在一位严厉的南美家庭教师的带领下来塔格特山庄住上一个月。

弗兰西斯科觉得选择塔格特家的孩子做他的伙伴再自然不过了:他们是塔格特泛陆运输公司王冠的继承人,正如他是德安孔尼亚铜业的继承者一样。"我们是这个世界仅存的贵族——金钱的贵族,"他十四岁的时候,曾这样对达格妮说过,"这才是真正的贵族,假如人们明白这意味着什么的话,可是他们不明白。"

他有他自己的等级制度:对他来说,塔格特的孩子并不是吉姆和达格妮,而是达格妮和艾迪。他很少主动去留意吉姆的存在。艾迪曾问过他:"弗兰西斯科,你是那种很高层的贵族,对不对?"他回答说:"还不是。我的家族所以能延续这么久,是因为我们当中没人可以把自己当成天生的德安孔尼亚,我们是要努力成为一个德安孔尼亚。"他说出自己名字的时候,好像是希望那声音能够穿透听者的脸,能够让听者恍若加冕。

塞巴斯蒂安·德安孔尼亚,他的祖先,在几百年前就离开了西班牙,那时西班牙还是世界上最强大的国家,而他是当时西班牙最显赫的人物之一。他之所以离开,是因为宗教裁判所的大人不同意他的思想,并在法庭宴会上要求他改变。塞巴斯蒂安·德安孔尼亚用酒杯里的葡萄酒泼了那个大人一脸,然后在被抓住前逃掉了。他抛下了他的财富、他的财产、他的大理石宫殿,还有他心爱的姑娘——漂洋过海,去了一个新的世界。

他在阿根廷的第一处房产是坐落在安第斯山脚下的一间简陋的木屋。火热的太阳明晃晃地照耀着钉在木屋门板上的德安孔尼亚家族的银色族徽,塞巴斯蒂安·德安孔尼亚则在他的第一个矿里挖铜。他手持锤子,每天从日出到天黑,成年累月地敲打着岩石,帮忙的只有几个无家可归的流浪汉:从他们祖国的军队中跑出来的流亡者、监狱的逃犯,以及饥饿的印第安人。

离开西班牙十五年后,塞巴斯蒂安·德安孔尼亚派人去接他心爱的姑娘,她也一直在等待着他。她到来的时候,看见了那枚银色的族徽高悬在一座大理石宫殿的入口处,看见了宏伟山庄里的花园,还有远方山上一个个满是红色矿石的矿坑。他抱着她进了家门,看上去,他比她上次见到时还要年轻。

"我的祖辈和你的祖辈们,"弗兰西斯科告诉达格妮,"一定会很喜欢对方的。"

童年的达格妮一直生活在未来之中——在那个她渴望发现的世界,她不必再有轻蔑或厌烦的感觉。不过,她每年都会有自由自在的一个月,在这一个月当中,她可以生活在现在。当她奔跑着冲下山迎接弗兰西斯科·德安孔尼亚时,便是从监狱中的释放。

"嗨,鼻涕虫!"

"嗨,费斯科!"

起初,他们都恨极了自己的绰号。她曾经生气地问他:"你到底是什么意思?"他回答说:"如果你不知道的话,'鼻涕虫'的意思是火车头炉膛里的大火。""你从哪里知道的?""从站在塔格特铁轨旁边的那位先生那儿。"他讲五种语言,英文说得不带一点口音,是那种准确、有教养,又故意夹杂着俚语的英文。作为报复,她叫他费斯科。他大笑着,既开心又有点恼火,"如果你们这些野人非得糟蹋你们这座伟大城市的名字,至少别糟蹋到我头上来呀。"不过，他们慢慢地都喜欢上了他们的绰号。

那是从他们在一起的第二个夏季开始的，当时他十二岁，她十岁。那个夏天，费斯科每天清晨都会失踪，没人能发现其中的缘故。他天还不亮的时候就骑车跑掉，然后按时回到露台，坐在午餐用的白色水晶餐具前。他很有礼貌，非常准时，装得有点儿过于无辜的样子。达格妮和艾迪问他的时候，他大笑着拒绝回答。在一个凉意袭人、天刚蒙蒙亮的清晨，他们曾想跟踪他，但最后只得放弃。如果他不想被人跟踪的话，没人盯得住他。

过了一阵子，塔格特夫人开始担心起来，决定搞清楚。她一直没弄明白他是怎么绕过了童工法去工作的：他与调度员私下谈好，负责在距此十英里处、塔格特泛陆运输公司的一个站点跑腿。那个调度员被塔格特夫人的亲自登门拜访惊呆了，他做梦也没想到替他跑腿的居然是塔格特家的客人。当地铁路的员工们都管这孩子叫弗兰克，而塔格特夫人也不愿意把他的全名告诉他们，只是说他的工作没有得到父母许可，必须立即停止。那个调度员很不愿意让他走，说弗兰克是他们用过的最好的一个跑腿的。"我非常想留下他，也许我们可以跟他的父母做个交易？"他请求说。"恐怕不行。"塔格特夫人含糊地搪塞过去。

"弗兰西斯科，"她在回家的路上问，"如果你父亲知道的话，他会怎么说？"

"我父亲会问我活儿干得好不好。他就想知道这个。"

"行了，我可是认真的。"

弗兰西斯科非常得体地看着她，他的彬彬有礼出自几个世纪积淀下来的教养和礼仪熏陶，但他眼里的某种东西令她对他的礼貌有所怀疑。"去年冬天，"他回答说，"我在一艘运送德安孔尼亚铜矿产品的货轮上当服务生。我父亲找了我三个月，但我回来后，他就是那样问的。"

"这么说，你的冬天就都是这么过来的了？"吉姆·塔格特插嘴道。吉姆的笑里有种胜利的味道，是找到了让他感到轻蔑的理由的胜利。

"那是去年冬天，"弗兰西斯科愉快地说，语调还是一样的天真和随意，"前年冬天我是在马德里过的，在阿尔巴公爵的家里。"

"你为什么想在铁路工作？"达格妮问道。

他们站住，互相看着对方：她的眼睛里有一丝敬慕，他的则是捉弄，但那不是恶意的捉弄——而是含笑的致意。

"去尝尝那是什么滋味，鼻涕虫，"他回答说，"还有就是让你知道，我在你之前就已经在塔格特泛陆运输公司工作过了。"

达格妮和艾迪利用冬天去学一些新的花样，希望能让弗兰西斯科吃惊，并且能赢他一次，却从来没成功过。他们给他一种他没玩过的游戏，告诉他如何用球棒去击球，他盯着他们看了几分钟，然后说："我觉得我明白了，让我试试。"他用球棒把球打得越过整个球场，从另一端的橡树梢上高高地飞了出去。

在吉姆得到一艘汽艇作为生日礼物时，他们全都站在码头上看教练教吉姆驾驶。他们以前谁都没开过汽艇。外形像子弹一样的汽艇，闪着白色的亮光，在水面上笨拙地摇来晃去，留下一长串颤抖的波纹。发动机突突地响着，坐在吉姆身边的教练得不断地从他的手中抢过方向盘。吉姆突然莫名其妙地仰头冲着弗兰西斯科大喊："你觉得你能比我开得好吗？""我能。""你试试！"

船靠岸后，上面的两人走下来，弗兰西斯科溜到方向盘后面。"等等，"他对站在岸上的教练说，"让我瞧瞧。"然后，教练还没来得及动，汽艇便像从枪里发射出来一样，蹿向了河中央，他们还没看清楚怎么回事，船已经闪电般地远去。当它渐渐消失在远处的阳光里时，留在达格妮脑海中的画面上是三条直线：船的尾迹，发动机的轰鸣，以及方向盘后面驾驶者的目标。

她注意到了父亲在看着快艇远去时脸上奇怪的神情。他一言不发，站在那里看着。她想起以前有一次也见到过他这个样子。那一次，是他在检查弗兰西斯科制作的一个复杂的滑轮系统。当时父亲在教达格妮和艾迪在哈德逊河边的岩石上跳水。十二岁的弗兰西斯科自告奋勇做了一部可以到达岩顶的升降机。他计算用的纸片扔在地上。父亲把它们捡了起来，看了看，问道："弗兰西斯科，你学了几年代数？""两年。""谁教你做的这个？""哦，那是我琢磨出来的。"她不知道，在她父亲手里那几张皱巴巴的纸上面,是粗略的偏微分方程式。

塞巴斯蒂安·德安孔尼亚的继承人清一色是可以接承衣钵的长子。在家族的传统里,如果哪个继承人死了,那就是家族的耻辱,因为他所继承的德安孔尼亚的财富无法继续增加。随着家族的世代相传,这种辱没门庭的事还从来没有出现过。一位阿根廷的传奇人物曾经说过,德安孔尼亚的一只手具有和圣人一样的魔力——只不过这力量不是用来疗伤,而是用来繁衍。

德安孔尼亚的继承人们都有着异于常人的能力,但弗兰西斯科·德安孔尼亚却发誓要超过他们所有人。仿佛时间的手已经用细网将家族的各种品质一一筛选过,把那些不重要、不连贯、羸弱无力的东西摒弃在外,只留下了纯粹的才智。仿佛这一次,机会成了一个毫无意外的实体。

弗兰西斯科可以做到任何他想做的事,比任何人都做得更出色,而且是轻而易举的。他的举止和意识中没有自诩,从不想和谁攀比。他的态度并不是"我能比你做得更好",而只是"我能做"。他所指的做是做到极致。

无论父亲为他制订的严格教育计划对他的要求多么苛刻,无论被要求去学哪一门功课,弗兰西斯科都可以像消遣一般,轻松地把它掌握。他的父亲对他爱得简直近乎崇拜,却小心地隐藏起来,就好像他知道自己是在培养这个才华横溢的家族中的一个旷世奇才,却要隐藏起这份骄傲。

人们说，弗兰西斯科会是德安孔尼亚家族的巅峰。

"我不知道德安孔尼亚家族奉行的是什么样的座右铭，"塔格特夫人曾经说过，"不过我可以肯定，弗兰西斯科会把它变成'目的是什么'。"这是他对别人建议他去做的任何事要问的第一个问题。他像火箭一样，不停地在夏季的日子里飞行，但是如果有人在任何时候拦住他，他都能说出他在那个时刻的目的。有两件事情对他来说是绝不可能的：静下来不动，或者毫无目的地瞎跑一气。

"我们找找看"，或者，"我们做做看"，无论干什么，这就是他给达格妮和艾迪的动力，是他唯一的享受方式。

"我能做到。"他在装自己做的升降机时说道。他攀在岩壁上，手臂在熟练的节奏中挥动着，把金属楔钉砸进石缝当中，血滴从他手腕的绷带处渗落，他全然不觉。"不行，我们不能轮换，艾迪，你还太小，用不了锤子。你只管把野草弄走，替我把道路清出来，其余的我来做……什么血？哦，没事，就是昨天割的口子。达格妮，去房子里给我拿一块干净纱布来。"

吉姆在望着他们。他们从不带上他，却常常看到他站在远处，用一种特别强烈的目光注视着弗兰西斯科。

他很少当着弗兰西斯科的面说话，却会嘲弄地笑着挤兑达格妮，"瞧瞧你一直摆出的那副样子，装成一个多有主见的铁女人！你什么都不是，就是个没骨气的破布头儿。你就听那个自以为了不起的废物的吆喝，简直是恶心。他能随意摆布你，你连一点自尊都没有。看看你一听到他车喇叭响就跑过去等他的德行！你干吗不替他擦皮鞋？""因为他还没叫我去擦。"她回答说。

在当地，弗兰西斯科能赢得任何一场比赛的任何项目，却从不参加比赛。他完全可以在少年山地俱乐部称霸，他们则迫切地希望把这个世界上最有名的继承人招收进去，他却一直不理不睬，总是离他们远远的。达格妮和艾迪是他仅有的朋友，他们分不清是谁拥有了谁，但这又有什么关系呢？不管怎么样，他们都觉得很开心。

他们三人每天早晨出发，进行他们自己的探险。一次，塔格特夫人的朋友、一位年迈的文学教授看到他们在旧车场的废品堆上拆报废的汽车，他停下来，摇着头对弗兰西斯科说："你这种地位的年轻人应该把时间用在图书馆里，吸取全世界的文化精髓。""那你觉得我正在干吗？"弗兰西斯科问道。

周围没有工厂，但弗兰西斯科教会了达格妮和艾迪偷乘塔格特的列车去远处的镇子。他们翻过那里的围栏进入工厂院子，或者趴在玻璃门上，像其他小孩看电影那样，看着那些机器。"等我去管德安孔尼亚铜业的时候……"弗兰西斯科会说。他们从来不必对后面的话多加解释，他们都明白彼此的目标和动力。

列车长时不时会抓住他们。接着，远在百英里以外的某个火车站站长就会把电话打给塔格特夫人："我这里有三个小流浪儿，说他们是——""是的，"塔格特夫人就会叹息一声，"他们是，请把他们送回来。"

"弗兰西斯科，"当他们一起站在塔格特车站的轨道旁边时，艾迪曾问过他一次，"你几乎跑遍了世界各地，这世上什么是最重要的？""这个，"弗兰西斯科指着车头前端TT字样的标志，回答道，"我多希望我见过内特·塔格特。"

他注意到了达格妮的目光，没再说什么。但几分钟后，当他们穿过树林，走在一条潮湿的、满是蕨类植物和阳光的小路上时，他说："达格妮，我永远都会向家族的族徽鞠躬致敬，永远崇拜贵族的标志。我是不是就不该做贵族？我就是对那些虫蛀的小楼和独角兽毫无兴趣。我们这代人的族徽要出现在广告牌上和流行杂志的广告里。""这是什么意思？"艾迪问。"企业商标，艾迪。"他答道。那年夏天，弗兰西斯科十五岁。

"等我去管德安孔尼亚铜业的时候……""我正在学习采矿和矿物学，因为我要准备好去管理德安孔尼亚的铜矿……""我在学电子工程，因为电力公司是德安孔尼亚铜矿的最大客户……""我要去学哲学，因为我需要用它来保护德安孔尼亚铜矿……"

"是不是除了德安孔尼亚铜矿，其他什么你都不想？"吉姆曾经问过他。

"不想。"

"在我看来,这世上还有其他东西。"

"让别人去想那些东西吧。"

"这难道不是一种自私的态度吗?"

"是的。"

"你追求的是什么?"

"钱。"

"你有的难道还不够吗?"

"我的长辈们在世的时候,每一个都把德安孔尼亚铜矿的产量提高了一成,我打算把它提高一倍。"

"目的是什么?"吉姆讥讽地模仿着弗兰西斯科的声音。

"我死的时候,只希望去天堂——不管它到底是什么样——而且我希望我买得起门票。"

"美德就是门票的价格。"吉姆骄傲地说。

"我说的就是这个意思,詹姆斯。所以我要准备好,去得到最高尚的美德——我是一个能赚钱的人。"

"任何一个贪污的人都能赚钱。"

"詹姆斯,你应该花点时间去学一学,词语是有确切意思的。"

弗兰西斯科笑了,是带着嘲弄的笑。达格妮看着他俩,突然想到了弗兰西斯科和她哥哥吉姆的不同。他们两个都是在嘲笑,但弗兰西斯科的嘲笑是因为他看得到更伟大的东西,吉姆的嘲笑则似乎是不想让任何东西继续伟大下去。

一天夜里，她跟弗兰西斯科和艾迪坐在林间他们生的篝火旁，她又注意到了弗兰西斯科的笑容里那种特别的味道。火光断续跳跃的光环包围了他们，映着树的躯干和枝条，还有远空的星星。她感到在那光环之外，似乎只有漆黑的空寂和某种暗示，暗示着令人窒息和恐惧的许诺……就像是未来。但她又想到，美好的未来就像是弗兰西斯科的笑容——那里有通向它的钥匙，对于未来的真实目的的预警——就在他那张在松枝下和火光前的脸上——然后，她突然体会到一种无法抑制的幸福，无法抑制是因为那幸福是如此的丰满，使她找不到其他的方式来形容。她看了眼艾迪，他正在望着弗兰西斯科，并以他特有的安静方式，也感受到了她的体会。

"你为什么喜欢弗兰西斯科呢？"过了几个星期，在弗兰西斯科离开以后，她问艾迪。

艾迪看上去很是诧异，他从没想过这种情感是个问题。他说道："他使我感到安全。"

她说："他让我期待兴奋和危险。"

到了下一个夏天，弗兰西斯科十六岁了。那天，她与他单独站在河边的岩顶上，他们俩的短裤和衬衣在爬上来的时候都被磨破了。他们站在那里，俯瞰着下面的哈德逊河。他们听说在晴朗的日子里，能望见远方的纽约。可是他们只能看见河水、天空,以及太阳的光线互相交织生成的一层雾霭。

她跪在一块石头上,向前探出身子,竭力想要捕捉到城市的一些痕迹,风将她的头发吹到了她的眼前。她转头一瞧——发现弗兰西斯科此时没有在看远处:他正站在那里看着她,那眼神很奇怪,专心致志,没有笑意。她呆在那儿,一动也不动,两只手伸开撑在石头上,胳膊紧张地支撑着她的身体。不可思议的是,他的目光让她察觉到了自己的姿势,察觉到了自己的肩头从磨破的衬衣中露出来,她那修长的、被划破和晒痛的双腿歪放在石头上。她气恼地站起来,离他远了些。她仰起头,眼中的愤恨遇上了他的严厉,断定他的眼神是非难而不怀好意的,却听到自己质问他的声音中带有微笑和挑衅的腔调:

"你喜欢我什么?"

他大笑起来。她则被吓呆了,不知道自己怎么会说出这样一句话。他指着远方塔格特车站那边闪亮的铁轨,回答说:"那就是我喜欢你的地方。"

"那不是我的。"她失望地说。

"我喜欢的就是,那会是你的。"

她笑了,那毫不掩饰的喜悦等于承认了他的胜利。她不知道为什么他刚才那样奇怪地看着她,不过,她觉得他是从她的身体和她的内心当中,看到了某种她还无法把握的联系,而它会在将来给予她统治铁路的力量。

他唐突地说了声，"看看我们能不能望见纽约吧！"便猛地一拽她的胳膊，把她拉到了岩石边。她觉得他把她的胳膊拉向他身边的时候，根本没注意他抓住她的样子，这让她和他紧贴着站在一起。太阳的温暖从他腿上的肌肤传递到了她的身上。他们向远方眺望，但除了亮闪闪的雾，什么也看不到。

在弗兰西斯科离开后的那个夏天，她想，他的离开就像是跨越了告别童年的边界：秋天，他就要去上大学了，接着，就要轮到她了。她感到一阵焦躁，里面还夹杂着害怕的激动，似乎她就要跳进一个莫名的危险之中。这就像几年前，她看着他头一个从岩石上跳进哈德逊河，看着他消失在黑沉沉的水中，而她站在那儿，知道他马上就会浮出来，而下一个就要轮到她了。

她驱赶着害怕的感觉，那对于弗兰西斯科而言只不过是又一个精彩表现的机会罢了，他是战无不胜、永不服输的。接着，她想起了几年前听过的一段话。那话挺怪的，怪就怪在尽管她当时并不觉得它有任何意义，却从此记住了。说那话的是位上了年纪的数学教授，是她父亲的朋友，只来过他们的山庄一次。她对他的面孔很有好感。至今她仍记得，有一天傍晚，他坐在暮色弥漫的阳台上，指着花园里的弗兰西斯科对她父亲说："这孩子太脆弱了，在这个几乎没有用武之地的世界，他可怎么是好？"他的眼里有种异样的伤感。

弗兰西斯科去上的是他父亲早就选好的一所著名美国大学，

这就是世界上最享盛誉的学府,位于克利夫兰的帕特里克亨利大学。尽管到纽约只要坐一晚的火车就可以,他却没有在那个冬天来这里看她。他们彼此从不写信,但她知道他会在夏天来这里生活一个月。

那年冬天,她几次感到了一股说不出来的忧虑:那位教授的话像是一个她无法解释的警告,不断地在她心里回旋。她不去理睬它。每当想到弗兰西斯科,她都感觉很踏实,相信她又会有一个月的时间去提前面对未来,证明她所看到的未来是真实的,尽管现在围绕着她的一切并非如此。

"嗨,鼻涕虫!"

"嗨,费斯科!"

站在山坡上再次见到他的头一眼,她便突然理解了他们并肩与其他所有人作战的那个世界的本质。在短暂的瞬间,她感觉到了风拍打着棉布裙,在她的膝盖周围飘舞,感觉到了眼睑上的阳光,感觉到了如释重负,一股强大的力量推着她上升,她必须两脚用力踩住凉鞋下的草地,因为她觉得自己会在风中轻飘飘地飞起。

那是一种突如其来的自由和安全感——因为她意识到,她对他生活中的事情一无所知,从来就不清楚,也永远不需要去了解。老天安排的那个关于机会的世界——关于家庭、餐食、学校、人、漫无目的地背负着无名罪恶感的人的世界——不属于他们,不能改变他,无关紧要。他们俩谈论的,从来都不是发生在他们身上的事,而是他们想着和要去做的事……她默默地注视着他,仿佛她的身体里有个声音在说:不是已经存在的,而是我们将要创造的……我们是难以阻止的,你和我……假如我曾想过他们会夺去你,请原谅我的恐惧吧——请原谅我的动摇,他们不会抓住你——我再也不为你害怕了……

他也站住凝视了她一会儿——她从那目光中读到的,不是重逢后的致意,而是一个人在一年里的每天都在想她。这一瞬间实在太过短暂,在她刚刚感觉到、还难以确定的时候,他已经指着身后的桦树,用他们儿时游戏的口气说:

"我希望你能学会跑快点。我总是得等着你。"

"你会等我吗?"她快活地问。

他收敛了笑容,回答道:"永远。"

在他们上山回家的路上,他和艾迪说着话,而她则无声地走在他的身边。她感觉出他们之间有了一种新的沉默,奇特的是,那也是一种新的亲密感。

她没问他大学的事。几天后,她只是问他是否喜欢大学。

"他们现在在教很多胡说八道的东西,"他回答说,"不过,还有一些我喜欢的课。"

"在那儿交了什么朋友吗?"

"两个。"

他只对她说了这些。

吉姆正在纽约的一所大学读他的最后一年。他的求学仿佛让他发现了一件新的武器，给了他一种古怪的、战战兢兢的好斗性格。他曾经无端地在草地中央拦住弗兰西斯科，用一种自以为是的强硬口吻说：

"我想你现在到了上大学的年龄，应该学着有点理想了。现在到了你忘掉自私贪婪的时候，好好想想你的社会责任吧，因为我觉得，你所要继承的万贯家产不是给你个人享受的，而是给予那些贫困落后者的一点信心，因为我觉得，只有人类中最低级的那种才无法认识到这一点。"

弗兰西斯科礼貌地回答道："詹姆斯，冒冒失失地去兜售自己想法的行为并不明智，等你发现这些想法在你的听众那里没有什么价值时，你会感到尴尬的。"

在他们走开时，达格妮问他："是不是有很多像吉姆这样的人？"

弗兰西斯科笑了起来："太多了。"

"你在乎吗？"

"不，我不是非要和他们打交道。问这个干吗？"

"因为我觉得他们在某些方面是危险的……我不知道……"

"上帝呀，达格妮！你觉得我会害怕吉姆这种东西？"

几天以后，当只有他们二人漫步在河边的树林中时，她问：

"弗兰西斯科，什么是最低级的那种人？"

"没有目标的人。"

她望着挺立在开阔空地前的那些笔直的树干。树林里幽暗、清凉，树林的边缘则被河水反射的炽热而耀眼的阳光笼罩。她很好奇，她怎么能既不去留意身边的景色，同时又享受着眼前的风景？在漫步的时候，她怎么会如此清晰地感觉到自己身体深处的喜悦？她不想去看弗兰西斯科。把自己的视线从他身上移开之后，她更能感受到他那真实的存在，好像她对自己的认知是从他那里得来的，正如阳光像是从河水中射出的那样。

"你觉得自己很优秀，对不对？"他问道。

"我一直这么认为。"她头也不回，骄傲地回答。

"那就让我看看你怎样去证实它，看看你能随着塔格特泛陆运输向上升多高。无论你多优秀，我都希望你在每件事上竭尽全力，努力做得更好；在你尽力到达一个目标之后，我希望你开始走向下一个。"

"你怎么就觉得我会在乎向你去证明自己呢？"

"想让我回答吗？"

"不。"她轻声说道，眼睛盯着河的对岸。

她听到他在笑。过了一会儿，他说道："生命中没有任何东西是重要的——除了你能够把你的工作干得多好。除了这个，没有别的。它决定了你成为什么样的人，是人的价值的唯一衡量标准。他们灌进你喉咙中的所有道义准则，只是骗子们用来榨取人类美德的一堆纸钱。能力的准则才是道德体系的黄金标准。等你长大，就懂我的意思了。"

"我现在就懂，可是……弗兰西斯科，为什么只有你和我才明白这一点呢？"

"你干吗要去在乎其他人？"

"因为我要把事情搞明白，但是关于他们的一些事情我搞不明白。"

"什么？"

"呃，我在学校一直不讨人喜欢，但我不在乎，可现在我找到了理由，是一个简直不可能的理由。他们不喜欢我，不是因为我做得差，而是因为我做得好；他们不喜欢我，是因为我总拿到班里的最高分。我甚至不用怎么学，一直是拿A。你是不是觉得我应该改变一下，去拿个D，变成学校里最让人喜欢的女孩子？"

弗兰西斯科停下脚步，看着她，扇了她一记耳光。

瞬间，她觉得脚下的大地在摇晃，心中的情绪一下子爆发出来。她知道，她会杀了任何一个动手打她的人，她感到了会使她产生这股力量的暴怒——就像是弗兰西斯科动手时那种暴力的快感，她从自己麻木而火辣的脸颊和嘴角鲜血的味道中也尝到了快感，令她感到痛快的，是她突然理解了他，理解了自己，理解了他的意图。

她稳了稳脚步，控制住眩晕，高高把头昂起，面对着他站定，清醒地意识到一股新的力量。她捉弄似的带着胜利的微笑看着他，感到自己头一次和他平等了。

"我伤你有那么厉害吗？"

他惊呆了，这问题和这笑容不是出自一个孩子的。他回答了："是的——假如这会让你高兴的话。"

"不错。"

"不许再这么干了，不许再瞎开这种玩笑。"

"别傻了，是什么让你觉得我会在乎别人喜不喜欢呢？"

"等长大后，你就明白你刚才说的话有多恶劣了。"

"我现在就明白。"

他猛然转过身，掏出他的手帕，浸在河水里。"过来。"他命令道。

她向后退，大笑起来："噢，不，我想就这么留着它，希望它能肿得厉害点，我喜欢。"

他久久凝视着她，慢慢地、非常认真地说："达格妮，你太好了。"

"我还以为你一直就这么想呢。"她回答的声音傲慢而随意。

回家后，她告诉妈妈，她摔倒在石头上划破了嘴唇。这是她长这么大第一次说谎。她这样做并不是为了保护弗兰西斯科，而是出于一些令她无法否认的原因，她觉得这件事实在是一个太宝贵的秘密，不能让别人知道。

转过年来的夏天，她十六岁。弗兰西斯科来的时候，她起初跑着下山去迎接他，但突然停住了脚步。他看见后，停了下来，他们就这样在长长的绿色山坡两端对望了一会儿。是他慢慢地向她走上来，而她则站在原地等待。

他走近的时候，她天真地笑了，似乎根本没意识到任何比赛和输赢。

"你也许想知道，我在铁路上有了份工作，在洛克戴尔做夜班调度员。"

他哈哈笑着："好啊，塔格特泛陆运输，现在是一场比赛了，看谁会取得更大的荣誉，是你——为内特·塔格特，还是我——为塞巴斯蒂安·德安孔尼亚。"

那年冬天，她把她的生活简化成了最简单的几何图：几条直线——每个白天和每个晚上，往返于城里的工程学院和她工作的洛克戴尔车站——还有她房间里封闭的圆，那个房间到处是发动机的图表、钢铁构造的图纸，以及铁路时刻表。

塔格特夫人看着她的女儿，感到郁闷和困惑。在所有的疏漏中，她不能坐视不管的只有一个：达格妮没有对男人感兴趣的一点迹象，没有任何浪漫的倾向。塔格特夫人不赞成极端行为，并且准备好了在必要时采取矫枉过正的办法来对付。但她发现自己觉得这样更糟糕。她不得不尴尬地承认，十七岁的女儿连一个仰慕者都没有。

"达格妮和弗兰西斯科·德安孔尼亚？"她脸上带着忧愁的笑，回答着她那些朋友的好奇，"噢，不，那不是爱情，而是某种跨国的企业联合，他们关心的只有这些。"

一天晚上，塔格特夫人听到詹姆斯在客人面前用一种特别得意的腔调说："达格妮，尽管你的名字取自内特·塔格特美貌出众的夫人达格妮·塔格特，但你看上去更像内特·塔格特。"达格妮像听到夸奖一样高兴。塔格特夫人简直弄不清楚他们俩是谁让自己更恼火。

塔格特夫人想，自己可能没办法帮女儿形成任何观念了。达格妮只是一个在公寓里匆忙进出的人，瘦瘦的身体裹在竖起领子的皮夹克里，短裙下面有舞蹈女郎一样的长腿。她像男人一样直愣愣地在房间里穿行，但她敏捷、紧张的动作里，有一种特别的、与众不同的女性风度。

塔格特夫人有时会从达格妮的脸上察觉到一种让她说不清楚的神态：那神态远甚于快乐，像是从未被污染的快乐的单纯，这也让她觉得不正常：年轻姑娘的感觉不会迟钝到对生活中的悲伤视而不见。因此她认为，她的女儿太不感性。

"达格妮，"有一次她问道，"你难道不想放松一下，高兴高兴吗？"达格妮疑惑地看着她，回答道："你觉得我现在正在干吗？"

塔格特夫人决定让自己的女儿在大家面前正式亮相，并为此煞费苦心。她不知道应该向纽约各界介绍一个交际花，还是洛克戴尔车站的夜班调度员，她觉得后者更接近实际情况，而且觉得达格妮肯定会拒绝来这种场合。因此，当达格妮居然像小孩一样带着令人费解的热切同意参加时，她很是吃惊。

看到达格妮为这次舞会准备的打扮时，她再次大吃一惊。那是达格妮第一次穿女性化的衣服——一件带白色蕾丝边的晚礼裙，宽大的裙摆像云彩一样飘浮。看上去，她和塔格特夫人本来以为的样子形成了如此颠倒的反差，像个美女一样，既显得成熟了一些，又比平时更加楚楚动人。她站在镜子前，像内特·塔格特的夫人那样扬着头。

"达格妮，"塔格特夫人嗔怪般地柔声说道，"知道你能变得多漂亮了吗？"

"知道。"达格妮一点儿也不觉得惊讶。

韦恩·福克兰饭店的宴会厅在塔格特夫人的精心策划下装饰一新，她很有艺术品位，那天晚上的布置也是她的杰作。"达格妮，我想你应该学会去注意一些东西，"她说，"灯光、色彩、鲜花、音乐，并不像你想的那样可以被忽略。""我从没觉得应该忽略它们。"达格妮愉快地答道。塔格特夫人觉得她们之间终于有了一个共同点，达格妮正像孩子那样充满感激和信任地看着她。"它们使生活更美好，"塔格特夫人说道，"我要为了你让今晚格外美丽，达格妮。人一生当中的第一次舞会是最浪漫的。"

最令塔格特夫人吃惊的，是她看到达格妮站在灯光下面对着宴会厅。那不是一个孩子，也不是一个小姑娘，而是一个有着自信和威严的女人。塔格特夫人羡慕地盯着她。在一个充满随意、讽刺和冷漠的常规的年代，在把自己当作金属而非肉体的人群之中——达格妮的举止看上去不太得体，因为这是几个世纪以前女人出席舞会的方式。那个时候，为了令男人欣赏而展示自己半裸的身体是一种大胆的行为，那只有一种意义，所有人都认为是一种高度的冒险。而这——塔格特夫人微笑着想道——就是那个她认为没有性能力的女孩。她感到如释重负，想到自己是因为这样的发现而获得解脱，她又觉得好笑。

这种解脱感只持续了几个小时。舞会快结束的时候，她在宴会厅的一个角落看到达格妮像骑围墙一样坐在栏杆上，腿在晚礼裙下晃荡着，好像穿着的是休闲裤。她正和两个不知所措的年轻人说着话，脸上露出轻蔑的冷漠。

在坐车回家的路上，达格妮和塔格特夫人全都一言不发。几个小时后，塔格特夫人忽然一时冲动，来到她女儿的房间。达格妮站在窗前，仍然穿着那条白裙，像是一团云朵，支撑着现在看起来过分纤细、肩膀松弛的娇小身躯。窗外的云彩在第一抹晨曦中现出了灰色。

达格妮转过身来的时候，塔格特夫人从她的脸上只看出了困惑的无助。她的面孔依然平静，但里面的什么东西让塔格特夫人觉得，但愿自己从没有希望女儿发现悲伤。

"妈妈，他们是不是觉得正相反？"她问道。

"什么？"塔格特夫人疑惑不解地问。

"就是你说过的那些，灯光和鲜花。他们觉得那些东西能让他们变得浪漫，而不是相反吗？"

"亲爱的，你是什么意思？"

"那儿没有一个人在享受这些，"她的声音没有半点活力，"或者能想到、感受到任何东西。他们走来走去，说的还是到处都在讲的那些无聊的话。我看，他们倒是觉得灯光可以给那些话增色添彩。"

"亲爱的，你太较真了。在宴会上，人不是一定要显得多聪明，只要高兴就好了。"

"怎么高兴？就是蠢得像傻子一样吗？"

"我的意思是，比如，你难道不喜欢见到年轻男人吗？"

"男人？像他们那样的，我可以一起打蒙十个。"

几天后，达格妮坐在洛克戴尔车站里的办公桌前，心情舒畅得像回到家一样。她想起了那次舞会，并对她那次的失望感到可笑和自责。她抬头看去，此时已是春天，窗外的夜色中，新叶已爬上枝头，空气沉静而温暖。她问自己，当初究竟对那次舞会有着什么样的期待，她不知道。但就在此时此地，当她恹恹地伏在破旧的桌子上看着窗外时，又一次感觉到了它：无以名状的渴望，像一股热流在她的体内慢慢涌动。她懒洋洋地趴在桌上，一点也不疲乏，却什么都不想做。

那个夏天，弗兰西斯科来了之后，她告诉了他那次舞会的事情，以及她的失望。他一言不发地听着，头一次用他看别人时的嘲讽眼神凝视着她，那目光似乎能够看清很多东西。她觉得他从她的言语中，听出了连她自己都不知道的东西。

一天晚上，当她早早地离开他时，她又一次看到了他的这种眼神。当时，他们俩单独坐在河边，还有一个小时，她就要去洛克戴尔上班了。天上那一片片似火的晚霞在河水中懒懒地泛着红光。他已经沉默了很久。她猛地站起身，说她必须走了。他没有试着挽留，而是用胳膊肘支着草地，身体仰靠在那里，一动不动地看着她。他的目光似乎在说，他清楚她为什么要走。她又气又急地向山坡上的房子走去，心里在想是什么让她离开。她不知道。那是一种突如其来的不安，她到现在才弄明白从何而来：因为她心怀期待。

她每天晚上从位于乡村的家开五英里车去洛克戴尔，拂晓时，回来睡上几个小时，然后随着家里的其他人一同起床。她不想睡觉。迎着第一缕晨光更衣上床时，她对即将开始的一天有一种莫名的、按捺不住的、紧张的兴奋。

隔着网球场的球网，她又看到了弗兰西斯科嘲弄的眼神。

她想不起那次比赛的开始。他们常在一起打网球，而他总是赢。不知道从什么时候起，她决定要赢下这一次。一旦她意识到了这一点，那就已经不再只是一个决定或希望，而是她身体中静静升起的怒火。她不知道她为什么一定要赢，不知道为什么这似乎是如此的关键和急迫。她只知道她必须要赢，而且她会赢。

打球似乎很容易，就好像她的想法都消失了，是另一个人的力量在替她打球。她注视着弗兰西斯科的身体——他高大而矫健，手臂被太阳晒成古铜色，在白色衬衫的短袖衬托下更加醒目。看到他灵巧的动作，她有一种高傲的快感，因为这就是她要打败的。所以他每一个老练的动作都成了她的胜利，他身体的出众也就是她身体的获胜。

她感到了筋疲力尽后不断加剧的疼痛——她似乎已经不知道疼，直到突然的剧痛让她顷刻间意识到了身体某一部位的存在，但立刻就被下一个部位的剧痛所代替：她的臂弯——她的肩胛骨——她的臀部，白球衣紧紧贴在了她的身上——她腿上的肌肉，在她跃过去击球时，却不记得她还要落回地上——她的眼皮，在天空变得昏黄时，球像一团扑朔迷离的白色火焰从黑暗中飞来——那细细的拍弦，从她的手腕击出，掠过她的背后，继续挥向空中，把球击向弗兰西斯科的身体……她感到欢欣的喜悦，因为从她身体开始的每一次疼痛都要终结在他的身体里，因为他也像她一样疲惫不堪——她对自己做的，也同样对他做了——这也是他感受到的——这是她逼着他感受到的——她感受到的不是她的疼痛或她的身体,而是他的。

她看着他的面孔,发现他在笑。他望着她,似乎明白这一切。他在打球,却不是为了赢,而是给她出难题——回球刁钻,调动她去跑——放弃得分,看她在反手时扭过身子痛苦不堪的样子——站着不动,让她以为他打不到,在最后一刻随随便便地一挥手,把球有力地击回来,让她无可奈何。她觉得她已经动弹不得,再也动不了了——却奇怪地发现她已经跑到了场地的另一侧,及时地把球打了回去,似乎她要把球打成碎片,似乎她希望那球就是弗兰西斯科的脸。

再打一次,她心想,哪怕下一击会打裂她的手臂……再打一次,哪怕她拼命吸进自己又紧又胀的喉咙里的空气全都停滞不动……接着,她便浑然不觉,忘了疼痛,忘了肌肉,只有一个念头,她必须打败他,看到他筋疲力尽,看到他垮掉,然后,她就可以在下一刻毫无牵挂地死去。

她赢了,也许是他的笑让他输了。他走到网前,把球拍向依然站立不动的她摔过来,扔到了她的脚下,好像知道这就是她想要的。他走出球场,倒在草地上,头压着胳膊,累倒了。

她慢慢地走过来,站在他边上,低头看着伸展在她脚旁的身体,看着他浸透汗水的衣服,以及从他手臂上散落下来的一缕缕头发。他抬起头,目光慢慢地向上移动,经过她的大腿,她的短裤，她的上衣，直到她的眼睛。那是一种嘲弄的目光，像是能看透她的衣服，看透她的内心，而且像是在说，他赢了。

那天晚上，她坐在洛克戴尔的办公桌前，独自在这个陈旧的车站里，望着窗外的夜空。这是她最喜欢的时光，窗户的上半边变亮了，外面的铁轨像模糊闪亮的银丝，从窗户的下端穿过。她关了灯，注视着灯火在万籁俱寂的大地上无声浩渺地闪动。一切都凝固了，连树叶都一动不动，天空渐渐褪去了夜色，茫茫无际，像一片炽热的水面。

这一刻，她的电话都没有响，似乎铁路所有地方的活动都停止了。突然，她听到外面传来了脚步声，已经到了门前。弗兰西斯科走了进来。他从没来过这里，不过见到他并不使她吃惊。

"你这个时候怎么还不睡觉？"她问道。

"我睡不着。"

"你怎么来的？没听到你的汽车声。"

"我走来的。"

过了一阵儿，她才意识到她没有问他来的原因，而且，她不想去问。

他在屋子里转悠着，看了看墙上贴着的客货运单，看了看日历，那上面的图片是塔格特彗星号骄傲地驶向围观的人群。他就像在家里一样随意，似乎他觉得这地方是属于他们俩的，无论他们一起在哪儿，都一直是这种感觉。但是，他好像不想说话，只是问了问她的工作，便陷入了沉默。

外面的灯光亮了，铁道上传来了动静，电话也响了起来。她干着自己的工作，他则坐在角落里，把一条腿搭在椅子的扶手上，等待着。

她觉得脑子异常清醒，活儿干得飞快。她双手的敏捷和准确令她感到惬意。她全神贯注于电话清脆响亮的铃声，以及火车号、车厢号、订单号的数字当中，忘记了其他的一切。

但是，当薄薄的一页纸飘落到地上、她弯腰去捡的时候，她突然一下子完完全全地意识到了那个时刻，意识到了她自己和她的动作。她注意到了她灰色的亚麻裙，她挽得高高的灰色上衣袖口，她伸下去够那页纸的裸露的手臂。她感到自己的心脏正如人们预料的那样，在喘息中突然停止了跳动。她捡起纸，坐回自己的位置。

天色几乎已经大亮。一列火车没有停顿，驶过了车站。在清爽的晨光里，长长的一溜车厢顶融化成了一条银链，火车似乎浮在地面上，破空而去。车站的地皮抖动着，窗上的玻璃发出阵阵颤响。望着列车飞驰而过，她露出了兴奋的笑容。她看看弗兰西斯科，他正带着同样的微笑瞧着她。

值白班的人来了以后，她把车站的工作交接了。他们一同出去，走进了清晨的空气。太阳还未升起，但空气似乎已经焕发着光芒。她没有丝毫的倦意，觉得像是刚起床一样。

她走向她的车，但弗兰西斯科说道："我们走回家吧，过会儿再来取车。"

"好吧。"

她并不觉得走五英里的路有什么，那似乎很自然：对于此时的情境而言很自然，这情境是如此清晰透彻，却和一切分离，虽然如此接近，却可望而不可即，如同明亮的小岛被雾气所环绕。这是在喝醉时才会感到的那种清晰、强烈的真实。

道路一直通向树林，他们离开公路，走上了一条幽深蜿蜒的林间小道。周围没有任何人的痕迹，古老的辙痕里已经长满了野草，时间和空间把人类的一切都淹没在了久远的过去。黎明的雾气仍在地面缭绕，但在树干交错的空隙中，枝头的叶子闪现出一片片亮绿，似乎在照亮着森林。树叶一动也不动。他们独自穿过一片静止的世界，她猛然注意到，他们已经很久没说一句话了。

他们来到了一块空地，这是一片岩石山壁脚下的低洼处。一股溪水淌过草丛，树枝低低地垂向地面，如同绿波流曳的幔帐，潺潺的水声衬出了特别的寂静。远方露出的一线天空使这里显得更加隐秘，前面山顶的一棵树披上了第一缕阳光。

他们停住脚步，看着对方。她知道，只有他这么做了，她才知道他会。他抱住了她，她感到她的唇贴上了他的，她的胳膊疯狂地回应着抓紧了他，她第一次明白了，她是多么渴望他这么做。

她曾闪过短暂的反抗想法和一丝害怕。他坚决地抱着她，用力贴紧她的身体，一只手抚摸着她的乳房，仿佛在她的身体上熟悉着他所拥有的一种亲昵，而这样过分的亲昵并不需要她的认可和同意。她试图挣脱，却只是在他的臂膀里倚了更久，直到看见他的脸颊和笑容，这笑容告诉她，她其实早就点头同意了。她觉得她必须逃开，然而，她却再一次拉下他的头，寻找他的双唇。

她知道害怕是毫无用处的，他会做他想做的任何事情。他主宰着一切，留给她的只有一个选择，也是她最盼望的——服从。她不清楚他的目的，曾经有过的那点儿模糊的概念已经化为乌有，此刻，她已没办法清醒地相信它，相信自己的判断，她只知道她很害怕——可是，她感到自己似乎是在喊着向他恳求：别问我——噢，别问我——只管做就是了！

她想撑稳自己的脚，做点反抗，但他的嘴压了她的，他们便一起倒在了地上，嘴唇却始终吻在一起。她静静地躺着，一动不动，接着，理所当然地，他简单而毫不犹豫地完成了一阵激颤，他们感受到了那短暂的快乐。

他在事后所说的第一句话中，讲到了这件事对他们两人意味着什么，"我们必须通过彼此来学着做。"她看着躺在身边草地上的他那修长的身体。他穿着黑色的长裤和黑色的衬衣。她的视线停在了紧紧束着那细腰的皮带上，心中涌起一股充满骄傲的激情，为她拥有了他的身体而感到骄傲。她仰面躺着，凝视着天空，不愿动，不愿想，也不愿知道还有今后，此刻即是永恒。

回家后，她一丝不挂地躺在床上，因为她的身体已经成了一笔陌生的财富，珍贵得不容再去沾到睡衣；赤裸的感觉，以及想象着白床单被弗兰西斯科的身体所触碰，令她感到兴奋；她觉得她不该入睡，因为她不想休息并失去她所体验到的最奇妙的疲惫。她头脑中最后想到的，就是她曾经想要表达却无法表达出来的、在一瞬间超越了欢乐的那种情感，那种得到全世界最大祝福的感觉，那种恋爱了并且知道那个人的确存在于这样的世界上的感觉，而她今天所做的，正是表达这一切的方式。这想法是不是最重要的，她不清楚。在这个世界上，没有什么比彻底地消除痛苦更重要了。她没有再去权衡自己的结论，而是脸上挂着淡淡的微笑，在早晨光线明亮的宁静房间里，睡着了。

那年夏天，她和他约会在树林，在河边僻静的角落，在废弃小屋的地板上，在家中的地下室。只有在这些时候，当她看着他们头顶上的房梁，或者是有节奏地"嗡嗡"运转的空调机钢板，她才开始感觉到了美。她穿着宽松的长裤或者棉布夏裙，但当她站在他的身旁，就有了十足的女人味。她倒在他的臂弯里，任由他摆布，在他带给她的愉悦面前彻底成为俘虏。他教给她各种他能想到的享受快感的方式。一次，他非常直接地对她说："我们的身体能带给我们这么多的快感，这难道不是很奇妙吗？"他们俩快活而充满着天真，谁都不认为那种快乐是一种罪恶。

他们保守着这个秘密,并不是因为那是犯罪般的羞耻,而是因为它完完全全属于他们两个,无须任何人去品头论足。她清楚一般人在性方面的这样那样的教条,什么性是人类低级本能的丑恶弱点,什么性只能被悔恨所宽恕。她所体会到的纯洁情感使她远离持有这种教条的人,而不是在自己身体的欲望面前退缩。

那年冬天,弗兰西斯科不知什么时候就会来纽约看她。他事先不打招呼,从克利夫兰乘飞机过来,有时一星期来两次,有时长达数月不露面。她坐在自己的房间里,四周堆满了表格和图纸,听到敲门声,她就会叫,"我在忙着呢!"然后听到一个嘲弄的声音问道,"是吗?"她就会一下子蹦起来,把门拉开,看到他站在那儿。他们会去他在城里一个安静的社区租的小公寓。"弗兰西斯科,"她有一次突然吃惊地问他,"我是你的女主人了,对不对?"他放声大笑着:"你就是啊!"她体会到了女人在被认可为妻子时才有的那种骄傲的感觉。

在他不在的许多个月里,她从不担心他是否对自己忠诚,她知道他是忠诚的。尽管她还年轻,不懂得为什么,但她知道,只有那些把性和自己看得邪恶的人才可能滥情。

她对弗兰西斯科的生活所知甚少。那是他在大学的最后一年,他很少说起,而她也从不去问。她觉得他是太努力了,因为她时而会看到他脸上那种异常的神采,那种一个人的能量发挥超出了极限的愉快。她有一次曾笑话他,夸口自己已经是塔格特泛陆运输公司的老员工了，而他还没有开始谋生的工作。他说："在我毕业前，我父亲不许我在德安孔尼亚铜业公司工作。""你什么时候开始变得听话了？""我必须尊重他的想法，他是德安孔尼亚铜业公司的主人……不过，他还不是世界上所有铜业公司的主人。"他的笑容里流露出一丝神秘的开心。

直到第二年秋天，他毕了业，并去布宜诺斯艾利斯看望他父亲之后回到纽约，她才清楚了整个情况。当时，他告诉她，在过去四年内，他接受了两门教育：一个是在帕特里克亨利大学，另一个是在克利夫兰郊区的一家铸铜厂。"我愿意去为自己学点东西。"他说。十六岁时，他开始在铸铜厂当炼炉工——现在，二十岁的时候，他拥有了那家铸铜厂。获得大学毕业证书的那天，他对自己的年龄打了点马虎眼之后，又获得了第一份财产证。他把这两样东西一起送给了他的父亲。

他给她看了一张铸铜厂的照片。那工厂又小又脏，多年来经营不善，名声不佳；在入口的大门上方悬挂着一块牌子，像是被遗弃的旗杆上飘起新的旗帜：德安孔尼亚铜业公司。

他父亲在纽约办公室的公共关系负责人在惊呼声中抱怨道："可是，弗兰西斯科先生，你不能这样做！大家会怎么想？那个名字——出现在这种垃圾场上？""那是我的名字。"弗兰西斯科回答说。

他父亲在布宜诺斯艾利斯的办公室十分宽敞，布置得有如实验室一般严谨而现代化，墙上唯一的装饰是德安孔尼亚铜业公司所有资产的照片——分布在世界各地的大型铜矿、矿石码头和铸造厂。当他进入他父亲的办公室时，他看到，正对着父亲办公桌的那面最重要的墙上，是门口挂着新牌子的克利夫兰铸造厂的照片。

弗兰西斯科在父亲桌前站定后，他父亲的目光从照片移到了他的脸上。

"是不是太早了一点儿啊？"他父亲问。

"我不可能在四年里除了听课什么都不干。"

"你从哪里弄来的钱去付这笔地产的头期款？"

"是从纽约股票市场赚的。"

"什么？谁教你的？"

"判断哪家企业会成功或失败并不难。"

"你玩股票的钱是从哪里来的？"

"从你给我的生活补贴和我的工资里。"

"你什么时候能有时间去关注股票市场呢？"

"在我写论文的时候。我的论文论述的是亚里士多德'坚定不移的推动者'理论对随后出现的抽象哲学体系的影响。"

那年秋天，弗兰西斯科在纽约只待了很短的一段时间，他父亲派他到蒙大拿州的一家德安孔尼亚矿上去当主管助理。"噢，是这样，"他笑着对达格妮说道，"我父亲觉得让我升得太快是不明智的。我也不想要求他信任我。如果他想要事实来证明，那我就证明给他看。"到了春天，弗兰西斯科回来的时候，已经主管了德安孔尼亚铜业公司在纽约的办事处。

她在随后的两年里并不经常见到他。每次见面后，她都不知道第二天的他会出现在哪里，在哪座城市，或者在哪个州。他总是出其不意地出现在她面前——而她也很喜欢这样，因为就像一道隐藏的光线可以随时射中她一样，这让他在她的生活中从不缺席。

每次在他的办公室见到他，她都会想起他那双曾握着汽艇方向盘的手：他以同样平稳、危险、自如的速度操控着他的业务。只是，她的心中一直记着一件令她震惊的事：那和平素的他格格不入。一天晚上，她看到他站在办公室的窗前，望着城市冬季的褐色黄昏。他久久地一动不动，脸色非常严峻，带着一种她从不相信会在他身上出现的神情：痛苦、绝望的愤怒。他说："这个世界有什么地方不太对头，总是有一些没人说得清楚或解释得了的东西。"他不告诉她自己说的是什么。

再见到他的时候，他的举止当中已经看不出那件事的痕迹。那是春天，他们并肩站在一家餐馆的屋顶露台上，望着城市的街景。她穿的浅色丝绸晚礼服随风轻拂，映衬着他的黑色正装西服。从他们身后餐厅内传出的音乐是理查德·哈利的音乐会练习曲。哈利的名字并不广为人知，但他们发现他的音之后，便喜欢上了。弗兰西斯科说："我们已经没必要再追求远处的摩天大厦了，对不对？我们已经登上来了。"她笑着说："我想我们已经超过它们了……我甚至有些害怕……我们是坐在某种超速的电梯里面。""没错。害怕什么？就让它超速吧。为什么非要限速呢？"

他二十三岁那年，父亲去世了，他去布宜诺斯艾利斯接管了德安孔尼亚的财产，现在，那是他的了。此后的三年中，她没有再见过他。

一开始，他不定期地给她写信，写的是德安孔尼亚铜业公司、国际市场，以及影响到塔格特泛陆运输公司利益的事情。他的信都是手写的，很简短，通常写于夜里。

他不在的日子里，她不开心。她也开始朝着控制一个未来王国的方向迈进。在她父亲的那些企业领袖朋友中间，她听到有人说要注意那个年轻的德安孔尼亚继承人，如果说那家铜业公司已经很伟大了，那么如今在他的管理下，它将横扫世界。她只是毫不惊讶地笑笑。有时，她会突如其来地强烈地思念他，但那只是焦急，而不是痛苦。她把这种情绪抛在一旁，相信他们两个都在朝未来努力着，未来会带来一切他们梦寐以求的东西，包括他们彼此。这时，他的来信中断了。

春季的一天，她正夜以继日地忙碌着，塔格特大楼里她办公室桌上的电话响了起来。"达格妮，"她马上就辨认出了说话的声音,"我在韦恩·福克兰,今晚七点,过来一起吃晚饭。"他连招呼都没打就说了这些,似乎他们是昨天才分开的。她花了好一阵才喘过这口气来,头一次意识到这声音对她意味着什么。"好的……弗兰西斯科。"她回答说。他们什么都不必再说了,一边放下电话听筒,她一边想着,他的回来正如她期待的那样,是如此的自然而然。只是,她没有想到她是那么迫切地想说出他的名字,而且在说着它的时候,感到被幸福击中。

那天晚上,走进他酒店房间的时候,她一下子愣住了。他正站在屋子中间看着她——而她看到的是一个缓缓浮现的、不情愿的微笑,那样子像是他已经不再会笑,并且对自己重新笑起来感到吃惊。他难以置信地看着她,不太相信她此刻的样子或者他的感觉。他的眼神像在乞求,像是从不哭的人在哭着求助一般。她进来的时候,他已经在用他们旧日打招呼的方式开始说"嗨——"但他没有说完,而是过了一会儿才说道,"你真美,达格妮。"这句话似乎刺痛了他。

"弗兰西斯科,我——"

他摇摇头,没让她把他们从未向对方说过的那些话说下去——尽管他们清楚,在那一时刻,他们俩都说了出来、也都听到了。

他走过来,伸手搂住了她,久久地吻着她,抱着她。当她抬头看着他的脸时,他正低头带着自信和捉弄的笑容瞧着她。这笑容告诉她,他控制了自己,控制了她,控制了一切,并命令她忘掉初见面时所看到的。"嗨,鼻涕虫。"他说道。

她唯一明白的,就是自己不能再问什么了。她便笑着答道:"嗨,费斯科。"

她可以洞察一切变化,此时却看不出有什么。他的脸上没有活力,没有开心的迹象,面孔变得执拗。他露出的那第一个笑容并不是软弱的乞求,他已经有了一种坚定而冷酷的气质,表现得像是一个在难以承受的重压下依然挺立的人。她看到了她曾经认为绝不可能的东西:痛苦的皱纹出现在他的脸上,使他看起来饱受折磨。

"达格妮,对我做的任何事都不要吃惊,"他说,"或者对我今后可能要做的任何事。"

这是他给她的唯一解释,然后就是一副没什么可解释的样子。

她只是隐约有一点不安,她根本不可能对他的前途感到恐惧,也不可能在他的面前感到什么恐惧。当他笑起来的时候,她觉得他们又回到了哈德逊河畔的树林里:他没有改变,也永远不会改变。

晚餐是在他的房间里吃的。在一个布置得像是欧洲王宫的酒店房间里,坐在和他相对的餐桌另一头,她对这种与奢华般配的冷冰冰的礼节感到好笑。

韦恩·福克兰是全球最著名的一家酒店。它慵懒的豪华风格、丝绒帐幕、雕花壁板和烛光看起来和它的功能有一种刻意的对比：除了因公来纽约、商讨要事的人，没有谁享受得起它的盛情。她观察到，伺候他们晚餐的侍者对酒店的这位特殊客人表现出了格外的顺从，而弗兰西斯科对此则没有留意。他在家里的时候是什么都不在乎的。他已经习惯了这样的事实，自己就是德安孔尼亚铜业公司的那位德安孔尼亚先生。

不过，她觉得奇怪的是他并不谈自己工作的事情。她本来以为那是他唯一的兴趣，是他要对她说的第一件事。他没有提及，而是引导她说，谈她的工作，她的进展，以及她对塔格特泛陆运输的感觉。她说到这些的时候，还是像她过去和他说话时的样子，觉得只有他才理解她狂热的投入。他不加评论，但听得非常专心。

一个侍者打开了收音机，为晚餐播放着音乐，他们没去留意。但是，一个声音仿佛从地下喷发出来并冲击着墙壁一样，忽然震动了整个房间。这冲击并非来自它的音量，而是来自它的音色。这是哈利的新协奏曲，是他最近写成的第四首。

他们默默地坐在那儿，听着这充满反叛的声音——这是拒绝接受苦难的那些伟大受难者的胜利颂歌。弗兰西斯科听着，向窗外的都市望去。

他突然毫无征兆、不加任何修饰地问道："达格妮，如果我让你离开塔格特泛陆运输,任其毁灭,反正你哥哥接管后也会如此,你会怎么想?"他的声音奇怪地毫无起伏。

"如果你让我考虑自杀,我会怎么想?"她恼怒地回答。

他沉默不语。

"你为什么说这个?"她叫道,"我不觉得你是开玩笑的,你不是那样的人。"

他的脸上没有丝毫的幽默,平静而郑重地回答说:"当然不是,我不会开玩笑。"

她问起了他的工作,他回答着问题,却不主动说什么。她把那些企业家们说过的、关于他管理下的德安孔尼亚铜业的灿烂前景那番话复述给他听。"没错。"他说道,声音了无生气。

她不知道自己为什么忽然担心起来,问道:"弗兰西斯科,你来纽约干什么?"

他缓缓答道:"见一个想见我的朋友。"

"公事?"

他将目光投向了她的身后,仿佛是在回答他自己的一个想法。他的脸上浮现出一丝苦笑,声音却异常温柔和伤感:

"是的。"

她睡在他的身边,醒来的时候,已是下半夜了。下面的城市静悄悄的,没有半点声响。房间里的寂静似乎已让生命暂时停止。她带着满足和筋疲力尽后的轻松,转过身去,懒懒地看着他。他仰面躺着,头陷在枕头里,窗外模糊闪烁的夜空映衬着他身体的轮廓。他没有入睡,睁着眼睛,仿佛是在听凭难以忍受的痛苦折磨一般,紧闭着嘴巴,毫不掩饰地忍受着。

她被吓得不敢动弹。他感觉到了她的注视,朝她翻过身来。然后他猛地哆嗦了一下,掀掉毯子,看着她赤裸的身体。接着,他扑过来,将头埋在她的胸前,绝望地抓着她的肩头。她听到了低低的声音从他伏在她胸前的嘴里发出:

"我不能放弃!不能!"

"什么?"她轻声地问。

"你。"

"为什么要——"

"还有一切。"

"你为什么要放弃?"

"达格妮,帮我挺住,帮我去抵抗,尽管他是对的!"

她平静地问道:"抵抗什么,弗兰西斯科?"

他不回答,只是他的脸更加使劲地压向她。

她一动不动地躺着,只有一种最严重的警告出现在她的全部意识当中。她一边不断地爱抚着伏在她胸前的脑袋上的头发,一边望着天花板上在黑暗中若隐若现的花环浮雕。她在恐惧带来的浑身僵硬中等待着。

他呻吟着:"那是对的,可是那么做实在太难了!上帝呀,太难了!"

过了一阵儿,他抬起头,坐了起来,停止了颤抖。

"怎么回事,弗兰西斯科?"

"我不能告诉你,"他的声音干脆而直率,没有极力去掩饰痛苦,但此刻已经回到他的控制之中,"还不是你知道的时候。"

"我想帮你。"

"你帮不了。"

"你说的,要帮你去抵抗。"

"我不能抵抗。"

"那就让我和你分担吧。"

他摇了摇头。

他坐在床上低头看着她,像是在掂量一个问题,然后又摇了摇头,回答着自己:"如果我自己都不一定承受得住,"他的声音中出现了异样的温柔语气,"你又怎么行呢?"

她努力控制自己不要叫喊出来,缓缓地说道:"弗兰西斯科,我必须知道。"

"你会原谅我吗?我知道你很害怕,而且这很残忍。但是,你能不能为了我——能不能忘了这些,把它忘掉,别问我任何事?"

"我——"

"这就是你能为我做的,行吗?"

"行,弗兰西斯科。"

"别害怕我,就这一次,以后我再也不会这样了。会变得更轻松的……等到过去之后。"

"假如我可以——"

"不,去睡吧,我最心爱的。"

这是他头一次说出这个词。

早晨起来,他坦然地面对着她,没有躲避她忧虑的目光,但什么话都不讲。她看到他平静的脸上既沉着又痛苦的神情,尽管他没有笑,那神情却像是痛苦的笑容。奇怪的是,这却让他看上去显得年轻。此时的他不像一个承受着折磨的人,却像发现了那种折磨值得去承受一样。

她没有再去问他。离开之前,她只是说了句:"我什么时候才会再见到你?"

他回答说:"我不知道,别等我了,达格妮,下次我们碰到的时候,你不会想见我的。我要做的事情是有原因的,但我不会把原因告诉你,而你要诅咒我也是对的。我不会卑鄙地求你相信我,你必须根据自己的经验来判断。你会诅咒我的,会受到伤害,不要让它伤你太深。记住我说的这些,这也是我能告诉你的全部了。"

此后大约一年,她失去了他的音信,也没听到有关他的任何消息。在她听到一些传闻,并读到报纸上的报道时,她起初不相信他们说的就是弗兰西斯科·德安孔尼亚。过了一阵子,她不得不相信了。

她读到了有关他在瓦尔帕莱索海湾自己的游艇上举行狂欢聚会的报道。来宾们身穿泳衣,香槟和人造的花瓣雨在甲板上彻夜地倾泻。

她读到了关于他在阿尔及利亚沙漠别墅举行的聚会的报道。他用薄薄的冰片搭了个大篷子,并送给每位女宾一件白貂皮大衣,作为出席的礼物穿着,条件是随着冰墙的融化,她们要脱掉大衣,脱去晚装,直至一丝不挂。

她读到了关于他每隔很久就进行一次商业投机的报道,那些投机大获成功,使他的竞争对手元气大伤。他乐在其中,就像偶尔玩玩那样,突然发起一次袭击,然后就从企业圈中销声匿迹一两年,让他手下的雇员去打理德安孔尼亚的铜业事务。

她读到了他在采访中说,"我为什么还想去赚钱?我已经有足够的钱让我的后三代人像我现在这样享受。"

她见过他一次,是在一位大使在纽约举办的招待会上。他彬彬有礼地向她鞠躬,笑着,在他望着她的目光里面,没有过去的半点影子。她把他拉到一旁,只说了一句话,"弗兰西斯科,为什么?""什么——为什么?"他问道。她扭头就走。"我警告过你了。"他在她身后说,她再也没有回头。

她挺住了。她承受得住,是因为她不想承受苦难。面对突如其来的痛苦的丑陋现实，她拒绝让它影响自己。承受苦难是一种毫无意义的意外，不属于她眼里的生活，她不允许痛苦发展到沉重的地步。她不知道怎么去称呼她的抗争和这种抗争的情感来源，但在她的内心里，有这样的一句话可以代表：它是微不足道的——不能拿它当回事。即使她失落空虚得只想大喊大叫，即使她恨不得失去意识，不再认识到已经发生的不可能的事情，她都记得这句话。别当回事——一种无法撼动的坚定在她的内心不断地反复着——永远别把痛苦和丑恶当回事。

她抗争了，她熬过来了。时间帮助了她，在面对记忆时可以丝毫不为所动，再以后，她感到没有再去面对它的必要了。一切都已经结束，和她再也没什么关系了。

她的生活中没有其他的男人，她不知道这会不会是令她不快乐的原因。没时间去想这些。在工作中，她找到了生命单纯而又辉煌的意义。以前，弗兰西斯科曾经带给了她同样的意义，给过她一种在工作中和她的世界里才有的感觉。这以后她遇到的男人，都是她在第一次舞会上见到的那种人。

她战胜了自己的记忆，但有一种折磨，多年来未曾触及，依旧保留着。折磨着她的是一句"为什么"。

无论弗兰西斯科遇到了怎样的灾难，他为什么像那些下贱的酒鬼一样，用那种丑陋的卑鄙方式去逃避？她所认识的这个男孩子不会变成一个没用的胆小鬼，一颗无与伦比的心灵不会把才智用在发明那些销魂的舞会上。但是,他已经如此了,而且她想象不出任何解释,无法让自己平静地把他忘记。她无法怀疑他的当初,也不能怀疑他的现在,但这两者根本不可能联系在一起。有时,她几乎要怀疑自己的理性,怀疑它是否真的存在,尽管她不允许其他任何人有这样的怀疑。可是,没有解释,没有原因,没有任何头绪可以想象出一个原因——十年来,她没有丝毫线索可以找到答案。

她穿过灰暗的黄昏,经过被废弃的商店窗口,走在去韦恩·福克兰酒店的路上。不,她想着,可能就没有答案,她不会去找了,现在,这已经无关紧要。

剧烈思想过后的情绪余波在她内心微微颤动,不是因为她要去见的这个人,而是对邪恶表达抗议的呐喊——抗议对伟大的毁灭。

她从楼群的缝隙中看到了韦恩·福克兰。她感到自己的胸口和双腿有点发慌,便停了片刻,随后,沉稳地继续向前走去。

她穿过韦恩·福克兰那镶有大理石的大厅,上了电梯,走在铺着丝绒地毯的宽大静谧的走廊里,每走一步,她都感到冰冷的愤怒在不断增加。

敲响他房门的时候,她清楚地意识到了这股愤怒。她听到了他的声音,"进来。"她猛地推开门,走了进去。

弗兰西斯科·多米尼各·卡洛斯·安德列·塞巴斯蒂

安·德安孔尼亚坐在地上，正玩着弹珠。

没人会去想弗兰西斯科·德安孔尼亚的长相是不是好看，那毫不重要。只要他进入一个房间，就会吸引所有人的目光。他的身材高挑，有一种真正不凡的特殊气质，动作轻盈，像是身披着乘风的斗篷。人们将此解释为他身上有健康动物具备的那种活力，但又隐隐觉得那并不确切。他身上有的，是一个健康的人具有的活力，它十分罕见，没人能够辨别出来。他有着信心的力量。

没人觉得他有拉丁血统，但用拉丁这个词形容他非常贴切，不过，所指的不是这个词在现今西班牙语中的意思，而是它源于古罗马的本意。他的身体像是严格遵循一种风格设计而成，是一种由瘦削结实的肌肉、修长的双腿，以及敏捷的动作组成的风格。他的脸庞像雕塑一样标准，脑后披着乌黑的直发，日光晒出的棕色皮肤更加突出了他令人吃惊的眼睛的颜色：那是一汪清澈透明的湛蓝。他面容坦荡，不断变幻的神情仿佛毫无隐藏地将他心中的感受表露无遗，那双蓝眼睛则凝固而没有变化，从不泄露他的一丝想法。

他身穿一件薄薄的黑色丝绸睡衣，坐在起居室的地上。散落在他周围地毯上的弹珠都是产自他祖国的半珍贵宝石：红玛瑙和岩水晶。达格妮进来时，他没有起身，只是抬起头看着她，水晶弹珠像一滴泪，从他的手中滑落。他笑了，那种傲气、灿烂的笑容，和童年时一模一样。

"嗨，鼻涕虫！"

她听到了自己情不自禁的、快活的回答：

"嗨，费斯科！"

她看着他的面孔，这是她熟悉的面孔，上面没有他所经历的那种生活留下的痕迹，也没有上一次他们在一起时那个晚上的痕迹。他的脸上没有悲惨，没有痛苦，没有压力——只有成熟和明显的揶揄，令人不安的开心，以及明朗无辜的精神。可这，她想，是不可能的，这比什么都令人震惊。

他的眼睛在打量着她：大衣敞着，松松垮垮地从她的肩膀上滑下来，像办公室制服一样的灰色套装裹着她苗条的身体。

"如果你穿成这样来这里，是为了让我注意不到你有多可爱的话，"他说道，"那你就想错了。你很可爱。我真想告诉你，看到这么一张聪明的脸，哪怕是女人的，能让我感到多么安慰。可是你不想听这些，你不是为听这些才来的。"

他的话很不恰当，却说得如此轻巧。她被拉回了现实，拉回了她的愤怒和此次来的目的。她继续站在原地，看着地上的他，面无表情，避免被他看出自己的心事，使他有冒犯她的机会。她说："我来这里，是想问你一个问题。"

"问吧。"

"你告诉那些记者你是来纽约看闹剧的，你是指什么闹剧？"

他像是难得有机会享受到意外一样，放声大笑起来。

"我就是喜欢你这样,达格妮。现在,纽约有七百万人,在这七百万人中,只有你知道我指的不是威尔的离婚丑闻。"

"你指的是什么?"

"你的答案是什么?"

"圣塞巴斯蒂安的灾难。"

"那可比威尔的离婚丑闻有意思多了,对吧?"

她用公诉人那种严厉无情的语气说道:"你这样做是蓄意,冷血,另有企图。"

"你不想脱掉大衣坐下来吗?"

她意识到自己的失态,冷冷地转过身,把大衣脱下,扔到一旁;他没有起身帮她。她坐在一张椅子里,他则依然坐在原地,尽管有些距离,但看上去他似乎就坐在她的脚边。

"我另有企图什么?"

"整个圣塞巴斯蒂安的骗局。"

"那就是我的全部企图?"

"这正是我想知道的。"

他被逗笑了,仿佛她是想让他在言谈之间就把一门要投入毕生精力研究的科学解释清楚。

"你很清楚,圣塞巴斯蒂安矿分文不值,"她继续说,"你在这桩卑鄙的生意启动之前就知道。"

"那我为什么要启动它?"

"少跟我说你没得到任何东西。我很清楚。我知道你丢掉了自己的一千五百万美金,但你有你的目的。"

"你能想出一个让我那么去做的动机吗?"

"不能,这难以想象。"

"是吗?你认为我很有头脑,很有知识,很有创造力,因此只要是我做的,就必定成功,而且你断定我没兴趣对墨西哥人民尽自己最大的努力。很难想象,不是吗?"

"在买下那处产业之前,你就知道墨西哥控制在一个掠夺成性的政府手中。你没必要去为他们开始一个采矿项目。"

"对,我是没这个必要。"

"你才不在乎什么墨西哥政府呢,不管它是好是坏,因为——"

"你这就错了。"

"——因为你清楚,他们早晚会把那些矿抢走。你的目标是那些美国的股票投资人。"

"不错,"他直视着她,收敛了笑容,脸色诚恳地说,"这是事实的一部分。"

"那其余的呢?"

"我的目标不仅仅是他们。"

"还有什么?"

"那要你自己去想了。"

"我来这里是要让你知道,我开始明白你的目的了。"

他笑了:"如果你真明白了,就不会来了。"

"没错,我不明白,而且或许永远都不会明白,我只是开始能看到它的一部分了。"

"哪一部分?"

"你已经玩够了其他的堕落花样,就去找新的刺激,骗吉姆和他的朋友,看他们坐立不安的样子。我想象不出怎么会有人堕落到用它来享受的地步,但你就是为了看这个,所以才恰好在此时来到纽约。"

"在很大程度上,他们的坐立不安非常值得一看,特别是你哥哥詹姆斯。"

"他们是一群腐败的笨蛋。但在这件事上面,他们所犯的唯一的罪行就是相信了你,他们相信了你的名声和信誉。"

她再一次注意到了那种恳切的表情,也再一次确信那是真实无误的。他说道:"是的,我知道他们的确如此。"

"你觉得这很好笑吗?"

"不,一点都不好笑。"

他仍在继续漫不经心、若无其事地玩着弹珠,时不时地瞄准、弹出去一个。她忽然注意到了他瞄准的精确无误和手上的技巧。他只是手腕轻轻一抖,一颗弹珠便飞落下去,滚过地毯,不偏不倚地击中了远处的另一颗。这让她想起了他小的时候,想起了曾经预见到他不论做什么事,都会做得最好。

"不,"他说,"我不觉得好笑。你的哥哥詹姆斯和他的那群朋友对铜矿业一无所知,他们对赚钱一无所知,而且觉得没必要去学。他们认为知识是多余的浪费,做判断和决定也不重要。他们注意到了我在这个世界上,并且树立了自己的信誉,他们觉得对此可以充分信任。人不应该背叛这种信任,对不对?"

"但你却有意地背叛了它?"

"那要看你怎么认为了。是你在说起他们的信任和我的信誉,我已经再也不这么去思考问题了……"他耸耸肩,继续说,"我根本就不在乎你哥哥詹姆斯和他的那些朋友。他们的那套理论不是什么新东西,几百年来一直都有效,但那不是万无一失的。他们忽略的只有一点。他们觉得搭我的顺风车是安全的,因为他们认为我的目的地是财富。他们所有的算计都是建立在我想赚钱的基础上。如果我不想呢?"

"如果你不想,那你想要什么?"

"他们从没问过我这个问题。在他们的理论中,很重要的一部分就是不过问我的目标、动机或者欲望。"

"如果不想赚钱,你还可能有什么动机?"

"很多很多,比如说,花钱。"

"把钱花在一个毋庸置疑的、彻底的失败上面?"

"我怎么会知道那些矿是毋庸置疑的、彻底的失败呢?"

"你是怎么不让自己知道的?"

"很简单,不去想它。"

"你想都不想就开始了这个项目?"

"不,不完全是这样。不过,要是我疏忽了呢?我只是一个普通人。我犯了一个错误。我失败了。我这次干得很糟糕。"他手腕一抖,一颗亮晶晶的水晶弹珠从地上滚过去,狠狠地撞中了屋子另一头的一颗棕色弹珠。

"我不信。"她说。

"不信?我连被当成人的权利都没有了吗?是不是所有人的错都要算到我的头上,却不允许我犯任何错误?"

"那不像你做的事。"

"不像吗?"他躺在地毯上,放松着,懒洋洋地伸展着身体,"你是不是想让我知道,假如你认为我是有意这样干的话,你就还是可以把这记到我的账上。你还是不能接受我就是一个懒鬼吗?"

她闭上了眼睛,听到他在放声大笑,这是世界上最快活的声音。她急忙睁开眼睛,他的脸上没有一丝冷酷,只有笑容。

"我的动机,达格妮?你难道不认为是最简单的一种——一时心血来潮吗?"

不,她想道,不,不是,否则他不会发出这样的笑声,不会是现在这个样子,无忧无虑的快活不属于不负责任的蠢人,随波逐流的人也无法拥有这样平和纯净的心境。只有最深刻、最严肃的思考，才会产生这样的笑声。

看着他伸展在自己脚下的身体，她几乎没动一点感情地看到了回到脑海的记忆：黑色的睡衣紧贴着他修长的身体，敞开的领口露出年轻、平滑、阳光晒过的肌肤——她想起了那个日出时穿着黑衣黑裤躺在自己身边的人。那时，她曾经为拥有了他的身体而感觉到一种骄傲，现在她依然能感觉到。她突然清晰地想起他们那些极度亲密的举止。现在，那记忆本该很刺目，却一点也不。依旧是没有后悔、拿它没有一点办法的骄傲。这感情没有力量再打动她，而她也没办法将它抹掉。

说不清为什么，一种令她吃惊的感觉使她想到，自己最近也体会到了他那种至高无上的快乐。

"弗兰西斯科，"她轻声说道，"我们都喜欢理查德·哈利的音乐……"

"我依旧喜欢。"

"你见过他吗？"

"见过，怎么了？"

"你知不知道他是否写过一首《第五协奏曲》？"

他完全愣住了。她曾觉得他不会为任何事情所动，但并不是。不过她还是猜不出，为什么在她说过的所有事情当中，这是第一件能够打动他的事？转瞬之间，他用平稳的语气问道："你怎么会觉得他写过？"

"呃，他写过吗？"

"你知道哈利只有四首协奏曲。"

"是的，但我想弄清他是不是又写了一首。"

"他已经停止创作了。"

"我知道。"

"那你为什么要问？"

"只是那么一想，他现在在做什么？他在哪里？"

"我不知道，很久没见过他了。你怎么觉得会有一首《第五协奏曲》呢？"

"我没说有，只是好奇而已。"

"你刚才怎么想起理查德·哈利来了？"

"因为，"她感到自己快控制不住了，"因为我的脑子没法从理查德·哈利的音乐一下子蹦到……吉尔伯特·威尔夫人。"

他如释重负地大笑起来："哦，那个吗？顺便说一句，如果你一直留意我在公开场合的行踪，就没发现吉尔伯特·威尔夫人所讲的故事里有个可笑的小纰漏吗？"

"我不看那些东西。"

"你应该看。她的描述美极了，在我位于安第斯山的别墅里，她和我一起度过了去年的新年前夜，月光照在山巅，鲜红的花朵攀在爬进窗户的枝头上。这画面里有什么不对头的吗？"

她安静地说："是我该去问你这个问题，可是我不会问的。"

"哦，我没觉得有什么不对头的——只是去年的新年前夜，我是在得克萨斯州的艾尔帕索，主持塔格特泛陆运输公司圣塞巴斯蒂安铁路的启用典礼，尽管你不出席那样的场合，也应该记得。我用胳膊搂着你哥哥詹姆斯和沃伦·伯伊勒先生，跟他们一起照了相。"

她吁了口气，想起的确是这样，也想起她在报纸上看到过威尔夫人的故事。

"弗兰西斯科，这……这意味着什么？"

他笑了起来。"你自己下结论吧……达格妮，"他的神色很严肃，"你为什么想到哈利写了《第五协奏曲》？怎么不是新的交响曲或歌剧？为什么偏偏是协奏曲？"

"为什么这会让你烦恼呢？"

"没有，"他继续柔声地说道，"我依然喜爱他的音乐，达格妮。"接着，他又换成轻佻的语气，"不过它是属于另一个时代的，我们这个时代有另外一种娱乐。"

他翻了个身躺着，两手交叉放在脑后，似乎正在看屋顶放映的闹剧电影。

"达格妮，你难道不喜欢看墨西哥在圣塞巴斯蒂安矿这件事上的表现吗？你看过他们政府的讲话和他们报纸的社论没有？他们说我是一个彻头彻尾的骗子，欺骗了他们。他们指望着抢到一座成功的矿藏，我没有权利那样让他们失望。你看到那个猥琐的小官僚想让他们告我了吗？"

他大笑起来，彻底平躺在地上，将两只胳膊和身体摆成十字平平地伸开，看上去心无城府，轻松而年轻。

"这值得我花任何代价，我看得起这出戏。如果这是我有意安排的，我就把尼禄皇帝的纪录比下去了。烧掉一座城市和掀起地狱的盖子让人们去看，又该怎么比呢？"

他起身捡了几颗弹珠，然后坐在那里，把它们放在手中漫不经心地摇晃着。弹珠碰撞着，发出玉石才有的柔和、清脆的声音。她突然意识到，玩弹珠并不是他固有的嗜好。是它的永无休止吸引了他；他不可能安静很长时间。

"墨西哥政府已经颁发了一份公告，"他说道，"要求它的人民保持耐心，再多克服一下困难。看来圣塞巴斯蒂安的铜矿财富是中央计划委员会计划中的一部分，旨在以此提高所有人的生活水平，让男女老少都能在每个星期日吃上烤猪肉。现在，这些制订计划的人让他们的人民不要去指责政府，而要去指责富人的邪恶，因为我摇身一变，成了不负责任的花花公子，而不是想象中贪婪的资本家。他们问的是，他们怎么可能知道我会让他们失望呢？嗯，的确，他们怎么可能知道呢？"

她留意到他用手指玩弹珠的样子。他正凝望着有些严峻的远方，并没有意识到自己在玩。但她可以肯定，或许那动作作为一种对照物，对他是一种安慰。他的手指缓缓地移动，享受快感般地感觉着玉石的质地。这不仅没有让她觉得下流，反而奇怪地吸引着她——就好像，她突然想到，就好像快感根本不是身体上的，而是来自精神上的敏锐辨别力。

"他们不知道的不止于此，"他说，"他们想知道更多。有个给圣塞巴斯蒂安工人的住房协定，花费达八百万美元。钢结构的房子，配有下水、供电和制冷，还有一所学校、一座教堂、一家医院和一个电影院。这个协定是针对那些住在用浮木和废弃罐头搭成的小屋里的人。作为建造它的回报，我可以保全性命逃出来，这还幸亏我不是墨西哥人。那个工人住房协定也是他们计划的一部分，是国家住宅进步的范例。哼，那些钢结构的房子用的主要是厚纸板，涂了一层上好的防虫油漆，再多一年都撑不下来。下水管道——还有我们的采矿设备——是从经销商那里采购的，他们的主要货源是布宜诺斯艾利斯和里约热内卢的城市垃圾。我估计那些管子还有五个月的寿命，电力系统的寿命大约是六个月。在海拔四千英尺高的石头山上，我们为墨西哥升级建造的绝妙公路坚持不了一两个冬天，用的是廉价水泥，没有路基，急转弯处的护栏只是涂了油漆的隔板，就等着来一次大的山体滑坡吧。教堂嘛，我觉得留得住，他们会用得上的。"

"弗兰西斯科，"她喃喃地问，"你是故意这样做的吗？"

他抬起了头，她被他脸上流露出来的疲倦吓了一跳。"不管我是否有意，"他说，"还是马虎，或者愚蠢，你难道不明白这没有任何区别吗?它们缺少的东西是相同的。"

她颤抖着,彻底失控,不顾一切地叫道:"弗兰西斯科!如果你看看这世界上正在发生的一切,如果你明白你所说的那些事,你就不能一笑置之!在所有的人里面,你最应该和他们对抗!"

"和谁?"

"和那些掠夺者,还有那些纵容掠夺的人,那些在墨西哥制订计划的人,还有他们的同类。"

他的笑容里藏着危险的锋芒:"不,我亲爱的,你才是我要对抗的人。"

她茫然地望着他:"你想说什么?"

"我是在说,那个圣塞巴斯蒂安工人住房协定花费了八百万美元,"他用缓慢加重的语气厉声回答道,"花在纸板房上的钱本来是可以用来购买钢架结构的,花在其他地方的钱同样如此。这些钱给了那些靠这种手段发财的人,这些人的财发不了多久。钱会进入流通的渠道,但不是流向最具生产效率的地方,而是流向最腐败的地方。根据我们这个时代的标准,贡献最少的人才是赢家。那些钱会在类似圣塞巴斯蒂安矿这样的项目中蒸发殆尽。"

她鼓足了勇气问道:"这就是你的目的?"

"是的。"

"这就是你觉得有趣的?"

"是的。"

"我想起你的名字，"她说，此时她那颗心的另外一半正在向她喊着：谴责是毫无用处的，"每一个德安孔尼亚留下的财富都会比他继承的更大，这是你们家族的传统。"

"哦，不错，我的祖先具备了非凡的能力，在正确的时候做出正确的事——而且做出正确的投资。当然，'投资'是一个相对的说法，那要看你希望达到什么目的。比方说圣塞巴斯蒂安矿，它花费了我一千五百万美元，但这一千五百万消除了塔格特泛陆运输将会得到的四千万，像詹姆斯·塔格特和沃伦·伯伊勒这样的股东将会得到的三千五百万，以及数以亿计的间接后果。这个投资的回报还是不赖的，对不对，达格妮？"

她坐直了身体："你知不知道你在说些什么？"

"哦，完全知道。我能不能替你说一说，而且把你想要用来谴责我的那些后果也讲出来？首先，我不认为塔格特泛陆运输能设法弥补它在那个荒唐的圣塞巴斯蒂安铁路上的亏损。你觉得可以，但是不能。其次，圣塞巴斯蒂安帮你哥哥詹姆斯毁掉了凤凰-杜兰戈，那大概是如今仅存的一家好铁路公司了。"

"你意识到这一切了？"

"还有更多呢。"

"你——"她不知道自己为什么一定要说出来，只是，记忆中那张面孔上那乌黑、激动的眼睛似乎正在瞪着她——"你认识艾利斯·威特吗？"

"当然。"

"你知不知道这会给他带来什么？"

"知道，他是下一个要被清扫出局的。"

"你……觉得那……有趣？"

"比毁掉那些墨西哥的制订计划者有趣得多。"

她一下子站了起来。多年来，她一直认为他堕落了，她对此恐惧，前思后想，曾经努力忘掉并不再想起，但她从来没想到这堕落已经到了如此的地步。

她没有看他，没有意识到她正在把他当初说过的话大声地说出来："……谁会获得更大的荣誉，是你——内特·塔格特，还是我——塞巴斯蒂安·德安孔尼亚……"

"可是，你难道没意识到我用我祖先的名字命名了那些矿吗？我想把它当作一份礼物，他会喜欢的。"

她用了好一会儿才恢复了视力。她从来不知道什么是亵渎祖先，更不知道遇到这种情况会作何感想，现在，她知道了。

他起了身，恭敬地站在一旁，朝她低下头微笑着，那是冰冷的笑容，机械而诡秘。

她浑身哆嗦，但这已不再要紧。她不在乎他看到什么，猜到什么，或者嘲笑什么。

"我来这里，是因为我想知道你对你的生活所做的这一切，究竟是出于什么原因。"她语调平淡，没有丝毫的怒气。

"我已经告诉你原因了,"他庄重地答道,"可你不愿意相信。"

"我总是把你看成过去那样,没办法忘记。而你竟会变成你现在这副样子——这简直有悖世上的常理。"

"是吗?那你所看到的周围的一切就合乎常理了?"

"你不是那种会在任何现实面前低头的人。"

"不错。"

"那——为什么?"

他一耸肩膀:"谁是约翰·高尔特?"

"噢,少来这些俗套!"

他扫了她一眼,嘴角似乎有些笑意,他的眼睛却非常平静和诚实,并且有那么一瞬无比的敏锐。

"为什么?"她重复着。

他的回答和十年前的那个夜晚,也是在这家酒店里作出的回答一样:"还没到你知道的时候。"

他没有随她走到门口。她将手放到门把手上,拧了拧——然后停住了。他站在房间的另外一头,凝望着她,那目光把她整个人都笼罩住了。她清楚这意味着什么,这目光让她动弹不得。

"我依然想跟你一起睡,"他说话了,"可是,我现在不够幸福。"

"不够幸福?"她困惑地重复着他的话。

他大笑起来。"让你回答的第一件事就是这个,这合适吗?"他等着她说话,但她继续沉默着,"你也想,对不对?"

就在想说"不"的时候,她猛然意识到了她的真实想法比这还要糟糕。"是的,"她冷冷地应道,"但即使我想,这对我来说也并不重要。"

他满怀欣赏地笑着,知道她说出这句话需要很大的勇气。

可是,当她打开门即将离开的时候,他收起笑容说道:"你很有勇气,达格妮。总有一天,你会受够了的。"

"受够了什么?勇气?"

但他没有回答。

非商业化

the Non-Commercial

6

里尔登用脑门顶住镜子，努力让自己什么都不去想。

这是唯一可以解决的办法了，他对自己说。他把注意力集中在镜子凉凉的触感上，令他难以理解的是，明明理智一直都清醒而毫不留情地告诉他什么是最重要的，他却要强迫自己的脑子变得一片空白。他搞不懂，既然没有什么可以难住自己，为什么现在居然没有一点力气，去把浆洗过的白衬衣上面那几颗黑色珍珠纽扣系好。

这是他的结婚纪念日，早在三个月前，他已经知道了庆祝聚会将像莉莉安所希望的那样，在今晚举行。他答应了她，觉得反正还早得很，他可以从排得满满的日程里脱身，像参加其他活动一样，到时候去参加就是了。他在接下来每天工作十八小时的三个月里，乐得把这件事抛在脑后——直到早就过了吃晚饭时间的半小时以前，秘书走进他的办公室，态度坚决地提醒了他："你的聚会，里尔登先生。"他顿时跳了起来，大叫了一声，"我的天啊！"他急急赶回家里，冲上楼去，拽下他的衣服，开始更衣，只是想着赶紧而忘记了做这一切的目的。然而，当他突然彻底地意识到自己要去做什么时，他停住了。

"除了生意，你什么都不关心。"这句话像该死的判决一样，让他听了一辈子。他一直知道生意被视为某种神秘、可耻的异教，不能让它影响那些无辜的外人；他知道人们认为它是一种丑恶的必须，做归做，但不能说出来；他知道三句话不离生意是对高雅情感的冒犯；他知道正像机器清洁工回家前要洗净手上的油泥一样，人们在进入起居室前，也应该把脑子里的生意念头清扫干净。这不是他的信条，但他觉得他的家人这么想是很自然的。他觉得本来就是如此——没什么好说的，如同幼年时产生的感觉那样，不用多问，也不用多想那究竟是什么——他像某些异教的殉道者一样，把自己献给了自己信仰的事业，那既是他的挚爱，也让他成了人群之中的流浪者，尽管他并不想得到人们的同情。

他接受了一种说法，就是他有责任给他的妻子某种与生意无关的生活方式，但他从来没能做到，甚至也没有愧疚感。他既不能强迫自己改变，也不会怪她对自己的谴责。

在八年的婚姻生活里，他有好几个月的时间没有和莉莉安在一起——不对，他想，是好几年。他没兴趣去花时间分享她的那些乐趣，甚至连去了解的兴趣都没有。她有一个很大的朋友圈子，他听说这个圈子里的人代表了全国文化界的精华，不过，他连去了解和认可他们成就的时间都没有，更别说去见他们了。

他只知道自己经常看到他们的名字出现在书报摊的杂志封面上。如果莉莉安厌恶自己的态度，他想，那她是对的，如果她对自己表现出讨厌的话，是他咎由自取，如果家里人称他无情，事实就是如此。

他从不让自己在任何事情上分心。工厂如果出了什么问题，他首先想到的是他犯了什么错，他只去找自己的错，他只对他自己要求完美。现在，他也不会对自己心软，他也把这归咎于自己。不过，在工厂里，这会立刻促使他去改正错误，而现在，却没有任何作用……就几分钟，他站在镜子前，闭着眼睛想。

他怎么也止不住自己脑海里涌现出来的那些话，那简直就像赤手空拳去把断开的消防栓重新插好一样。词语和画面混在一起，猛烈地冲击着他的大脑……几个小时，他想，要花几个小时，瞧着那些客人在严肃的时候无聊得睁不开眼，一旦不严肃又呆呆地发愣，他还要装作什么都没注意到，没话的时候绞尽脑汁地想些话出来和他们说——而他其实正需要时间去找人接替突然毫无理由就辞了职的轧钢厂主管——他不得不立即着手去找——这样的人实在太难找了——不是别的，正是轧制中的塔格特钢轨使得轧钢厂的作业陷入了中断……他想起了家里人一见到他表现出的工作热情就会有的那种默然的责备、控诉般的神情，以及压抑了许久的忍耐和蔑视——还有他自己徒劳的沉默，希望他们不要再觉得里尔登合金对他还像过去一样重要——如同一个酒鬼假装对酒精无动于衷,而看着他的人带着轻蔑的嘲笑,心里都很清楚他那可耻的弱点……"我听见你昨天夜里两点才回家,你到哪里去了?"他母亲在吃晚饭的时候问。而莉莉安替他答道:"怎么?当然是在厂里。"就像别的妻子会说"在街角的酒吧里"一样。或者,莉莉安脸上半带着精明的笑意问他:"你昨天在纽约干什么了?""和那帮家伙在宴会上。""生意的事?""对。""当然了"——而莉莉安扭过头去,不再说什么,却让他惭愧地意识到,他几乎宁愿她认为他是去了那种只有男性才去的下流场所……一艘装载着几千吨里尔登矿石的货轮在风暴中沉进了密歇根湖——那些船都年久失修了——如果他不亲自出面帮他们搞到替代船只的话,船主就会破产,而密歇根湖上已经没有其他的运输船队了……"是那个角落吗?"莉莉安指着摆在起居室里的长靠背椅和咖啡桌说道,"怎么了?不是,亨利,那不是新的。不过,我应该感到荣幸的是,你只用三个星期就注意到它了。那是我自己根据法国一座著名宫殿的早餐室的样子设计的——但这种东西不可能让你感兴趣,亲爱的,股票市场里可没有对它们的报价,根本没有。"……他六个月前下的铜订单还没有交货,许诺的日期已经延后了三次——"我们无能为力,里尔登先生"——他不得不再去找另外一家公司,铜的供应越来越不稳定了……菲利普在向母亲的几个朋友讲着他参加的什么组织,并没有笑。当他抬起头看向菲利普时,菲利普松弛的脸上却透出一丝高人一等的笑意："不，你不会在乎这些的，这不是生意，亨利，根本就不是生意，它是严格的非商业性的努力。"……一个底特律的承包商获得了重建一座大型工厂的工程，正在考虑用里尔登合金的结构骨架，他应该飞到底特律去和他面谈——他一星期前就应该过去了——他本来今晚也可以过去的……"你没在听，"早餐桌上，他母亲在讲她昨晚做的梦时，他的脑子开了小差，想着目前的煤炭价格指数，"你从不注意听任何人的话，你只对自己感兴趣，对谁都不在乎，对这个上帝创造的地球上的任何人都不在乎。"……躺在他办公桌上的是一份用里尔登合金制造的飞机发动机的检测报告——此刻，他最想做的事就是去读这份报告——它已经在他的办公桌上待了三天，他一直没时间去看——他为什么不能现在去看，并且——

他使劲摇摇头，睁开了眼睛，从镜子前面向后退去。

他伸手去找衬衣的扣子，却看到自己的手伸向了衣柜上的一摞信件。那是筛选出来的紧急信件，必须今晚看完，但他在办公室没时间去读。秘书在他出办公室的时候把它们塞进了他的口袋。换衣服的时候，他把它们扔在了那儿。

一块从报纸上剪下的小纸片飘到了地上。那是一条社论，被他的秘书气愤地用红笔划了道线。社论的题目是《机会的平衡》。他必须看看了：过去的三个月里充斥着有关这个题目的讨论，多得有种不祥的兆头。

他读了起来。说话声和干巴巴的笑声从楼下传来,在提醒着他,客人们陆续都到了,聚会就要开始,而他下去时将要面对家人怨恨的、责备的目光。

社论说道,在生产下降、市场萎缩、谋生的机会渐渐消失的时候,一个人拥有几家企业,而其他人一无所有的状况是极其不公平的,少数人占有全部资源而不给其他人任何机会,是有破坏性的。竞争对社会极为重要,而社会的职责就是要确保每个竞争者都没有太多的竞争优势。社论预言,已经被提议的一个法案将得到通过,该法案禁止任何个人和企业的规模压倒他人和别的企业。

他安排在华盛顿的韦斯利·莫奇曾告诉他不用担心。莫奇说斗争的确会非常激烈,但那项提议会遭到否决。里尔登对这种争斗一窍不通,任由莫奇和他的下属去处理。他几乎没时间去浏览从华盛顿发来的报告,以及签那些莫奇要求他为这场争斗付出的支票。

里尔登不相信这个法案会被通过,他没办法相信。他跟金属、技术和生产这个黑白分明的现实打了一辈子交道,相信人应该去关注那些理性的,而非愚蠢疯狂的东西——人必须寻求正义,因为正义的答案总是会赢得胜利——那些毫无意义的、错误的、畸形的、不公正的东西不管用,不会胜利,只会自取灭亡。跟类似这种法案去做斗争看来简直荒谬,甚至令他感到有些难堪，就像突然让他去和一个用算命公式来计算钢铁配比的人竞争一样。

他曾告诫过自己这是个相当危险的话题，不过，这份歇斯底里喊叫的社论没有在他心里掀起任何波动——而在实验室里，里尔登合金的测试报告中出现的哪怕一个小数点后的细微变化，都会让他急切或者忧虑地跳起脚来。他没有多余的精力可以分散到其他事情上。

他把社论揉成一团，扔进了废纸篓。他感到，在工作时从未有过的疲劳正在沉重地袭来，这疲劳似乎一直在等待时机，等着他把注意力转移到其他事情上。他似乎只想睡一觉，其他什么都不想做。

他告诉自己，必须参加这个聚会——他的家人有权利这样要求他——他必须学着去喜欢他们喜欢的东西，那是为了他们，而不是为了他自己。

他搞不懂为什么这个动机根本推动不了自己。在他的一生中，只要他确信行动的理由是正确的，那么把它完成就是顺理成章的。这次是怎么了？他感到纳闷，明明这件事是对的，自己却居然感到极不情愿——这难道不就是最常见的丧失良知的表现吗？意识到了罪责，却极其冷漠和无动于衷——这不就是对推动他生命的动力和他骄傲的自尊的背叛吗？

他不愿意再多想这个问题，只是匆匆地、冷冷地收拾停当。

他挺直身体，缓缓地迈步下楼，走向楼下的客厅，一块精致的白手帕插在他晚礼服的上兜里。他魁梧的身躯在走动间流露出一种从容淡然的自信和不经意的威严，他向那些满意地注视着自己的贵妇人望去，俨然一副企业大亨的形象。

他看见了楼梯拐角处的莉莉安。她身着柠檬黄的皇家晚礼裙，贵气的线条衬托着她优雅的身段，矜持地站在那里，恰到好处地掌控着周围的一切。他笑了，他愿意看到她高兴，这就是聚会的目的。

他走向她——又突然停住了。她对首饰向来很有品位，从不滥用。但是今晚，她穿戴得很鲜艳：钻石的项链、耳环、戒指和胸针，相形之下，她赤裸的胳膊则格外惹人注目。她的右手腕上只有一件饰物，那只里尔登合金手镯，在浑身的珠光宝气映衬下，那看起来像是一件廉价小店里卖的粗鄙首饰。

当他把视线从她的手腕移到她的脸上时，他发现她正在看他，眼睛眯成了一条缝。他无法形容那种眼神，似乎既隐秘又极有目的，有什么东西闪烁着藏在那里，难以被人发现。

他想扯下她手腕上的手镯，却只是依照她大声欢快的宣布和介绍，面无表情地向她身边的贵妇人弯腰施礼。

"人？人是什么？只不过是化学元素的合成，带着一种了不起的错觉而已。"普利切特博士对着屋子里的一群客人们说道。

普利切特博士从水晶盘中取过一块小点心，用两个指头夹着送进自己的嘴里。

"人类意识中的自负,"他继续说道,"是荒谬的,这种可悲的原罪,充满了丑陋的概念,没有什么感性意义——而且还自我感觉很重要!真的,你们知道吗,这就是世界上一切问题的根源。"

"可是教授,哪些概念是不丑陋和不卑鄙的呢?"一个汽车制造厂厂主的太太急切地问。

"没有,"普利切特博士说,"在人的能力范围内,它根本不存在。"

一个年轻人犹疑地问:"但是,如果我们没有任何良好的概念,又怎么知道我们有的这些概念是丑陋的呢?我的意思是,依据什么标准呢?"

"根本就不存在任何标准。"

听众们全都哑口无言了。

普利切特博士继续讲下去:"过去的哲学家都很肤浅,现在需要我们来重新定义哲学的目的。哲学的目的不是要去帮助人们寻找生活的意义,而是要证明它根本就不存在。"

一个父亲是煤矿主的漂亮女子愤愤不平地问道:"谁能告诉我们这些?"

"这就是我正在做的。"普利切特博士答道。他在过去的三年里,一直任帕特里克亨利大学的哲学系主任。

莉莉安·里尔登走了过去,她的一身珠宝在灯下熠熠闪光。

她脸上始终带着微微的笑意，保持得像她头上的波浪发卷一样。

"正是人对于意义的反抗使得他难以被驾驭，"普利切特博士说着，"一旦他认识到自己在无穷宇宙中的微不足道，他所做的一切都不可能有多重要的意义，他的生与死都无关紧要，他就会变得更……听话。"

他耸耸肩膀，又抓了一块小点心。一个商人局促地问道："教授，我想问的是，你对《机会平衡法案》怎么看？"

"哦，那个啊？"普利切特博士说，"我相信自己已经清楚地表明了支持它的立场，因为我赞同自由经济，自由经济离不开竞争，所以人们被迫去竞争，因此，我们必须要对人们有所控制，确保他们的自由。"

"可是，你看……这难道不是自相矛盾吗？"

"从更高的哲学角度来看就不是了。你必须从老式思维的死板定义里看出去，在宇宙里没有静止不变的东西，一切都是流动的。"

"但那可以推论出，假如——"

"推论，伙计，是所有迷信中最幼稚的。不过，至少它在我们这个时代是被广泛接受的。"

"可我不太明白我们怎么能——"

"你有的是常见的那种认为可以明白一切的错觉，你没有抓住宇宙是一个矛盾体这个事实。"

"和什么矛盾？"那位太太问道。

"和它自己。"

"怎么……怎么会呢？"

"亲爱的夫人，思想家的任务不是去解释，而是要去表明任何东西都无法解释。"

"是的，当然……只是……"

"哲学的目的不是寻找知识，而是去证明知识是超出人的理解范畴的。"

"但是，我们证明它之后，"那个年轻女子问，"又会留下些什么呢？"

"本能。"普利切特博士虔诚地答道。

在房间的另外一端，一群人正在听巴夫·尤班克讲话。他挺直身体，屁股只是稍稍沾了一点儿椅子，这样，他的脸和身子就不会因为过于放松而瘫成一团。

"过去的文学，"巴夫·尤班克讲着，"是一种浅薄的欺骗，为了取悦它所服务的金钱大亨们而对生活涂脂抹粉。道德、自由的意志、成就、幸福的结局，以及某种英雄般的人物——我们可以嘲笑所有这些东西。我们这个时代揭露了生活的本质，头一次赋予了文学深刻的内涵。"

一个穿白裙的小姑娘怯生生地问："什么是生活的本质，尤班克先生？"

"忍受苦难,"巴夫·尤班克回答说,"失败和受苦。"

"但是……为什么?人们是幸福的……有时候……不是吗?"

"这只是感情肤浅的人的一种错觉。"

小姑娘脸红了。一个继承了炼油厂的阔妇人内疚地问:"我们怎样才能提高人们的文学品位呢,尤班克先生?"

"这是个很大的社会问题,"巴夫·尤班克答道。他被称作这个年代的文学领袖,但他写的书从没卖出过三千本以上。"我个人认为,《机会平衡法案》在文学方面的应用将是解决的办法。"

"噢,你赞成在企业界使用这项法案吗?我对这个可说不好。"

"我当然赞成,我们的文学已经陷入了物质论的泥沼。人们在追求物质生产和技术欺诈的同时,丢弃了所有的精神价值观念,他们过得太舒服了。如果我们教导他们去忍受苦难,他们就能回到崇高的生活中来。所以,对他们在物质上的贪婪,我们应该加以限制。"

"我怎么就没这么去想呢?"那个妇人歉疚地说。

"但是,你打算怎样把《机会平衡法案》用在文学上呢,拉尔夫?"莫特·里迪问道,"这我可是头一回听说。"

"我的名字是巴夫,"尤班克恼怒地说,"你头一回听说,是因为那是我自己的想法。"

"好的好的，我不是在争什么，对不对？我只是问个问题。"莫特·里迪笑着。在许多时候，他都是紧张地笑着。他是个作曲家，经常为电影配些老掉牙的曲子，也给少量听众写些现代派的交响乐。

"方法很简单，"巴夫·尤班克说道，"应该有法律把任何一本书的销量都限制在一万册以内。这样，文学市场就会开放给那些新的人才、新的观点，以及非商业化的写作。如果禁止人们去买上百万本同样的垃圾，就会逼他们去买更好的书了。"

"这想法很独到，"莫特·里迪说，"不过，作家在银行账户里的钱会不会就有点紧张了？"

"这样才好，应该只允许那些不以赚钱为动力的人写作。"

"可是，尤班克先生，"那个穿白裙子的小姑娘问道，"如果有不止一万人都想买某一本书呢？"

"一万读者对任何书都足够了。"

"我说的不是这个，我想说的是，如果他们想要，又怎么办呢？"

"这毫不相干。"

"可是，如果一本书里有很好看的故事——"

"情节是文学里一种原始粗俗的东西。"巴夫·尤班克轻蔑地说道。

正打算穿过房间去吧台的普利切特博士停下了脚步，说：

"的确如此,就像逻辑是哲学里一种原始粗俗的东西一样。"

"就像旋律是音乐里一种原始粗俗的东西一样。"莫特·里迪接着说道。

"吵什么呢?"莉莉安·里尔登带着一身的珠光宝气在他们旁边停下问道。

"莉莉安,我的天使,"巴夫·尤班克懒洋洋地打着招呼,"我跟你说没说过,我新写的小说是为你写的?"

"啊,谢谢你了,亲爱的。"

"你的新小说叫什么名字?"那位阔太太问。

"《那颗心是个送牛奶的人》。"

"讲的是什么?"

"挫折。"

"可是,尤班克先生,"穿白裙子的小姑娘脸蛋通红地问,"如果一切都是挫折,还有什么值得为之去活着呢?"

"兄弟之情。"尤班克冷酷地回答。

伯川·斯库德无精打采地倚在吧台上,他那张又长又瘦的脸看上去似乎是向内萎缩了一样,只剩下嘴巴和眼珠,像三个软软的圆球凸出在外面。他是一家名叫《未来》的杂志的编辑,曾写过一篇题为《章鱼》的关于汉克·里尔登的文章。

伯川·斯库德拿起空酒杯,无声地向吧台服务生晃了晃,示意添酒。他灌下去一口新添的酒,注意到站在身边的菲利普·里尔登面前的杯子是空的，便朝服务生命令般地弯了下大拇指。他没去注意站在菲利普另一侧的贝蒂·波普面前的空杯子。

"你看，老兄，"伯川·斯库德的眼珠朝着菲利普的方向，"不管你喜欢不喜欢，《机会平衡法案》代表了向前迈进的一大步。"

"你凭什么认为我不喜欢它呢，斯库德先生？"菲利普低声下气地问。

"哼，那是会有点疼的，是不是？那只社会的长胳膊会清理一下这儿的零食开销。"他的手朝着酒吧的方向一挥。

"你为什么觉得我会反对？"

"你不反对？"伯川·斯库德丝毫不感兴趣地反问道。

"我不反对！"菲利普激动地说，"我向来把公众的利益放在任何个人利益之上。我把我的时间和钱都贡献给了'全球发展盟友组织'，帮助他们对《机会平衡法案》的支持运动。我认为，一个人享尽了好处，却一点也不留给其他人，是绝对不公平的。"

伯川·斯库德沉吟着打量了他一会儿，并没有显出什么兴趣。"是吗？那你还真是挺不错的。"他说道。

"的确有人在道德方面是很认真的，斯库德先生。"菲利普在说话时稍微加重了一些骄傲的语气。

"菲利普，他是在说什么呀？"贝蒂·波普问，"我们认识的人中，没有谁拥有超过一家企业，对不对？"

"噢，你消停点儿好不好！"伯川·斯库德不耐烦地说。

"我搞不懂为什么对这个《机会平衡法案》有那么多的大惊小怪，"贝蒂·波普毫不让步，用一种经济学专家的口吻说，"我搞不懂为什么那些商人会反对它，那是对他们有好处的啊！如果大家都穷，他们的产品就不会有市场。可是如果他们不再自私，把他们囤积的财富和大家分享——他们就有机会努力地工作，生产出更多的东西。"

"我一点都不明白为什么非要去考虑那些企业家，"斯库德说，"当大部分人都很贫困，但又有现成的商品时，让人们受制于一张叫作财产契约的废纸简直太愚蠢了。财产权只是一种迷信，一个人之所以能拥有财产，只是因为别人没去收缴它而已，人们随时可以去把它收回来。如果他们能的话，又为什么不应该呢？"

"他们应该，"克劳德·斯拉根霍普插进来说，"他们需要它，只考虑需要就足够了。如果人们需要，就必须先把它夺过来再说。"

克劳德·斯拉根霍普不知不觉地凑了过来，挤到了斯库德和菲利普中间。斯拉根霍普个头不高，也不胖，却很敦实，鼻梁还带着伤。他是全球发展盟友组织的主席。

"饥饿不等人，"克劳德·斯拉根霍普说，"理想只是热空气，肚子空空才是实实在在的。我在所有的讲话中都强调过，说太多的话没有必要。现在的社会缺少的是商业机会，所以我们有权利把现有的这些机会夺过来。权利对社会才是有益的。"

"他不是单枪匹马就能致富的,对不对?"菲利普突然厉声嚷道,"他必须得雇几百名工人,是他们做到的这一切。他凭什么觉得自己那么了不起?"

他身边的两个人都看着他,斯库德的眉毛扬了扬,斯拉根霍普则面无表情。

"噢,是这样!"贝蒂·波普也想起了什么。

在客厅尽头一个光线黯淡的角落里。汉克·里尔登站在一扇窗前,他好不容易刚摆脱了一个跟他大谈巫术的中年女人,现在只想自己待一会儿。他向远处望去,里尔登合金冶炼的火光在天边跳动,看着它,他感到了一阵欣慰。

他回头看着客厅。对莉莉安选的这所房子,他一直都不喜欢。不过今晚,晚礼服变幻的色彩溢满了整个房间,带来一种欢快的色调。尽管他并不理解这种欢乐的方式,但他还是喜欢看到人们高兴的样子。

他瞧着鲜花、闪闪发亮的水晶杯、女人们赤裸的胳膊和肩膀。屋外,寒风卷过空旷的原野,他看见一棵树上单薄的树枝被狂风拧得扭曲,如同在挥舞求救的手臂。那棵树的后面,就是工厂上空闪烁的光亮。

他也说不清自己突然涌上来的情绪是什么,找不到词语表达它的来由、特征,以及含义。这情绪里虽然有快乐的成分,却肃穆得令他简直想把自己的心掏出来，但又不知能给谁看。

他回到人群里，脸上挂着笑容。突然，他的笑容不见了，他看见了刚刚走进来的客人：达格妮·塔格特。

莉莉安迎了上去，好奇地打量着她。她们曾见过几次面，可当她看到身着晚礼裙的达格妮时，还是感到很惊讶。这件黑色紧身礼服的一边像披风般下垂，盖着肩头和手臂，另一边则没有遮盖，裸露的肩膀成了礼服唯一的装饰。人们见到穿套装的达格妮时，从来不会联想到她的身体。这件黑色礼服看上去异常暴露——因为她肩膀的线条流露出一种令人惊奇的孱弱和优美，而她裸露的手臂上佩戴的钻石手链，给了她最具女人味的一面：被束缚的样子。

"塔格特小姐，见到你真是太惊喜了。"莉莉安·里尔登招呼着，脸上挤出个微笑，"简直不敢想象，我的邀请能让你从那么繁忙的公务中抽出身来，真是受宠若惊。"

詹姆斯·塔格特跟随在他妹妹身后走了进来。莉莉安冲他笑了笑，像是刚注意到他一样，急急地补上一句：

"你好，詹姆斯。这就是你因为太招人喜欢而要受到的惩罚了——人家见到你妹妹，一吃惊就会把你给漏掉了。"

"谁也比不上你那么让大家喜欢，莉莉安，"他微笑着回答道，"谁都不可能漏掉你。"

"我？哦，可是我早就退居二线，把风光都留给我丈夫了。

我给一个了不起的男人做妻子，能沾光就应该很知足了——你不这么认为吗，塔格特小姐？"

"不，"达格妮说，"我不这么认为。"

"这是恭维还是责怪呀，塔格特小姐？如果我承认我已经彻底放弃了，还请你原谅才是。我该给你介绍一下谁呢？这儿恐怕只有作家和艺术家，你肯定是不感兴趣的。"

"我想找汉克，和他打声招呼。"

"当然了。詹姆斯，你还记得你说过想见巴夫·尤班克吗？——哦，没错，他在这里——我要告诉他你曾在惠科太太的晚宴上大谈过他的上一部小说！"

穿过屋子的时候，达格妮纳闷着，自己进来的时候明明看到了汉克·里尔登，为什么还假装没看见，说想找他呢？

里尔登站在这间长长的屋子的另一端，注视着她。在她走过来的时候，他并没有迈步上前去迎。

"你好，汉克。"

"晚上好。"

他彬彬有礼、例行公事般地鞠了个躬，动作与他那身格外正式的礼服非常般配。他面无笑容。

"谢谢你今晚请我来。"她高兴地说道。

"我恐怕并不知道你会来。"

"哦？那么我很高兴里尔登夫人还想着我，我想破个例。"

"破例?"

"我不怎么参加聚会。"

"我很高兴你选了这个场合来破例。"他没有接着说"塔格特小姐",听上去却像说了一样。

他这种正式的举止大大出乎她的意料,令她无所适从。"我想庆祝一下。"她说。

"庆祝我的结婚纪念日?"

"噢,是你的结婚纪念日吗?我不知道,恭喜你,汉克。"

"那你本来打算庆祝什么的?"

"我觉得我可以让自己放松一下,是我自己的庆祝——为了你和我。"

"因为什么呢?"

她想到了科罗拉多崎岖不平的山坡上的新轨道,渐渐地朝着远处威特油田的终点铺过去;她看到了钢轨的蓝光闪烁在冰冻的土地上,闪烁在干枯的野草、裸露的顽石和饥饿移民的破窝棚中间。

"为了第一批铺好的六十英里里尔登合金轨道。"她回答说。

"我非常感激。"他的语气倒像是在说另外一句话,"我还没听说呢。"

她觉得像是在和一个陌生人讲话。没什么可说的了。

"嗨,塔格特小姐!"一声欢快的叫喊打破了他们的沉默,

"这就是我说过的，汉克·里尔登可以创造任何奇迹！"

他们认识的一个商人高兴地笑着向她走了过来。他们三个经常就钢材运输和运费的问题在一起开紧急会议。此时，那人看着她，观察到她与以往不同的打扮后，心里的想法立刻在脸上表现了出来。她暗想，她的这个变化里尔登根本就没留意到。

她边笑边与那个人寒暄，无暇顾及袭上心头的失落以及她不愿承认的想法，她本来希望这种表情会出现在里尔登脸上。她和那个人聊了几句，回头看时，里尔登已经走了。

"这么说，她就是你那个出名的妹妹了？"巴夫·尤班克远远地看着达格妮，问詹姆斯·塔格特。

"我不知道我妹妹很出名。"塔格特的声音里有种不易觉察的刺痛。

"得了吧，大好人，她在经济领域可是个不一般的人物，人们肯定是要谈论她的。你妹妹是我们这个时代的疾病的一个症状，是机器时代颓废的作品。机器毁掉了人的人性，让人离开了土壤，剥夺了他原有的艺术性，扼杀了他的心灵，把他变成了毫无知觉的机器人。这里就有个例子——一个女人去管铁路，而不去做像纺线和养孩子这样雅致的工作。"

里尔登在客人们中间穿行，尽量不让自己被什么谈话缠住。他看了看房间，找不到一个他想与之交谈的人。

"嗨，汉克·里尔登，在你自己的狮子笼里走近看看你，你可一点都不坏。你应该经常给我们开开新闻发布会，我们就能全都被你拉过来了。"

里尔登转过身，疑惑地看着说话的人。是那种令人讨厌的记者，为一家激进的小报工作。他那粗鲁的举动似乎在暗示，他之所以对里尔登无礼，是因为他知道里尔登从不会把自己和他们这种人扯到一起。

若在工厂，里尔登是绝对容不得他的，但他是莉莉安的客人。里尔登控制住自己，冷冷地问："你想干什么？"

"你还不算太坏，你有才能，技术才能，不过当然了，有关里尔登合金的问题，我不同意你的看法。"

"我没请你同意过。"

"呃，伯川·斯库德说你的政策——"那个人毫不让步，指着酒吧的方向说，但似乎是说走了嘴，一下子住了口。

里尔登望着那个懒散地倚在吧台上的人。莉莉安给他们介绍过，但他根本没去注意那个名字。他猛地转身，像是要甩掉这个无赖一样，快步走开了。

里尔登找到正在一群人当中的莉莉安，莉莉安仰起头看着他。他一言不发地走到一边，免得别人听到他们的谈话。

"这是那个《未来》杂志的斯库德吗？"他用手指了指，问道。

"啊，是呀。"

他看着她,半天说不出话。他简直没法相信,甚至也找不出能让他想明白的一点头绪。她一直看着他。

"你怎么能邀请他来这里?"他问道。

"好了,亨利,别这么荒唐。你不想那么心胸狭窄吧?你得容忍别人的意见,尊重他们言论自由的权利。"

"在我自己的家里?"

"噢,别自以为是了。"

他没说话,因为他的意识此时正被别的东西占据着,那不是什么有条有理的语言,而是一直出现在他眼前的两个画面。他又看到了伯川·斯库德写的名为《章鱼》的文章,那篇文章不是在表达什么见解,而是把一桶烂泥扣在了大众面前——里面没有任何事实依据,通篇充满了冷嘲热讽和各种形容词,除了毫无根据的、蓄意的恶毒指责,便再没什么其他的了。他也看到了莉莉安侧影的轮廓,看上去是那样的高傲和纯洁,他当初就是为了这个才跟她结的婚。

等他再注意到莉莉安时,她正朝着他看。他明白了,她的那个侧影,只能存在于自己的心里。在猛然清醒、回到现实的一瞬间,他似乎看到她的眼中有种快意。但是紧接着他就想到,自己已不可能保持理智。

"这是你第一次邀请那个……"他冷静而准确地说了一个脏字,"到我家里,也是最后一次。"

"你怎么敢用那种——"

"别吵了,莉莉安,否则我现在就把他轰出去。"

他停了一下,等着她回答、抗议或是大喊大叫。她一声不吭,看也不看他,但她光滑的两颊却像泄了气一样,瘪了进去。

他漫无目的地走过身旁的声色喧哗,感到一阵冰冷的恐惧。他觉得他应该想一想莉莉安,解开她的性格之谜,因为他不可能对今天的这个意外视而不见,但他并没有想她,他感到恐惧,是因为他知道这答案早就不再对他有任何意义了。

疲倦又像潮水一样升起,他觉得似乎能看见它潜伏在上涨的浪涛之中;它并不在他的身体里,而是在外面,笼罩着整个房间。他感到自己有一阵子像是独自迷失在灰色的沙漠之中,急需帮助,但又清楚没人会来帮他。

他突然一愣,站住了。在房间另外一头明亮的门厅处,他看见一个高大、傲慢的身影正要走进来。尽管从没见过他,但在报纸上出现的那些臭名昭著的面孔之中,那张脸正是他所看不起的那张。那是弗兰西斯科·德安孔尼亚。

里尔登从来不把像伯川·斯库德这样的人放在心上,却用他生命中的每一刻,用他的肉体和心灵挣扎之后的每一个紧张和骄傲的时刻,用他迈出明尼苏达矿山、努力换来金钱的每一步,以及他对金钱和金钱的含义的高度尊重,用所有这些,来鄙视那些不配继承丰厚财富的放荡公子。此时出现在那里的,他心想,就是这类人最卑劣的代表。

他看见弗兰西斯科·德安孔尼亚走了进来,向莉莉安躬身致意,然后走向人群,仿佛是进入了他从未去过、却属于他自己的房间。人们的头纷纷转向他,好像是他睡醒后用线牵动的玩偶一般。

里尔登再次走向莉莉安,说话时已经没有了怒气,语调中的轻蔑仿佛已经变成了调侃:"我不知道你还认识那个家伙。"

"我在几次聚会上见到过他。"

"他也是你的一个朋友?"

"当然不是!"她那股强烈的憎恶感绝对是实实在在的。

"那你为什么邀请他来?"

"呃,只要他在这个国家,不邀请他,你就没法搞什么聚会——那就不算是真正的聚会。如果他来,是很讨厌;如果他不来,就是社交的败笔。"

里尔登大笑起来。她现在已经没有任何戒备了,通常她是不会承认这类事情的。"你看,"他厌倦地说,"我不想搅黄了你的聚会,不过,让那个人离我远点,别凑上来介绍,我不想见他。我也不知道该怎么办,但你是有经验的女主人,这事儿就由你去应付吧。"

达格妮一动不动地站在那里,看着弗兰西斯科走过来。他向她弯了弯腰,走了过去。尽管他脚下没停,但她知道,他在内心已经止住了那一瞬。她从他脸上微微透出的笑容里，看出他故意在强调他其实明白，只是有意不说出来罢了。她转开了身子，希望今晚能躲开他。

巴夫·尤班克已经加入了围在普利切特博士周围的人群，正在愠怒地讲着："……不，你别指望人们能理解哲学更高的境界，那些追逐钱财者的手中不应该掌握文化，文学需要国家的资助。艺术家被像小贩一样对待，艺术作品成为肥皂一样的廉价货，这太不成体统了。"

"你是在抱怨它们不是像肥皂一样出售吗？"弗兰西斯科·德安孔尼亚问道。

他们都没注意到他来，谈论像是被拦腰斩断一样戛然而止。他们中的大多数人都没有见过他，但全都一眼就认出了他。

"我的意思是——"巴夫·尤班克恼怒地刚开了个头，就闭上了他的嘴。他看到了听众们脸上露出迫切的兴趣，但那已经不再是对哲学的兴趣了。

"啊，你好，教授！"弗兰西斯科向普利切特博士弯了弯腰，说道。

普利切特博士在回应着他并做着引见的时候，脸上没有一丝高兴的神情。

"我们刚才正在讨论一个非常有意思的话题，"那位态度诚恳的主妇说道，"普利切特博士告诉我们，没有任何东西是有意义的。"

"他应该会这么讲,毫无疑问,他对此的了解比任何人都多。"弗兰西斯科严肃地说。

"我真想不到你这么了解普利切特博士,德安孔尼亚先生。"她一边说着,一边纳闷为什么教授对她说的话很不高兴。

"我曾是帕特里克亨利大学,也就是现在聘用普利切特博士的大学的学生,不过,我的老师是他前任——休·阿克斯顿。"

"休·阿克斯顿!"那个漂亮女子惊呼着,"但你不可能,德安孔尼亚先生!你还不到那个年纪,我觉得他是……是属于上个世纪的大名鼎鼎的人物。"

"夫人,也许在精神上的确如此,但实际不是。"

"可是,我想他已经去世好多年了。"

"什么?没有,他还健在。"

"那我们为什么再没听到过他的任何消息?"

"他九年前就退休了。"

"这奇怪不奇怪?政治家和电影明星退休的时候,我们可以在头版读到关于他们的消息。可在哲学家退休的时候,人们却根本不会注意到。"

"他们慢慢会的。"

一个年轻人惊讶地说:"我以为除了在哲学史里,已经没人再研究休·阿克斯顿这样的古典人物了。我最近看了一篇文章,里面称他是最后一位伟大的理性倡导者。"

"休·阿克斯顿教的到底是什么？"那个主妇问道。

弗兰西斯科回答道："他是在教导人们，一切都是有意义的。"

"你对你老师的忠实非常值得钦佩，德安孔尼亚先生！"普利切特博士冷淡地说，"我们能不能把你当作他教学实际成果的一个例子？"

"我的确是。"

詹姆斯·塔格特走近人群，希望自己能被注意到。

"你好，弗兰西斯科。"

"晚上好，詹姆斯。"

"在这里见到你真是太巧了！我一直急着想和你谈谈呢。"

"这倒是新鲜事，你可不是经常如此。"

"你又开玩笑了，和过去一样，"塔格特像是随意地慢慢从人群中踱了开去，希望弗兰西斯科能跟过来。"你知道，在这座城市里，没有人不想和你说话。"

"真的？我倒怀疑恰恰相反。"弗兰西斯科听话地跟了出来，却停在了一个其他人都能听见他们说话的地方。

"我用了各种办法和你联系。"塔格特说，"可是……可是由于种种原因没有成功。"

"在我面前，你是不是不想说我拒绝见你的事实？"

"呃……那是……我是说，你为什么拒绝？"

"我想象不出你会想和我说些什么。"

"当然是圣塞巴斯蒂安矿的事了！"塔格特的嗓门升高了些。

"哦？它的什么事？"

"可是……好吧，你看看，弗兰西斯科，这非常严重，是场灾难，一场空前的灾难——没人能对此讲出什么道理来。我不知道该怎么去想，一点也不明白。我有权利知道。"

"权利？你是不是太落伍了，詹姆斯？你到底想知道些什么？"

"呃，首先，国有化的问题——你对此有什么打算？"

"没有。"

"没有？！"

"你肯定也不希望我做任何事。我的矿和你的铁路是被人民的意愿夺走的。你不会想让我反对人民的意愿吧，对不对？"

"弗兰西斯科，这不是什么好笑的事！"

"我从不觉得这是。"

"我有权得到一个解释！你必须向你的股东们把这件丢人的事情说清楚！你为什么挑了一个一钱不值的矿？为什么白丢进去好几百万？这究竟是一种什么样的恶毒的骗局？"

弗兰西斯科站在那里，礼貌而惊讶地看着他："怎么了？詹姆斯，我还以为你会同意这么做呢。"

"同意？！"

"我以为你会把圣塞巴斯蒂安矿当成一个具有最高道德水准的理想在现实中的体现。想到你和我过去经常存在分歧，我以为当你看到我按照你的原则行事时，是会感到欣慰的。"

"你这是在说些什么呀？"

弗兰西斯科遗憾地摇了摇头："我不明白你为什么把我的行为叫作恶毒。我还以为你会承认那是一种坦诚的努力，是在实践全世界都在宣传的那种精神。不是所有人都认为自私是罪恶吗？在圣塞巴斯蒂安的工程中，我是彻底无私的。追求个人利益不是罪恶吗？我在这个项目中没有任何私利。追求利润不是罪恶吗？我没有去追求利润——我承担了损失。不是所有人都同意企业的目标和合理性并不是生产，而是它的员工的生活吗？圣塞巴斯蒂安矿是工业历史上最杰出的成功探索：这个项目没有生产铜，却让成千上万的人只用一天的劳动就过上了他们一生也过不上的生活；不是都说企业主是寄生虫和剥削者，而员工才是真正干活并生产出产品的人吗？我没有剥削任何人，没有让我毫无用处的存在去加重圣塞巴斯蒂安矿的负担，我把矿交给了那些管用的人。我没有把对这份资产的估价强加给别人，我把它交给了一个矿业专家。他不是什么优秀的专家，可他非常需要这份工作。不是都认为在雇人的时候，真正要考虑的是他的需要，而不是他的能力吗？大家不是都认为只要需要，就应该得到想要的东西吗？我履行了我们这个时代的每一条道德规范，还指望着能得到些感激和荣誉提名呢。我没法理解我为什么会受到谴责。"

在所有听众的静寂当中,只有贝蒂·波普突然刺耳地"咯咯"笑了起来:她什么也不明白,却看到了詹姆斯·塔格特脸上那种气急败坏的恼火。

人们都在看着塔格特,等着他回答些什么。他们对这件事毫无兴趣,只是觉得看到一个人窘迫的样子很有意思。塔格特摆出一副大度的样子,笑着问道:

"你不会指望我拿这当真吧?"

"过去,"弗兰西斯科答道,"我的确不相信有人会拿它当真。我错了。"

"这太过分了!"塔格特的嗓门开始大了起来,"如此不加思考和轻率地对待你的公共责任,简直是太过分了!"他扭头就走。

弗兰西斯科耸了耸肩,摊开双手:"看见了吧?我知道你不想和我说话。"

里尔登独自一人远远地站在房间的另外一头。菲利普注意到了他,边走过来,边向莉莉安招了招手,让她也过来。

"莉莉安,我觉得亨利不开心啊。"他笑着说。看不出他这笑里的嘲弄是冲着里尔登还是莉莉安,"要不要帮帮他?"

"噢,胡说八道!"里尔登说。

"我真希望能知道该怎么做,菲利普,"莉莉安说道,"我一直希望亨利能学着放松点,他对什么都严肃得让人害怕,实在是个古板的清教徒。我一直想看他喝醉的样子，哪怕只有一次。不过我是放弃了，你有什么主意？"

"哦，我才不知道呢！只是他不应该一个人站在这儿。"

"省省吧。"里尔登说道，虽然他心里想着不该伤害他们的好意，还是忍不住又补上一句，"你们不明白，我费了多大劲儿才能让自己一个人在这里站一会儿。"

"瞧——你看见了吧？"莉莉安冲菲利普笑着，"享受生活和与人相处不像浇出一吨铁水那么容易，性情的修养是没法在市场上学会的。"

菲利普乐出了声："我担心的不是性情的修养，莉莉安，你对你刚才说的什么清教徒有多肯定？如果我是你，才不会让他那么自在地东张西望呢。今天晚上的漂亮女人实在太多了。"

"亨利会背弃神吗？你过奖他了，菲利普，太高估他的胆量了。"她笑着，冷冷地、狠狠地看了里尔登片刻，就走开了。

里尔登瞧着他弟弟："你究竟知不知道自己在干什么？"

"哦，别来清教徒那一套了，你开不得一句玩笑吗？"

达格妮在人群中漫无目的地移动着，纳闷着她为什么要来这个聚会，而答案却让她吃了一惊：因为，她很想见到里尔登。注视着他在人群之中，她头一次感觉到了这种反差。其他人的脸看上去像是集中了可以互相替换的五官，每张面孔都可以混合成类似所有人的样子，所有的面孔似乎都在融解。而里尔登的脸上有着瘦削分明的棱角、苍白的蓝眼睛和带着灰颜色的金发，还有冰一般的坚定；清晰的线条使它在其他人的面孔之中，看起来像是带着一束光，在大雾中移动着。

她的眼神总是不由自主地回到他身上，但从来没见他朝她这边瞟过一眼。她怎么也不相信他是在有意避开自己，这没有任何道理。但是，她很肯定他的确是在这么做。她非常想走过去，证实是自己想错了，然而有什么东西让她停住了，她自己也搞不懂为什么。

里尔登正在耐着性子陪他的母亲和两位女士谈话，为助谈兴，母亲希望他能聊一聊他年轻时的奋斗。他一边照办，一边想母亲是在用她自己的方式为他感到自豪。但是，他隐约觉得，她的言谈之间似乎是在暗示，在奋斗的过程中，是她一直扶助着自己，她是成功的关键。他很高兴母亲终于放开了他，便又回到了窗前，让自己可以喘口气。

他倚靠着这种独处的感觉，像是扶着什么实实在在的支撑物，就那样站了一会儿。

"里尔登先生，"他的身边响起了一个陌生而平静的声音，"请允许我介绍一下自己，我叫德安孔尼亚。"

里尔登一惊，转过身来。德安孔尼亚的谈吐和声音里有一种他以前很少见到的气质：一种真正的自尊。

"你好。"他回答说，声音非常生硬和冷淡，但他毕竟回答了。

"我注意到里尔登夫人一直在避免把我介绍给你,我能猜到原因。你是否希望我离开你家?"

面对难题没有躲开,而是直接挑明,这和他认识的所有人的惯常举动都大相径庭,也让他有一种突然而惊讶的轻松感。他保持沉默,盯着德安孔尼亚的脸。弗兰西斯科简简单单地说出了这句话,既不是在责备,也没有请求,但谈吐间不可思议地体现出了里尔登和他自己的尊严。

"不,"里尔登回答道,"你猜其他任何原因都可以,但我没有那么说过。"

"谢谢你。既然如此,你得允许我和你谈谈。"

"你为什么想和我谈谈?"

"目前你不会对我的动机感兴趣的。"

"和我谈话,你也根本不会感兴趣的。"

"里尔登先生,你对我们中的一个,或者我们两个,存在着误解。我来这里只是为了见你。"

里尔登的声音中一直有种淡淡的感到好笑的语调,现在,它变成了一丝生硬的蔑视:"你既然已经开门见山了,就别再兜圈子。"

"我没有。"

"你为什么想见我?是想让我亏本赔钱吗?"

弗兰西斯科直视着他:"对——逐渐地。"

"这次是什么？一座金矿？"

弗兰西斯科缓缓地摇摇头，在这个明显的动作里，有一种近乎悲哀的成分。"不，"他回答，"我不想向你兜售任何东西。实际上，我也并没向詹姆斯·塔格特兜售铜矿，是他主动找的我，而你不会。"

里尔登不禁笑出了声："如果你能明白这些，我们就有了一个还算明智的谈话基础，那你就继续说吧，如果你想的不是什么天花乱坠的投资，为什么要见我？"

"为了认识你。"

"这算什么答案？不过是文字游戏罢了。"

"不完全是，里尔登先生。"

"除非你的意思是——为了获得我的信任？"

"不，我讨厌人们用获得谁的信任的方式来讲话和考虑问题。如果一个人的行为诚实，就不需要得到其他人事先的信任，仅仅是人们理智的感知就已经足够。渴望得到这种品德上的空白支票的人，无论他自己是否承认，都有不诚实的企图。"

里尔登用吃惊的眼神看着他，好像是一只处在绝境中的手，不由自主地去抓一些支撑的东西。他急于了解眼前这个人的心情在这个眼神中一览无遗。接着，里尔登将目光垂了下去，几乎是慢慢地闭上了眼睛，把他的想法和需要关闭在内。他的脸色严峻，有一种激动的神情，这种剧烈的自我内心活动，看上去严厉而孤独。

"好吧,"他的语气中没有任何感情色彩,"如果不是我的信任,那你想要什么?"

"我想试着了解你。"

"为什么?"

"出于我自己的原因,目前与你无关。"

"你想了解我什么?"

弗兰西斯科沉默地望着外面的黑夜,工厂的炉火渐渐熄灭,天边只剩下一抹淡淡的红晕,勉强把被暴风撕得七零八落的几块碎云边缘镀上了些颜色。模糊的阴影不断扫荡着天空,然后又消失。这些树枝的黑影似乎使得暴怒的狂风清晰可见。

"这个夜晚对于野地里那些没有遮挡的动物来说实在是太可怕了,"弗兰西斯科·德安孔尼亚开口说,"只有在这个时候,人才会对自己作为人这件事感到幸运。"

里尔登没有马上回答,然后带着不解的语气,像是自问自答一般地说道:"有意思……"

"什么?"

"你说的,正是我刚才想到的……"

"是吗?"

"……只是我找不出合适的话来表达它。"

"要不要我把剩下的那些话也说出来?"

"说吧。"

"你是带着无比的骄傲站在这里看风暴的——因为,你可以在这样的夜晚让自己的家中有夏天的鲜花和半裸的女人,来显示你战胜了风暴;而且,如果没有你,这里的大多数人就会身处野地,毫无希望地任凭狂风摧残。"

"你是怎么知道的?"

话一出口,里尔登便意识到,面前这个人说出的并不是他的想法,而是他隐藏得最深、最私人的情感,他从来不会向任何人承认这种情感,却在刚刚提出的问题中承认了。他发现弗兰西斯科的眼睛不易察觉地微微眨了一下,似乎是笑,又似乎是做了个记号。

"你对那种骄傲又能了解多少?"里尔登严厉地问,似乎这后一句问话中的轻蔑可以抹掉刚才那句问话里的肯定。

"我年轻的时候,也有过这样的感受。"

里尔登注视着他。弗兰西斯科的脸上既没有嘲讽,也没有自怜,如雕刻般精致的面孔和清澈的蓝眼睛流露出平静的镇定。他的面孔是那么坦然,在任何打击下都不会退缩。

里尔登一时间不由得浮起一股同情,便问道:"你为什么想谈这些?"

"就算是——出于感激吧,里尔登先生。"

"对我的感激?"

"假如你接受的话。"

里尔登的声音突然生硬了起来："我没要求过感激，我不需要感激。"

"我没说你需要，但在你今晚从暴风中拯救出来的所有人里，只有我会表示感激。"

沉默了一会儿后，里尔登用低沉得近乎是威胁的声音问道，"你想干什么？"

"我是在让你注意，看看你为之付出的那些人究竟是什么样子。"

"只有一辈子从没老实干过一天活儿的人才会这么想和这么说。"里尔登声音的轻蔑中含着一丝欣慰。他曾经怀疑自己对这个对手的人格的判断，并一度放松了警惕，而现在，他再一次坚定了自己原先的看法，"即使我告诉你，哪怕是一直拖着你这种卑鄙的家伙，我也是在为自己而工作，你也不会理解的。现在我倒要猜猜你想说的，你随便去说好了，这是种罪恶，我自私、自负、没有同情心、冷酷无情，我的确是。我才不想听什么要为其他人而工作之类的废话，我不会。"

他第一次从弗兰西斯科的眼睛里看到了一种带有感情的反应，有一种渴望和朝气。"你刚才说的只有一个错误，"弗兰西斯科回答道，"就是你允许人们把它叫作罪恶。"在里尔登面带疑色的沉默当中，他指了指客厅里的那群人，"你为什么情愿拖着他们？"

"因为他们是一群苦苦求生的可怜孩子，在绝望地挣扎，而我——我甚至连一点负担都感觉不到。"

"你怎么不告诉他们这些？"

"什么？"

"你不是为了他们，而是纯粹为自己在工作。"

"他们明白。"

"哦，对了，他们明白，这里的每一个人都明白，但是他们觉得你不明白，而他们所做的一切努力就是为了不让你明白。"

"我干吗要在乎他们怎么想？"

"因为这是——一场战斗，必须明确立场。"

"一场战斗？什么战斗？是我手里拿着鞭子，我不会去打赤手空拳的人。"

"可他们是吗？他们有对付你的武器。那是他们唯一的武器，也是致命的。有时间的时候，自己想想那是什么吧。"

"你是从哪里看出来的？"

"就从你现在这么郁闷这个无可原谅的事实。"

里尔登受得了别人对他的责备、辱骂和诅咒，但他唯一不能接受的感情就是怜悯。一种冷冷的抗拒感让他回到了此时的现实，他竭力不去承认内心涌起的真实情感，质问道："你想干什么厚颜无耻的勾当？你的动机何在？"

"这么说吧——是给你些忠告,你以后会用得着的。"

"你为什么要和我讲这个?"

"是希望你能记住它。"

让里尔登生气的是,他居然鬼使神差地对这场交谈有了一种享受的感觉。他隐隐感到一种背叛,感到一种无名的恼火。"你指望我会忘了你是什么样的人吗?"他问道,同时心里明白,他的确已经忘记了。

"我希望你连想都不要想我。"

里尔登拒绝承认的情感依然原封不动地潜伏在他的恼火下面,他知道那是一种伤痛。一旦面对它,他就知道自己还会听到弗兰西斯科的声音,"只有我会表示感激……假如你接受的话……"他能听到这些话,听到这平静的声音奇怪地转换成庄重的语调,并且难以理解地听到了他自己的回答。他内心中有一种东西想要呐喊,是的,承认吧,告诉面前这个人,他承认了,他需要它——尽管他也说不出他需要什么,但那不是感激,而且他明白,这个人所指的并不是感激。

他大声地说:"我没有主动要和你说什么,是你要谈的,所以你得听着。对我来说,人类的堕落只有一种形式——没有目标的人。"

"不错。"

"我可以原谅其他的一切,它们并不恶毒,只是无药可救罢了。而你——你是不可饶恕的。"

"这违背了我本来想警告你的宽恕之罪。"

"你的机会比任何人都要多,可你用它都干了些什么?如果你懂得你刚才所说的一切,怎么还有脸和我讲话?在你任性地毁掉了那个墨西哥项目之后,怎么还有脸见人?"

"你完全有权利诅咒我,如果你想这么做的话。"

达格妮站在窗子凹进去的角落处,听着他们的谈话。他们谁也没注意到她。一看见他们俩在一起,她就在无法解释和无法抗拒的冲动下跟了过来。知道这两个人谈些什么似乎非常重要。

她听到了他们说的最后几句话。她从来没想到弗兰西斯科居然也会甘心被骂。他此刻毫不抵抗地站在那里。她知道那并不是毫不在乎。她太熟悉他的面孔了,看得出他是用了很大的努力才保持住平静——她看见他脸颊的肌肉隐隐地紧绷着。

"在一切依靠其他人的能力生活的人当中,"里尔登说道,"你是一条真正的寄生虫。"

"我给了你这样认为的理由。"

"那你有什么权利来讲做人的意义?你已经背叛了它。"

"如果你觉得我太放肆了,那么我对自己的冒犯感到非常抱歉。"

弗兰西斯科鞠了个躬,转身就要离开。里尔登不由自主地问了一句,乃至他都不清楚他的问题是在否定自己的怒气,还是在请求这个人留下来："你想了解我些什么？"

弗兰西斯科转过身来，脸上依旧是严肃和尊敬的表情，回答道："我已经知道了。"

里尔登站在那儿，看着他消失在人群里。端着水晶盘的大厨和正在弯腰去拿点心的普利切特博士将弗兰西斯科挡住了。里尔登看了一眼黑暗的窗外，除了狂风，什么也看不见。

他从窗前走过来时，达格妮面带笑容走上前去，明显是想和他讲话。他停住脚步，在她看来却似乎极不情愿。为了打破这沉寂，她连忙说道："汉克，这里怎么有这么多给掠夺者当说客的文人？我是不会让他们到我家里的。"

她其实并不是想和他说这些，但是她也不知道想说什么，她以前从没有在他面前觉得无话可说。

她看到他的眼睛像正在关闭的大门一般，慢慢地眯成一条缝。"我不觉得不应该请他们参加聚会。"他冷冷地回答。

"哦，我并不是批评你怎么选择你的客人，但是……呃，我一直克制着不让自己知道谁是伯川·斯库德，如果知道了，我会扇他耳光的。"她尽量若无其事地说，"我不是想惹事，但我可说不好能不能控制我自己。别人告诉我是里尔登夫人邀请了他，我简直难以相信。"

"是我请的他。"

"但……"她的声音沉了下去，"为什么？"

"我从不把什么严肃的事和这类场合联系在一起。"

"对不起,汉克,我不知道你是这么大度,我可不行。"

他没说话。

"我知道你不喜欢聚会,我也一样。不过有时候我想……也许只有我们才能真正享受这些聚会。"

"恐怕我没这个才能。"

"不是说这个。你觉得这些人里有谁是真正开心的吗?他们只是被折腾得比平时更愚蠢和更没主见,更轻飘飘的没有分量……你知道,我认为只有当一个人觉得自己特别重要时,才能真正体会轻飘飘的感觉。"

"我不会知道的。"

"这只是时不时骚扰我的一个想法……我想起我的第一次舞会……我一直在想,聚会应该是为了庆祝些什么,而庆祝应该只属于那些有东西值得庆祝的人。"

"我从来没想过这些。"

他这种僵硬、拘谨的举止令她无所适从,她没法相信,在他的办公室时,他们彼此非常轻松,而现在,他却像是被箍上了一件紧身衣。

"汉克,你看看,假如你不认识这些人,那一切看起来不是就很美了吗?漂亮的灯光和衣服,还有想象,就会使它成为可能……"她向房间内看去,没注意到他并没有随着她的目光一起去看，他正盯着她裸露在外面的肩膀，在那上面，灯光从她的长发间透过，留下了一汪柔软的蓝色影子。"我们为什么要把这一切给那些傻瓜？这应该是属于我们的。"

"以什么方式？"

"我不知道……我总希望聚会是激动人心的、精彩的，就像难得的好酒一样。"她笑了起来，那笑声里隐隐有种悲哀，"不过我也不喝酒，这不过是词不达意的另外一个象征吧。"他沉默着，她又补充了一句，"也许我们错过了一些东西。"

"我没注意到。"

突如其来地，她的大脑出现了一片荒芜的空白，她隐约感到自己流露得太多了，却不清楚她都表达了些什么，只是暗自庆幸着他没有确切地回答。她耸了耸肩，肩头的曲线微微地起伏着。"那只是我过去的幻想，"她不动声色地说，"只不过是每一两年就冒出来一次的情绪而已。一看到最近的钢铁价格指数，我就会把它忘得一干二净。"

她不知道，在她走开的时候，他的眼睛一直没有离开过她。

她谁也不看，缓缓地从房间中走过，注意到一小群人围在没有生火的壁炉前。房间里并不冷，但他们坐在那里，仿佛是从并不存在的炉火中得到了温暖和舒适。

"不知道为什么，我生下来就怕黑。不，现在不，那只是在我一个人的时候。让我害怕的是夜晚，像这样的夜晚。"

说话的是一个老小姐,神态里显出几分教养和绝望。这群人中的三个女人和两个男人都衣着光鲜,脸上的皮肤保养得很光滑,举止却紧张而小心,这使得他们的嗓音比正常时候要低一些,让人难以分辨他们的年龄差别,并让他们都显得有一种筋疲力尽的苍老感,和人们到处都能见到的那些有身份的人一模一样。达格妮停下来,听着他们的谈话。

"可是亲爱的,"他们中的一个人问,"你害怕什么呢?"

"我不知道,"那个老小姐答道,"我不怕小偷和劫匪那样的事情,可我晚上就是睡不着,直到天泛白的时候才能睡,很怪。每天傍晚的时候,我都有种末日的感觉,觉得天不会亮了。"

"我那个住在缅因州的表妹写信也这么说。"一个女人插了句。

"昨天夜里,"老小姐继续说着,"我睡不着是因为枪声,远处的海边整夜都有枪响,没有闪光,什么都看不见,只有每隔一阵才响起的枪声,是在大西洋海面上雾气里的什么地方。"

"我今天早晨从报纸上读到了这件事,是海岸警卫队在演习。"

"才不是呢,"老小姐不为所动地说,"住在海边的人都知道是怎么回事,是拉格纳·丹尼斯约德,是海岸警卫队在抓他。"

"拉格纳·丹尼斯约德在达拉威海湾吗?"一个女人惊呼道。

"嗯,是的,他们说已经不是第一次了。"

"他们抓到他了吗？"

"没有。"

"没人抓得住他。"一个男人说。

"挪威已经悬赏一百万美金要他的脑袋。"

"这个海盗的脑袋可是值很大一笔钱呀。"

"可是让一个海盗到处跑，这世界上怎么可能还有什么秩序、安全感和计划呢？"

"你们知道他昨晚抢了什么？"老女人说，"是我们为法国运送救援物资的一艘大船。"

"他怎么处理抢来的那些货物呢？"

"哦，那个呀——没人知道。"

"我碰到过一个被他抢过的船上的水手。那水手恨不得立刻把他关进监狱。他说，拉格纳·丹尼斯约德长着全世界最纯正的金发和最吓人的脸，那脸上没有任何表情。假如有人生下来就没长着心的话，那就是他了——这是那个水手说的。"

"我的一个外甥有天晚上在苏格兰海岸边看到了拉格纳·丹尼斯约德的船，他写信说，他简直不敢相信，那艘船比英国海军的任何一艘船都好。"

"他们说，他躲在挪威海岸边一个连上帝都找不到的峡湾里，中世纪的维京人就是藏在那儿的。"

"葡萄牙政府也悬赏要他的人头，还有土耳其。"

"他们说，这是挪威的丑闻。他家是挪威最显赫的家族之一，尽管几代以前就家道破落了，但仍然是一个贵族，他家城堡的废墟如今还在。他的父亲是个主教，虽然和他脱离了父子关系，并且把他赶出了教会，但于事无补。"

"你们知道吗？拉格纳·丹尼斯约德是在这里上的大学，而且就是帕特里克亨利大学。"

"不会吧？"

"哦，没错，你可以查到。"

"让我感到不安的是……你们知道，我是很不愿意看到的。我不愿意看到他此时出现在这里，出现在我们的水域里。我本来以为这样的事只会发生在荒无人烟的地方，只会发生在欧洲。可是，这么一个罪大恶极的强盗居然出现在达拉威，出现在我们眼前！"

"他还在南塔克特和巴湾出现过，而且上面禁止报纸对此进行报道。"

"为什么？"

"他们不想让人知道海军对付不了他。"

"我感觉很不好。太滑稽了。这像是中世纪才有的事情。"

达格妮抬眼瞧去，发现弗兰西斯科·德安孔尼亚站在几步远的地方，正用嘲讽的眼神非常好奇地看着她。

"我们生活的这个世界真是太奇怪了。"老小姐声音低沉地说道。

"我看了一篇文章,"一个女人木讷地说,"那上面说动荡不安的日子对我们是有好处的。人们变得贫穷是好事。安于贫困是一种美德。"

"我也这么认为。"另一个女人随声附和。

"我们不必担心。我听过一个讲演,它说担心和责备任何人都是没用的。人无法控制自己做什么,他生下来就是这样。我们什么也管不了,必须学着忍受一切。"

"究竟什么叫有用?什么是人的命运?难道不就是一直去希望,但永远无法做到吗?聪明的人是不会抱什么希望的。"

"这才是正确的态度。"

"我不知道……我再也不知道什么是对的了……我们又怎么可能知道呢?"

"嗯,谁是约翰·高尔特?"

达格妮愤然转身离开了他们,其中一个女人跟了过来。

"不过我知道。"那女人轻声地、神秘兮兮地对她说。

"你知道什么?"

"我知道谁是约翰·高尔特。"

"谁?"达格妮停下来,紧张地问。

"我认识一个人,他和约翰·高尔特认识。这人是我伯祖母的一个朋友。他当时在那儿,看到了一切。你知道亚特兰蒂斯的传说吗，塔格特小姐？"

"什么？"

"亚特兰蒂斯。"

"怎么了……我大致记得。"

"就是几千年前古希腊人所说的赐福群岛。他们说，亚特兰蒂斯是英雄灵魂的快乐居所，一直不为外界所知。那个地方只有英雄的灵魂才能进入，因为他们都懂得生活的奥秘，所以可以活着到达那里。即使在当时，亚特兰蒂斯也是不为人所了解的。但希腊人知道它曾经存在过，并试图找到它。他们中有的人认为它在地下，藏在地球的心脏，但大多数人认为它是个岛，是个坐落在大西洋上光彩夺目的岛屿，或许他们当时想的是美洲。他们从未找到过它。几个世纪过后，人们觉得它只是一个传说。他们不相信它的存在，却一直在寻找它，因为他们知道，它就是他们必须找到的东西。"

"呃，约翰·高尔特又是怎么回事呢？"

"他找到了。"

达格妮顿时没了兴趣："他是谁？"

"约翰·高尔特是个富翁，财富多得数不过来。有天晚上，他在大西洋上驾着游艇，正在和一场前所未有的风暴搏斗。这时，他发现了它。他看到它就在海底深处，在人无法到达的地方。他看到亚特兰蒂斯的灯塔在海底闪耀着光芒。那种景象可以使人只看上一眼，就再也不想去看地球上其他的地方了。约翰·高尔特毁了他的船，和全体船员一起沉了下去，他们全都心甘情愿。我的那个朋友是唯一的生还者。"

"很有趣。"

"我的朋友可是亲眼看见的。"那个女人感觉受到了冒犯，"那是许多年以前的事了，但约翰·高尔特的家人没有声张。"

"他的财富后来怎么样了？我不记得听说过什么高尔特财产。"

"和他一起沉下去了，"她又不甘示弱地补充道，"你不信就算了。"

"塔格特小姐不信，"弗兰西斯科·德安孔尼亚说，"我信。"

她们转过身。他一直跟在后面，此刻正站在那里看着她们，傲慢的脸上带着夸张的认真表情。

"德安孔尼亚先生，你信仰过任何东西吗？"那个女人生气地问。

"没有，夫人。"

他看着她愤然离开的样子，哑然失笑。达格妮冷冷地问："有什么好笑的？"

"好笑的是那个女人。她都不知她讲的确实是真的。"

"你希望我相信吗？"

"不。"

"那你觉得有什么好笑的？"

"哦，这里发生的好多事，你不觉得吗？"

"不。"

"嗯，这就是我觉得好笑的一件事。"

"弗兰西斯科，你能不能让我一个人待会儿？"

"我是这么做的呀！你难道没注意今晚是你先开口和我说话的吗？"

"你干吗老跟着我？"

"好奇。"

"对什么？"

"你对自己不觉得好笑的事的反应。"

"你为什么管我对什么事有什么反应？"

"这是我自己开心的方式，不过，你不是这样，对不对，达格妮？另外，你是这里唯一值得去看的女人。"

他看着她的神态简直要令她一怒而逃，但她仍不服气地站在原地，一动不动，就像她平常的样子，紧张地挺直了身体，头不耐烦似的扬起，是一种毫不女性化的管理者姿态。但是，她裸着的肩膀暴露了她那裹在黑色晚装下的身体的娇弱，而这姿势使她更像个女人。骄傲的勇气变成了对那股超人力量的挑战，而她的娇弱则在暗示着，这种挑战将会崩溃。她并没意识到这一点，她还从没遇到过能看穿她的人。

他低下头看着她的身体，说："达格妮，这是多大的浪费啊！"

她头一次感到全身羞得通红，只好转身逃掉：因为她突然发觉，这句话道出了她今天晚上的全部感受。

她什么也不想地跑开了，但收音机中突然响起的音乐声让她刹住了脚步。她发现拧开收音机的莫特·里迪正向他的一群朋友挥手喊着："就是这个！就是这个！我就是想让你们听听这个！"

雄浑的声音正是哈利《第四协奏曲》开始的乐章，在对痛苦的拒绝和对遥远未来的赞美声中，它随着历尽苦难的胜利的降临而更加嘹亮。随后，音符破裂开来。音乐里像是被扔进了一把烂泥和碎石，接踵而来的是泥浆翻滚和滴落的声音。哈利的协奏曲摇身一变，成了流行曲。原本的旋律被撕得粉碎，孔隙被打嗝的声音填满，对快乐的伟大宣言变成了酒吧间里的调笑。只是，它依旧以哈利那已被打碎的旋律为形，这旋律成了支撑着它的主干。

"很不错吧？"莫特·里迪带着几分炫耀和不安，笑着对他的朋友们说，"很不错吧，呃？我得到了年度最佳电影音乐奖和一份长期合同。是啊，这就是我为《后院的天堂》配的乐。"

达格妮站在原地，向房间中怒视着，仿佛一种感官可以被另外一种所替代，仿佛视觉可以把声音全都抹掉。她缓缓地环顾四周，竭力想找到某种依靠。她看到弗兰西斯科双手抱肩，倚着一根柱子，正直直地盯着她，大笑着。

别抖成这样，她心里说道，离开这里。她无法抑制这股袭来的怒火，只是想：什么也别说，稳稳地走，离开这里。

她小心地、慢慢地开始走，莉莉安的说话声让她停了下来。今晚，莉莉安已经对这个问题回答了很多遍，但达格妮还是第一次听到。

"这个吗？"莉莉安一边说着，一边把戴有金属手镯的胳膊伸给两个打扮入时的女人看，"什么？不是，不是从工具店里买的。这是我丈夫送给我的特殊礼物。哦，当然，它是很难看，不过你看不出来吗？它可应该是无价之宝啊。当然了，我可以随时用它来换一条普通的钻石手链，只是，它虽然非常非常有价值，却还没人愿意跟我换。为什么？我亲爱的，这是用里尔登合金做成的第一样东西。"

达格妮已经看不见这个房间，也听不到音乐声，只能感到死一般的寂静紧紧地压迫着自己的耳膜。她浑然不知身边发生的一切，忘记了自己，忘记了莉莉安和里尔登，也忘记了自己在做什么。这句话是她唯一听到的。此刻她只盯着那只蓝汪汪的金属手镯。

她感觉到有个动作从自己的手腕上褪下了什么东西，听到了自己异常平静、像骷髅般冰冷而毫无感情的声音，"如果你不是我想象中的胆小鬼的话，你就来换。"

她向莉莉安伸出的掌心里，正是她的钻石手链。

"你不是当真的吧，塔格特小姐？"一个女人的声音说。

那不是莉莉安的声音，她看见莉莉安的眼睛正注视着她。莉莉安知道，她是当真的。

"把那个手镯给我。"达格妮说道，同时把她的手掌向上抬了抬，那条钻石手链射出灿烂的光芒。

"这太可怕了！"有个女人惊呼着。奇怪的是，这喊声居然这么刺耳。达格妮意识到，她们的周围全都是人，而且全都鸦雀无声。她现在可以听到声音了，甚至连音乐声也听见了，从很远的什么地方，传来的是哈利那首被毁得面目全非的协奏曲。

她看到了里尔登的脸。看上去，他内心的什么东西也像音乐一样被毁掉了；她不知道是被什么毁掉的。此刻，他正盯着她们。

莉莉安的嘴角向上翘成一弯月牙。她"啪"地打开金属手镯，把它放在达格妮的掌心，然后拿起了钻石手链。

"谢谢你，塔格特小姐。"她说。

达格妮用手指握住了那金属。除了它，她感觉不到其他任何东西。

莉莉安扭过头去，里尔登正向她走过来。他从她手中拿起钻石手链，戴在了她的手腕上，并把她的手抬到唇边吻了一下。

他没有看达格妮。

莉莉安快活地笑了起来，笑得那么肆意和诱人，使得房间内又恢复了原来的气氛。

"假如你改主意了，还可以拿回去，塔格特小姐。"她说。

达格妮转身走开，她感到平静和自在，压力不见了，离开这里的想法也烟消云散了。

她把那只金属手镯扣在了手腕上。她喜欢这种皮肤上有些分量的感觉。令人费解的是，她感到了一种前所未有的女性的虚荣心：渴望别人能看见自己戴着这件别致的首饰。

她听到愤愤的说话声从远处时断时续地传来："这是我所见过的最无礼的行为……太恶毒了……我很高兴莉莉安没有让步……如果她喜欢白扔几千美金的话，倒是正合适……"

在此后的整个晚上，里尔登一直待在他的妻子身边，加入了她的谈话圈子，跟她的朋友们一起笑着。他突然成了一个忠实、殷勤和令人羡慕的丈夫。

他正端着一个托盘，上面放着莉莉安的朋友要的饮料，从屋子里走过——还从来没人见他有过如此的举止，简直与平常大相径庭——达格妮迎了上去，在他面前停下，像是他们俩独自在他的办公室里一样，抬头看着他。她仰着头，像一个总裁那样站在那里。他垂下眼睛看着她，从她那只手的指尖一直看到她的脸，目光所及，她赤裸的身上只有他那只金属手镯。

"我很抱歉，汉克。"她说，"但我只能这么做。"

他的眼中依然毫无表示，但她一下子清楚了他的想法：他想扇她一记耳光。

"没必要。"他冷冷地答道，走开了。

里尔登走进妻子的卧室时，已经很晚了。她还没睡，床头亮着灯。

她背靠着淡绿色布套的枕头倚在床上，她身上的淡绿色丝绸睡衣像橱窗里模特的穿着那样挺括，闪亮的折痕看上去就像衬垫的纸板还在上面。苹果色调的灯光罩在床头的小柜上，那上面放了一本书、一杯果汁和几样洗浴用品，像手术盒里的器械一样闪着银光。她的手臂像瓷器一般光滑，嘴唇上薄薄地抹了浅粉色的口红。她看不出一点聚会后疲惫的样子——也看不出有什么活力会被耗尽。这里的一切都显示出女主人已经梳洗完毕，准备就寝，不希望再受打扰。

他依旧穿着他的礼服，领结已经松开，一缕头发垂到脸上。她瞟了他一眼，一点也不吃惊，似乎知道他刚才在他的房间里做了些什么。

他默默地看着她。他已经很久没进过她的卧室了，此刻，他站在那儿，真希望自己没有走进来。

"是不是又该聊聊了，亨利？"

"如果你想聊的话。"

"我希望你能让你们厂的大专家来看看咱们的取暖炉。你知不知道，聚会中间它就坏了。西蒙斯花了好大工夫才把它弄好……威斯顿夫人说今天我们的厨师是最棒的——她特别喜欢那些点心……巴夫·尤班克讲了一句关于你的很有趣的话，他说你是个靠工厂烟囱的黑烟打扮起来的十字军……我很高兴你不喜欢弗兰西斯科·德安孔尼亚，我受不了他。"

他并不介意去解释一下他来这里的目的，或者假装没受到什么挫败，或者干脆用离开的方式来承认这种挫败。忽然之间，她是如何猜测和感觉的，对他来说已经无所谓了。他走到窗前，向外望去。

她为什么嫁给他呢？他心想。这是一个他在八年前结婚的那天都没有问过自己的问题。从那时起，他在孤独的苦闷中曾经问了无数遍，一直没有找到答案。

他想，不是为了地位和金钱。她的家族历史悠久，并不缺少这两样东西，尽管她家并不是最有名望的，财产也只是平平，但已经足以让她跻身于纽约的上流社会圈子，他也正是在那里认识了她。九年前，他的里尔登钢铁公司取得令人目眩的成功，让城里的专家们大跌眼镜，他也因此一步进入了纽约城。真正使他备受关注的是他的无动于衷。他不懂得需要花钱打进上流社会，不知道他们正巴不得借此机会痛快地奚落他一番。他根本没工夫去注意他们的失落。

他在几个想靠他帮忙的人的邀请下,极不情愿地参加了几次社交活动。他并不知道,但他们很清楚,他那彬彬有礼、拒人千里的举止极大地刺激了那些想冷落他的,以及那些说过成功的时代一去不复返的人。

莉莉安的朴素吸引了他——是她的朴素和她的举止之间的矛盾。他从没喜欢过什么人,也从没希望过被谁喜欢,却发觉自己被这个女人吸引了。她明明是在追求他,却又一副不情愿的样子,好像是违心的,是在和自己厌恶的欲望抗争。是她安排好他们见面,然后却给他冷脸,似乎不在乎他怎么想。她话很少,带着一种神秘的气质,似乎在告诉他,他永远无法破解她骄傲的另一面;而她那种消遣的态度又在捉弄着他和她自己的欲望。

他认识的女人不多。在向着自己的目标迈进的路上,他把与这个世界和他自己无关的东西统统扫到了一边。他对工作的奉献就像是他经常打交道的火一样,把一块白炽的金属烧得没有一丝杂质。他无法做到三心二意。但是,他有时会突然感到一股欲望,强烈得无法随随便便地给出去。在那些年里只有极少的几回,在他觉得喜欢的女人面前,他向这股欲望屈服过,却只给他留下了愤怒的空虚——尽管他不懂那是什么,但他是在寻找一种胜利,然而,他得到的只是一个女人对于偶尔欢愉的欣然接受。他很清楚,他所得到的没有任何意义。留给他的不是成就感,而是他自己的堕落感。他开始恨自己的欲望,与之抗争,并开始相信这欲望纯粹是生理上的,与意识无关,完全是物质的。对于他的肉体可以自由选择,而且它的选择不受大脑支配这一想法,他进行着反抗。他把时间都用在了矿山和工厂上,用他的大脑创造着一切——他发现,他不能容忍自己无法控制自己的身体。他与它对抗着,赢得了他与这个没有生命的世界的每一场战斗。然而,与莉莉安的这场战斗他却输掉了。

越不容易征服,越使他想得到莉莉安。她似乎期望被尊重,而且也应该被尊重,这就更使得他想把她拽倒在他的床上。把她拽倒,他心里就是这么想的,这句话让他感到一种黑暗的愉悦,感到这个胜利值得他去争取。

他不明白这是为什么——他觉得这是一种猥琐的冲突,是他身体里某种秘密的堕落的信号——为什么与此同时,一想到要把妻子的称呼授予一个女人,他又感到无比的自豪。这感觉非常庄重而耀眼,几乎就像他希望以占有的方式来向一个女人表示敬意。莉莉安似乎让他悟出,他脑海中还有这么一幅情景,他还想要去寻找。他看到了优雅、骄傲和纯洁,其余的就是他自己了,他并不清楚,他面对的其实是一个影像。

他记得莉莉安从纽约去他办公室的那天。她一时兴起就去了,并让他带她在厂里转转。她就工作问他一些问题并四下顾盼的时候,他听到了她嗓音中那种柔柔的、低低的、喘不过气来的语调——一种爱慕的语调。他瞧着她在喷射的炉火前走动的优雅身段，瞧着她紧紧依偎在自己身边，穿着高跟鞋的脚在流淌的炉渣间灵巧地跳跃着；她望着正在出炉的钢水，他从她的眼睛里找到了他自己，而她抬起双眼注视着他的时候，也带着同样的眼神，只是更加紧张，让她显得安静而楚楚可怜。就在那天吃晚饭的时候，他向她求了婚。

婚后，他过了一段时间才终于向自己承认这是一种折磨。他至今还记得他承认的那天晚上，他站在床边看着莉莉安，浑身的血液还在沸腾，他告诉自己，这折磨是他应得的，而他要去忍受。莉莉安没有看他，只是梳理着自己的头发。"我现在可以睡了吗？"她问道。

她从未反对过，也从未拒绝过他任何事情，随时顺从他的需要。她似乎是在顺从着一条规定，她的责任就是要像一个没有生命的物体那样，随时让她的丈夫摆弄。

她没有责怪他。她明确地表示了她向来认为男人有一种低等的本能，用来完成婚姻里神秘而丑陋的内容。她屈尊容忍着，对于他体验到的强烈感觉，她回以厌恶和感到可笑的笑容。"这是我知道的最无聊的消遣了，"她曾跟他说过一次，"但我从来没幻想过男人会比动物更高等。"

结婚后的第一个星期，他就对她失去了欲望，剩下只是他无法毁灭的需要。他从未进过妓院，他有时候想，在那种地方对自己产生的厌恶感，要比这种驱使他进入妻子卧室的感受更糟糕。

他常常会发现她在读书。她会把书放在一旁,用白丝带当书签。在他筋疲力尽地躺倒,闭上眼睛,还在喘息的时候,她就会打开灯,拿起书,继续读下去。

他告诉自己,他应该受到折磨,因为他曾经想过再也不去碰她,却总是坚持不住。为此,他瞧不起自己。他瞧不起不带一点欢愉或者意义的生理需要,这已经变成仅仅是需要女人的身体,这个自己并不了解的身体,属于那个他抱在手里、却一定要忘掉的女人。他愈发相信这需要是一种堕落。

他没有去诅咒莉莉安。对她,他只有一种沉闷的、不偏不倚的尊重。他对自己欲望的愤恨使他愈发接受了这样一种观念:女人是纯洁的,纯洁的女人无法得到生理上的享受。

在他这些年平静而痛苦的婚姻生活中,他从不允许自己去想一个念头:背叛的念头。已经说了的话,他就要去兑现。这并非对莉莉安的忠诚。他不希望背叛的并不是莉莉安这个人,而是他的妻子。

此刻,他站在窗前想着这一切。他原本没想来她的房间,头脑里一直在斗争。他明明已经知道了自己今晚为什么会忍不住,却斗争得更加激烈。然而一见到她,他顿时就明白自己是不会去碰她的。今晚促使他来到这里的原因,也正是让他不可能去碰她的原因。

他的欲望已然散尽。他静静地站在那里，不再想着他的身体，不再想着这个房间，甚至不想他此时此地的存在，这让他有了一种绝望的解脱感。他转身离开她，不再去看她无瑕的贞洁。他本来觉得应该感到尊重，但实际感到的是恶心。

"……但是，普利切特博士说我们的文化正在消亡，因为大学所依赖的资助来自于那些肉类包装商、钢铁搅炼工和早餐麦片供应商。"

她为什么嫁给他呢？他在想。她那副明亮、清脆的嗓音正在讲的并不是无心之语。她很清楚他为什么来这里，很清楚当他看到她一边磨着指甲，一边兴高采烈地说些冠冕堂皇的话来搪塞他的时候，心里会怎么想。她谈着聚会上的事，却闭口不提伯川·斯库德——或者达格妮·塔格特。

她嫁给他是另有所图吗？他在她身上感到了一种冷酷的企图——却找不到什么可以指责的东西。她从未试图利用过他，也没有向他提出过任何要求。

大企业的权力带来的名望并没有令她满足——她对此十分藐视——她更愿意和她自己圈子里的朋友打交道。她并不图钱——她的花费很少——对他可以提供的那些奢侈无动于衷。他想，他没有权利去指责她什么，或者撕毁他们的誓约。在他们的婚姻中，她是个值得尊敬的女人，不想从他这里获取任何物质上的好处。

他回过身，怏怏地看着她。

"下次你办聚会的时候，"他说话了，"只叫你自己的那群人就好。别请那些你认为是我的朋友的人。我不想和他们搞什么交际。"

她大笑起来，有些吃惊，又有些高兴。"我不怪你，亲爱的。"她说。

他走了出去，没再说什么。

她想从他这里得到什么呢？他想，她到底追求的是什么？他绞尽脑汁，还是没有答案。

剥削者和被剥削者

the Exploiters and the Exploited

7

铁轨沿着陡峭的山石爬升，通向油井上方伸向天际的井架。达格妮站在桥上，仰望着山巅。阳光照亮了矗立在顶峰之上的一座井架的金属身躯，像是威特油田被积雪覆盖的山脊上一支白色的火炬。

春天的时候，她想着，轨道就会和从夏延方向铺过来的铁路交会：她的视线投向从井架那里铺出来的蓝色铁轨，它延伸下来，经过了此刻她站立的大桥。她扭过头，目光随着它们伸展在远方清澈的空气之中，在山的一侧蜿蜒盘绕。一部吊车在新轨道的尽头，像一只手臂，裸露着骨骼和神经，紧张地在空中挥动。

一辆载着蓝色金属螺钉的拖拉机从她身旁驶过。颤抖的吼声不断从远在下方的钻孔机传来，那里的工人们吊在钢缆上，正在切割从山谷上方滚落的石头，用来加固大桥的桥墩。她可以看到铁轨这端工作的人们紧握电动砸道机的扶手，胳膊上的肌肉绷得紧紧的。

"肌肉，塔格特小姐，"工程承包商本·尼利对她说道，"肌肉——靠它就可以建成世界上的任何东西。"

似乎在哪儿都找不到像迈克纳马拉那样的工程承包商，于是她挑了一个所能找到的最佳人选。塔格特的员工中实在没有让人放心的工程师监督这项工程，他们都对这种新型合金表示怀疑。"坦率地说，塔格特小姐，"她的总工程师曾说，"既然这种试验从没人做过，我觉得让我去负责不太公平。"他已经四十多了，还保留着那股书生气。"我来负责。"她当时就回答道。塔格特泛陆运输公司曾经有一位在所有铁路公司中最好的总工。他寡言少语，头发灰白，是自学成才的。但五年前他就退休了。

她向桥下看去。这座铁桥的下面是一道高达一千五百英尺的大坝，将大山拦腰劈开。她仍能看到下面干涸河床的大致轮廓，看到一堆堆的大圆石和饱经沧桑、枝干弯曲的大树。她不禁在想，那些圆石、树干和肌肉究竟能否架起连接山谷的桥梁。她纳闷自己怎么会忽然想起了原始人，他们曾经赤身裸体地在谷底生活了一代又一代。

她又望向上面的威特油田。铁轨在油井之间分岔成副线，可以看见一个又一个小小的换轨转盘星星点点地散布在雪原上。和成千上万遍布在全国各处毫不起眼的转盘一样，它们也是金属质地的——却在阳光之下熠熠泛射出蓝色的光芒。这是她苦口婆心好容易说服了康涅狄格州开关与信号公司的莫文总裁后，才取得的成果。"可是,塔格特小姐,亲爱的塔格特小姐呀!我的公司已经为你的公司服务了好几代,你的祖父是我祖父的第一个客户,所以你不要对我们的竭诚服务有任何疑虑,不过——你是说用里尔登合金做转盘吗?"

"是的。"

"可是,塔格特小姐!你要考虑一下用那种合金有什么样的后果。你知不知道,那玩意在四千度以下是不熔的?……好极了?呃,也许对汽车生产商是好极了,可我考虑的是,这就意味着要用新式高炉,全新的步骤,工人要培训,计划被打乱,工作标准作废,所有这些都像滚雪球一样,可谁知道做出来的东西对不对呢?……你怎么知道,塔格特小姐?从来没人做过,你又怎么可能知道?……呃,我没法说这合金是好还是不好……呃,不,我不能肯定这产品究竟是像你说的那样,是出自天才之手,还是像很多人讲的那样,仅仅是一场骗局,塔格特小姐,很多人啊……呃,不,我没法说这究竟会怎么样,要是在这种事情上冒风险的话,那我成什么人了?"

她把订单的价格涨了一倍。里尔登派了两名冶金专家对莫文的手下进行培训,手把手地教授和示范过程中的每一个环节,并且负担了他们接受培训期间的工资。

她看着脚下铁轨上的路钉,想起了那天晚上,她得知唯一愿意生产里尔登合金路钉的伊利诺伊州巅峰铸造公司破产了,而她的一半订单还未交货。她连夜飞赴芝加哥，将三个律师、一个法官和一个州议员从睡梦中叫起来，打点好了其中两个，并对另外几个施加了压力，终于获得一份紧急签发的许可文件，解决了这件棘手的法律纠纷。她叫人打开了巅峰铸造公司已经查封上锁的大门，在天亮之前，就临时找到一班衣衫不整的工人，让他们在熔炉前重新开了工。工人们在塔格特的一位工程师和里尔登派来的一名冶金专家的指挥下不间断地工作着，里约诺特铁路的重建得以顺利进行。

她听着钻孔机的轰鸣。当给大桥桥墩钻孔的工作停下来的时候，工程再一次不得不停顿。"我没办法，塔格特小姐，"本·尼利争辩说，"你知道钻头磨损得有多快，我已经订购了新的钻头，可是联合工具厂遇上了一点小麻烦，他们也无能为力。联合钢铁公司推迟了钢材的交货日期。我们除了等，什么也做不了。生气也没用，塔格特小姐，我是在尽力而为。"

"我雇你来是干活的，而不是什么尽力而为——不管你怎么说。"

"这么说太可笑了，这个态度可不好，塔格特小姐，非常不好。"

"别管什么联合工具厂了，别管钢材的事，订购用里尔登合金做的钻头。"

"我才不会呢。在你这条铁路上，这东西给我的麻烦已经够多的了,我不能再把我自己的设备弄砸了。"

"一个里尔登合金钻头的寿命可以超过三个普通钢材的。"

"也许吧。"

"我说了,就订购这样的钻头。"

"谁付这笔钱?"

"我付。"

"谁能找到生产商呢?"

她给里尔登打了电话。他找到一家早已倒闭的工具厂,一小时之内,他就把这家厂从前任厂主的亲戚手里买了下来;一天之内,工厂重新开门生产;一个星期之内,里尔登合金钻头运到了位于科罗拉多的这座大桥。

她看着这座桥,桥身固有的问题一直没有得到很好的解决,但她之前不得不先将就着。这座横跨山谷、全长一千二百英尺的铁桥还是在内特·塔格特的儿子那个时候建造的,早已过了安全使用年限,先是用钢制的枕木修补,接下来是用铸铁,再后来就是木头了,现在已修无可修。她曾经想过建一座里尔登合金的新桥,并让她的总工程师提交设计图和预算。他却只是用这高强度的里尔登合金把一座铁桥蹩脚地缩小了比例而已,预算高得令人无法想象。

"请你重复一遍刚才说的话,塔格特小姐,"他争辩道,"你说我没有充分利用合金的特点,我不清楚是什么意思。这是根据现有桥梁设计中最好的方案改良的,你还指望怎么样呢?"

"一种新式的建筑方法。"

"什么意思,新式的?"

"我是说,有了建筑钢材以后,人们不会只是用它来做旧式木桥的翻版,"她又疲倦地补上一句,"给我做一份能让那座旧桥再坚持五年所需的预算。"

"好的,塔格特小姐。"他兴高采烈地说,"如果我们用钢材来加固的话——"

"我们是要用里尔登合金来加固。"

"好吧,塔格特小姐。"他冷冷地答道。

她眺望着白雪茫茫的群山。在纽约,她经常工作得很辛苦。她曾在办公室繁忙的空当停下来,瘫坐着,绝望地感到实在无法挤出更多时间——她的一天充满了应接不暇的会面,商讨如何解决老化的柴油机车、破旧的运输车皮、失灵的信号系统,以及下滑的收入,同时,还要想着里约诺特铁路的修建过程中最近发生的紧急情况;在讲话时,她的脑海中总是出现两道泛着蓝光的条纹;在突然领悟一条总是在她心里纠缠不去的新闻时,她会中断谈话,抓起话筒,给她的工程承包商打去长途电话:"你从哪里给你的工人弄吃的?……我想也是。呃,丹佛的'巴顿和琼斯'昨天宣布破产了。如果不想让你的工人饿死在你手上的话,最好立刻找别的供应商。"过去她是坐在纽约的办公桌前修筑这条铁路的。那似乎非常艰难。而此刻,她正看着这条铁轨。它正一点点伸长。它会按时完工的。

她听到一阵急促的脚步声,于是转过头去。一个人正沿着铁轨走来,他个子高高,很年轻,一头黑发,在寒风中没有戴帽子。他穿的是工人的皮夹克,但看上去并不像个工人,行走间带着一副发号施令的气势。直到他走近,她才认出那张面孔,是艾利斯·威特。自从上次在她办公室谈过话后,她就一直没见过他。

他走上前,停下脚步,看了看她,笑了。

"嗨,达格妮。"他招呼着。

她愣了一下,立刻悟出了他这短短的两个词想要表达的一切。那是对她的原谅、理解和认可,是对她的致敬。

她像个孩子似的笑了起来,很高兴一切重新走上了正轨。

"嗨。"她招呼着,伸出手去。

他用了比平常稍长的时间握她的手,这是他们消除过去的恩怨,互相理解的一种表示。

"让尼利在格拉纳达山口建一英里半的新防雪墙,"他说道,"老的那些都不行了,再来一场暴风雪就会垮的。给他一台旋转式铲雪机,他现在用的那个破烂货连后院都清不出来。大雪随时都会来的。"

她对着他凝神想了一会儿,问道:"你多久会来一次?"

"什么?"

"来查看工作。"

"有时间就来看看，怎么？"

"他们清理塌方的那天夜里，你在吗？"

"在。"

"我接到报告时，对他们能又快又好地把铁轨清理出来还很吃惊，让我觉得尼利比我想象中的能干多了。"

"他不行。"

"是你组织把他的给养送过来的？"

"当然。他的那些人之前把一半时间都花在找东西上了。让他留神水箱，这几天晚上可能会冻住；看看能不能给他弄台新的挖掘机，我不太喜欢现在这台的样子；检查一下他的配线系统。"

她注视了他好一会儿才说："谢谢，艾利斯。"

他笑了笑，继续向前走去。她一直望着他走过大桥，登上长长的山路，向井架走去。

"他觉得这地方是他的，对不对？"

她吃了一惊，转过身来。本·尼利走到她的身边，正用大拇指指着艾利斯·威特。

"什么地方？"

"这条铁路啊，塔格特小姐，你的铁路啊，还有全世界也说不定，他想的就是这些。"

本·尼利长得胖墩墩的，阴沉的脸上肌肉松弛。他的眼神偏执而空虚。在雪地泛起的发蓝的光线下，他的皮肤看上去和黄油有几分像。

"他干吗总在这里转来转去的？"他继续说着，"好像就他知道怎么干活似的。臭显摆什么，他以为他是谁？"

"他妈的。"达格妮不疾不徐地说，嗓门也没有提高。

尼利永远也搞不懂她为什么会这么说，但他心里多多少少明白一点。令她大感意外的是，他并不吃惊，也什么都没说。

"我们去你那里，"她指了指远处的一节车厢，疲倦地吩咐着，"叫个人来做记录。"

"关于那些枕木，塔格特小姐，"他一边开始走，一边急忙说道，"你办公室的科曼先生已经同意了。他没提什么树皮的事，我不明白你为什么觉得它们——"

"我说了，你得把它们都换掉。"

花了两个小时耐心地指示和解释后，她筋疲力尽地走出车厢，看到下边那条破旧的公路上停着一辆小汽车，是一辆崭新的黑色双座汽车，闪闪发亮。在任何地方，新车都十分惹眼，因为并不常见。

她环顾周围，在大桥脚下看到了一个高高的人影。是汉克·里尔登。她可没想到会在科罗拉多碰到他。他手里拿着铅笔和小本子，像是全神贯注地在计算着什么。他的衣着跟他的车一样惹人注目。一件式样简单的风衣，斜边礼帽，但质地极佳，昂贵得让人咋舌，在满眼的廉价低档衣着中，显得不同凡响。而更加不同凡响的是，他穿起来是那么的妥帖、自然。

她忽然意识到，自己正在向他跑过去，浑身的疲劳消失得无影无踪。紧接着，她记起自己从那次聚会后再没见过他，便收住了脚步。

他看到了她，喜出望外地朝她摆了摆手，面带笑容，迎着她走过来。

"嗨，"他招呼着，"你是头一次来这里吗？"

"三个月之内的第五次。"

"我不知道你在这里，没人告诉我。"

"我还以为你有一天会忍不住大哭呢。"

"哭？"

"因为你到了这里，看到了这一切。那就是你的合金，觉得怎么样？"

他看了看四周："假如你决定不做铁路生意了，一定要告诉我。"

"你要给我个工作？"

"随时都行。"

她看了他好一会儿："你是半开玩笑罢了，汉克。我想，你是希望我向你要工作，让我做你的雇员，而不是客户，然后对我下命令。"

"是啊,我会这样的。"

她脸色一沉,说道:"别丢掉你的钢材生意,我不会答应给你在铁路上找什么工作的。"

他放声大笑:"你想都别想。"

"什么?"

"我认定的事,你别想赢。"

她沉默了,这句话让她感到如受一击,并不是精神上的,而是一种涌遍全身,让她说不出也道不明的愉悦的感觉。

"顺便提一句,"他接着说,"这不是我第一次来了,我昨天也在这里。"

"是吗?来干吗?"

"哦,我来科罗拉多办自己生意上的一点事,觉得应该过来看看。"

"你有什么目的?"

"你为什么觉得我有目的呢?"

"你不可能只是浪费时间过来看看,而且是两次。"

他笑起来。"不错,"他用手一指大桥,"我是为这个。"

"跟这个有什么关系?"

"它该进废品堆了。"

"你觉得我不清楚这一点吗?"

"我看到了你为这座桥订的里尔登合金部件的规格,你是在浪费自己的钱。那是个只能顶一两年的权宜之计,而它和新的里尔登合金大桥相比,花费相差无几。我不懂你为什么还要费劲去保留这个该进博物馆的东西。"

"我想过里尔登合金大桥的计划,并且让我的工程师们做了预估。"

"他们怎么说?"

"两百万美元。"

"我的天啊!"

"你觉得要多少?"

"八十万。"

她看着他,知道他从不会随便说话。她尽量保持镇静,问道:"怎么做?"

"就像这样。"

他给她看笔记本,上面有他断断续续的记录,许多图表,几张粗略的草图。他还没讲解完,她就明白了他的设想。不知不觉间,他们已经坐了下来,坐在一堆被冻住的木料上。隔着粗糙的木板,她感到寒意穿透了薄薄的袜子。他们一起俯身研究的那几张纸,极有可能决定成千上万吨的货物跨越半空的一道鸿沟。他用高亢清晰的声音讲述着桁架、拉力、负荷和风压。这将是一座跨度达一千二百英尺的单体桁架桥。他设计出了一种从未出现过的新式桁架。如果没有里尔登合金的强度和轻盈，这样的设计是不可能实现的。

"汉克，"她问道，"你是只用这两天就把这个发明出来了吗？"

"噢，不，在里尔登合金研制出来之前很久，我就发明出来了，是在生产桥梁用钢材的时候想出的主意。我想要的金属，其中一个功能就是做到这一点。我这次来这里，就是想亲自看一看你的这个难题。"

他看到她缓缓用手捂住了眼睛，嘴角浮现出酸楚，仿佛她和什么东西进行了一场吃力而毫无价值的战斗，而现在她正拼命把这东西消灭掉。他笑了。

"这只是草案，"他说，"但我相信你看到它的前景了，嗯？"

"我没法把自己看到的——告诉你，汉克。"

"不用，我都知道。"

"你是在第二次挽救塔格特泛陆运输公司。"

"你这个心理学家可不如以前了。"

"什么意思？"

"我干吗要去拯救塔格特泛陆运输公司？你难道不明白吗？我是想让所有人都来看看里尔登合金造的大桥。"

"是的，汉克，我明白。"

"有太多的人在叫喊着说里尔登合金的铁轨不安全，所以我想给他们一个实实在在的东西,让他们去叫吧。我要让他们看看用里尔登合金制造的大桥。"

她瞧着他,痛快地大声笑了起来。

"这又是怎么了?"他问道。

"汉克,我不知道还有谁,这世界上除了你还有谁,能在这种情况下想出这样的答案来对付人。"

"那你呢?你愿意和我一起实现这个答案,来面对同样的叫嚣吗?"

"你早就知道我会的。"

"是啊,我早就知道。"

他眯起眼睛,瞟了她一眼。他没有像她那样大笑,但这一眼却有着同样的意味。

她猛然想到了上一次他们在聚会上见面的情景,那段记忆现在看来让人难以置信。他们从彼此身上感到的那份自在——他们都明白在其他地方找不到的那种奇特的、轻飘飘的感觉——让这种敌意无法存在。尽管如此,她还是知道那次聚会上的情形的确发生过,他却像根本没这回事一样。

他们走到山谷边缘,一起望向对面峭壁前的深渊,望向高照着威特油田井架的太阳。她两脚分开,迎着风稳稳地站在冰冻的岩石上,仅凭感觉就知道他的胸膛紧贴着自己的肩膀。风吹动她的风衣下摆,打在他的腿上。

"汉克,只剩下六个月了。你觉得我们能按时完工吗?"

"当然,这比其他任何一种桥都节省工时。我会让我的工程师做出一个大致的方案,然后交给你。你不必有任何顾虑,先看一看能否负担,我觉得这没问题。然后,你就可以让你手下的那些大学生制定出具体细节了。"

"合金部件怎么办?"

"就算是要放弃其他订单,我也会把部件轧制出来。"

"在这么仓促的时间里把它轧制出来?"

"我耽误过你的订单吗?"

"没有,只是现在有许多事情,恐怕你也爱莫能助。"

"你觉得自己是在和谁讲话——沃伦·伯伊勒吗?"

她笑了起来。"好吧,那就尽快把图纸给我,我会看的,并且会在四十八小时内通知你。至于我手下的那些大学生,他们——"她停顿了一下,皱着眉头,"汉克,怎么现在哪一行的人才都这么难找呢?"

"我不知道。"

他望着群山巍峨的轮廓,一股烟雾正在远处的山谷中袅袅升起。

"你看到科罗拉多新建的城市和工厂了吗?"他问。

"看到了。"

"真了不起,是吧?看到他们从全国各地召集起来的人,都很年轻，几乎都是白手起家，要来搬掉这些大山。"

"你要来搬哪座山呢？"

"什么意思？"

"你来科罗拉多做什么？"

他笑了笑："来看一个矿。"

"什么矿？"

"铜。"

"天啊，你还嫌自己的事不够多吗？"

"我清楚这很复杂，但铜矿石的供应已经一点都靠不住了。在这一行，全国上下都找不出一家一流的公司——可我又不愿意和德安孔尼亚打交道，我信不过那个浪荡公子哥儿。"

"我可以理解。"她边说边把视线移到了别处。

"所以，如果没有称职的人来干，我就必须像自己采铁矿石那样，自己去开采铜矿。我不能让自己被外界的失败和短缺给耽搁了。里尔登合金要用大量的铜矿石。"

"你买下这座铜矿了吗？"

"还没有，有些问题要先解决，把人、设备和运输准备好。"

"哦！"她笑出声来，"是不是打算和我谈谈建条支线呀？"

"有可能。在这个州，什么都有可能。你知道吗？这里有各种各样有待开发的资源。你知道他们的工厂是用什么样的势头在发展吗？来到这里，我觉得年轻了十岁。"

"我没有。"她的双眼越过山峦,向东望去,"我在想,塔格特系统的其余部分和这里是多么鲜明的对比,运输量减少,每年的运输吨位都在下降,就像是……汉克,这个国家到底是哪里出了毛病?"

"我不知道。"

"我总是想起在学校时讲到的太阳失去能量,每年都在变冷。我记得那时候还在想,世界末日是个什么样子。我想,就像……这样,渐渐变冷,一切都停止了。"

"我从来不相信那个说法,我想等到太阳枯竭的时候,人类会找到替代品的。"

"是吗?有意思,我也这么想过。"

他指着升起的烟雾:"那就是新升的太阳,它会滋养一切。"

"假如不被停下来的话。"

"你觉得它可能被停下来吗?"

她瞧了瞧脚下的铁路,回答道:"不。"

他笑了,看了看下面的铁路,然后视线沿着铁轨攀上山峰,一直看到远方的井架。她的视野里似乎只剩下了这两样东西:他的侧影,还有在空中盘绕着的蓝绿色金属条。

"我们做到了,对不对?"他说。

她的一切努力,她的每一个不眠之夜,她对绝望所做的每一次无声的抗争,都在这一时刻得到了她渴望的回报:"是的,我们做到了。"

她移动视线，注意到铁路副线上停着的一辆吊车，心想，它的吊索磨损得太厉害了，需要换根新的。这是在感受了人所能感受到的一切以后，超出感受之外的透彻。她在想他们取得的成就，以及共同承认它、拥有它的这一刻——还有什么比共同分享这些更亲密的呢？现在，她心无羁绊，可以去考虑眼下最简单、最普通的事了，因为她眼中的一切都有了意义。

她在想，是什么让她如此肯定他也有同样的感受。他忽然转身走向他的汽车，她跟了过去，彼此都不再看对方。

"我一小时之后就要离开去东部了。"他说。

她指了指那辆车："你从哪里弄来的？"

"这里。这是一辆哈蒙德。科罗拉多本地产的哈蒙德——只有他们还在生产好车。我这次来刚买的。"

"很棒。"

"是啊。"

"打算开回纽约去？"

"不，我要把它用船运回去。我是坐自己的飞机过来的。"

"哦，真的？我是从夏延开车过来的——必须来看看这条铁路——可我急着赶回去。能带上我吗？我能和你一起飞回去吗？"

他没有马上回答。她注意到了这短暂的沉默。"对不起，"

他急忙说道。她觉得自己听出了他声音中的意外,"我不回纽约,我要去明尼苏达州。"

"哦,那我还是看看今天有没有航班吧。"

她目送着他的汽车消失在蜿蜒的路上。一小时后,她开车到了机场。这块不大的场地修在荒无人烟的群山之间的一个断口处。凹凸不平的硬地上还留着一片片的积雪。灯塔的柱子只剩下一根还站立着,电线一直耷拉到地上,其他的柱子已经都被风暴刮倒了。

一个孤单的值班员迎了过来。"不,塔格特小姐,"他抱歉地说道,"一直到后天之前都没有飞机。你知道,横穿大陆的航班每隔两天才有一次,今天的那班在亚利桑那州没有飞,还是发动机故障的老毛病。"他又接着说,"可惜你没能早点过来,里尔登先生的私人飞机刚刚起飞去了纽约。"

"他不是飞纽约吧?"

"怎么了?是纽约呀,他是这么说的。"

"你肯定?"

"他说他今晚在那里有个约会。"

她一动不动,呆呆地望着东边的天空,脑子里一片茫然,感到头重脚轻,既不能思考,也难以抵抗,更无法理解。

"这该死的路!"詹姆斯·塔格特骂道,"我们要晚了。"

达格妮从司机的身后望去，透过挡风玻璃上雨刷扫出的半圆，她看到一串黑压压的肮脏不堪的车顶，反射出雨雪的光亮，一动不动地停在前面。远处，模糊的红色信号灯表明道路正在施工。

"每条街都有毛病，"塔格特烦躁地说，"怎么就没人去修？"

她把身体靠回座位上，将外套的领口拽了拽。早上七点，她就在办公室开始了她一天的工作，现在她已经疲惫不堪。但今天的活儿还没干完，她就得匆匆回家换装，因为她答应了吉姆，要在纽约商会的晚宴上讲话。"他们想让我们谈一谈里尔登合金。"吉姆当时对她说，"你谈这个可要比我强太多了。我们得好好讲一讲，对里尔登合金的争议实在太大。"

此时坐在他的车里，她却后悔自己答应了他。看着纽约的街道，她想的是钢材和时间正在进行的赛跑，里约诺特铁路和流逝的日子正在进行的赛跑。静止的汽车绷紧了她的神经，在本该分秒必争的时候，却白白浪费了一个晚上，她感到非常内疚。

"现在到处都能听到对里尔登的攻击，"塔格特说，"他也许需要一些朋友。"

她半信半疑地瞥了他一眼："你是说你要支持他？"

他没立即作声，然后冷冷地问："对那份全国金属行业协会特别委员会的报告——你怎么看？"

"你知道我怎么看。"

"他们说里尔登合金威胁到了公共安全,说它的化学成分不对头,很脆弱,会在分子部分开始分解,会毫无征兆地突然断裂……"他停了停,像是在乞求着得到一个答案。她没有回答。他焦急地问:"你没改变对它的看法吧?"

"对什么的?"

"那个合金啊。"

"没有,吉姆,我没改变看法。"

"可他们是专家……那个委员会的成员们……是最好的专家……都是最大的公司里面的首席冶金专家。他们有一串来自全国很多大学的学位……"他闷闷地说着,似乎是在求她让他能够去怀疑这些人,怀疑他们的定论。

她疑惑地看着他,这可不像是他呀!

车猛地向前一动,慢慢驶过一片隔板,下面是一处挖开的断裂的输水管。她看到沟旁边有一堆新的管子,管身上印着商标:斯多克顿铸造厂,科罗拉多州。她移开了视线,不愿意回想科罗拉多。

"我无法理解……"塔格特还在痛苦地说着,"全国金属行业协会的专家……"

"谁是全国金属行业协会的主席?沃伦·伯伊勒,对不对?"

塔格特没有看她,但一下子张开了他的下颚。"如果那个蠢货认为他能——"他脱口而出,又停住不说了。

她抬头看着街角的路灯。灯泡在一个球形的玻璃灯罩里，高高地悬挂在风雪中，孤零零地照射和守护着一扇扇的玻璃窗和满是裂缝的人行道。在河那边街道的尽头，她可以从工厂的灯光中依稀辨认出发电站。一辆卡车驶过，挡住了她的视线。这是一辆电站的运输卡车——像坦克一样结实，雨雪也奈何不得它身上鲜艳的油漆。绿色的车身上印着白色的字样：威特石油，科罗拉多州。

"达格妮，你听说过在底特律建筑钢材工人联合会上的讨论吗？"

"没有，什么讨论？"

"所有的报纸都在报道这事儿。他们在争论是否应该允许他们的成员使用里尔登合金。尽管没有达成一致，但对那个打算尝试使用里尔登合金的工程承包商来说，已经足够了。他撤了订单，而且动作很快！……如果……如果大家都反对，怎么办？"

"随他们便吧。"

一点亮光直直地上升到了一座看不见的大厦顶端，那是一个大饭店的电梯。他们的汽车从饭店侧面的小巷里驶过，那里有人正把一箱沉重的设备从货车上卸到地下室。她看到了箱上的名字：尼尔森发动机，科罗拉多州。

"我很讨厌新墨西哥州小学教师大会通过的决议。"塔格特说。

"什么决议？"

"他们决定，在塔格特泛陆运输的里约诺特铁路通车后，不允许孩子们乘坐，因为不安全……他们特别强调是塔格特泛陆运输公司的新铁路，我们的对外形象大受影响……达格妮，你觉得我们应该用什么来回应他们呢？"

"在新的里约诺特铁路上通车。"

他沉默了良久，看上去异常沮丧。这让她感到不可思议。他没有幸灾乐祸，没有用他喜欢的那些权威意见来压她，他似乎是希望获得信心。

一辆车疾速地超了过去，她只来得及瞄了它一眼——平稳自如的速度和闪亮的车身。她知道这车的来历：哈蒙德，科罗拉多州。

"达格妮，我们……我们的铁路能按时完工吗？"

很少听到他的声音中有这样毫无掩饰的感情色彩，是再清楚不过的那种动物的恐惧的声音。

"如果不能的话，这座城市就完了。"她回答说。

汽车拐了个弯。在城市上空黑压压的楼顶上，她看到那个巨大的日历被雪白的照明灯打亮，上面显示着：一月二十九日。

"丹·康威是个混蛋！"

他忍无可忍一般吐出了这句话。

她摸不着头脑地看着他："为什么？"

"他拒绝把凤凰-杜兰戈在科罗拉多州的铁道卖给我们。"

"你没有去——"她不得不停住，强忍着把语调放平缓，而不是去叫喊，"你不会去找他要这个吧？"

"我当然去了。"

"你不会认为他……会把它……卖给你吧？"

"干吗不会？"他又恢复了歇斯底里的好斗的样子，"我比所有人出的价钱都好，我们可以省去把它扒掉运走的费用，原样使用。这对我们来说也是很好的公关——我们听取了大众意见，正在放弃里尔登合金铁轨，是表达我们良好愿望的一个千金难买的机会。可那个混蛋拒绝了，还声称连一尺铁轨也不会卖给塔格特泛陆运输。他正在零敲碎打地见人就卖，卖给阿肯色州，或者北达科他州的小破铁路公司，甚至不惜赔本，比我给他的价钱低得多。这个混蛋！连钱都不想挣了！你真是应该瞧瞧那些家伙们，像秃鹫一样围在他身边。他们知道，要买这么便宜的铁轨，过了这村就没这店了。"

她把头压得低低的坐在那儿，简直无法忍受再看到他的那副嘴脸。

"我觉得这是和《反同业相残条例》的宗旨背道而驰的。"他愤愤地说，"国家铁路联盟的本意是保护重要的铁路系统，而不是保护北达科他州的那些乡下玩意儿。可惜，我没法让联盟对此进行表决了，因为他们都一窝蜂似的跑到了那里，在互相竞价收购那条铁路！"

她极其缓慢地、一个字一个字地说道:"我明白你为什么想让我为里尔登合金辩护了。"

"我不知道你在——"

"闭嘴,吉姆。"她平静地说。

他好一阵儿没有作声,然后把脑袋缩回去,不服气地懒懒说道:"你最好还是讲得漂亮一点,因为伯川·斯库德的嘴巴可不饶人。"

"伯川·斯库德?"

"他是今晚的演讲人之一。"

"之一……你可没和我说过还有其他的演讲者。"

"呃……我……这有什么区别呢?你不是怕他吧?"

"纽约商会……而你居然邀请了伯川·斯库德?"

"为什么不呢?你不觉得这是步好棋吗?他对生意人其实没什么恶意,也接受了邀请。我们得大度一些,听取各方面的意见,也许还能把他争取过来……呃,你瞪什么眼睛?你会把他打倒的,对不对?"

"……把他打倒?"

"通过声音。电台会广播的。你和他要辩论的主题是:里尔登合金是不是个贪得无厌的致命产品。"

她向前探身,拉开了分隔前后排座位的玻璃,命令道:"停车!"

她没听见塔格特在说些什么，隐约觉得他是在大声喊叫："他们在等着呢！……晚宴有五百人参加，是全国性的活动啊！……你不能这么对我！"他拉住她的胳膊，叫道，"为什么？"

"你这个大傻瓜。你是不是觉得我认为他们的问题值得一辩？"

车停了，她跳出车门，跑掉了。

过了一会儿，她最先感觉到的是脚下的凉鞋。她像平常那样慢慢地走着，黑色缎面凉鞋的鞋底踩着冰块的感觉很奇怪。她把散到额头的头发拢到脑后，感到冰雨正在掌心慢慢地融化。

她平静了下来，不再狂怒，只感到沉重的疲惫。她的头微微地疼，感觉到饿了，才记起她本来是准备在商会吃晚餐的。她继续走着，却没有胃口。她想找个地方喝杯咖啡，然后叫出租车回家。

环顾四周，她没看到有出租车。这里不像是什么好的街区，她觉得很陌生。街道对面是一大片空地，那是一个废弃的公园，被高楼和工厂的烟囱环绕着。她看到从几间破烂房子的窗户中透出的几点灯光，几家又小又破的店铺已经关了门，雾气弥漫的东河就在两条街以外。

她回头向市中心走去。前面是一座黑乎乎的废弃建筑，很久以前，这里曾是一座办公楼。透过裸露的钢架和坍塌的砖头的缝隙，她看到了夜晚的天空。在废墟的阴影里有一家小餐馆，如同一片草叶在死去的庞然大物脚下求生。餐馆的窗户里亮着灯光，她走了进去。

餐馆里面，镀铬条包边的就餐柜台很干净，有一个锃亮的金属煮炉和咖啡的味道。几个无所事事的人坐在柜台前，柜台后面是一个壮实的老人，干净的白衬衣袖子一直挽到胳膊肘上。温暖的气息让她更加感到觉了自己身体的寒冷。她裹紧身上黑色的丝绒披肩，在柜台前坐下。

"请来一杯咖啡。"她说道。

人们漠然地打量着她，似乎对一个身着晚装的女人来到这个贫民窟里的餐馆并不觉得诧异。这些日子，人们对所有的事都没了兴趣。店主转过身来，淡然地为她倒着咖啡，在他的麻木冷漠之中，是不问一切的怜悯。

她分不出柜台前这四个人是乞丐还是工人。这些日子，他们的穿着和举止已经没有一点差别。店主在她面前放了一杯咖啡。她用两只手捂着杯子，享受着温暖。

她看看四周，出于习惯边算边想，多好啊，只花一角钱就能买到这些！她的眼睛从不锈钢咖啡煮炉的圆桶看到铁平底锅，从玻璃架看到瓷釉水池，又看到搅拌器的镀铬钢刃。店主正在烤面包片。她惬意地看着精致的传送带缓缓地移动着，把面包片送到发红的电炉盘上。接着，她看到烤面包机上印着的商标：马氏，科罗拉多州。

她的头垂落在柜台上的臂弯里。

"这没用，女士。"她身边一个上岁数的流浪汉说道。

"是吗？"她问。

"没用，还是别想了，你只能是自己骗自己。"

"你在说什么？"

"任何有价值的事。那都是些灰尘，女士，全都是灰尘和血。别相信他们灌输给你的那些梦，你就不会受到伤害。"

"什么梦？"

"就是他们在你年轻时讲的那些故事——有关人类的精神。根本就没有什么人类的精神，人不过是一种低等动物，没有智慧，没有灵魂，没有道德和良心。动物只会干两件事：吃和繁殖。"

他那凝神注视的双眼和猥琐的五官曾经是雅致的。他那憔悴的脸如今依然能看出一些与众不同。他看上去多半是个传教士，或者是个美学教授，曾在高深晦涩的博物馆中经年累月地思考。她想知道是什么摧毁了他，是什么样的错会使一个人变成这副样子。

"你用一生去追求美和伟大，追求辉煌的成就，"他说，"可你找到了什么呢？净是些做软垫汽车或者弹簧床垫的骗人机器。"

"弹簧床垫怎么了？"一个货车司机模样的人说道，"别理他，女士，他就喜欢唠叨，没什么恶意。"

"人唯一的本领就是为了满足身体需要而使用卑鄙的手段，"那个老流浪汉继续说道，"那不需要什么智慧。别信那些故事，说什么人的心灵、精神、思想，还有什么无穷的志向。"

"我不信。"坐在柜台边上的一个少年说。他穿了件肩头撕了个口子的外套，方正的嘴巴里似乎蕴含着一生的苦难。

"精神？"老流浪汉说，"制造和性根本就谈不上什么精神，可人只在乎这些。物质——这就是人们知道和关心的一切，作为我们伟大工业时代的见证，我们所谓的文明的唯一成果，被那些带着目的、利益和贪婪欲望的粗俗的物质主义者制造出来。做出十吨的卡车和流水线并不需要什么道德。"

"什么是道德？"她问。

"分辨是非的判断，看清真理的眼光，以此行动的勇气，对善的奉献，不惜一切恪守善行的正直。可是，这哪儿有呢？"

那个少年像是半笑半讽地说："谁是约翰·高尔特？"

她喝着咖啡，什么都不想，只是在感受着愉快，仿佛这温暖的液体使她身体的血脉复苏了。

"我可以告诉你，"一个瘦小干瘪的流浪者答道。他的帽子低低地遮着眼睛，"我知道。"

没人留意他在说什么。那个少年用一种强烈而毫无意义的眼神盯着达格妮。

"你不害怕。"他突然毫无来由地对她说道。在他唐突而死气沉沉的声音里，流露着一分惊讶。

她看着他，说："不，我不害怕。"

"我知道谁是约翰·高尔特，"那个流浪汉继续说道，"这是个秘密，但我知道。"

"谁？"她漠然地问。

"一个探险家，"流浪汉说着，"是迄今为止最了不起的探险家，是发现了青春之泉的那个人。"

"再来一杯，不加糖。"那个老流浪汉说着，把他的杯子从柜台上推了过去。

"约翰·高尔特花了很多年找它。他穿过海洋和沙漠，还下到很深的、被人忘却的矿井里。不过，他在一座山顶上发现了它。他用了十年的时间才爬上去，浑身的骨头都散了，手也被磨掉了皮。为了这个，他舍弃了他的家庭、名望和他的爱情。但他爬上去了，找到了他想给人们带回去的青春之泉。只是，他再也没有回来。"

"为什么没回来？"她问。

"因为他发现，那根本带不回来。"

坐在里尔登桌前的这个人五官模糊，举止含混，让人难以对他的脸留下什么特别的印象，也无法揣摩出他的意图。他唯一的特征似乎是他的蒜头鼻，大得和他极不相称。他的行为很是谦恭，却传递出一个不合逻辑的暗示——一种特意隐藏的威胁，但又想要被人识破。里尔登不明白他登门的目的。他是波特博士，在国家科学院担任着什么职务。

"你来是要做什么？"里尔登第三次问道。

"我是想请你考虑一下社会因素，里尔登先生，"那人柔声说道，"我非常希望你注意一下我们现在生活的这个时代。我们的经济条件还不允许。"

"不允许什么？"

"我们的经济处于一种不稳定的平衡状态。我们要集中力量防止它崩溃。"

"好吧，你想让我做什么？"

"我来就是为了让你考虑到这些，我是从国家科学院来的，里尔登先生。"

"这你已经说过了，可你为什么想见我？"

"国家科学院对里尔登合金并不赞成。"

"这你也说过了。"

"这难道不是你必须考虑的吗？"

"不是。"

从办公室宽大的玻璃窗透进来的光线黯淡了下来。白天很短。里尔登看到了那人的鼻子在他脸上投下的不规则的阴影，以及正盯着自己的那双灰眼珠。眼神依旧模糊，但无疑是朝着自己的方向。

"国家科学院聚集了全国最优秀的专家,里尔登先生。"

"据说是。"

"你肯定不会拿自己的意见去和他们硬碰硬吧?"

"我会的。"

来人像是乞求般地看着里尔登,似乎他打破了长久以来约定俗成的规矩。里尔登没有丝毫表示。

"你想了解的就是这个吗?"

"这只是时间的问题,里尔登先生,"来人放缓了语气劝道,"只是暂时推迟一下,让经济状况可以稳定下来。如果你能再等一两年的话——"

里尔登忍不住开心而又轻蔑地笑出声来:"你的目的就是这个啊?想让我把里尔登合金从市场上撤下去,为什么?"

"就一两年,里尔登先生,只等——"

"这样,"里尔登说,"现在我要问你个问题。你们的科研人员是否认为里尔登合金名不符实?"

"我们没有下这个结论。"

"他们是否认为它不好?"

"必须要考虑的是一个产品的社会效应。我们是从全国出发来想这个问题。我们关心的是公众的利益和目前严重的危机。它——"

"里尔登合金是好还是不好？"

"如果从目前严重的失业增长这个角度来看——"

"里尔登合金好还是不好？"

"在钢材极度短缺的时候，我们无法允许一家产量很大的钢铁公司继续膨胀，因为这会把那些小企业挤垮，从而造成经济的失衡——"

"你究竟回不回答我的问题？"

来人耸了耸肩膀："价值的问题是相对的。如果里尔登合金不好，就会给公众带来实际危害；如果好的话，就是社会危害。"

"你如果有什么关于里尔登合金的实际危害的话，就直说，不用扯其他的，直截了当些，我不习惯你刚才说的那些话。"

"可是，社会利益的问题——"

"省省吧。"

像是脚下的地板被凿空了一样，那人看上去茫然失措。过了一阵儿，他绝望地问："那么，你最关心的是什么？"

"市场。"

"你怎么来解释它呢？"

"里尔登合金有市场，而我要充分利用它。"

"这市场难道不是想象出来的吗？社会上对你这个合金的反应并不好，除了塔格特泛陆运输的订单，你还没接到任何大的——"

"如果社会不认可，你还有什么可担心的？"

"如果那样的话，你会损失惨重的，里尔登先生。"

"那是我的事，用不着你担心。"

"反过来说，假如你采取更合作的态度，同意再等上几年——"

"我为什么要等？"

"我觉得已经说得很明白了，目前，国家科学院不赞成里尔登合金在冶金行业中出现。"

"我凭什么要在乎这个？"

那人叹息着："你太难打交道了，里尔登先生。"

接近傍晚的午后，天色似乎在窗玻璃上加厚着，愈发显得凝重。那人的身影似乎融化在了边缘锐利笔直的家具之中。

"我同意和你见面，"里尔登说道，"是因为你说有至关重要的事要商量。如果这些就是你要说的，那我要失陪了，我很忙。"

那人坐在椅子上，把身体向后一靠。"我相信你用了十年的时间来开发里尔登合金，"他说道，"你的花费是多少？"

里尔登抬起头，不明白他为什么转移了话题，但那人毫不掩饰自己的用意，声音也强硬起来。

"一百五十万。"里尔登回答道。

"你想要多少？"

里尔登不禁怔了一下，简直不相信自己的耳朵，"你指什么？"他声音低低地问。

"指买下里尔登合金的所有权利。"

"我觉得你最好还是走吧。"里尔登说道。

"你这种态度没必要。你是个商人，我是在和你谈一笔交易，你可以出个价。"

"里尔登合金的权利是不卖的。"

"我说的可是一大笔钱，政府的钱。"

里尔登坐着没动。他紧咬牙关，眼神却依然无动于衷，只是隐隐地透出一丝不正常的好奇。

"你是个生意人，里尔登先生，如果不理会我的建议，你的损失可就太大了。首先，你下的赌注有很大风险，你是在对抗公众的反对意见，你对里尔登合金的投资很可能血本无归。再说，我们能够消除你的风险和责任，而且是以高利润的方式，立刻到手的利润，这比你今后二十年的销售预期的利润大得多。"

"国家科学院是一所科学机构，不是商业性质的，"里尔登说道，"他们究竟有什么可害怕的呢？"

"你这么说很不妥当，里尔登先生。我是在努力让我们的谈话在友好的气氛中进行。这件事是很严肃的。"

"我开始意识到了。"

"我们给你的是一张空白支票，这你也明白，想要多少就有多少，你还想要什么呢？开个价吧。"

"出售里尔登合金的权利这事儿根本没什么好谈的。如果还有其他的事，请你说完就走吧。"

那个人重重地靠回椅背，难以置信地瞧着里尔登，问道："你有什么企图？"

"我？你什么意思？"

"你是做生意赚钱的，对不对？"

"是的。"

"你想赚取最大的利润，对不对？"

"对。"

"那你为什么宁愿费很多年劲，一吨一吨地抠出那点利润，也不愿用里尔登合金换回一大笔钱呢？为什么？"

"因为那是我的，你明白这个词的意思吗？"

那个人叹了口气，站起身来。"我希望你不会后悔自己作出的决定，里尔登先生。"他说，但语气恰恰相反。

"祝你愉快。"里尔登说。

"我觉得有必要告诉你，国家科学院会签发一则谴责里尔登合金的声明。"

"那是他们的特权。"

"这样的声明会使你的阻力更大。"

"毫无疑问。"

"至于更进一步的后果嘛……"他耸耸肩膀,"现在可不是人们拒绝合作的时候。这年头,人人都需要朋友。你可是不受欢迎的,里尔登先生。"

"你想说什么?"

"你又不是不清楚。"

"我不清楚。"

"社会太复杂了,有很多事情悬而未决,谁也说不好这样的事什么时候能决定下来,又是什么能在这种微妙的平衡里起决定作用。我说得够明白了吧?"

"不。"

出炉钢水的火焰映红了黄昏的暮色,一团橘红的深金色照在里尔登桌后的墙上。那火光袅袅地在他的额头闪动,他的脸色坚定、执着。

"国家科学院是政府机构,里尔登先生。国会里有几项议案,随时可能通过。生意人在这种时候可是极其脆弱的。我想你明白我的意思。"

里尔登站了起来。他微笑着,像是摆脱了一切紧张和压力。

"不,波特博士,"他说道,"我不明白。假如明白的话,我就会杀了你。"

那人向门口走去,随后又停下来,看着里尔登,头一次显现出人类那种单纯、好奇的表情。里尔登两手插着兜,随随便便地站在火光跳跃的墙前,一动不动。

"你能否告诉我,"那人问道,"我只是好奇,想私下问问,你为什么要这么做?"

里尔登静静地答道:"我可以告诉你。你是不会理解的。你看,那是因为,里尔登合金是好东西。"

达格妮难以理解莫文先生的意图。开关和信号公司突然通知她,他们无法完成订单。并没有什么事情发生,她想不出任何原因,而他们也没有做任何解释。

她急忙亲自赶到康涅狄格州去见莫文先生,但这次见面只是令她心中的困惑变得更加沉重和阴郁。莫文先生宣布,他不会继续用里尔登合金生产开关。他回避着她的目光,只给了她一个解释:"实在是有太多人反对了。"

"什么?你指的是里尔登合金,还是你制造开关的事?"

"两者都有,我想……人们就是不愿意……我不想惹麻烦。"

"什么麻烦?"

"任何麻烦。"

"你听到的那些有关里尔登合金的说法,有哪个是真的?"

"噢,谁知道什么是真的? ……全国金属行业协会的决议说——"

"想想看,你一辈子都和金属打交道,这四个月来你也接触了里尔登合金,难道你看不出来它是最棒的吗?"他无言以对。"你难道不知道?"他躲避着她的目光。"你难道不知道什么是真的吗?"

"好了,塔格特小姐,我是做生意的,只是个小人物,就想好好赚钱而已。"

"你觉得怎么才能赚钱?"

然而,她知道这已经于事无补。她看着莫文先生的面孔和他那双躲躲闪闪的眼睛,曾经有过的感受再次袭上她的心头,那是在一段偏僻的铁路上,风暴刮毁了电话线。通讯中断,说的话变成了没有意义的声音。

她心想,争论也好,费脑子去琢磨那些对争论不置可否的人也好,都是毫无用处的。坐在回纽约的火车上,她难以平静下来,并告诉自己,莫文先生和其他的一切都无所谓,关键是找谁来生产开关。她脑子里翻来覆去地想着一串名字,琢磨着能说服、求助,或者拉拢谁。

一踏进她的办公室外间,她就知道出事了。房间内的气氛非同寻常地凝固着,手下人都看着她,好像她的回来是他们一直等待、盼望,但又恐惧的时刻。

艾迪·威勒斯起身走向她的办公室,知道她会明白并且跟进去。她看到了他的神情。无论发生了什么,她但愿他没有受到这么大的伤害。

"国家科学院，"当办公室里只有他们两个时，他平静地说道，"发布了一项声明，警告大家不要使用里尔登合金。"他补充道，"是通过广播发出的，下午的报纸也都登出来了。"

"他们说什么？"

"达格妮，他们没有说！……他们根本就没真正说什么，然而这是明摆着的，但又不挑明。这才是最要命的。"

他竭力控制着让自己的声音平静，却控制不了他说的话。这些话脱口而出，像小孩儿第一次看见恶魔时带着难以置信和惊慌的愤怒在叫喊。

"他们说什么，艾迪？"

"他们……你得自己看看。"他指了指留在她桌上的报纸，"他们没说里尔登合金有什么不好，没说它不安全，他们干的是……"他两手摊开，无可奈何地垂了下来。

她瞟了报纸一眼，看到了几句话："频繁使用一段时间后，可能会突然出现裂缝，但还无法预计这段时间的长短……在目前未知的条件下，不能彻底排除分子间相互作用的可能性……尽管合金的抗张强度可以得到明确的论证，但不能排除它在超常压力下的性能问题……尽管没有证据支持禁止使用这种合金的观点，但进一步研究它的各项指标无疑是非常重要的。"

"我们还不能还击。它是无法回应的。"艾迪缓缓地说着，"没法要求撤回这项声明，也不能给他们看我们的试验结果，或者去证明什么。他们没有具体指出什么，没有说出任何可以被反驳、会让他们下不来台的事，这是一帮胆小鬼。你本来以为只有骗子和敲诈犯才干得出来这种事，可是，达格妮，这是国家科学院！"

她默默地点了点头，站在那儿，凝视着窗外的某个地方。在一条黑暗的街道尽头，一块电招牌的灯泡忽亮忽灭，像是在冲她不怀好意地眨着眼睛。

艾迪鼓足了勇气，像军人一样地报告着："塔格特的股票大跌，本·尼利退出了工程，全国铁路工人联盟禁止它的成员参与里约诺特铁路的施工，吉姆出城了。"

她摘下帽子，脱了大衣，走过房间，有意慢慢地在她的桌后坐了下来。

她看到面前摆着一个带有里尔登钢铁标志的大黄信封。

"这是你刚刚离开后，专人送来的。"艾迪说道。她把手放到信封上，却没有打开它。她知道，这是大桥的图纸。

过了一阵儿，她问："是谁签署的那项声明？"

艾迪瞧了她一眼，辛酸地笑笑，摇了摇头："不是，我也是那么想的。我打了长途电话去问科学院。不是的，那是他们的助理——弗洛伊德·费雷斯博士的办公室签发的。"

她一言未发。

"可是！斯塔德勒博士是院长，他就是科学院，肯定知道并允许了这件事。如果有什么决定的话，也是以他的名义作出的……罗伯特·斯塔德勒博士……你还记得吧……我们上大学的时候……谈起全世界那些伟人的名字……纯粹的知识分子……我们总是把他的名字算作一个，然后——"他停住不说了，"对不起，达格妮，我知道说什么都没用，只是——"

她用手按着那个黄信封，端坐不动。

"达格妮，"他低声问道，"这些人都怎么了？这样的声明怎么也能通过？这显然是在抹黑，太明显、太下作了，要是正人君子的话，肯定会把它扔进沟里。怎么可能——"他缓和了一下，绝望而愤愤不平地说，"他们怎么可能认可这样的声明呢？他们就没读一读吗？难道他们看不见，也不想一想吗？达格妮！怎么会听任他们做出这种事来——我们又怎么办？"

"安静，艾迪，"她开口道，"安静。不用害怕。"

在新罕布什尔州的一条河边，有一座孤零零的小山，国家科学院的大楼就矗立在半山腰。远远望去，它像是在原始森林中耸立着的一座孤单的纪念碑。这里的树都经过悉心培植，道路铺设得像公园一样。从这里可以眺望数英里外山谷中小镇的屋顶。周围不允许有其他建筑来破坏这座大楼的威严。

白色的大理石墙壁给它增添了古典的庄重，矩形的厚重结构使它像现代化工厂那样简洁美丽。它的构造来自于灵感。人们与它隔河相望时，无不怀着尊敬，觉得它是一座活人的纪念碑，而那人的气质，一定像这座建筑的线条一样高贵。入口处的大理石上铭刻着献词："献给无畏的心灵，献给神圣的真理。"在一条安静空旷的走廊里，每扇门上都有一个小小的铜制名牌，其中一个标着：罗伯特·斯塔德勒博士。

二十七岁的时候，罗伯特·斯塔德勒博士写过一篇关于宇宙射线的论文，推翻了在他之前的科学家们信奉的许多理论，而后来者则发现，无论他们做什么研究，都离不开他的这一成就。三十岁的时候，他被称为他那个时代最杰出的物理学家。三十二岁时，他成为当时还颇享盛誉的帕特里克亨利大学的物理系主任。一位作家曾这样评价罗伯特·斯塔德勒博士："也许在他所研究的宇宙现象中，还没有一个像他自己的大脑那样是个奇迹。"罗伯特·斯塔德勒博士曾纠正一个学生说："自由的科学研究？第一个形容词是多余的。"

四十岁时，罗伯特·斯塔德勒博士在国家科学院的成立仪式上向全国讲话。"使科学摆脱金钱的统治。"他曾呼吁道。这个话题一直无人敢碰。曾有一群科学家通过暗地里漫长的努力，才推动国会考虑对此立法，但大家曾对这项法案犹豫不决，部分人还抱着怀疑的态度，有一种说不明白的担心。罗伯特·斯塔德勒博士的呼吁正像他所研究的宇宙射线一样，不可阻挡地照亮了全国，因此国家为这位伟人修建了这座白色的大理石建筑。

斯塔德勒博士在科学院的办公室是个很小的房间，看上去和一个小公司的会计室没什么区别。里面有一张便宜又难看的黄色橡木桌，一个文件柜，两把椅子，以及一面用粉笔写满了数学算式的黑板。坐在面朝空白墙壁的椅子上，达格妮觉得这间办公室集卖弄和典雅之风于一体。卖弄之处在于，它似乎有意在暗示着主人的伟大，因此置身于这样的陋室已经无所谓了；典雅却也正因如此，他的确不需要任何其他的东西来点缀了。

她和斯塔德勒博士见过几次面，都是在商界头面人物或工程界以各种名目举办的宴会上。她和他一样不喜欢参加这类活动，不过发现他很喜欢和她交谈，"塔格特小姐，"他有一次曾对她说，"我对遇到聪明人从来不抱什么希望，而在这里，我实在是太惊讶和欣慰了！"她来到了他的办公室，脑子里还记得他说的这句话。她坐下来，以科学家的心态注视着他，不做猜测，抛开感情的杂念，专心致志地去观察和理解。

"塔格特小姐，"他愉快地说，"我对你很好奇，只要有任何东西打破了常规，我就很好奇。通常，接待来访者对我来说简直是个负担，但令我惊奇的是，你的来访却使我感到特别愉快。一个人可以畅所欲言，不用担心对方听不懂，你知道这是什么感觉吗？"

他高高兴兴地往桌边上一坐，一副轻松随意的样子。他个头不高，修长的身材使他充满了孩子般的朝气。从他瘦削的面孔上看不出年龄。这张面孔很普通，但那饱满的前额和大大的灰眼睛中所蕴含着的智慧却十分引人注目。幽默和风趣隐藏在他眼角的皱纹里，他的嘴角则含着一丝淡淡的苦涩。除了略显灰白的头发，他一点也不像是五十开外的人。

"多谈谈你自己，"他说，"我一直想问你，你在这么不靠谱的重工业里都干些什么，你又是怎么忍受那些人的。"

"我不能多耽搁你的时间，斯塔德勒博士。"她说话的口吻既非常礼貌，又公事公办，"我要谈的这件事极其重要。"

他笑了起来："这就是商人的作风——直奔主题。好吧，当然了。不过别担心，我的时间都是你的。你说想谈什么来着？噢，对了，里尔登合金。尽管我对这件事不是最清楚的，但如果能帮什么忙的话——"他用手做了个邀请的姿势。

"你是否知道科学院针对里尔登合金发表的声明？"

他微微蹙了蹙眉头："对，我听说过。"

"你看了吗？"

"没有。"

"它是想禁止对里尔登合金的应用。"

"对对，好像是这么回事。"

"能否给我个理由？"

他把手一摊。他那双瘦长的手非常好看，里面似乎蕴藏着神经亢奋的能量和勇气。"这我还真不知道。那是归费雷斯博士管的。我想他肯定有他的理由。你想和费雷斯博士谈谈吗？"

"不。你是否熟悉里尔登合金的冶炼情况，斯塔德勒博士？"

"怎么？是的，知道一点。不过告诉我，你为什么对此这么关心？"

一丝诧异从她的眼中一掠而过，她依然用不含感情成分的声音回答道："我正在用里尔登合金的铁轨建一条支线，那——"

"哦，原来如此！我确实听说过。请原谅，我应该多读读报纸。是你的铁路公司正在建那条新的支线，对吧？"

"我的铁路公司能否继续存在，就全看这条支线能不能完工了——而且，我认为，它也会逐渐决定这个国家的存亡。"

他眼角开心的皱纹更深了："你能把话说得这么肯定吗，塔格特小姐？我可不行。"

"针对这件事吗？"

"针对任何事。谁也说不清国家的未来会是什么样子，这不是什么能计算出来的趋势，而是一种走一步看一步的混乱状态，什么事都有可能发生。"

"你是否认为生产创造对于国家的存在来说是很有必要的，斯塔德勒博士？"

"哦，是啊是啊，当然了。"

"我们支线的修建正是因为这家科学院的声明而停了下来。"

他既没有笑，也没有回答。

"这项声明是否代表了你对里尔登合金的意见？"她问。

"我说过了，我还没看过它。"他的声音透出了一分严厉。

她打开皮包，取出一份剪下来的报纸，冲他递了过去："你能否看一看，然后告诉我这是不是一种科学的说法？"

他扫了一眼剪报，轻蔑地笑了笑，厌恶地把它团起扔到一旁，"很恶心，是不是？"他说，"可一旦和人打交道，你又能怎么样呢？"

她不解地看着他："你不赞成这项声明？"

他耸耸肩："这和我赞成与否没任何关系。"

"你对于里尔登合金是否有自己的观点？"

"唔，冶金方面并不完全是——怎么说呢——我的专长。"

"你检查过里尔登合金的数据吗？"

"塔格特小姐，这种问题没有任何意义。"他的语气有些不耐烦了。

"我想知道你个人对里尔登合金的判断。"

"为什么？"

"这样，我就可以向报界公布。"

他一下子站了起来："绝对不可能。"

她竭力控制着自己的声音，想让对方明白："我会把做出全面判断所需的一切资料都给你。"

"我不能就此发表任何公开的声明。"

"为什么？"

"情况太复杂，没法在这种场合解释。"

"可是，如果你发现里尔登合金的确是一种非常有价值的产品，就——"

"这不是问题的关键。"

"里尔登合金的价值不是问题的关键？"

"除了事实，还牵扯到其他的问题。"

她几乎不相信自己所听到的，便问："除了事实，科学还会考虑什么其他问题？"

他嘴角浮现出苦涩的笑："塔格特小姐，你不理解科学家所面临的问题。"

她缓缓地说着，似乎突然从自己的话中发现了什么："我相信，你一定知道里尔登合金的真实情况。"

他耸了耸肩，"不错，我知道。根据我看到的资料，它很不一般。就技术而言，是很了不起的成就。"他烦躁地在办公室里踱着步子，"其实，我都想有一天能够订购一台特殊的实验用发动机，能像里尔登合金那样耐高温。这对于我想观测的一些现象将非常有帮助。我发现，当把粒子加速到接近光速的时候，它们——"

"斯塔德勒博士，"她缓慢地说，"你了解事实，却不当众讲出来？"

"塔格特小姐，你说得太抽象了，可我们面对的是实用的现实。"

"我们面对的是科学。"

"科学？你是不是混淆了这里涉及的标准？只有在纯粹的科学范畴内，事实才是绝对的标准。而面对应用科学、面对技术的时候——我们是在和人打交道；和人打交道的时候，除了事实，还要考虑其他因素。"

"什么因素？"

"我不是技术人员，塔格特小姐，既没才能也没兴趣去和人打交道。我无法参与到所谓的现实事物中去。"

"那项声明是以你的名义发表的。"

"我和它没有任何关系！"

"你要对这所研究院的声誉负责。"

"这是个根本站不住脚的臆想。"

"人们认为你的名字就是这个研究院一切行为的保证。"

"即使他们真的这么想，我也没法管！"

"他们认可了你的声明，可那是撒谎。"

"一个人怎么可能同时去面对真理和公众呢？"

"我不明白你说的。"她平静地说道。

"有关真理的问题是不会进入社会的。还没有一个准则能对社会产生任何作用。"

"那么，又是什么在左右着人的行为呢？"

他耸了耸肩膀："眼前的利益。"

"斯塔德勒博士，我想我必须让你了解目前我的支线停工所产生的事实上的后果。他们以公共安全的名义迫使我停工，因为我在使用迄今能生产出的最好的铁轨。如果六个月之内我不能完工，全国最有活力的工业区就会失去交通运输，就会被毁掉，因为它是最优秀的，而有人想趁机抢夺它的财富。"

"唔，那倒是非常恶毒、不公和不幸的——可这就是社会，总有人成为不公平法则的牺牲品，在人群中生活没有别的办法，谁又能做什么呢？"

"你可以讲出里尔登合金的真相。"

他没有回答。

"为了挽救我，我可以求你这么做；为了避免全国性的灾难，我可以求你这么做。但我不会，这些都不是什么真正的理由。理由只有一个：你必须讲出来，因为它是事实。"

"他们根本没和我商量声明的事！"一声大喊被逼得冲了出来，"我是不可能让它通过的！我和你一样反对！但我不能公开去否定它！"

"没和你商量？那你难道不应该查一查声明幕后的原因吗？"

"我不能把科学院毁掉！"

"你难道不想找出原因吗？"

"我知道原因！他们不会告诉我的，但我很清楚，而且，我也不能责怪他们。"

"你能不能告诉我？"

"假如你想知道，我就告诉你。这就是你要求的真相，对不对？如果那些投票拨款给科学院的蠢货只会盯着他们所称的成果，那么费雷斯博士也无能为力。那些人是无法理解抽象科学的，只会用给他们做出来的那些最新的小玩意来衡量。我不知道费雷斯博士怎么能够一直维持着这所科学院，我只能惊叹于他的活动能力。我从不认为他是个一流的科学家——可他是一个难能可贵的科学的仆人！我知道他最近面临着一个大难题，他不让我介入，从不让我在这件事上伤脑筋。不过，我能听到传言。科学院一直遭受非议，他们说我们创造的还不够。大众对经济有很高的期望，像现在这种时候，他们那肥得流油的生活一旦受到威胁，科学肯定首当其冲地会被牺牲掉。这是目前仅存的一个研究机构，私人的研究机构实际上早就不存在了。看一看那些操纵着工业界的无赖，你没法指望他们支持科学事业。"

"现在是谁支持着你们？"她低声问道。

他耸耸肩："社会。"

她鼓了鼓勇气，再次问道："你是要告诉我那项声明背后的原因。"

"这你应该很容易就能推想出来。假如你想一想，这所科学院的冶金研究部门已经存在了十三年，花掉了两千多万元的经费，成果却只有一个新式的银器抛光和一个新式的防腐预处理，而且我觉得还不如以前的好用，你就可以想象到，一旦私人企业推出足以变革冶金行业的产品，并且大获成功的话，大众会是一种什么样的反应。"

她将头深深地埋了下去，没有出声。

"我不埋怨我们的冶金部门！"他愤怒地说，"我知道不能对类似这种产品做时间上的预期，但大家是不会理解的。到那个时候，我们应该牺牲谁？一个完美的精炼产品，还是地球上的最后一座科学研究中心，以及人类智慧的未来？只能二选一。"

她垂着头坐在那里。过了一阵儿，她开口道："好吧，斯塔德勒博士，我不和你争了。"

他看她摸索着她的皮包，似乎忘记了怎么才能站起来。

"塔格特小姐。"他几乎是请求般地轻轻喊了一声。她抬起头，脸色镇静，面无表情。

他挨近了一些，俯过身去，一只手扶着她头顶上方的墙壁，像是要把她环绕在他的胳膊中一样。"塔格特小姐，"他的声音中有一种轻柔、苦涩的说服力，"我比你年长。相信我，在这个世上没有别的活法。人是不接受真理和理智的。理性说服不了他们。头脑在他们面前毫无用处。但我们还得和他们打交道。如果想做什么的话，我们就得诱惑他们让我们把它做成，或者强迫他们。除此以外，他们不理解其他的。别指望他们会支持智慧和精神的探索。他们只是凶恶的动物而已，只是贪婪、自我放纵和拜金的掠夺者——"

"我就是拜金者之一，斯塔德勒博士。"她低声说。

"你是个非同寻常的聪明孩子，还太年轻，无法彻底看清人愚蠢的面目。我这一辈子都在和它斗，非常累……"他的语气是真诚的。他慢慢地从她身边走开，"看到他们把世界糟蹋成这个悲惨的样子，我曾经想大喊，求他们听一听——我可以教他们过更好的日子——但没人听我的，他们不需要听我说什么……智慧？那只是人们偶尔产生的念头，一闪就过去了，并不知道它从哪里来，到哪里去……甚至它的消亡。"

她准备起身。

"别走，塔格特小姐，我希望你能明白。"

她听话地抬起头看着他。她的脸色并不灰白，但脸上的轮廓却奇特地细致而分明，似乎皮肤已经失去了色泽。

"你还年轻。"他接着说，"像你这么大的时候，我也一样坚信理智的威力是无穷的，一样把人看作理性的存在。之后，我见识了太多的东西。我的幻想一次次地破灭……我只想给你讲一个故事。"

他在办公室的窗前停下。夜幕已经降临。夜色像是从黑漆漆的河水深处弥漫了上来。河面上摇荡着对面山间的几点灯光。

天空依旧是夜晚浓重的深蓝,一颗孤星低低地倚在旷野之上,大得几乎不真实,也令这夜空显得更加黑暗。

"我在帕特里克亨利大学的时候,"他讲道,"曾有三个学生。我过去也有过不少聪明的学生,但这三个是一名老师梦寐以求的奖赏。假如你想过,在人类最完美的心灵初具雏形的时候,就把它像礼物一样送给你来调教,那他们就是这礼物了。他们所拥有的智慧在未来可以翻天覆地。他们的出身各不相同,但却是密不可分的朋友。他们在学业上的选择也很奇特,同时进修两门专业——一门是我的,另外一门是休·阿克斯顿的。物理和哲学,现在已经见不到这样的兴趣组合了。休·阿克斯顿是位卓越的思想家……完全不像后来接替他的那个让人难以置信的东西……阿克斯顿和我为了这三个学生还争风吃醋,那是一种我们之间的竞赛,不过是友好的,因为我们都理解对方。有一天,我听到阿克斯顿说他把他们当成他的儿子,我有点气不过……因为我也是这么想的……"

他转身看着她,此刻,可以看到岁月的痕迹浮现在他的脸颊上。他继续讲下去:"当我支持建立这所研究院时,被他们其中的一个所诅咒,从此我再没见过他。最初的几年里,这件事情总是困扰着我,我常常想他也许是对的……现在,我已经不再为此烦恼了。"

他笑了笑,此刻,在他的笑容里和他的脸上,已经满是痛楚。

"这三个人,这三个天赋异秉、肩负希望、前途远大的人——一个是弗兰西斯科·德安孔尼亚,已经沦为纨绔公子,另一个是拉格纳·丹尼斯约德,成了不折不扣的强盗。这就是所谓人类的希望。"

"第三个是谁?"她忍不住问。

他耸了耸肩膀:"第三个连臭名昭著的地步都达不到。他消失得无影无踪,成了平庸之辈,说不定成了什么地方的一个记账先生。"

"这是撒谎!我没有临阵逃跑!"詹姆斯·塔格特喊叫着,"我到这里来是因为我正好生病了,可以去问威尔逊医生,我得的是一种流感,他可以证明。那你又是怎么知道我在这里的呢?"

达格妮站在屋子中央,外套的领子和帽檐上还带着尚未融化的雪花。她茫然四顾,悲凉的感觉油然而生。

这是哈德逊河边老塔格特庄园里的一间屋子。吉姆继承了这个地方,却很少来。这里曾经是他们童年时期父亲的书房,如今,因为无人长住,弥漫着一股荒凉的气息。除了两把椅子,所有的家具都蒙上了罩子。壁炉冰冷,电热器的电源线横拖在地板上,散出的热也显得凄凉。一张桌子表面的玻璃板也已不见。

吉姆躺在沙发上,毛巾像围巾一样裹在他的脖子四周。她看到他身旁的椅子上有一个满是烟头的烟灰缸、一瓶威士忌酒和一只旧纸杯。地上散落着两天前的报纸。一幅他们祖父的全身画像挂在壁炉上方,已经褪色的背景里是一座铁路大桥。

"我没时间争论,吉姆。"

"这是你的主意!我希望你向董事会承认这是你的主意,这就是你那混账的里尔登合金给我们带来的后果!假如我们多等等沃伦·伯伊勒……"他的脸上胡子拉碴,已经被几股交织在一起的情绪扭曲:惊慌、仇恨、战胜后的一丝快意、向一个受害者喊叫之后的发泄——还有,就是在看到救援的希望后,露出的不易察觉、小心翼翼的乞求的目光。

他有意顿了一下,但她并没有回答。她把手往外衣兜里一插,站在那儿看着他。

"我们已经山穷水尽了!"他哀号着,"我试过给华盛顿打电话,希望他们能鉴于这种紧急的情况,把凤凰-杜兰戈的铁路没收,然后交给我们,可他们连一点商量的余地都没有,说是太多的人在反对,害怕以前有过的这样那样的先例!……我让全国铁路联盟推迟了最后的期限,允许丹·康威再经营一年他的铁路——那样就会给我们一些时间——可康威居然拒绝了!我想让艾利斯·威特和他在科罗拉多州的那帮朋友向华盛顿提出要求,命令康威继续运营——可是他们,威特和其他那些混蛋们,全都一口回绝了!这可是他们的身家性命啊,肯定会跟着完蛋,比咱们可惨多了——可是，他们拒绝了！"

她倏地一笑，依然一言不发。

"现在，咱们走投无路了！我们已经被彻底困住，既不能放弃那条铁路，又无法完工；既不能停下来，又走不下去。我们没有资金了，没人愿意拉我们一把！除了里约诺特铁路，我们还有什么？可我们没法把它建完。我们会遭到抵制，会被勒索。那个铁路工人的工会会起诉我们。他们一定会，这方面是有法律规定的。咱们没法建成那条铁路了！天啊！我们可怎么办？"

她又等了等。"说完了吗，吉姆？"她冷冷地问了一句，"如果你说完了，我就告诉你我们该怎么办。"

他默不作声，只是用眼睛从他那厚厚的眼皮下面瞧着她。

"这不是建议，吉姆，这是最后通牒，只管听好了然后接受就是。我去完成里约诺特铁路的工程，是我自己，而不是塔格特泛陆运输。我会暂时离开现在的副总裁岗位，以我自己的名义成立一家公司。你们董事会把里约诺特铁路交给我，由我来全权负责，进行工程的施工和资金的筹措，我可以按时完工。等你们见识了里尔登合金铁轨的使用之后，我就会把这条铁路转回到塔格特泛陆运输的名下，回来接着干我的事。就这样。"

他看着她，没有说话。拖鞋挂在他的脚趾头上，晃来晃去。她从没想到会在一个男人的脸上看到如此丑陋的希望的神情，里面还夹杂着狡诈。她把目光从他的身上移开，实在想不通为什么都到了这种时候，他首先想到的还是对她耍心眼。

最终，他带着焦虑的口吻开口说道："但同时，由谁来负责塔格特泛陆运输的业务呢？"

她一下子笑出声来，这笑声里饱含的辛酸令她自己都感到吃惊。她回答说："艾迪·威勒斯。"

"噢，不行！他不行！"

她毫不掩饰自己的悲伤，冷笑起来："我还以为你在这方面会比我精明。艾迪就是代理副总裁，他就用我的办公室，坐我的位子。不过，你觉得应该让谁来负责公司的业务？"

"可我并不觉得——"

"我可以乘飞机在艾迪的办公室和科罗拉多之间往返，同时，还可以用长途电话联系。我做的和过去没什么不同，一切还和以前一样，只是你得在你的朋友们面前演一演戏……还有就是我会稍微辛苦一些。"

"演什么戏？"

"你心里明白，吉姆。我不知道你和你那帮董事会成员陷进了什么麻烦，也不知道你究竟脚踩着多少条船，有多少真真假假的东西。我不清楚，也不在乎。你尽管躲在我后面就是了。假如你和那些被里尔登合金威胁到的人有什么交易，因此感到害怕的话——这就给了你个机会，可以让他们放心，你和这事没什么瓜葛了，你不再做这件事了——而是我在做。你可以和他们一起来骂我，谴责我，可以全都待在家里，既不冒任何风险，也不结什么仇人。只要别妨碍我就行。"

"呃……"他慢吞吞地说，"那当然，这么大的铁路系统牵扯到的政策问题是很复杂的……而个人名义下的独立小公司就能够——"

"对，吉姆，没错，这我都知道。一旦你宣布把里约诺特铁路转交给我，塔格特的股价就会回升，那些臭虫就不会四处乱爬了，因为让他们咬着大公司不放的诱惑已经没有了。在他们盘算好怎么对付我之前，我就会把铁路建成。至于我这方面，我不想再对你和你的董事会负责和争论什么，再去请求什么许可。要做必须做的事，就没时间去顾及那些。因此，我要自己干。"

"那……如果你失败了呢？"

"如果失败，我只会自己完蛋。"

"你明白吗？一旦这样的话，塔格特泛陆运输可是什么忙都不能帮。"

"我明白。"

"你不会指望我们？"

"不会。"

"你会断绝和我们的一切正式关系，不借助我们的名声？"

"对。"

"我觉得应该达成一致的是，一旦你失败或者是闹出什么丑闻，你暂时的离职就会变成永久性的……就是说，别指望再回来当副总裁了。"

她闭上双眼，少顷，她说："好吧，吉姆，在这种情况下，我不会回来。"

"在把里约诺特铁路转交给你之前，必须有书面的协议，规定这条铁路一旦成功，你就会把它按成本价格转交回来。否则，因为我们需要这条铁路，你可能就会敲我们一大笔。"

一丝震惊在她的眼中转瞬即逝。随即她漠然地回答，说出的话像是扔出去的施舍："当然了，吉姆，可以把它写下来。"

"至于接替你的人选……"

"怎么？"

"你不是真的想让艾迪·威勒斯来干吧？"

"我是认真的。"

"可他根本就不像一个副总！他没有那种气势、那种风度、那种——"

"他了解他和我的工作，了解我的想法，我信任他，能和他配合工作。"

"难道你不觉得从更优秀的年轻人里选一个更好吗？找一个出身好的，社会关系更好的，而且——"

"就是艾迪·威勒斯，吉姆。"

他叹了口气："好吧，只是……只是咱们得小心点……不能让人觉得还是你在掌管着塔格特泛陆运输。不能让任何人知道。"

"所有的人都心知肚明,吉姆。不过,既然不会有人公开承认这一点,大家就会满意。"

"可我们要注意影响。"

"哦,当然了!如果愿意的话,你在街上可以假装不认识我。你可以说以前从没见过我。我会说从来没听说过塔格特泛陆运输。"

他没说话,盯着地板在想什么。

她转过身,向窗外望去。天空是一片冬季苍白的灰色。在远处哈德逊河的河岸上,是那条过去她看着弗兰西斯科的汽车驶来的小路——她看到了河边的山崖,他们曾爬上去眺望纽约的高楼——在树林那边就是通向洛克戴尔的小径。大地已经被白雪覆盖,此刻留下来的像是她记忆中乡村的残骸——光秃秃的躯干单薄地从雪地伸向天空,灰白的颜色像是一张照片,本来希望它能留住记忆,它却已经无力地褪了色,再也唤不回任何东西。

"你准备叫它什么?"

她一惊,转回头来:"什么?"

"你准备给你的公司起什么名字?"

"哦……达格妮·塔格特铁路吧,也许。"

"不过……这样好吗?可能会有误会,塔格特可能容易被当作——"

"那你想让我起什么名字?"她不由得恼了,厉声说道,"叫无名小姐?叫 X 夫人?还是叫约翰·高尔特?"她一下子停住了,脸上忽然露出冰冷、灿烂、危险的笑容。"我就起这个名字了:约翰·高尔特铁路。"

"天啊,不行!"

"行。"

"可这……这只是一句随便的口头语!"

"是的。"

"你不能拿这么严肃的工程开玩笑!……你不能这么粗俗……这么有失体统!"

"难道不行吗?"

"可是,究竟是为什么呢?"

"因为,就像你现在这个样子,它可以把他们全都震惊。"

"我从没见你开过这么大的玩笑。"

"我这次就要开。"

"可……"他一下子降低了音量,几乎是迷信地说,"达格妮,你知道,这是……这是要倒霉的……它代表的意思是……"他顿在那里。

"它代表什么意思?"

"我不知道……但人们说起来的时候,总是带着……"

"恐惧?绝望?毫无用处?"

"对……对，就是这个意思。"

"我就是要把这些甩到他们脸上去！"

她眼中闪亮的怒火和肆意享受的样子让他明白，自己还是什么都不要说了。

"按照约翰·高尔特的名字，准备好一切文件和手续。"

他叹了口气："好吧，反正这是你的铁路。"

"它当然是我的！"

他向她瞄了一眼，惊奇地发现她已经全然没了副总裁的风度。看上去，她对工作间和当建筑工更感到轻松惬意。

"至于文件和法律方面，"他说道，"也许会有困难，我们得申请许可——"

她猛地转过脸面对着他。她的脸上仍有一丝明亮的、激动的神情。但那并不是高兴，她也并没有笑。那神情此刻古怪又原始。他看了一眼，便再也不想看到第二眼。

"听着，吉姆，"她开始说道，他从未听到过人的声音中能有这样的语调，"有一件事你可以做到，你最好还是去做：让你那帮华盛顿的家伙闭嘴，务必把所有的许可证、授权书、章程和他们那些法律要求的废纸统统给我，别让他们碍我的事。如果他们想试试的话……吉姆，人家都说咱们的祖先内特·塔格特杀死过一个政客，因为对方拒绝签发一份根本用不着他去要的许可。我不知道内特·塔格特是不是真干了那件事，但是我告诉你，如果他那么做了的话，我能体会他的感受；如果他没那么做，我可能会替他去做，补上家族传说中的这个空白。我是当真的，吉姆。"

弗兰西斯科·德安孔尼亚坐在她的桌前，面无表情。达格妮用商务会谈一般清晰而不带感情的语气，在向他介绍自己建立铁路公司的打算和目的。他的脸一直毫无表情。他只是听着，一言不发。

她从没见过他这种干巴巴的表情，没有嘲弄，没有消遣，没有敌意，似乎他此时此刻根本不属于这里。但他的眼睛从没离开过她，好像能看到超出她想象的东西。那双眼睛让她联想到单向的玻璃，吸进所有的光线，却一点也不放出来。

"弗兰西斯科，我请你来，是因为我想让你看看我在办公室里的样子。你还没见过。它曾经对你或许有些意义。"

他缓缓地扫视着房间。空荡荡的墙壁上只挂了三样东西：一张塔格特泛陆运输的地图，一幅内特·塔格特的画像原件，曾被用来参照制作他的塑像，以及一张很大的铁路时刻表，用了粗鲁而对比鲜明的颜色，上面的图片是塔格特铁路沿线的车站，每年轮流印一个，这也正是她最初在洛克戴尔工作时挂过的那种时刻表。

他站起来，静静地说道："达格妮，看在你的分上，也"——

他几乎察觉不出地停顿了一下,"也看在你同情我的分上,别提那些你想提的要求。别。让我走吧。"

这一点也不像是他,不像是他说的话。片刻之后,她问:"为什么?"

"我无法回答你,无法回答任何问题,这也是最好不要去谈这件事的一个原因。"

"你知道我会提什么要求?"

"是的,"她依旧动人而又不甘心地望着他,他只得又加上一句,"我知道我会拒绝的。"

"为什么?"

他惨然一笑,摊开双手,似乎表明这正是他所预料和想避免的。

她平静地说:"我必须试试,弗兰西斯科,我一定要提这个要求。这是我的事,你要怎么做是你的事。但这样我就知道我已经做过所有尝试了。"

他站着没动,只是把头微微一歪,表示赞同。他说:"如果能对你有所帮助,那我就听听。"

"我需要一千五百万的资金来建成里约诺特铁路。我把自己手上的塔格特股票全部卖掉了,筹到了七百万,现在再也筹不到钱了。我会以我新公司的名义发行八百万的债券,我叫你来,是要你买下这些债券。"

他没有回答。

"我只是个乞丐，弗兰西斯科，我是在向你讨钱。我向来认为生意场上是不能乞讨的，一个人应该依靠他拥有的价值，平等交换。但现在早就不是这样了，尽管我难以理解为什么我们换了做事的规则，还能够继续生存。根据任何一个客观的事实来判断，里约诺特都会是全国最好的铁路；根据任何现有的标准来衡量，这都是最好的投资。而正是这些，使我受到了惩罚。我无法通过向人们提供良好商业机会的方式筹到资金：人们之所以拒绝它，恰恰是由于它的出色。没有一家银行会买进我的公司债券，因此，我不能称它有什么价值，我只能去乞求。"

她像机器一样精确地说完了这些话，停了停，等着他回答。他依旧沉默着。

"我知道我没什么可给你的，"她继续说下去，"我没法和你谈什么投资，你对赚钱根本无所谓，早就不关心什么工业项目了。所以，我不会把它当作公平的交换，我就是在乞讨。"她深深地吸了口气，说道，"你就当成把钱施舍给我吧，反正钱对你没有任何意义。"

"别。"他低低地说。她分不清这奇怪的声音是痛苦还是气愤。他垂下了眼睛。

片刻之后，她又说道："我叫你来，并不是觉得你会同意，而是因为只有你能明白我在说什么，所以我必须争取一下。"她嗓音低了下来，像是希望以此来掩饰她的情感，"你知道，我不相信你真的变了个人……因为我知道你还听得到我说的话，你生活的方式是堕落了，但你的举止并没有，甚至你说起那些的时候，都没有……我非得试试不可……只是，我再也不能拼命去想你到底是怎么回事了。"

"我给你个提示。矛盾其实并不存在。无论在什么时候遇到矛盾，检查一下你都有哪些前提，你就会发现其中一个是错的。"

"弗兰西斯科，"她柔声说道，"你为什么不告诉我究竟在你身上发生了什么？"

"因为在目前，答案会比疑惑更加让你受到伤害。"

"有那么可怕吗？"

"这个答案必须由你自己找出来。"

她摇了摇头："我不知道能给你些什么，不知道在你的眼里，什么还会有价值。你难道不明白，哪怕是乞丐也会付出些东西作为报答，也会给你一些帮助他的理由？……唉，我曾经认为……成功对你有很重要的意义，是实业的成功。还记得我们过去谈到这些吗？你曾经很严厉，对我有很多期望。你对我说，我一定不能辜负这些期望。我做到了。你不知道我能在塔格特泛陆运输干成什么样子，"她用手指了指办公室，"这就是我现在干成的……所以我想……如果你记忆当中曾经珍惜过的一切还有什么意义的话，哪怕只是有趣，或者是伤感，或者就像……就像把花儿放到坟墓上……你都可能会把钱给我……就凭着这一点。"

"不。"

她咬了咬牙，继续说道："这钱对你没有一点意义——你已经在那些没用的聚会上挥霍了那么多——你在圣塞巴斯蒂安矿上挥霍掉了更多——"

他抬起眼，直视着她的目光。在他的眼睛里，她终于看到了鲜活的闪光，这眼神明亮、冷酷，有着令人难以置信的骄傲：仿佛正是被如此的谴责注入了力量。

"哦，是的，"她幽幽地说道，似乎在回答着他心中的想法，"我意识到了。因为铜矿的事，我诅咒你，谴责你，彻底看不起你，而现在，我又为了钱回来找你，我和吉姆，以及你遇到过的那些乞讨的人没什么两样。我知道这对你来说是个胜利，我知道你可以嘲笑我，也完全有理由蔑视我。嗯——也许这些是我能够给你的。假如你就是想寻开心，假如你看到吉姆和墨西哥政府那些人跪在地上爬的样子很满足，你难道不会因为折磨我而开心吗？这难道不会让你感到享受吗？你不就是想听到我在你面前认输吗？你想让我怎么认输都行。"

他身子一闪，动作快得让她来不及看清楚，只觉得他身子抖了一下，就已经绕过了她的办公桌，举起了她的手，放到他的唇边。这似乎是最庄重的致意，似乎是要给她力量，但是当他把嘴唇和脸压在她的手上时，她就明白了，他是在从她的手上寻求着力量。

他放开了她的手，低头看着她的脸，看着她惊恐得呆住的眼睛。他笑了。他的痛苦、愤怒和柔情在这笑容里一览无遗。

"达格妮，你想爬？你还没有体验过，也永远不会体验到这个词。敢于坦承它的人是不会爬的。你要用尽平生最大的勇气才会来求我，你觉得我不知道吗？可是……别求我，达格妮。"

"如果我对你曾经意味着什么……"她低声说道，"如果我在你的内心还留下了些什么，就看在它的分上吧。"

刹那间，她又看到了他和她最后一次躺在床上时，凝望着城市夜空的那种神情，听到了他的一声哭喊，一声他以前从没有爆发过的哭喊：

"我的爱人啊，我不能！"

随即，他们都被惊呆了，望着对方，默默无语。她看到他的脸像是装上了开关，硬生生地一下子换了个表情。他大笑着从她身边走开，用一种刺耳而玩世不恭的声音说着：

"请原谅我混乱的表达方式，我向来和许多女人都这么说，只是情况不同罢了。"

她垂下头，坐在椅子上，毫不理会他的注视，把她的身体紧紧缩成了一团。

当她再度抬起头时，她看着他的眼神已然冷漠："好了，弗兰西斯科，演得真好，都让我相信了。如果你是用这种方式来拿我开心，那你已经做到了。我不会再求你任何事。"

"我警告过你。"

"我不知道你站在哪一边。这看起来似乎不太可能——但你是和沃伦·伯伊勒、伯川·斯库德，还有你过去的老师站在一边的。"

"我过去的老师？"他高声问道。

"罗伯特·斯塔德勒博士。"

他如释重负地笑出声来。"哦，是他？为了他自己的目的，他就认为可以心安理得地控制我的想法。"他停了停，接着说道，"你知道，达格妮，我希望你记住你说过我站在哪一边的话。到时候，我会提醒你，看你是不是还想重复这句话。"

"你用不着提醒我。"

他转身准备走，把手一抬，随便做了个敬礼的姿势："如果里约诺特铁路可以建成的话，我祝它好运。"

"它会建成的，而且它会被命名为约翰·高尔特铁路。"

"什么？！"

这简直就是一声惊叫。她嘲笑地说："约翰·高尔特铁路。"

"达格妮，这是为什么？"

"难道你不喜欢这个名字吗？"

"你怎么就挑了这个名字呢？"

"这比叫尼莫先生或是零先生好听，不是吗？"

"达格妮，为什么非得叫这个？"

"因为它让你害怕了。"

"你觉得它是什么意思？"

"不可能的，无法实现的。你们全都害怕我的这条铁路，就像害怕这个名字一样。"

他开始大笑起来。他笑的时候并没有看她。她奇怪地感觉到，他肯定已经把她忘得一干二净，肯定是在一个遥远的地方，在无尽的快活和痛楚中，大声嘲笑着一个与她无关的东西。

他转身面对着她，恳切地说："达格妮，如果我是你的话，绝不用这个名字。"

她耸了耸肩膀："吉姆也不喜欢这个名字。"

"那你喜欢它什么呢？"

"我恨它！我恨你们都在等着看的这个厄运，恨这样的放弃，恨这个总是像求救一样的、莫名其妙的问题。我烦透了人们总在问谁是约翰·高尔特，我要和他斗一斗。"

他静静地说："你已经在斗了。"

"我要为他建一条铁路，让他来把它拿走。"

他凄惨地一笑，点了点头："他会的。"

炼钢的火光映照着天花板，沿着它拐上了另一面墙。里尔登坐在他的办公桌后，桌子上亮着一盏台灯。在灯光的圆晕之外，办公室内的黑暗和外面的夜色紧密交融。他感到这里是如此的空旷，仿佛火光可以随意来去和荡漾，桌子似乎是一叶小舟，在半空中漂浮，把两个人禁锢在一个无人打扰的地方。此时，达格妮正坐在他的桌前。

她把外套搭在身后的椅子上。灰色的套装底下，她那苗条和紧绷的身体在宽大的扶手椅中微微向前倾着。她只有放在桌上的那只手是在灯光之下，在手后面，他隐隐可以看到她苍白的面孔，白色的上衣，还有翻开的三角形衣领。

"好吧，汉克，"她说，"我们要建这座里尔登合金大桥，这是约翰·高尔特铁路公司的正式负责人给你的正式订单。"

他笑了，低头看了看铺在桌上和灯光下的大桥图纸："你检查过我们提交的方案吗？"

"是的，我的意见或赞扬，都在订单里面。"

"很好，谢谢你。我会开始生产的。"

"你不想问问约翰·高尔特铁路是否有能力订货和运营吗？"

"我不需要，你来这里就已经说明问题了。"

她笑了，"没错，都准备好了，汉克。我来就是告诉你这个的，同时和你当面谈谈大桥的细节。"

"好啊，我只是好奇，是谁买了约翰·高尔特铁路的债券？"

"我觉得他们谁也买不起。他们的企业都在成长阶段，都需要资金去解决自己的问题。但是，他们需要这条铁路，他们没求任何人。"她从包里取出一张纸，"这就是约翰·高尔特公司。"说着，她把纸从桌子上递了过去。

他认得名单上的大部分名字："艾利斯·威特，科罗拉多州威特石油；泰德·尼尔森，科罗拉多州尼尔森发动机厂；劳伦斯·哈蒙德，科罗拉多州哈蒙德汽车公司；安德鲁·斯托克顿，科罗拉多州斯托克顿铸造公司。"还有几个是其他州的，他注意到了"肯尼斯·达纳格，宾夕法尼亚州达纳格煤炭公司"的名字。他们认购的金额从五位数到六位数不等。

他拿出自己的钢笔，在名单最后写下了"亨利·里尔登，宾夕法尼亚州里尔登钢铁公司——$1，000，000"，然后把这张纸还给了她。

"汉克，"她冷静地说，"我不想让你牵扯到这里面来。你已经在里尔登合金上投了巨资，现在比我们都紧张，不能再冒险了。"

"我从不白拿好处。"他冷冷地说。

"你什么意思？"

"在我的投资项目里，我不会让别人比我自己冒更大的风险。如果这是一场赌局，我下的注不会比任何人少。你不是说过这铁轨是我的第一次亮相吗？"

她点了点头，庄重地说："那好吧，谢谢你了。"

"顺便说一句，我可不想把这钱白白扔掉。我知道我是能够选择把债券换成股票的，因此，我希望能获得丰厚的回报——而你，要替我把它赚回来。"

她大笑着："上帝呀，汉克，我是和一群傻瓜说话说得太多，简直都被他们传染了，总想着这条铁路会亏本！谢谢你提醒了我。是啊，我认为我会给你赢得丰厚的回报的。"

"如果不是因为那群傻瓜，根本就不会有任何风险，但我们必须打败他们，也一定能打败他们。"他从桌上的文件中取出两封电报，"不过，还是有明白人的，"他把电报递了过去，"我想你会对这个感兴趣。"

一封电报上写道："我本想过两年再做此工程，但国家科学院的声明迫使我决定立即开始。特此同意科罗拉多到堪萨斯的六百英里输油管道使用以里尔登合金为材料的十二英寸口径钢管。细节随后附上。艾利斯·威特。"

另一封写着："有关我们前议之订单，继续执行。肯·达纳格。"

他解释说："他本来也没打算马上做的，这个八千吨的里尔登合金订单，是给煤矿用的建筑合金材料。"

他们对视一笑，一切尽在不言中。

她把电报递回来的时候，他低头去接，只见她伸在桌边的手在灯光下显得晶莹剔透。这是一只年轻女孩的手，手指纤细修长，此时非常放松而柔软。

"科罗拉多州的斯托克顿铸造公司，"她说道，"会把开关和信号公司放弃的订单继续完成，他们会就合金的事和你联系。"

"他们已经联系过了，你是怎么安排那个建筑队的？"

"尼利手下的工程师，我把我需要的那些最好的留下来了，留下的还有大部分工长。让他们接着干并不困难，反正尼利也没什么用。"

"工人呢？"

"供大于求。我觉得工会不会干预的。大多数来求职的工人用的都是假名字。他们都是工会成员，非常需要这份工作。我会在铁路上布置些安保人员，但应该不会有什么麻烦。"

"你哥哥吉姆的董事会呢？"

"他们都一窝蜂地在报纸上澄清自己和约翰·高尔特铁路没有任何关系，说他们认为这个工程是如何如何应该受到谴责。他们答应了我的所有要求。"

她肩膀上的线条张弛自如，似乎做好了飞翔的准备。紧张似乎是她的天性，那并不代表焦虑，而是代表她在享受。在灰色的套装之下，她紧绷的身体在黑暗中半隐半露。

"艾迪·威勒斯已经接管了常务副总裁的办公室，"她说，"需要什么的话就和他联系。我今晚就去科罗拉多了。"

"今晚？"

"是啊，我们得抓紧时间，已经损失了一个星期。"

"坐自己的飞机去？"

"对，我大概十天后回来，打算一个月回纽约一两次。"

"你在那边住什么地方？"

"就住工地，我自己的火车车厢里，其实是艾迪的，我借来用用。"

"你觉得安全吗？"

"有什么不安全的？"她吃惊地笑了起来，"怎么了，汉克，你这是头一次没把我看成一个男人，我当然会很安全。"

他没看她，而是看着桌上的一页报表。"我让我的工程人员准备了一份大桥造价的明细费用表，"他说道，"以及建筑所需的大致时间。我想和你谈的就是这个。"他把文件递了过去，她靠在椅子上读了起来。

一缕灯光照在她的脸上，让他看到了那张轮廓分明、丰满而性感的嘴。她的身子稍稍向后仰了仰，他便只能隐约分辨出她的嘴形和她在阴影里垂下的黑黑的睫毛了。

我想过没有——他思索着，我是不是从头一次见到你就这样想过了？是不是两年来就没有去想别的任何事？……他在一动不动地望着她。他听到了以前从不允许自己去想的那些话，他明明有感觉，也知道，但从没去正视过。他从来不让这些话在自己的脑子里跑出来，而是想着能让它们消失。此刻，它们却像他在亲口对她讲一样，突然而令人震惊……自从头一次见到你……我的眼里便只有你的身体，你的嘴，以及你看着我的眼睛……通过和你说的每一句话，还有你觉得非常放心的每一次会面，还有那些我们商量过的重要的事情……你相信我，对不对？去发现你的优秀？在心里想着你——把你当作男人那样？……你难道不认为我已经背叛了太多吗？我生命中唯一闪亮的遭遇——我所唯一敬佩的人——我所认识的最出色的企业家——我的盟友——和我一起浴血奋斗的伙伴……最原始的欲望——是我对我所见过的最高尚的所作出的回答……你知道我是什么吗？我想过这问题，因为它应该是不可想象的，这么下贱的需求，永远不该沾上你的边，我只想要你……我从不知道会有、会需要这样的感觉，直到我头一次看见你。我曾经想，这不是我，我不会被它击垮……从那时起……两年了……一刻也无法安宁……你知道这种想得到的滋味吗？当我看着你……当我在午夜醒来……当我在话筒中听到你的声音……你想不想听听我再也无法赶走的那些想法？……让你去看看你想象不到的东西，让你知道它们都是我做成的；把你只看成一副血肉之躯，让你体验最原始的快感，看你对它的渴望，看你对我乞求，还想得到更多，看你那高贵的灵魂逃不脱放荡的饥渴；看你面对着世界，那种纯净而高傲的勇气后面真实的样子——然后看着你在我的床上，在我令人羞耻的幻想面前臣服，我做的一切都是为了看到你那耻辱的样子，看到你向不可言喻的激情投降……我想得到你——上天呀，诅咒我吧！

她靠在黑暗中读着文件——他看到外面炉火的反光轻轻触摸着她的头发，在她的肩膀上跳跃，顺着她的胳膊，一直游移到她露在外面的手腕上。

……你知道此时我在想些什么？……你那灰色的套装和敞开的领口……你看上去是那么年轻，那么严谨，那么有自信……如果我把你的头扳向后面，把你那身套装扒下，掀起你的裙子，那又会怎么样呢——

她抬头看了他一眼。他低头看着桌上的文件。过了一会儿，他说："大桥的实际成本低于我们原先的估计。你会注意到，再加一条铁轨，桥的强度也承受得住。这一带的发展在几年之内就可以把这样的成本收回来。假如你把费用平摊到——"

他讲着，而她则看着他在台灯下的面孔。他的后面是办公室里空旷的黑暗。台灯并不在她的视线之内，这让她感觉像是他的脸照亮了桌上的那些文件。他的脸。此时她在想着他的声音、他的思想、他执着单纯的动力中那种冷峻而明亮的清澈。他的面孔就像他的语言——仿佛一个思路是从他坚定的眼神中爆发，经过瘦削的脸颊，直到他嘴角那微微有些轻蔑和下撇的线条——这是残酷无情的苦行僧式的思路。

灾难性的消息揭开了新的一天：南大西洋铁路公司的一列

货车与一列客车在新墨西哥州山区的一个急转弯迎面相撞。货车的车皮散落得满山坡都是。这些车皮里装的是从亚利桑那州的一家铜矿运往里尔登钢厂的五千吨铜矿石。

里尔登致电南大西洋铁路公司的总经理，得到的答复却是："哦，天啊，里尔登先生，我们怎么知道？谁知道需要多久才能把事故现场清理好？这是我们遇到过的最严重的事故之一……我不知道，里尔登先生。在那个地方没有其他的铁路。毁坏了一千两百英尺长的铁轨。那里发生了岩滑，失事的火车开不过去。我不知道用什么办法，以及什么时候，才能把那些车皮重新弄上铁轨。至少两周以内是不可能的……三天？不可能，里尔登先生！……可我们也没办法！……不过你当然可以告诉你的客户这是场天灾！你要是耽误了他们的订单怎么办？出现这种情况，怎么能怪你呢？"

接下来的两个小时内，里尔登在他的秘书和运输部门的两名年轻工程师的协助下，靠地图和长途电话调集了一队卡车开往出事地点，在距那里最近的一个南大西洋铁路车站安排了一列拖车与卡车车队会合。拖车是从塔格特泛陆运输借来的，卡车则是从新墨西哥州、亚利桑那州及科罗拉多州征集而来。里尔登的手下对私人卡车公司打来的电话一时应接不暇，为了不和他们啰唆，便一律答应付钱。

里尔登订购了三批铜矿石，这是最后一批。前两个订单都没交货：一家公司倒闭了，另外一家还在无可奈何地请求延期。

他对这件事的处理并没有将日程打乱。他没有急得提高嗓门说话，一点看不出有什么紧张、不安和担心。他像突然遭到袭击的军队指挥官一样，反应敏捷，判断准确，而他的秘书格雯·伊芙则像是他身边镇定自若的副手。她年近三十，有着一张像办公仪器一般冷静、坚硬而又和蔼的面孔，是他最铁面无私的手下之一。她办事洗练，在工作中从不掺杂半点个人感情。

处置完紧急情况之后，她只说了一句："里尔登先生，我认为应该要求所有的供应商都通过塔格特泛陆运输来发货。""我也这么想，"他答道，又补充了一句，"给科罗拉多的弗莱明发电报，告诉他我要买那个铜矿的股份。"

他回到办公桌前坐下，用两部电话与他的主管和采购经理同时进行交谈，核对着日期和手上现有的矿石数量——他绝不允许冶炼中再出现哪怕一小时的延误，这是约翰·高尔特铁路的最后一批铁轨。这时，通话器响了，传来伊芙小姐的声音。他的母亲正在外面要见他。

他曾告诉家里人来厂里一定要预约。他们一直非常讨厌这儿，很少来他的办公室，他对此暗自感到高兴。此刻，他只感到一股让母亲离开这里的强烈冲动，但他却用比处理火车事故更大的努力抑制着自己，淡淡地说："好吧，请她进来。"

他的母亲气势汹汹地走了进来。她故意四下打量着办公室，似乎知道他会怎么想，似乎对他不把自己当回事感到十分憎恶。她磨磨蹭蹭地坐进扶手椅，反复摆弄着她的小包、手套和裙子上的褶皱，然后闷声说道："真不错啊，当母亲的得在外间等着，经过一个抄写员的同意才能见到她的儿子——"

"母亲，有什么要紧事吗？我今天很忙。"

"又不是只有你才会有麻烦，当然是要紧的事了。否则，你觉得我费这么大劲跑到这个地方来干什么？"

"什么事？"

"是菲利普。"

"是吗？"

"菲利普不开心了。"

"怎么？"

"他觉得总是靠你的救济，自己一分钱不挣不是个事。"

"哦！"他吃惊地一笑，"他总算认识到了。"

"这种状况对一个敏感的人是很不好的。"

"当然不好。"

"我很高兴你也这么想。所以，你要做的是给他一份工作。"

"一份……什么？"

"你必须给他一个工作，就在这儿，在工厂里，但当然得是体面干净的工作了，有自己的屋子和办公桌，薪水要高，不用去和你的那些工人和难闻的炉子打交道。"

他听得真真切切,简直不敢相信:"母亲,你不是当真吧?"

"我当然是当真的。我偶然发现他是这样想的,只是他太好面子,不好意思来求你。不过,如果你主动提出来,让这一切看起来像是你在求他——我知道他是会乐意接受的。所以我才来这里和你讲这件事。这样他就不会想到是我让你这么做的。"

他简直无法理解自己听到的这一切。一个本能的反应像聚光灯一样闪现在他的脑子里。他搞不懂居然有人看不到它。他大惑不解地喊道:"可他对钢铁纯粹是外行!"

"这又有什么关系?他只是需要一份工作而已。"

"可他做不了什么。"

"他需要获得自信,而不去贬低自己。"

"可他什么都不会。"

"他需要一种他还有用的感觉。",

"在这里吗?我能用他做什么呢?"

"你可是雇了很多素不相识的人。"

"我雇的是干活儿的人。他能干什么?"

"他是你弟弟,对吧?"

"那又怎么样呢?"

她张口结舌,难以置信地瞪着他。他们仿佛隔着遥远的银河,互相望着,沉默了一会儿。

"他是你弟弟。"她的声音如同一张唱片,重复着她坚信不疑的神奇的信条，"他需要在这个世界上有自己的位置，需要薪水，这样他就会觉得这钱是他挣来的，而不是什么施舍。"

"他挣的？可他对我来说一文不值。"

"你首先想的就是这个吗？你的利润？我是在请你帮助你的弟弟，你却在算计从他身上能挣多少钱，而且一旦没什么油水，你就不会去帮他——是不是这样？"她看见了他眼里的神情，却把视线移开，迫不及待地高声说道，"是啊，当然了，你是在帮他——就像你帮助叫花子一样。物质的帮助——你只懂这个。你想没想过他的精神需要？想没想过他现在的状况对他的自尊有什么样的影响？他不愿意像乞丐一样生活。他想自力更生。"

"怎么自力更生？从我这里白拿钱，却干不了什么活儿吗？"

"你亏不了。你手下有足够多的人替你挣钱。"

"你是在让我帮他去演骗人的把戏吗？"

"你用不着这么说。"

"这是在骗人，是不是？"

"这就是我为什么没法和你谈话——因为你毫无人性，对你的弟弟毫不怜悯，没有感情，没有同情心。"

"这是不是骗人？"

"你一点慈悲心肠也没有。"

"你觉得这样去骗人合理吗？"

"你简直是个最不道德的人——只想着合理合法！根本就没

有爱的感觉!"

他突然噌地站了起来,一副会客完毕、请客出门的样子,"母亲,我经营的是一家钢铁厂,不是妓院。"

"亨利!"他的用词招来了一声愤怒的叫喊。

"别再和我提菲利普工作的事了。我连炉渣清扫工的活儿都不会给他。我不会允许他在厂子里,希望你能彻底明白这一点。你爱怎么帮他都可以,但别想用我的工厂当工具。"

她松弛的脸颊上的皱纹拧成了一股冷笑:"你的工厂是什么——难道是什么神庙吗?"

"呃……是的。"他轻声地说着,这个说法让他愣住了。

"你难道从不去考虑人,不去考虑你的道德使命吗?"

"我不知道你指的道德是什么。不错,我不去考虑人——只是,我一旦给了菲利普工作,就没脸去见那些需要并胜任工作的人了。"

她站起身来,头缩在肩膀里,用满腔怨毒的声音冲着他高大挺拔的身躯说道:"这就是你的残忍,这就是你吝啬和自私的地方。如果你爱你的弟弟,你就会把他不胜任的工作也给他,恰恰是因为他不胜任——那才是真正的爱、宽厚和兄弟之情。除此以外,爱还有什么用呢?如果一个人胜任一份工作,那么把这份工作给他就算不上什么美德。美德就是给予那些本不胜任的。"

他看着她的样子,像是小孩在看一场噩梦,怀疑地不想让它变得恐怖。"母亲,"他缓缓地说,"你自己都不知道自己在说什么。如果我相信你真是这意思的话,就实在是太瞧不起你了。"

真正让他吃惊的是她脸上的神情:夹杂在挫败中间的,还有一种怪异的嘲讽和狡黠,似乎她此刻掌握了世间的智慧,可以在股掌之上玩弄他的无知。

这个神情留在了他的心里,提醒着他要把刚才注意到的这件事弄明白。但他无法总是想着它。他觉得这事不值得多虑。除了隐隐的不安和厌恶外,他什么头绪都没有——而且,他也没时间。此刻,他不得不把它抛在一边,去面对坐在桌前的下一个来访者,听着他的求救。

尽管来人并没那么说,但里尔登明白这件事有多重要。那个人在口头上只是想要五百吨钢材。

他是明尼苏达州沃德收割机公司的沃德先生。这家公司实实在在,安分守己,是那种既不太可能做大,又绝不会倒闭的企业。沃德先生的家族一直在苦心经营着这家工厂,到他这里,已经是第四代了。他年过五旬,一张方脸,显得有些迟钝。一看就知道他极好面子,想让他脸上流露痛苦的表情,简直就像让他当众脱掉衣服一样。他用生意人那种干涩的声音解释着,他父亲和他一直跟一家小钢厂做生意,现在这家小厂被沃伦·伯伊勒的联合钢铁公司吞并了,而他的上一个钢材订单已经等了一年还没交货。上个月,他费了好大的劲才预约到了和里尔登面谈的机会。

"我知道你的工厂正在满负荷生产，里尔登先生。我也知道，你作为全国唯一的一家体面的——我的意思是可靠的钢材生产商，已经没有余力再接新的订单，你那些最大和关系最久的客户都只能排队，我都想不出什么理由能让你破例来管我这件事。可是，除了彻底关门，我已经走投无路了，而我"——他的声音有些哽咽——"我又不甘心就此罢休……至少现在还不……所以我想来见你，尽管希望渺茫……我也必须尽一切努力。"

这番话，里尔登完全能够理解。"我也想帮你，"他说，"可现在是最不赶巧的时候，因为有个非常大、非常特殊的订单，要排在其他所有的生产前面。"

"我知道，但能不能只是听我说说，里尔登先生？"

"当然。"

"如果只是钱的问题，你要多少我给多少。如果那样能补偿你的话，只要能给我钢材，你想收多少额外的费用，甚至比原价翻一倍都行。今年，哪怕我赔本卖那些收割机，只要能维持不关门就行。为了挺下去，如果有必要的话，我可以拿自己的积蓄赔本坚持一两年——因为我想这种状况不会长久，形势会好起来，必须好起来，否则我们就——"他没有说下去，而是坚决地把话头一转，"必须好起来。"

"会好的。"里尔登说道。

伴随着他信心十足的声音，约翰·高尔特铁路的念头如此和谐地从他的心头闪过。铁路正在不断延伸，对他的合金的攻击已经停止了。他感到自己和达格妮·塔格特远隔千里，站在一个空荡荡的世界里，脚下没有了任何阻碍，可以尽情地去完成他们的工作。他想，他们不会阻挠我们了。这句话像是他心中的战歌：他们不会阻挠我们了。

"我们厂的年生产能力是一千台收割机，"沃德先生继续说着，"去年，我们生产了三百台。我从破产拍卖里弄了些钢材，又到处去求那些大公司，东拼西凑了一些，简直像捡破烂的一样，什么地方都去找——算了，我也不想让你听这些没意思的事，只不过，我从没想到自己在有生之年居然走到了这一步。沃伦·伯伊勒先生总是向我许诺下个星期就交货。但他生产的那些钢，全都到了他的新客户手里，而且这事大家还都不去说。只是我听到一些传言，那些人都是有政治背景的。现在，我连伯伊勒先生的影子都找不着了。他在华盛顿待了一个多月了。他办公室的人只会跟我说，他们也无能为力，因为他们弄不到铁矿石。"

"别在他们那里浪费时间了，"里尔登说，"你从那种地方什么也别想得到。"

"你知道的，里尔登先生，"他仿佛有了什么难以置信的发现，"我觉得伯伊勒先生做生意的方式有点不对头，我不明白他有什么目的。他们把一半的钢炉停掉了，可上个月，报纸上全是有关联合钢铁公司的特别报道。关于他们的产量？才不是呢——是关于伯伊勒先生为他的工人建造的住宅工程。上周，伯伊勒先生给所有的高中都送去了彩色影片，放映的是钢铁生产的过程，以及钢铁为每个人带来的服务和利益。现在他上了一个电台的节目，讲的是钢铁工业对国家的重要性，而且他们总是在说，我们必须将钢铁工业作为一个整体加以保护。我不明白他说的'作为一个整体'是指什么。"

"我明白。别去想它了。他不会有什么好下场的。"

"你知道的，里尔登先生，我不喜欢人们讲太多他们是如何为了别人的利益而去做每件事，根本就不是这样。即便是这样，我觉得也是不对的。所以我要说的是，我需要这些钢材来挽救我自己的生意，因为这是我的，因为一旦我把它关了……哎，算了，现在没人理解这些。"

"我理解。"

"是啊……是的，我想你会的……所以，你瞧，我首先考虑的就是这个。同时，还有我的那些客户。他们和我打了多年的交道，对我很信任。现在简直哪儿都弄不到什么像样的设备。在明尼苏达，因为机器坏了，又没有零部件，农民收割到一半就没了工具，你能想象会出怎样吗……只有沃伦先生的彩色电影还在讲着什么……唉……然后还有我的那些工人，有些人从我父亲那代就跟着我们一起干了，没别的地方可去，至少现在没有。"

里尔登在想，在今后这六个月的紧急订单中，已经连一台高炉、一个小时、一吨钢材都抽不出来了。但是……他想到了约翰·高尔特铁路，他能做这个，就没有什么做不成的……他感觉到自己仿佛希望同时去解决十个新难题，感觉到他仿佛身处一个他无所不能的世界。

"这样吧，"他伸手去抓电话，"我再问问我的主管，看一下我们后面几周的冶炼计划。也许我能想想办法，从现有的生产中挤出几吨来——"

沃德先生一下子把头扭到旁边，但里尔登还是捕捉到了一丝他脸上的表情。对他是如此的重要，里尔登心想，对我却是如此的微不足道。

他刚提起电话，又不得不放下了，因为他办公室的门突然被推开，格雯·伊芙一头冲了进来。

简直无法想象伊芙小姐会如此鲁莽，她平素镇静的面孔此时不自然地扭曲着，像瞎子一样，脚步蹒跚，全无往常规律有序的步调。她进门就说："请原谅我的打扰，里尔登先生。"他明白，此时她已视办公室的一切与沃德先生于不顾，只是在看着他，"我觉得必须告诉你，国会刚刚通过了《机会平衡法案》。"

木讷的沃德先生惊叫道："哦，我的天！不，哦，不！"他瞪着里尔登。

里尔登猛地站了起来，肩膀的一侧向前探去，身体别扭地躬着。不过那只是一瞬间。接着他像是恢复了视力一样看看四周，视线触到了伊芙小姐和沃德先生，说了句"对不起"，便重又坐定。

"这个议案被提交讨论通过时，我们没有得到消息吧？"他控制着自己的声音，淡淡地问。

"没有，里尔登先生。这显然是一个令人措手不及的行动，只用了四十五分钟就通过了。"

"莫奇那边有什么消息吗？"

"没有，里尔登先生。"她特意加重了"没有"两个字，"是五楼的一个职员刚刚听到广播后跑来告诉我的。我打电话跟报社确认过了。我和华盛顿的莫奇联系，他办公室没人接电话。"

"上次有他的消息是什么时候？"

"十天前，里尔登先生。"

"好了，谢谢你，格雯，继续和他的办公室联系。"

"好的，里尔登先生。"

她走了出去。沃德先生手里抓着帽子站在那里，喃喃地说："我想我最好还是——"

"坐下！"里尔登大喝一声。

沃德先生听话地坐了下来，两眼盯着他。

"我们不是有生意要做吗？"里尔登说道。沃德先生实在看不出他在说这话时，嘴巴是被什么情绪扭曲着。"沃德先生，这帮臭混蛋究竟为什么拼命诋毁我们？哦，对对，是为了我们'生意照常进行'这句座右铭。那好吧——生意照常进行，沃德先生！"

他提起电话去询问他的主管："是这样，皮特……什么？……是的，我听说了，先别管，以后再说这件事。我想知道的是，能不能在后面几周的计划外再多出五百吨钢材？……是，我知道……我知道很困难……把日期和数字报给我。"他边听边飞快地在纸上记录着，然后说了声"谢谢你"，便放下了电话。

他琢磨了一下记下来的数字，在纸上大略算了一下，然后抬起了头。

"好了，沃德先生，"他说，"你的钢材十天后可以拿到。"

沃德先生离开后，里尔登走到外间，声音如常地对伊芙小姐交代说："给科罗拉多的弗莱明发电报，他会明白我为什么撤股的。"她没去看他的眼睛，顺从地点了点头。

他朝下一个来访者向他的办公室做了个邀请的手势："你好。请进吧。"

他想，稍后再去考虑这件事，人要一步一步地走，不能停。现在，他异常清醒，脑子里什么都不想，只有一个念头存在于他的意识之中：这绝不能阻止我。这句话孤孤单单、没头没尾地浮现在他心里。他没去想究竟是什么不能阻止他，以及这句话为何会如此重要，他只是顺从地让它支撑着自己。他按部就班地进行完了他的约见计划。

当他见完了最后一个客人，走出办公室的时候，天色已经很晚，其他的职员都已经回家了。伊芙小姐孤身一人坐在空荡荡的房间内。她坐得笔直僵硬，两手放在膝盖上，扣得紧紧的。她并没有低头，而是直挺挺地坐着，脸如同凝固了一般。泪水不顾她的抵抗，无声地在她没有表情的脸颊上流淌着。

她看见了他，并没有试图徒劳地掩饰自己的面容，只是带着歉意淡淡地说了声："对不起，里尔登先生。"

他走过来，柔声说道："谢谢你。"

她吃惊地抬头看了看他。

他笑了笑："你不觉得太小看我了吗，格雯？现在就替我哭是不是早了点儿？"

"别的我什么都不管，"她轻声说道，"可他们"——她指了指桌子上的报纸——"他们称这为反贪婪的胜利。"

他大笑着："现在我算知道滥用词语可以让你生这么大的气了。不过，还有什么？"

她看着他的时候，嘴巴稍微不那么紧张了。在她周围的一切趋于崩溃之际，这个她无法保护的受害者是她唯一的安慰。

他将手轻轻地抚上她的前额，全然不同于他往常的不苟言笑，同时也是默默地认可了他没有去嘲笑的一切。"回家吧，格雯，今晚我这里不需要你帮忙了。我自己一会儿也要回家了，不想让你等在这儿。"

他一直坐在桌前，面前放着约翰·高尔特铁路大桥的图纸，直到午夜过后，再也无法躲避的感情像麻醉过后的刺痛一样突然涌了上来，让他一下子停住了手里的工作。他虽然还挣扎着坐在那里，但身体已经沉下去了一截。他用胸口顶着桌沿勉力支撑着自己，低垂着头，仿佛他现在唯一还可能做到的就是不让头垂到桌子上面。他就这样坐了一会儿，只感到一阵伤痛，一阵莫名的无边的刺痛——他坐在那里，不知道迫使自己思路停下来的剧痛究竟是来自自己的身体还是心里。

过了一会儿，一切恢复平静。他抬起头，静静地把身体坐正，然后靠在了椅子上。此刻，他看到在延迟它到来的过去几小时里，他并没感觉到任何逃避的内疚：他从来没想过，因为没什么好想的。

思想是人行动的武器，他静静地告诉自己。他不可能采取任何行动。思想是帮助人做出选择的工具。他面前没有任何选择。思想确立了人的目的地和到达目的地的道路。他的生活正在被一点点撕碎，他却始终无话可说，没有目的地，没有方向，没有一点抵抗。

他在震惊中想到了这些，头一次看清了他之所以能毫不畏惧，是因为无论任何灾祸降临，他都会用无所不能的行动去抵御。不——他想，不可能有什么胜利的保障——谁能作出这样的保证？对任何人来说，只要能行动起来就足够了。此时，他跳出个人的圈子，生平第一次思考起了恐怖的真正含义：那就是把人的双手反绑在身后，送上毁灭之途。

那么，好吧，你的手继续绑着，他接着想下去，继续被囚禁着，但这绝不能阻止你……然而，另一个声音则在说着他不愿意听的话。他便反击着、大喊着抗议：想这个毫无意义……没用……能怎么样呢？……别管它就是了！

他无法把这个念头压下去。他坐在约翰·高尔特铁路大桥的图纸面前，一动不动，眼前浮起了画面，耳畔响起了声音：他们没经过他就决定了……他们没有叫他，没有来问，不让他说话……甚至都没有通知他一声——好让他知道他们正在毁掉他的生活，让他对今后的艰难做好准备……不管这些相关的人是谁，不管他们出于什么原因，什么目的，他们早就置他于不顾了。

里尔登铁矿的牌子高高地悬挂在长路的尽头。在它的下面，是一堆又一堆的铁矿石……是一年又一年的夜以继日……是他的心血随着岁月流淌……他是用自己的努力和勇气，智慧和希望，为了将来的一天，为了能留下自己的足迹，而心甘情愿地付出自己的血汗……这一切却被一些只是整天坐在那儿投票的人随随便便就给毁掉了……谁知道他们是怎么想的？……谁知道是什么在左右着他们的意志？——他们有什么动机？——他们又懂什么？——他们中有谁能独自从地下挖出一块铁矿石来？……这一切被那些他从未见过、也从未见过矿石堆的人随随便便就给毁掉了……只是因为他们就是那么决定的，凭什么？

他摇摇头，心想，有些事还是别去琢磨。想得太多，就会沾染魔鬼的邪恶。人的视野应该有个限度才好。他绝不能去想、去看、去刨根问底。

在平静和空虚中，他劝慰自己明天就将一如往常。他可以原谅自己今晚的脆弱，如同允许一个人在葬礼上潸然泪下，然后带着未愈的创伤，或是受到重创的工厂，继续生活下去。

他站起来，走到窗前，工厂像是一片荒漠，寂静无声。他看到了黑黑的烟囱上方残留着的淡淡的暗红，盘旋缭绕着的蒸汽，以及纵横交错的吊臂和天桥。

一种从未有过的苍凉和孤寂涌上他的心头。他想，格雯·伊芙和沃德先生可以从他这里找到希望，找到安慰，重新获得勇气，他又能从谁身上得到这些呢？他也同样需要这些。他真希望可以在一个朋友面前毫不掩饰、无所顾忌地把自己的痛苦发泄出来，哪怕只是倚靠一会儿，说一声，"我累极了"，然后得到片刻的休憩。在他认识的所有人当中，他此刻希望谁在他的身边呢？他旋即听到了自己心中令人震惊的回答：弗兰西斯科·德安孔尼亚。

他的气恼使他清醒了过来。如此荒唐的渴望让他一下子冷静了。他想道，这就是对你的颓废的报应。

他站在窗前，竭力什么都不去想，却无法挥去心中的声音：里尔登铁矿……里尔登煤矿……里尔登钢铁……里尔登合金……有什么用呢？他为什么做了这些事？他怎么可能还想做任何事呢？

他站在矿层中的第一天……伫立在风中，看着下面一座钢厂的废墟……那天，他站在现在的办公室里，就在这扇窗前，想到用很少的金属横梁应该就可以建造承受力很高的大桥，如果把桁架与拱形结构结合起来，如果做成对角的支柱，支柱上部弯曲成——

他愣在了那里，那天，他从没想过要把桁架与拱形结构结合在一起。

他连忙来到桌前，俯下身子，来不及坐好，一条腿跪在椅子上，也不管用的是图纸、记事簿，还是谁的信纸，就立刻画起了直线、曲线、三角形，又写下一列列的算式。

一小时后，他接通了长途电话。停靠在铁路副线上的一节车厢里，床边的电话响了起来。他说道："达格妮！我们的那座桥——把我以前给你的图纸都扔掉，因为……什么？……哦，那件事？让它见鬼去吧！不用管那些强盗和他们的法律！那事儿不用再想了！达格妮，我们还在乎什么呢？！听着，还记得那个你很欣赏，并称之为里尔登桁架的设计吗？它已经作废了。我想出了一种迄今为止最棒的桁架！你的大桥将能够同时运行四列火车，使用三百年，造价比挖地沟都便宜。我两天后会把图纸送过去，但我现在就想和你说说。你瞧，把桁架和拱形结构结合在一起就行了。如果咱们用对角的立柱，然后……什么？……我听不到你讲话。你感冒了？……现在谢我干什么？等我解释给你听。"

约翰·高尔特铁路

the John Galt Line

8

那个工人望着桌对面的艾迪·威勒斯，笑了。

"我感觉就像逃犯一样，"艾迪·威勒斯说，"我想，你知道我为什么几个月都没来这里吧？"说着，他指了指这个地下餐厅，"我现在应该算是个副总了，负责业务的副总。得了，别太当真，我尽量撑着吧，完事后就跑得远远的，哪怕是一个晚上也好……我头一次来这里吃晚饭的时候，刚获得所谓的升职，他们全都拼命盯着我，弄得我都不敢再来了。好，让他们盯着吧，你是不会的。让我觉得高兴的，就是你不会因此就和平时不一样……没有，我已经两个星期没见到她了，不过我每天都和她通电话，有时候一天打两次……是啊，我知道她心里怎么想。她高兴坏了。我们在电话里听到的是什么——声波，对吧？她的声音听上去像是变成了光波——你明白我说的意思吧？她喜欢孤军奋战，然后打赢这场恶仗……哦，对对，她已经占上风了！你知道为什么报纸上这段时间没报道约翰·高尔特铁路吗？因为它进展得很顺利……只是……里尔登合金的铁轨是迄今为止最好的轨道了，但如果没有足够强劲的机车来发挥它的优势，又有什么用？看看咱们剩下来的那些烧煤的破车——就算它们什么都不拖，也连电车的速度都赶不上……不过，还是有希望的。联合机车厂破产了。这是近几年来让我们最舒心的一件事，因为他们的工厂被怀特·桑德斯买下了。他是个聪明的年轻工程师，全国唯一一家不错的飞机制造厂就是他开的。为了拿下联合机车厂，他不得不把飞机制造厂卖给了他的哥哥，还不是因为那个《机会平衡法案》。当然了，那只是他们兄弟之间的一种安排而已。可你能怪他吗？不管怎么说，我们现在将看到联合机车厂生产的柴油机车了，怀特·桑德斯会开始干的……是啊，她在指望着他呢。你为什么问这个？……对，他现在对我们至关重要。我们已经和他签了合同，订了他首批将生产的十台柴油机车。我打电话告诉她签合同的事情时，她笑着说，'你瞧，有必要害怕吗？'……她这么说，是因为她心里知道——我从没跟她讲过，但她知道——我在害怕……是啊，我是在害怕……我不知道……一旦我知道是怎么回事，我就不会害怕，因为我可以做点什么。可这次……告诉我，你是不是特别瞧不起我这个业务副总？……可你看不出来这是很危险的吗？……什么荣誉？我都不知道究竟是什么了：是个小丑，幽灵，替身，还是个下三烂的配角。坐在她的办公室里，坐在她办公桌后的椅子上的时候，我感觉更糟糕。我觉得自己是个帮凶……当然了，我明白我应该是她的配角——那是很值得感到荣幸的——可是……可是我这种糟糕的感觉连我自己也说不好,我像是吉姆·塔格特的配角。她为什么非得找个配角?她为什么非要躲起来呢?他们为什么把她赶出了这栋楼?你知道吗?她只好搬到了咱们快速通道和行李入口对面的那条背街上的一个小屋里。你有空应该去看一眼,那就是约翰·高尔特公司的办公室。然而,大家都知道她还在管理着塔格特泛陆运输。她为什么要从她这么好的工作中躲出去呢?他们为什么不念她的好?为什么把她的成果占为己有——还让我成了分赃的。因为有了她,他们才免于毁灭,为什么他们还拼命阻挠她的成功?为什么她救了他们,他们却反过来对她进行摧残?……你怎么回事?干吗这么看着我?……是啊,我想你是明白的……我是搞不懂这里的一些事,一些丑恶的事。所以我害怕……我不觉得有谁可以不把这当回事……你知道,这很奇怪,不过我想,吉姆他们这群胆小鬼,还有楼里的这些人也清楚这一点,这里有一种犯罪和卑鄙的感觉,犯罪和卑鄙——还有死气沉沉。塔格特泛陆运输现在像是个丢掉了灵魂的人……背叛了他的灵魂……不,她不在乎。上次她意外地回到纽约,我正在办公室里,在她的办公室里——门突然一开,她就出现了。她走进来说:'威勒斯先生,我想找个车站调度员的活儿干,能给个机会吗?'我想把他们全都臭骂一顿,可还是忍不住笑了。看到她真的是太好了,她笑得特别开心。她是从机场直接过来的——穿着长裤和飞行夹克——她看起来好极了——皮肤被风吹得红红的，看上去像是去度假晒的一样。她让我继续坐她的椅子，而她随便往桌上一坐，就讲起了约翰·高尔特铁路新建的大桥……不，没有，我从没问过她为什么选了这个名字……我不知道这对她意味着什么，我猜，可能是某种挑战吧……我不知道是向谁……哦，这无所谓，没什么意义，从来就没有过什么约翰·高尔特，不过，我还是希望她当初没用这个名字。我不喜欢，你呢？……你喜欢？可是，你说起它的时候并不是很高兴啊。"

约翰·高尔特铁路公司办公室的窗户临着一条背阴的小巷。达格妮从她的办公桌前望出去，视线被外面拔起的高楼阻挡，看不到天空。那高楼便是塔格特泛陆运输的摩天大厦。

她的新总部是在一座破旧建筑的底层，只有两个房间。出于安全的考虑，这座摇摇欲坠的楼房顶层已经被清空，楼里的租户也和这座建筑一样潦倒不堪，只是苟延残喘。

她觉得这地方不错：省钱。房间里没有多余的家具或人手。家具都是从旧货店买的。人手是她能作出的最佳选择。她来纽约的时间不多，也没工夫去注意她工作的环境，只要能用就足够了。

今晚，她不知自己为什么停了下来，看着雨水打在巷子对面高楼的玻璃上。

已经过了午夜。她手下的几个人已经下班回家。凌晨三点，她要坐自己的飞机赶回科罗拉多。此刻，除了还有几份艾迪的报告要看，她已经把事情处理得差不多了。她突然从紧张的忙碌中停了下来，再也干不下去了。她已经没有精力去读这些报告。现在回家去睡觉太晚了，去机场又还早。你是累了，她用苛刻而蔑视的眼光超然审视着自己的情绪，心里很清楚，过一会儿就好了。

她这次来纽约很突然。在从新闻广播中听到一条简短的消息之后，她只用二十分钟就匆匆坐上了飞机。广播中说，怀特·桑德斯没有给出任何说法，便突然退出了商界。她赶到纽约来就是为了找到他并阻止他这样做。不过，还在空中，她就感觉到了找到他的机会实际上非常渺茫。

春雨像一层薄雾，静静地笼罩着窗外。她坐在那儿，望着塔格特火车站的快速通道和行李入口。那里天棚的钢架上亮着几盏灯泡，一些行李堆在破旧的水泥地上，看上去，这地方像是荒废了一般死气沉沉。

她瞟了一眼办公室墙壁上的锯齿形裂缝，四周一片寂静，她知道，这座废墟一样的楼里此刻只有她一个人，似乎整个城市里也只有她孤身一人。多年前的感觉再度袭来：那种寂寞远远超过了此时，超过了这房间和这泛着湿漉漉的夜光的街道所散发出的沉寂。那是一种在荒凉的废墟中找不到任何希望的寂寞，是她童年时感到过的寂寞。

她站起身，走到窗前，把脸贴在玻璃上。她可以看见整栋大厦，看见它的楼身迅速地汇聚成高空中的塔尖。她抬头望着曾是她办公室的那扇漆黑的窗户，感到自己像是被永远地放逐了，似乎阻挡在自己和这座大楼之间的，绝不仅仅是一扇玻璃、一帘雨水，还有几个月的光景。

她站在墙壁涂满灰浆的屋子里，仰望着自己深爱过、却又遥不可及的一切。她说不清自己寂寞的原因，唯一能够表达出来的就是：这不是我所期望的世界。

十六岁的时候，有一次她看见塔格特长长的铁轨就像眼前这座大楼的线条一样，交会在远方的一点。她曾告诉艾迪·威勒斯，她总觉得那些铁轨是被一个远远地站在地平线另一端的人握在了手中——不过，那不是她的父亲，也不是办公室里的任何一个人——有一天，她会见到这个人的。

她摇了摇头，转身离开了窗户。

她回到办公桌前，伸手去拿那几份报告，却忽然用胳膊抱住头，趴在了桌子上。不要这样，她心想，却没有动。没关系的，反正也没别人看见。

这是一种她从来都不允许自己去承认的渴望。现在，她面对着它。她想，如果感情是对周围的一切所作出的回应，如果她爱铁轨，爱这座大楼和更多的东西；如果她爱着自己对它们的爱，她还是缺少一种回应，最大的回应。她想，找到一种感情，能够包容和诠释她所深爱的一切……找到一种像她一样的灵魂，让自己和他成为彼此的世界……不，他不是弗兰西斯科·德安孔尼亚，不是汉克·里尔登，不是她认识和尊敬的任何人……他只存在于她所认识到的一种从未感受过的情感之中，却会赋予她生命，让她能去体验……她的乳房紧紧地压着桌子，身体缓慢而轻微地扭动着，感觉到来自她的肌肉和神经的那种渴望。

这就是你想要的吗？就这么简单？她心里想着，同时清楚地知道并不是这么简单。在她对工作的爱和她身体的欲望之间，有一些扯不断的联系；仿佛是其中一个给予了她对另外一个的权利，权利和意义；仿佛这两者结合在一起才是完整的——这欲望在遇到同样伟大的灵魂之前，永远无法得到满足。

她将脸压在胳膊上，否定地晃了晃她的头。她是永远找不到了。她对生活的想法就是她对这个世界的全部要求。只是想法而已——还有极少的一些瞬间，像路上的几点灯光，照着她去探求，去把握，去继续到底……

她抬起了头。

在她窗外小巷的人行道上，她看到了一个站在她办公室门外的人影。

那门离她有几步远；她既看不到那个人，也看不到他身后的街灯，只能看到他投在人行道石板上的阴影。他站在那里，一动也不动。

他站得离门那样近,好像要进来一样,她甚至在等着他来敲门。可是,她看到那影子倏地一晃,仿佛他猛地后退了一步,然后转身走开了。他停下来的时候,地上只留下他帽檐和肩膀的影子。这影子静止了一会儿,然后晃了一下,接着伸得越来越长。他又走了回来。

她并不感到害怕。她一动不动地坐在桌前,诧异地注视着。他在门口停下,随即又退开。他站在小巷中间的什么地方,来回不安地踱着步子,然后又收住脚步。他的影子在人行道上像钟摆一样晃来晃去,看得出在进行着无声的斗争:是进门,还是逃掉,他踌躇不决。

她像一个局外人那样,没有应对的能力,只能观察。她远远地看着,陷入了茫然:他是谁?是不是一直躲在黑暗的角落里窥视她?他是否从无遮无挡、亮着灯的窗户中看到了她颓然地伏在桌子上?是否像她现在观察他那样,也看到了她无助的寂寞?她什么也感觉不到。他们孤独地身处城市死去一般的沉寂中。她觉得他很遥远,像一个忍受折磨的无名英雄,也像她一样幸存了下来,遇到的难题却和她的完全不同。他一会儿走出她的视野,一会儿又走了回来。她坐在那里,看着那个被莫名的苦恼所困扰的身影徘徊在漆黑的小巷中泛着光的人行道上。

那个影子再一次走开了。她等待着,却不见它回来。她一跃而起。她本来想看看这场较量的结果，如今他既然赢了——或者是输了——她便突然急切地想知道他的身份和目的。她跑过外间，打开门，向外看去。

小巷空无一人。在几盏街灯的照射下，人行道像一面潮湿的镜子，渐渐在远处消失成一点。一个人影也看不到。她看到一家废弃的商店窗户上黑黑的破洞，再过去，是几个大宅院的门。街道的另一侧是一扇开着的大门，从大门阴影上方的灯光里，可以看到雨水淅淅沥沥地淌落着。穿过这扇门，便是塔格特泛陆运输的地下通道。

里尔登把签完的一堆纸往桌对面一推，便不再去看了，心里想着以后可以不用再惦记这些东西了，恨不得把这一切立刻抛到脑后。

保罗·拉尔金犹豫地伸手接了过去。他有意摆出一副无可奈何的样子。"这只是例行的法律手续，汉克。"他说道，"你知道，我会一直认为这些铁矿是你的。"

里尔登慢慢地摇了摇头，其实只是脖子的肌肉动了动。他的脸仿佛是面对着陌生人一般，丝毫不为所动。"不，"他说，"我的财产失去了就是失去了。"

"但……但你知道你可以相信我，不用担心你的铁矿石供应，咱们说好了的，你知道我靠得住。"

"我不知道，我希望如此。"

"可我已经答应了你。"

"我从来就没依赖过别人的承诺。"

"怎么……你为什么这样说？我们是朋友，我可以为你做任何事。我所有的产量都会给你的，矿还是你的——和你的没任何区别。你不用担心什么，我会……汉克，怎么了？"

"别说了。"

"可……可是怎么了？"

"我不喜欢什么保证，不想假装觉得自己有多么安全，我并不安全。我没法强迫执行我们之间的协定。我想让你知道的是，我很清楚自己的处境。如果你想守信用的话，不用说，做就是了。"

"你怎么这样看着我？怎么倒像是我做错了什么？这让我感觉很不好，你也知道。我是因为想帮你，才把这些矿买下来——我是说，我觉得如果能卖给朋友，你是不愿意把它们卖给陌生人的。这不是我的错，我不喜欢那个糟糕透顶的《机会平衡法案》，我不知道这是谁主使的，做梦都没想到他们居然会批准。我太吃惊了，他们——"

"算了。"

"可我只是——"

"你干吗非要说这事？"

"我……"拉尔金用乞求的声音说,"我出了最好的价钱给你,汉克。法律的规定是'合理的补偿'。我的出价比其他人都要高。"

里尔登看了看依旧躺在桌上的文件,他在想他的这些铁矿卖出去能得到的收入。拉尔金从政府那里拿到了相当于总金额三分之二的贷款,新的法案对这项贷款做了这样的规定:"是为了给以前没有出路的新业主公平的机会"。余下数额的三分之二是他自己贷款给拉尔金的,用他自己的矿产做的抵押……政府的钱,他突然想到,支付给他的这笔钱,是从哪里来的呢?这钱是谁挣来的?

"你不用担心,汉克,"拉尔金的声音中还是那种令人费解的、坚信乞求能成功的语调,"这只是手续而已。"

里尔登在暗暗地琢磨拉尔金究竟想从他身上得到些什么。他觉得眼前这个人除了买卖成交的事实,还在等着别的什么,是一些他——里尔登——应该说的话,是一些他应该做出的慈悲慷慨的举动。在这个最好的发财机会面前,拉尔金的眼神愈发像个乞丐了。

"你干吗要生气呢,汉克?这只是法律规定换了个形式而已,只是一个新的历史情况,对此,大家都无能为力。不能去责备任何一个人。不过,要想相处好,总是有办法的。看看别人,他们不在乎,他们——"

"他们安排了听话的自己人,来继续控制自己被敲诈走的财产。我——"

"你怎么这么说话呢?"

"我还要告诉你——而且我想你也知道——我并不擅长玩这类游戏。我既没时间,也没花花肠子去想什么勒索的花招来套住你,并通过你去控制我的矿。我从不和谁分享产权,也不希望靠你的怯懦,靠不断地蒙骗或者威胁你来一直拥有它。我从不这么做生意,而且从不和懦夫打交道。矿产是你的了。如果你想让我得到所有的产量,你就会去那么做;如果你想蒙骗我,也是你的事。"

拉尔金一副受伤的神情。"你太不公平了,"他干巴巴的声音中带有一分正义的谴责,"我从没有失信于你。"他匆忙拿起了桌上的文件。

里尔登看着文件被装进了拉尔金上衣的内侧口袋。他看见了他衬衣敞开的领口,看见起皱的背心紧紧地裹着他松弛的腹部,以及衬衫腋下的汗渍。

他的脑海中顿时浮现出那张他二十七年前见过的脸庞,那是个他在街边遇到的牧师。他已经想不起是在哪一座城市了,留在记忆中的,只有贫民窟黑黑的墙壁、秋夜的雨和那人满是正义和怨恨的嘴巴,在深夜中咧得大大的,叫喊着:"最高尚的美德——是人们都像兄弟一样互相照顾,强者为弱者劳作,有能力者为那些没有能力的人服务……"

接着,他看到了十八岁的汉克·里尔登,看到了他脸上的迫切,脚步如飞,浑身陶醉在不眠的兴奋之中,看到他骄傲地扬起的头,清亮、坚定、毫不留情的眼睛,这双眼睛属于一个为达到目的而毫不吝惜自己的人。然后,他看到了保罗·拉尔金当时可能的样子——一个年轻人,却有一副苍老的娃娃脸,挤出逢迎的干笑,乞求着宽恕,乞求这世界能给他个机会。如果有人告诉那时的里尔登,你今后会遇到这个年轻人,他会把你疼痛的肌体中的能量榨干,他会怎么——

这念头给了他的脑袋实实在在的一拳。清醒过来后,他立刻明白了当时的里尔登会有什么样的感受:他想把拉尔金这个无耻的东西踩在脚下,碾得粉碎。

他还从未体验过这样的感受。过了半晌,他才意识到这就是人们所说的仇恨。

他观察到,在起身离去,嘟囔着向他告辞时,拉尔金紧闭着嘴,一副受伤和埋怨的模样,似乎他拉尔金才是受害者。

不知为什么,当里尔登把煤矿卖给宾夕法尼亚州最大的煤矿主肯·达纳格的时候,却一点也不难受,也感觉不到仇恨。肯·达纳格是矿工出身,已经五十多岁,面容刚毅沉稳。

里尔登把契约递给他的时候,达纳格面无表情地说:"我想我还没告诉你,以后你从我这儿买的煤,一律按成本价。"

里尔登吃惊地看了他一眼："这是违法的。"

"我在你客厅里把现金给你，谁又能发现呢？"

"你是说回扣。"

"对。"

"那就更违法了，如果被他们查出来，你比我还惨。"

"当然了，所以你不用担心——我不是在给你施舍。"

里尔登笑了，那是开心的笑，但他像挨打一样闭上眼睛，然后摇了摇头，说："谢谢，我不是他们那种人，我不希望任何人替我白干。"

"我也不是他们那种人，"达纳格生气了，"你想想，里尔登，你难道不觉得我知道自己是在不劳而获吗？这点钱根本补不回你的损失，至少目前不能。"

"你并没有主动来买我的矿产，是我请你买下的。我多希望铁矿业里也有你这样的人来接管我的铁矿，可是没有啊！如果想帮我的话，别给我回扣，只要给我机会，让我能够付给你比别人更高的价钱。无论你想怎么治我都没关系，只要能让我头一个拿到煤就行。我会料理我这边的事，只要给我煤就行。"

"你会拿到的。"

里尔登曾经纳闷为什么没有莫奇的音信。他给华盛顿打的电话一直没人回。随后他收到了一封信，里面只有短短的一句话，通知他莫奇先生已经辞职了。两周后，他从报纸上获悉，韦斯利·莫奇已经被任命为国家经济计划和资源局的助理协调员。

别去纠缠这些了——在无数个沉寂的夜晚,里尔登同他所厌恶的这股骤然涌上来的思潮进行着搏斗——你知道,这个世界上存在着一个难以言喻的邪恶势力,和它纠缠这些细节毫无用处。你必须再努力一下,只要再努力一下——不能让它得逞。

里尔登合金大桥所用的钢梁和桁架每天都在源源不断地从轧钢厂生产出来,然后被运往约翰·高尔特铁路的工地。在初春的阳光下,钢铁大桥的雏形泛着蓝绿色的光泽,横跨在山谷上空。他没有痛苦的时间,没有愤怒的余力。再有几个星期,一切就都过去了。使人丧失理智的仇恨的刺痛已经停止,再也感受不到了。

那天晚上,给艾迪·威勒斯打电话的时候,他已经重新充满了信心和自控:"艾迪,我在纽约的韦恩·福克兰饭店,明天早晨过来一起吃早餐吧,我想和你商量点事。"

艾迪·威勒斯是带着沉重的负疚感去赴约的。他还没从《机会平衡法案》的打击中摆脱出来,像是挨打后留下了瘀青,他的心中依然隐隐作痛。他不喜欢眼前的城市,里面似乎隐藏着莫名而恶毒的威胁;他害怕见到这个法案的受害人,他感觉简直连他自己,艾迪·威勒斯,对此都负有一种说不清的可怕的责任。

一见到里尔登,这种感觉立即烟消云散。里尔登的举止之间,根本没有受害的样子。客房的窗外,全城的玻璃都在春天的晨光里熠熠生辉。天色还早，天空还是淡淡的浅蓝色，办公室还都没开门，城市看上去并不像窝藏了什么恶意，似乎和里尔登一样，已经愉快地准备好去迎接一片生机。里尔登看起来睡得不坏，容光焕发，穿着家常的睡袍，像是不愿意因为更衣而推迟他谈生意。

"早上好，艾迪，很抱歉让你一大早就出来。我只有这会儿有时间，早饭后得马上赶回费城，咱们边吃边谈吧。"

他穿着深蓝色的法兰绒睡袍，胸前的口袋上绣了白色的名字缩写"HR"。他看起来年轻而放松，在这个房间，乃至这个世界，他像是在自己家里一样自在。

艾迪瞧着服务生熟练地将早餐车推了进来，感到精神为之一振。他发现，眼前挺括洁净的白桌布，沐浴在阳光下的银餐具和盛着橙汁的冰桶都是那么令人赏心悦目，他还从没发现这些东西居然能让他神清气爽。"我不想为这事给达格妮打长途。"里尔登说道，"她够忙的了。你和我只用几分钟就可以把这件事搞定。"

"只要我有这个权力。"

里尔登笑了。"你当然有。"他朝桌子倾了倾身子，"艾迪，现在塔格特泛陆运输的财务状况如何？是不是很紧张？"

"比你能想象到的更糟，里尔登先生。"

"还发得出工资吗？"

"够呛。我们尽量对媒体保密，不过我想大家都已经知道了。公司上下到处在拖延付款，吉姆已经使完了所有的借口。"

"你知不知道，你们购买里尔登合金铁轨的第一笔款子下周就要付了？"

"对，我知道。"

"嗯，那咱们还是延期付款吧。在约翰·高尔特铁路开通后六个月之前，你们什么都不用付。"

艾迪·威勒斯"砰"的一声放下了手中的咖啡，一时竟说不出话来。

里尔登忍不住笑了起来："怎么了？你总该有接受的权力吧。"

"里尔登先生……我不知道……该说什么才好。"

"这有什么，说句'好的'就够了。"

"好的，里尔登先生。"艾迪的声音小得几乎听不到。

"我把文件准备好以后就给你送过去。你可以告诉吉姆，让他签个字。"

"好的，里尔登先生。"

"我不喜欢和吉姆打交道。他能浪费两个小时来让他自己相信，他是给了我面子才会答应接受。"

艾迪坐着没动，只是低头看着他的盘子。

"怎么了？"

"里尔登先生，我想……向你表示感谢……可是怎么都不足以——"

"好了，艾迪，你其实可以是个很出色的生意人，所以你一定要把几个问题想清楚。这种情况没什么好感谢的。我这么做不是为了塔格特泛陆运输，而完全是为我自己的实际利益考虑。现在向你们要账，就可能会把你们逼垮，我为什么要那么干？如果你们的公司一无是处，我就会去收钱，而且越快越好。我不是慈善机构，也不会把宝押在无能的人身上。可你们仍然是全国最好的铁路。约翰·高尔特铁路一旦完成，你们的财务状况就会是最理想的，因此我完全有理由等一等。另外，你们是因为用了我的合金才有了麻烦，我希望能看到你们成功。"

"我还是要感谢你，里尔登先生……这比慈善事业的意义更大。"

"不，你还不明白？我刚得了一大笔钱……尽管我不想要。我不能拿它去投资，对我一点用都没有……所以，在某种程度上，我很高兴这笔钱在这场较量中还是用来对付他们。正是他们让我能够给你们宽限，帮你们去对付他们。"

他看到艾迪退缩着，似乎伤口被戳中了："最可怕的就是这个！"

"什么？"

"他们对你做的那些事——和你反过来在做的事。我的意思是——"他顿了顿，"对不起，里尔登先生，我知道做生意不是这样的。"

里尔登笑了："谢谢，艾迪，我明白你的意思，不过还是忘了它，让他们见鬼去吧。"

"嗯，只是……里尔登先生，我能不能跟你说说？我知道这很不合适，因此也不是以副总的身份和你说这些话。"

"请吧。"

"你的提议对达格妮、对我，以及对塔格特泛陆运输每一个正直的人所具有的意义，我就不必多说了。这些你都清楚。你也知道是可以信赖我们的。但……但我觉得最要命的是吉姆·塔格特也会因此受益，你是在挽救他和他那一伙人，而他们——"

里尔登大笑道："艾迪，管他们干什么？咱们开着快车，他们坐在车顶上，嚷嚷着该如何做领导。管他们呢？反正我们有的是劲儿，可以捎上他们，对不对？"

"它坚持不住。"

夏日的太阳明晃晃地照在城市的窗户上，穿过街道的灰尘，留下一片片耀眼的亮斑。热浪透过空气，自楼顶蒸腾，升到那个巨大的白色日历上。日历的发动机继续转着，正在抹去六月最后的一天。

"它坚持不住。"人们议论着，"他们在约翰·高尔特铁路上运行第一列火车的时候，铁轨会分家的，根本就开不到大桥。假如能开到，大桥也会被机车压塌。"

货车从科罗拉多州的山坡出发,驶过凤凰-杜兰戈的轨道,北上怀俄明州,转到塔格特泛陆运输的主干线;南下新墨西哥州,转到南大西洋铁路公司的主干线。一串串油罐车从威特油田向四面八方的各州驶去。没人去谈论它们。在大众眼里,这些油罐车只是像光线一般移动着,也正如光线一般,它们只有在变成灯光、变成炉子的热气、变成转动的发动机时才会被人注意。但即使如此,它们仍被视为理所当然的。

凤凰-杜兰戈铁路公司将于七月二十五日停止运作。"汉克·里尔登是只贪婪的野兽,"人们议论说,"瞧瞧他挣的那些钱,他向社会回报过任何东西吗?是不是他从来就没有任何社会的良知?他只知道赚钱,为了钱什么都做得出来。如果他的桥塌了,导致出了人命,他会在乎吗?"

"塔格特家的人世代都是这么贪得无厌。"人们议论说,"他们天性就是如此。别忘了这个家族的创始人是内特·塔格特。他是有史以来最为恶名昭彰的仇视社会的恶棍,把国家敲诈一空来积聚自己的财富。可以肯定的是,只要能赚钱,塔格特家的人绝对不会顾及他人的生命。他们买下了劣质铁轨,因为价钱比钢便宜——挣到运费之后,他们怎么会在乎什么灾难和血肉模糊的尸体呢?"

人们并不知道这些说法的来由,更不知道为什么这些说法是如此盛行,只是鹦鹉学舌一般地传着,既不去解释,也不问缘由。"理由,"普利切特博士曾告诉他们,"是最低级的一种迷信。"

"民意的来源吗?"克劳德·斯拉根霍普在一次广播讲话中说道,"并没有什么民意的来源,那是一种普遍的自发意识,是集体智慧的本能反应。"

沃伦·伯伊勒接受了发行量最大的《环球》新闻杂志的访问。访问强调了金属所起的重要作用及人们对其质量的依赖,讨论的主题便是冶金家们肩负的重大社会责任。"在我看来,不应该为了推出一种新产品,就把人当成几内亚猪那样去做实验。"他不点名地说道。

"什么,没有,我没说那桥会塌。"联合钢铁公司的冶金总工程师在一档电视节目里说道,"我根本就没那么说。我只是说如果我有小孩的话,绝不允许他们去坐头一趟经过大桥的火车。不过,这仅仅是我个人的选择,我只是太喜欢孩子了。"

"我没说过里尔登-塔格特的设计会垮,"伯川·斯库德在《未来》杂志的文章中写道,"也许会,也许不会,这并不重要。重要的是:这两个极度放纵自己而又傲慢、自私、贪婪的人,显然一直就缺乏大众意识。为了防范他们,社会又有什么样的保障措施呢?他们两个狂妄地想要证明自己,因而对抗绝大多数著名专家的意见。显然,他们也会置他们手下人的性命于不顾。这是否应该被社会所允许?一旦它塌了,再采取预防措施是不是就太晚了呢?这不就像是马都跑光了才去锁上马场的大门吗?本专栏一直认为,对某些马,就应该用社会的规范进行管束和制约。"

一个自称为"无私公民委员会"的团体征集了签名,请求政府专家在通车之前,对约翰·高尔特铁路进行为期一年的勘察。这个请愿声称,所有的签名者除了怀着"公民的责任感",再无其他动机。最先签名的是巴夫·尤班克和莫特·里迪。所有的报纸都对这次请愿做了大篇幅的报道和评论,使它备受尊敬,因为它来自于无私的人们。

报纸对于约翰·高尔特铁路建设的进展却只字不提,没有派任何记者到现场去看。五年前,一位知名的编辑就道出了新闻界的总体原则。"没有客观的事实,"他这样说道,"所有关于事实的报道都只是某些人的看法而已。因此,对事实进行描述毫无用处。"

一些商人觉得或许应该考虑一下里尔登合金的商业价值。他们就这个问题进行了统计调查,既没有雇冶金专家来检验样品,也没有请工程人员实地考察,而是进行了民意测验,要求一万名经过严格筛选、确实代表了各类群体的人回答这样一个问题:"你会不会乘坐约翰·高尔特铁路上的火车?"压倒多数的回答是:"不,绝不!"

在公开的场合里没有为里尔登辩护的声音,也没人把塔格特泛陆运输的股票在不知不觉中慢慢上涨当回事。有人在进行观察,并小心翼翼地操作着。莫文先生以他妹妹的名义买了塔格特股票；本·尼利是用他表亲的名字；保罗·拉尔金则用了化名。

"我不相信那些一直在升温的争议事件。"他们当中的一个人说。

"哦，不错，施工当然是在按进度推进。"詹姆斯·塔格特耸着肩膀对他的董事会成员们说道，"是的，你们完全可以放心。我那亲爱的妹妹不是个一般人，而是一台内燃机，因此，她获得成功是毫无疑问的。"

当詹姆斯·塔格特听说部分大桥的桁梁出现断裂倒塌，三个工人因此丧命时，他跳起脚来，跑到秘书的办公室，命令秘书给科罗拉多打电话。在一旁等待的时候，他身体倚着秘书的办公桌，似乎在寻求着什么保护；他的眼神惶恐不安，但嘴巴却突然笑一样地咧开，说道："我现在就想看看里尔登是什么表情。"当听到这传闻只是谣言时，他长叹一声，"感谢上帝！"但声音中却流露出了一丝失望。

"哦，是吗？！"听到同样的传言时，菲利普·里尔登对他的朋友们说，"也许他也有失败的时候，也许我那伟大的哥哥并不像他自己认为的那么伟大。"

"亲爱的，"莉莉安·里尔登对丈夫说，"我昨天在喝茶的时候可替你说话了。那些女人说达格妮·塔格特是你的情妇……哦，天啊！别那么看着我行不行？我知道这很荒唐，就狠狠地教训了她们一顿。那些混账娘们就是不能想象，为什么一个女人能够为了你的合金而跟所有的人都翻脸。当然了，我对这点很清楚。我知道那个塔格特家的女人根本就是个性冷淡，她才不把你当回事呢——再说了，亲爱的，我知道你是没这个胆子，但假如你真想干那事的话，你也不会去找一个穿得那么古板的机器。你想要的是那些有女人味儿的金发姑娘——噢，不过亨利，我只是在开玩笑！——别那么看着我行不行？"

"达格妮，"詹姆斯·塔格特惨兮兮地说道，"咱们究竟会怎么样？塔格特泛陆运输越来越不被看好了。"

达格妮笑了起来。她不仅是此时很开心，快乐的情绪在她的心中像源源不断的暗流，随时可以溢出来。她是那么爱笑，轻松地张大了嘴笑着。洁白的牙齿在她被太阳晒黑的脸庞映衬下更加醒目。野外的生活令她的眼神更加深邃。他发现她最近几次回纽约时，瞧着他的样子，仿佛是已经对他视而不见了。

"我们怎么办？舆论几乎全都在反对我们！"

"吉姆，还记得他们提起过的那个内特·塔格特的故事吗？他说过，只有一个对手让他感到羡慕，因为那个人曾说，'让舆论见鬼去吧！'他希望这话是他说出来的。"

在城市的夏日和凝重的夜里，在公园的椅子上，在街角，在敞开的窗前，一个孤独的男人或女人开始从报纸上看到有关约翰·高尔特铁路进展的简要报道。望着这都市时，他或她会突然感到一种爱的情感。年轻人感觉到这就是他们盼望着出现的事情；而老人们则已经目睹过从前发生的类似的事情。他们并不关心什么铁路，对做生意也知之甚少。他们只知道，有人正在几乎不可能的情况下一步步走向胜利。对这些斗士的目标，他们并不欣赏，他们相信的是舆论的声音。尽管如此，当他们读到这条铁路在一点点延伸的时候，还是在刹那间感受到了一股活力，不知为什么就觉得他们自己面临的难题变得容易了。

约翰·高尔特铁路首发列车要承载的货物被源源不断地运到了货场，车皮的订单像雪片一样堆积起来。而这一切，只有塔格特泛陆运输在夏延和约翰·高尔特铁路公司的办公室才清楚。达格妮·塔格特已经宣布，和惯例不同，首发列车将不是满载着各界名流的旅客特快，而是一趟货运专列。

货物来自农场、木场和全国各地的矿厂，来自把生存的希望全部寄托在科罗拉多新工厂的偏远地区。没有人对这些货主做出任何报道，因为他们不属于那些无私的人。

凤凰－杜兰戈铁路将于七月二十五日关闭，约翰·高尔特铁路的首发列车将于七月二十二日运行。

"嗯，是这样的，塔格特小姐，"火车司机工会的代表说，"我们不允许你运行那趟车。"

达格妮坐在她破旧的办公桌旁，身后是她办公室的那面斑驳剥落的墙壁。她动也不动地说道："给我出去。"

那人从没在铁路总裁们讲究的办公室里听到过这样的话。他蒙了："我来是告诉你——"

"如果有事要告诉我，就重新说。"

"什么？"

"少跟我说你要允许我去做什么。"

"噢，我的意思是，我们不会允许我们的会员驾驶你的火车。"

"那就是另外一回事了。"

"嗯，我们就是这么决定的。"

"谁决定的？"

"是委员会。你做的一切是违反人权的。你不能为了自己赚钱而强迫他们去冒大桥倒塌的生命危险。"

她找出一张白纸，递了过去："把它写下来，然后我们签一份生效的协议。"

"什么协议？"

"约翰·高尔特铁路永远不雇佣你们工会的会员。"

"什么？等等……我从没说过——"

"你不想签这个协议？"

"不是，我——"

"干吗不签呢，你不是知道那桥会塌吗？"

"我只是想——"

"我知道你想干什么。你想用我给他们的工作来要挟你的会员们，同时用你的会员们来要挟我。你想让我提供就业机会，同时又不想让我给出什么工作。我现在让你选择。火车是一定要发的，这你别无选择。但是，你可以选择究竟是否允许你的会员来开。如果你不允许的话，就算我自己上去，车也还是要照开。那么，假如桥塌了，反正也不会再有任何铁路能存在下去；可如果它没塌，你们工会的任何成员都别想在约翰·高尔特铁路找工作。如果你觉得是我更需要你们的人，你可以就此作出选择；如果你知道我会开火车，他们却不会建铁路，你也可以根据这个来选择。那么现在，你是否要禁止你们的人开这趟车？"

"我没说我们要禁止，我从没说过要禁止。但……但你不能强迫人去冒生命危险。"

"我不会强迫任何人开那趟车。"

"那你打算怎么办？"

"我要找自愿者。"

"如果没人愿意呢？"

"那就是我的问题了，不用你操心。"

"那，我告诉你，我会建议他们去拒绝的。"

"请便吧，想怎么建议就怎么建议，怎么去说都行。但要给他们选择的权利，别想去禁止。"

出现在塔格特泛陆运输所有车库里的通知上都有"艾德文·威勒斯——业务副总裁"的签名。通知要求，凡愿意驾驶约翰·高尔特铁路首发列车的司机，应在七月十五日上午十一点之前通知威勒斯办公室。

七月十五日上午十一点一刻,达格妮办公室的电话响了起来。是艾迪从她窗外高高的塔格特大楼打来的。"达格妮,你最好过来一下。"他的声音有些反常。

她急忙穿过大街,经过铺着大理石的大厅,来到窗上还挂着"达格妮·塔格特"名牌的门前,推开了门。

办公室外间挤得满满当当,桌旁和墙边站满了人。她一进来,人们全都摘下帽子,屋内顿时鸦雀无声。她看到一片灰白头发的头顶和壮实的肩膀,看到她手下职员脸上的笑容和在房间另一头的艾迪·威勒斯脸上的表情。大家全都知道,一切尽在不言中。

艾迪站在她办公室敞开的门旁。人群闪开一条路,让她走了过去。他用手指了指房间,然后又指了指一堆信件和电报。

"达格妮,他们中的每一个,塔格特泛陆运输的每一个火车司机,只要能来的,都在这里了。有些甚至是从芝加哥分公司赶来的。"他指着邮件说,"这是没来的那些。确切地说,只有三个人没消息,一个正在北部山区休假,一个住院,还有一个因为开汽车时危险驾驶,正在蹲监狱。"

她望着这些人。他们庄重的脸上带着抑制不住的笑容。她冲他们点头示意,低着头站了一会儿,似乎在接受一个判决。她明白这判决将影响到她和房间中的每一个人,影响到这座大楼之外的整个世界。

"谢谢你们。"她开口说道。

他们中的大多数人经常见到她,但当她抬起头来的时候,许多人看着她,暗自惊讶不已。他们头一次发现,他们的业务副总裁有着一张美丽女人的面容。

后面突然有人兴奋地喊了一声:"让吉姆·塔格特见鬼去吧!"

人群立刻沸腾了。人们大笑着,欢呼着,鼓起掌来。这句话本来不会产生如此强烈的反应,但它给了他们一个借口。他们似乎是在为那个高声叫喊的人鼓掌,来展现他们对权威的蔑视。但房间中所有的人都明白他们是在为谁而欢呼。

她抬了抬手。"现在还太早,"她笑着说,"再过一个星期,到那时我们才应该庆祝。相信我,我们一定会庆祝的!"

他们用抽签来决定谁去驾驶。她从写着他们姓名的折起来的纸条堆里拣出了一个。中彩的帕特·洛根不在现场。不过,他在塔格特的内布拉斯加州分公司驾驶彗星号,是全公司最好的火车司机之一。

"给帕特发电报,跟他说他被降级开货车了。"她对艾迪吩咐道,随后,又像是临时想起什么一样漫不经心地补充了一句,但大家都明白她绝对不是随便说说的,"哦,对了,告诉他,我要和他一起坐在驾驶室里。"

她身旁一个上岁数的司机咧嘴一笑:"我想你就会这么做的,塔格特小姐。"

达格妮给在纽约的里尔登打了个电话,"汉克,我明天要开一场新闻发布会。"

他大笑起来:"不会吧!"

"是真的,"她的语气认真得让人觉得有点害怕,"报纸突然找到了我,问了许多问题。我打算答复他们。"

"祝你一切顺利。"

"会的。你明天在城里吗?我希望你能来。"

"好吧,我也不想错过这个机会。"

前来约翰·高尔特公司办公室参加新闻发布会的记者们年纪都不大。他们在工作中所受的训练是如何在全世界面前掩盖事实的真相。他们的日常安排是给那些公众人物捧场当观众,听那些人用精雕细琢、让人不知所云的讲话来谈论大众的利益;他们的日常工作则是玩弄文字游戏,只要摆弄出来的文字不要把事情说得明确和具体就好。他们根本无法理解眼下的这场发布会。

达格妮·塔格特坐在她那间像贫民窟地下室一样的办公室里。她穿着漂亮考究的深蓝色套装,再加上一件白色的外套,透出一种庄重和近乎军人的风范。她正襟危坐,神态威严,只是有点过于威严了。

里尔登大大咧咧地靠坐在房间一个角落的椅子上。他把两条长长的腿跷起来，搭在椅子扶手上，身体的方向和其他人都相反，一副轻松随意的样子，只是有点过于随意了。

达格妮不借助于任何文件，两眼直视着面前的人们，用军人报到般清晰而毫无起伏的声音叙述了约翰·高尔特铁路的技术情况，一一介绍了铁轨性能的确切数据、大桥的运载能力、建造方法以及造价。随后，她像银行家那样，用平淡枯燥的语气讲述了这条铁路的财务前景，并指出了她预计得到的巨大收益。"就这些。"她结束了讲话。

"就这些吗？"一个记者问道，"你难道不想对大家说些什么吗？"

"这就是我要说的。"

"可——我的意思是，你不想为自己做些辩解吗？"

"辩解什么？"

"你难道不想给我们些东西，以此证明你的铁路吗？"

"我已经给了。"

一个嘴上总是挂着冷笑的人问道："那么，我想知道的是，正如伯川·斯库德所说，如果你的铁路不安全，我们能得到什么样的保障？"

"别坐就是了。"

另一个问："你不打算告诉我们修建那条铁路的动机吗？"

"这我已经说过了，就是我预期的收益。"

"哦，塔格特小姐，别这么说！"一个年轻人嚷了起来。他是一个还忠实于自己职责的新人，对达格妮·塔格特有种莫名其妙的好感，"你不该这么说，他们正是在这一点上对你有非议。"

"是吗？"

"我想，你肯定不是这意思，而且……而且你肯定想澄清这一点。"

"哦，既然你这么想，那好吧。一直以来，铁路的平均利润是全部资金投入的百分之二，这种巨大的付出和微薄的收入对于一个企业来说是很不合理的。我前面已经讲过，对比一下约翰·高尔特铁路的成本和它今后可承载的运输量，我预计可以获得不少于投资额百分之十五的利润。当然，按现今的标准，任何企业如果得到高于百分之四的利润都会被视为暴利。尽管如此，如果可能的话，我还会尽力让约翰·高尔特铁路给我挣来百分之二十的利润。这就是我修建这条铁路的动机。我说得够清楚了吧？"

那个年轻人绝望地看着她。"你的意思不是说要为你挣利润吧，塔格特小姐？你其实是说，是为了你的那些股东们，对吗？"他希望能给她提个醒。

"干吗？当然不是了。我恰好就是塔格特泛陆运输最大的股东，因此我的利润分成是最多的。目前，里尔登先生的情况更有利，因为没有其他股东可以瓜分他的利润——要不要你自己说说，里尔登先生？"

"我当然很乐意。"里尔登接了过来，"由于里尔登合金的成分配方是属于我个人的商业秘密，鉴于该合金的生产成本比你们诸位所能想象的还要低很多，我预期在今后几年可以从大众身上挣到百分之二十五的利润。"

"你所说的从大众身上是什么意思，里尔登先生？"一个人质问道，"如果真像你广告里所说，你的合金比其他材料的寿命长三倍，价格却便宜一半的话，大众不就会因此得到好处吗？"

"哦，你也发现了？"里尔登回答说。

"你们俩知不知道你们说的话是会见报的？"那个带着冷笑的人问道。

"霍普金斯先生，"达格妮不失礼貌地反讥说，"如果不是因为要见报，我们干吗要和你们讲这些？"

"你想让我们把你们刚才说的都登出去吗？"

"我巴不得你能一五一十地照登不误。你想让我逐字逐句落实到字面上吗？"她停了停，看他们把笔都准备好以后，便开始口述道，"塔格特小姐说——引号开始——我希望能靠约翰·高尔特铁路挣大钱，我会挣到的。引号结束。谢谢你们。"

"先生们，还有问题吗？"里尔登问。

再没人问什么问题了。

"现在，我必须要告诉你们约翰·高尔特铁路通车的事情。"达格妮说道，"首发列车将于七月二十二日下午四时从塔格特泛陆运输在怀俄明州的夏延车站发出，是挂有八十节车皮的货运专列。做驱动的是我从塔格特泛陆运输借用的功率为八千马力的四体柴油机车。这趟车将以平均一百英里的时速，一路不停，直达科罗拉多州的威特交叉口。对不起，你说什么？"她问那个低声长嘘的人。

"你刚刚说什么，塔格特小姐？"

"我说的是，一百英里的时速，把坡度、转弯和所有路况都算上。"

"你难道不想把速度降到比正常更低的水平，而不是……塔格特小姐，你难道对公众的看法从来就不考虑吗？"

"我考虑了。如果不是顾及这一点，本来平均时速六十五英里就足够了。"

"由谁来操作这趟车？"

"我在这个问题上很伤脑筋。塔格特泛陆运输的所有司机、司炉工、司闸员和列车长都自愿报了名，我们只好抽签决定这趟列车的每一名车务人员。由塔格特彗星号的帕特·洛根担任司机，司炉工是瑞·麦金姆。我会在驾驶室和他们一起出车。"

"真的呀！"

"请一定来参加通车典礼，是七月二十二号，我们最想邀请的就是媒体。和我平时的作风不同，我现在很想多曝曝光。真的，我想看到闪光灯、麦克风、摄像机都出现在那里。我建议你们在大桥附近多布置些摄像机，大桥倒塌的镜头一定很有意思。"

"塔格特小姐，"里尔登问了一句，"你怎么没说我也要乘这趟列车呢？"

她向房间那边的他望去，一时间，房内只剩下他们两人，彼此的目光紧紧交缠。

"当然了，里尔登先生。"她回答道。

七月二十二日，她和他又一次在夏延的塔格特车站站台上相见了。

她走上站台时，并没有在人群中寻找谁：除了感觉到震颤和灯光，她的全部知觉都被吞没在混在一起的天空、太阳和巨大的人群喧嚣之中。

然而，他是她看见的第一个人，而且在她都不知有多久的一段时间里，也是唯一的一个人。他站在约翰·高尔特列车旁边，听不见他正在和别人说些什么。他穿着宽大的灰布裤和衬衣，看上去像个经验丰富的修理工，但他周围的人全都盯着他看，因为他是里尔登钢铁公司的汉克·里尔登。在他的头顶上方，是银色车头前端的两个字母：TT。火车头的线条微微向后倾斜，直指天空。

尽管他们之间隔了距离和人群，但她的出现立即吸引了他的目光。他们对望着，她明白，他和她心有灵犀。这不是系他们的命运于一线的重大冒险，而仅仅是他们享受的时刻。他们的任务已经完成了。此时，他们想的不是以后，而仅仅是来之不易的现在。

她曾经告诉过他，人只有体会过庄重，才能感受到真正的轻松。无论这次通车对其他人意味着什么，对他们来说，今天的全部意义只是他们自己；无论别人在生活中追求什么，他们只希望能够感受到此时此刻。他们仿佛是隔着月台，把这些话告诉了对方。

随后，她从他的身上移开了视线。

她注意到，她自己也是人群包围和关注的目标。她在大声地笑，回答着他们的提问。

她没想到会来这么多人。站台和铁道两侧以及车站外的广场都挤满了人，副线的货车车厢顶上和周围住宅的窗户旁也全都是人。他们是被一种东西吸引了过来。这种东西使得詹姆斯·塔格特到了最后一刻也忍不住决定来参加通车典礼。她阻止了他："如果你来的话，吉姆，我会把你从你自己的塔格特车站给轰出去。这一切，我是不会让你看到的。"然后，她让艾迪·威勒斯作为塔格特泛陆运输的代表来出席这个仪式。

她望着人群，对人们都盯着她看感到愕然，因为这本来是属于她自己的事，根本无法同其他人交流；同时，她又对他们能来、对他们可以目睹这一切感到欣慰，因为这样的成就是一个人能为别人献上的最珍贵的礼物。

她不生任何人的气，曾经难以忍受的一切现在已如落潮一般，消退成了远远的水雾。伤痛虽然还在，但已奈何她不得。过去的事在此刻的现实面前纷纷瓦解。这一天的意义，正如泼洒在银色火车头前的阳光般绚烂而清澈，让所有人都能真真切切地目睹。她谁都不恨。

艾迪·威勒斯正注视着她。他站在站台上，身边簇拥着塔格特的高层、分公司的主管们和市政官员，以及被说服、收买或威胁的地方官员——他们搞到了允许火车以百英里的时速通过市区的许可。在这一天，在这个场合，他名副其实地担当起了副总裁的职责。他和身边的人说着话，眼睛却始终没有离开过人群中的达格妮。她身着宽松的蓝色裤子和衬衣，对所有场面上的事都漠不关心，统统交给了他去处理。此时，她简直就像是这趟车的一名车务人员，火车就是她心中的一切。

她发现了他，走上来握住了他的手。她的笑容已经包含了他们所做的一切，无须再多说什么："嗯，艾迪，你现在可就是塔格特泛陆运输了。"

"是。"他庄重地低声回答。

围上来的记者把他们分开了。他们向他提着各种问题："威勒斯先生，塔格特泛陆运输对这条铁路的政策如何？""所以，塔格特泛陆运输只是一个公平的旁观者，对吗，威勒斯先生？"他一边尽量去回答，一边看着照在柴油机车上的太阳，但此时他眼里的，是林间草地上的太阳和那个十二岁的小姑娘，对他说，将来有一天，他要帮她一起管铁路。

他远远地看着列车的车组人员在火车头前站成一列，闪光灯立时亮成了一片。达格妮和里尔登微笑着，如同是在夏天的休假里留影。担任司机的帕特·洛根个头不高，非常壮实，头发花白，脸上带着谜一般淡然而轻蔑的笑。担任司炉工的瑞·麦金姆是个高大健壮的小伙子，高傲的笑容里还有几分拘谨。车组的其他人似乎都快被相机闪花眼了。一个摄像师笑着说，"你们难道不会摆出点要倒霉的样子吗？我知道编辑就是想要这个。"

达格妮和里尔登正在答复记者们的问题。此时，他们的回答中已经不再有捉弄和怨恨，他们是在享受着这一切，好像那些问题也都变得善意起来，不知不觉间，也的确变得如此了。

"你觉得这趟车会发生什么状况？"记者在问其中一个司闸员，"你认为能到目的地吗？"

"我认为我们会到的。"那个司闸员回答说，"你也是这么想的，伙计。"

"洛根先生，你有小孩吗？你是否额外上了保险？你知道，我说的是那座桥。"

"在我到那儿之前,你们还是别过大桥了。"帕特·洛根轻蔑地回答说。

"里尔登先生,你怎么知道你的铁轨承受得住?"

"教会大家印报纸的那个人,"里尔登答道,"他是怎么知道的呢?"

"告诉我,塔格特小姐,三千吨的大桥凭什么能支撑七千吨的火车呢?"

"凭我的判断。"她答道。

不知为什么,那些没拿自己的职业当回事的记者们却陶醉在今天的采访之中。一个靠常年写丑闻而出名的年轻记者,脸上的嘲讽神情使他看上去比实际年龄整整大了一倍,突然说了一句:"我知道我想成为什么样的人了:我希望我能报道新闻!"

车站楼顶的大钟指向了三点四十五分。人群开始向远处的车尾涌去。走动和喧哗声渐渐平息下来。不知不觉间,人们纷纷驻足静立。

这条铁路跨越了崇山峻岭,通往三百英里外的威特油田。沿途车站都已经向调度发来了信号。调度走到车站建筑外面,望着达格妮,做出了可以通行的手势。达格妮站在火车头旁边,举起手重复着他的手势,表示命令收到,一切明白。

货车的车厢被有序地挂在一起,像一条长长的脊椎,延伸开去。另一端的列车长将手臂在空中一挥,达格妮挥动着胳膊表示回答。

里尔登、洛根和麦金姆如同立正一般肃穆地站着,让她第一个上车。当她正踩着踏板登上机车时,一个记者想起了一个他还没问过的问题。

"塔格特小姐,"他在她身后叫道,"谁是约翰·高尔特?"

她转过身来,一只手抓着铁扶手,将身体悬在众人头顶上的半空之中。

"我们就是。"她回答道。

洛根跟在她身后进了驾驶室,接着是麦金姆,里尔登是最后一个。随后,机车的铁门便被彻底紧紧地关上了。

信号台显示出绿色的指示灯,在铁轨两侧的地面上,也有两排绿灯顺着轨道延伸。远方的拐弯处,夏日的绿草掩映着挺立其间的一点绿灯,仿佛它们也都成了绿灯一样。

两个人在火车头前方的铁轨之间拉起一根白色的丝绸条幅,他们是科罗拉多分公司的主管和留下来的尼利的总工程师。艾迪·威勒斯要去剪断这根条幅,从而宣布新铁路的开通。

摄影师们在精心选取着拍摄的镜头。艾迪手拿剪刀,背对着火车头。摄影师们为了捕捉到更好的镜头,让他重复做几次剪彩的动作,并准备好了另外一根崭新的绸带。他在准备开始时停了下来。"不,"他突然说,"这不能做假。"

他带着副总裁冷静威严的口吻,指着一排大大小小的摄影镜头，命令道："向后退，退得远远的。我剪彩的时候你们只有一次拍摄的机会，然后就赶快让开。"

他们听话地急忙向后退。只剩下一分钟了。艾迪转过身，背对摄影师，面朝着火车头，站在铁轨中间，把剪刀放在白绸带上准备好，把帽子摘下，扔到了一边。他抬头仰望着火车头。微风轻拂着他的金发。车头是一块巨大的银色盾牌，上面刻着内特·塔格特的家徽。

车站的大钟指向四点的那一刻，艾迪·威勒斯举起了他的手。

"发车吧，帕特！"他高喊了一声。

在火车向前开动的一刹那，他剪断了白绸带，跃下了铁轨。

他站在副线的轨道上，看到从他面前经过的驾驶室，看到达格妮在向他挥手致意。接着，火车头驶远了，他隔着一节节的车厢，看着对面站台上时隐时现的人群。

蓝绿色的铁轨仿佛是从地平线后面同一点发射出的两架喷气式飞机，向他们扑面而来。枕木在车轮的碾轧下，融化成了顺滑的溪流。在靠近地面的机车两侧，隐隐可见映出的亮痕。大树和电话杆猛地闪进视野之中，然后又一下子被甩到了后面。绿野伸展着，悠闲地飘过去。天边，起伏的山峦放缓了速度，似乎是跟着火车在跑。

她感觉不到脚下的车轮。列车如同乘着气流，悬浮于铁轨之上，在源源不断的推动下顺畅地飞行。她失去了速度感。看起来很奇怪，那些绿色的信号灯怎么会每隔几十秒就出现一次？她清楚得很，信号灯之间的间隔是两英里。

帕特·洛根面前的时速表指针停在一百英里的位置。

她坐在司炉工的座位上，不时转头瞟一眼洛根。他松弛地坐在那里，身体稍稍前倾，一只手似乎是随便地搭在气阀门上，但眼睛却始终不离前方的轨道。他表现出行家的自如，自信得像若无其事一样，但那自如后面，是高度的全神贯注，专注于眼前不容半点闪失的任务。瑞·麦金姆坐在他们身后的凳子上，里尔登则站在驾驶室中央。

他双脚分开保持着平衡，两只手插在兜里，站立着望向前方。他顾不上看铁道两旁的一切：他盯着的是铁轨。

所有权——她回头瞧了他一眼，心想——不是有人不清楚它的含义并怀疑它的存在吗？不，它绝不是靠公文、印章、授权和批准组成的，它——就在他的眼中。

充斥在驾驶室里的声响似乎也成了他们正在穿越的一部分。发动机在低沉地嗡嗡作响——是由许多零件发出的响亮的金属撞击声混合在一起，以及从颤动的玻璃窗那儿传来的高亢尖锐的呼啸。

景物风驰电掣般闪过——一座水塔，一棵树，一座棚屋，一个米仓。它们的动作都像车窗上的雨刷一样：划着一道曲线渐渐升高，然后再跌落到后面。电线正和火车赛跑，它们在柱子之间有规律地一起一伏，像在空中画出的一条稳定的心电图曲线。

她看着前方那吞没了远处铁轨的蒙眬，似乎灾难随时会扯开它，从里面横冲出来。她说不出为什么觉得比坐在汽车里感到安全。这里更加安全，仿佛一旦有什么障碍物横亘在眼前，火车的胸膛和车窗就会首先直撞上去。她找到了答案，并露出笑容：这种安全感的存在，正是因为她是头一个完全了解和掌握所有过程的人，而不是被莫名的力量盲目地拉进一片未知之中。这是最美好的一种存在的感觉：不是去相信，而是去了解。

玻璃车窗使得不断延伸的原野看上去更加浩瀚：目光所及，是那么开阔，然而，一切又都并非遥不可及。她刚刚看到前方一片波光粼粼的湖水，转眼间它就出现在身边，然后落到了后面。

她想，视觉和触觉之间的距离被奇特地缩短了，还有愿望和实现之间的距离，接着她猛然一顿，两个词语从脑海中清晰地一跃而出——以及灵魂和肉体之间的距离。

首先有了想象中的画面，然后就是具体地把它表现出来；首先有了想法，然后就是一心一意地沿着笔直而单纯的路线到达选择的目的地。如果两者缺少了一个，还有什么意义呢？不付诸实施的空想，或者漫无目的的行动，岂不是很不幸吗？究竟是谁的恶毒蔓延到了这个世界上，拼命地把这两者拆散，并让它们彼此对立？

她摇了摇头。对于身后的世界为何会是如此，她实在不愿意去想了。她不在乎。现在她正以一百英里的时速飞离它。她倚着身旁敞开的车窗，感觉着呼啸而来的风吹乱了额前的头发。她向后仰去，只能意识到自己的陶醉。

然而，她的脑子仍在飞速地转动，断断续续的想法像轨道边的电线杆一样，从她的记忆当中闪过。物质的享受吗？她想着，这列钢铁的火车……在里尔登合金轨道上奔驰……用燃油和发电机驱动……这是对空间中的物质运动的一种物质体验……可它是我此刻这种感觉的原因和意义吗？……下面的铁轨如果现在裂得粉碎——尽管不可能，但我不在乎，因为我已经感受到了这一切——他们是不是会认为这种感受是低级动物才有的快感？一种低等、现实、物质，以及可耻的身体的愉悦？

她闭着眼睛，面带笑容，风从她的发际穿过。

她睁开眼，只见里尔登站在面前，正低头用他刚才看铁轨的眼神注视着她。她只觉得自己的意志在钝滞的一击之下彻底垮了，身体竟然动弹不得。她向后仰靠在椅子上，和他对视着。薄薄的衬衣被风吹得紧紧地贴着她的身体。

他移开了眼睛，她也再次把头转向窗外扑面而来的大地。

虽然她不愿去想，但念头像机车隆隆的发动机一样，不断在她的脑子里轰鸣。她打量着机车室，车顶上面密实的金属网，在四角用来固定焊接钢板的一排排铆钉，是谁造出来的？是靠人强健的肌肉吗？帕特·洛根前面的四个刻度盘和三根手柄控制着他们身后十六台发动机的能量，使人仅凭单手就可以轻而易举地操控，这又是谁的杰作呢？

这些东西，以及它们所具备的能力，就是人们所认为的罪恶吗？这是不是他们所说的卑鄙的物质追求呢？这是不是被物质所奴役，是不是人的精神向肉体屈服了呢？

她用力地摇着脑袋，似乎想把这些念头扔出窗外，让它们在铁轨上摔得粉碎。她望着夏日原野上的太阳，发觉根本没必要去想这些。这些问题，不过是她早已懂得的真理的细节而已。就让它们像电线杆一样闪过去吧！她所了解的一切，就像飞过头顶的电线般不会间断。代表着它和这次征程、代表着她和全人类的感受的那句话就是：这一切本来就是这么简单和正确！

她看着外面的田野。不知从什么时候开始，她注意到轨道边上每隔不远就会出现一些人影，只是全都一晃而过，她看不清他们在做什么。忽然，仿佛是电影里渐渐显现的全景一般，她恍然大悟。她从铁路竣工后就派人看守，但她从没雇过这么多沿线的人。每一英里的路碑旁都站着一个人。有些是年轻的孩子，其余的则全都是老人，在天空的映衬下，他们身体的轮廓微微弯曲。他们全都荷枪实弹，从价格不菲的步枪到老古董的长枪，凡是能找到的武器都拿来了。所有人都头戴铁路的帽子。他们有的是塔格特员工的儿子，有的是在塔格特泛陆运输服务了一辈子、已经退休的老人。他们都是自愿前来守护这趟列车的。在火车经过时，每个人都笔直地站好，用军队行礼的方式举起枪来致敬。

明白了这一切后，她情不自禁地突然放声笑了起来。她像孩子似的笑得浑身哆嗦，听上去像是发泄般的啜泣。帕特·洛根冲她微笑着点点头，他早就注意到路边守护的人们了。她伏在车窗前，胜利般地向铁道旁的人们用力挥动着手臂。

她看见一群人在远处的山头上，把手举在空中摇摆着。在他们脚下的山谷中，零零落落地散布着一个村子灰色的房屋，仿佛是掉在那里之后便被就此遗忘了。倾斜的屋顶无力地下垂着，墙壁的颜色早已随着岁月褪尽。或许，他们就是这样世代居住在那里，太阳的东升西落便是他们一天的标记。现在，这些人爬上了山，来看一颗银头彗星穿过他们的平原，如同一声打破了恒久沉寂的号角。

房屋越来越多，离铁道也越来越近。她望见了那些凑在窗前、聚集在门廊里、站在远处屋顶上的人；她望见了交叉路口斜坡上挤满的人群，街道像风扇的叶片一闪而过，让她看不清人们的脸，但她看见了他们向列车高举着的手臂，仿佛是随风摇曳的树枝。他们在闪烁的红灯和路牌下等候着，路牌上写着："停，看，听。"

列车以百英里的时速穿过一座城镇。车站里，从站台到屋顶，到处是涌动的人群，仿佛一座摇摆的雕塑。她看到摇晃挥舞的手臂、抛向空中的帽子，还有向列车投掷过来的花束。

在一路的铿锵声中，列车径直驶过一座座城镇。一群群的人跑出来，就是为了看上一眼，并因此欢呼雀跃，充满了希望。她看到花环堆放在陈旧的车站饱经烟尘熏染的屋檐下面，被岁月打磨得千疮百孔的墙壁上挂着星条旗。眼前的情景就像她当初从铁路史课本里看到并羡慕的那个时代，人们聚集在一起迎接第一列火车的诞生；就像内特·塔格特横穿全国的时代，沿途的人们渴望着能够目睹伟大的成就。她心想，那个时代已经成了历史，几代人过去，却再也没什么好迎接的了。除了看到一道道裂缝在当初内特·塔格特建造的墙壁上日渐增加，再也见不到其他。然而，和他那个时候的人一样，大家还是怀着同样的心情涌出来了。

她瞥了一眼里尔登。他站在车厢的墙壁旁边，似乎并没去注意人群，对他们的欢迎也无动于衷。他正怀着专家那浓厚的专业兴趣，在观察轨道和火车的状况。他的神态似乎在说，他才不管什么"他们很喜欢"之类的念头，他心里想的只是："成了！"

他灰色的长裤和衬衣下那高大的身躯似乎在跃跃欲动，长裤令他颀长的双腿线条更加分明，轻盈稳健、轻松自如地站在那里，却又仿佛可以随时跃向前方；他瘦削有力的手臂露在衬衣的短袖外面，从领口处可以看到他紧绷的胸肌。

她忽然觉得自己总是在扭头看他，便把身体转了回来。然而，这一天既不属于过去，也和今后没有关系——她产生不了任何联想——看不到任何含义。唯一的强烈感觉，就是此时她和他一同禁闭在同一方狭小的空间之内。正如他的铁轨令人不由得想到列车的飞驰，他在身边如此贴近使她对这一天有了更深切的感受。

她有意转回头去瞧他，他也正在看着她。他没有转开眼睛，冷静而全神贯注地迎着她的目光。她不甘示弱地笑了笑，却不敢去多想这笑里的含义，只是清楚地知道，对这张顽固的面孔，这已经是她能够做出的最有力的回击了。突然，她有一种想看到他发抖、逼着他大喊出来的欲望。她不禁觉得好笑，同时感到自己喘不上气来，便缓缓地把头扭开。

她靠在椅子上坐着，凝视着前方，心里知道他对她的感觉正如她对他的一样。这种特殊的自我感知令她很舒服。每当她跷起腿来，每当她用支在窗沿上的胳膊倚着身体、用手拂弄着额前的头发时，她身体的每一个动作都被一种她所不承认的感觉支配着：他是否正在看呢？

列车已经远离了城镇。铁轨在一片更加险恶、不愿被人接近的野地里爬升。轨道经常被转弯遮挡，山脊也越来越逼仄，平原像是打了褶。科罗拉多层层叠叠的岩石开始出现在铁道两旁，群山起伏的蓝色峰峦渐渐吞噬了远方的天空。

他们的视野里出现了工厂烟囱中的烟雾,接着就是一座电厂纵横交错的电网和一座钢铁建筑物顶端矗立着的针状天线。他们马上要到丹佛了。

她瞧了瞧帕特·洛根。此时他身体更加前倾,眼睛和握紧的手指显出一丝紧张。他和她都清楚以目前这种高速通过城市的危险。

不到一分钟的时间却让他们感觉如此漫长。首先进入眼帘、掠过窗外的是一座座工厂,然后是成片的街道,接着,面前交错伸展的轨道像张开的漏斗一般,把他们吞进了塔格特车站,只有沿线的绿灯能给他们带来一些安全感。从高高的控制室望出去,旁边铁轨上的货车车皮像一条用房顶组成的扁平带子一般蜿蜒而过,光线从车篷上的小孔里射进来,从他们的面孔上飞速闪过。在站台的玻璃穹顶下,车轮的声音震耳欲聋,欢呼高喊的人群像一滴水珠,在黑暗中的立柱之间晃动。他们就在这一阵阵轰鸣声中疾驰,向前面闪着光亮的半圆形站台出口和远处空中闪耀的绿光冲去,那些绿灯如同空中的把手,为他们开启了面前一道又一道的大门。旋即,川流不息的街道、人影晃动的窗户,以及嘶鸣的警笛声消失在了身后。远处的一座高楼顶上,有人停了下来,看着这枚银色的弹头飞过市区,然后像天女散花一般,从楼顶撒下了一大团碎纸片。

他们又冲向了野外,行驶到了一片崎岖的山坡上。仿佛是从城市径直地摔向一面花岗岩的峭壁，然后幸运地被一块凸出的岩层接住。高山陡然耸立在了他们的眼前。他们此时正行驶在峭壁边缘，脚下是延展坠落的深渊。狰狞的巨石重重叠叠地从上方凸出，遮住了阳光。他们失去了天空和大地，只能在泛着蓝曦的黄昏之中急驰。

铁轨围绕着峭壁盘旋上升，迎面扑来的峭壁简直要把他们从路上掀翻。但铁轨所到之处，山却被劈开，像是张开了两翼一般闪向两旁。山的一侧布满了向上挺立的松枝，整片松林如同一层层密实的地毯，山的另一侧则裸露着红褐色的岩石。

她从打开的车窗向下望去，只见涂成银色的火车头悬在半空。下面的溪流远看如同一缕薄薄的丝带，在山脊间跌宕流淌，沉浸在水旁的苔藓就是白桦树亮闪闪的树梢；火车尾部的一节节车皮紧贴着花岗石的山壁蜿蜒回曲，在绵延数里的山石之下，蓝绿色的铁轨盘山而上，在火车的身后一点点铺展开去。

一片岩石突然耸立而起，挡住了他们的道路，占据了整个挡风玻璃的视野，车内顿时一片黑暗。距离如此接近，仿佛根本就不容许他们逃脱。但她听到车轮在拐弯处发出"吱吱"的摩擦声，光线一下子恢复了——她的眼前是一段从狭窄山道上延伸出去的铁轨，消失在了空中，火车头正直冲云霄。除了铺在山路上那两条弯弯曲曲的蓝绿色铁轨，什么都无法阻挡他们。

要承受十六台发动机的强力震撼，她心里想，要经得住七千吨钢铁和货物的重压,能够在转弯时把它们大幅度地甩动,然后又牢牢地控制住,两条距离还不及她手臂长度的铁轨简直完成了一个不可思议的壮举。是什么使这一切成为可能?是什么使这些肉眼看不见的分子结构足以让他们以生命相托,足以支撑起维系着多少人生命的八十车货物?她看到,一个人的面孔和双手浮现在实验室炉火的闪光和合金样品的白色熔液之中。

她再也无法抑制涌上心头的情感,转过身去,一把拉开了发动机室的门。伴随着扑面而来的呼啸声,她逃遁在机车心脏发出的沉重撞击之中。

有那么一会儿,除了耳朵,她身上所有的感官似乎全部失灵了,回荡在她耳中的只是一阵悠长起伏的嘶鸣。她置身在一个不停摇晃着的封闭金属室里,凝视着巨大的发动机组。她一直想亲眼来看一看,正是它们,正是她对它们的热爱,正是这生命的意义——也就是她所选择的工作,使得她的内心充满了胜利感。伴随着这剧烈的情感,她异常清晰地发觉她几乎快要抓住那她一直苦求而不得的东西了。她放声大笑,那笑声立即淹没在机器隆隆的巨响之中,"约翰·高尔特铁路!"她高喊道,体验着这声音从她唇边滑过的快乐。

她沿着发动机和墙壁之间的狭窄通道慢慢地挪动着,有一种冒冒失失闯进来的感觉。她仿佛是掉进了一个生物的身体内部,在它银色的皮肤下,看到生命的搏动是靠着铅色的汽缸、弯曲的线圈、密闭的钢管和接线端口里急速旋转的触片。她头顶的这个庞然大物连接着看不见的管道，把它的狂暴传输给了玻璃刻度表上的孱弱指针，传输给了控制台上闪烁着的红绿指示灯，传输给了刻有"高压"字样、高大扁平的电柜。

她想，为什么一看到机器她就有了快活的自信感？在这些庞然大物身上，全然找不到其他没有生命的物体所具备的两个特征：没有缘故，漫无目的。如同她所敬仰的人对人生课程做出的一步步选择，对于"为什么？"和"做什么用？"这样的问题，机器的每一个部件都是再具体不过的答案。这些机器就是浇铸在钢铁里的道德标准。

她想，它们是有生命的，因为它们体现了一种有生命的力量，体现了那个掌握它的繁杂、设计它的用途，并给予它形体的头脑。在她的眼里，机器瞬间似乎变成了透明的，她看得见它们的神经网络。这张布满节点的网络比它们所有的线路都更复杂和重要：人类的灵魂头一次令它们的每一部分都有了理性的关联。

它们是有生命的，她想，只是它们的灵魂是在用遥控的方式控制着它们。它们的灵魂属于每一个能够取得如此成就的人。一旦这灵魂从世界上消失，机器就会停止转动，因为正是它在支撑着它们的运转。没有了它，她脚底地板下面的机油就会退化成远古时代的烂泥，钢铁制成的汽缸就会变成战栗的原始人洞穴石壁上的铁锈。支撑它们的，是有生命的头脑的力量——是思考、选择和目标的力量。

她转身返回驾驶室，只觉得她想大笑，想跪在地上或是高举起双手，把她的感受统统释放出去，这一切，没有任何形式能够表达。

她看见里尔登正站在门边的台阶上，便停住了脚步。他注视着她，似乎知道她为什么逃开，知道她此刻的感受。他们一动不动地站着，在狭窄的过道上瞧着彼此的身体。她的心跳得和发动机一样剧烈，只感觉这两种脉搏都来自于他；脉动的节奏彻底摧垮了她的意志。他们默默无语地回到驾驶室，刚才发生的一幕，他们谁都不会再去提及，对这一点，他们心照不宣。

前方的峭壁呈现出流金般明亮的色彩，一道道阴影在下面的山谷里拉得愈发长了。太阳正从西边的山峰下落。他们迎着落日，一路向西，驶上山来。

天色渐浓，显出铁轨般蓝绿的色调。他们远远地望见了山谷里的烟囱群。这是科罗拉多的新兴城镇之一，如同威特油田的辐射一样成长了起来。她的视野中出现了有棱有角的新式房屋、平坦的房顶和大片的玻璃窗，由于距离太远，还看不清人。就在她想人们不可能从这么远的地方看到火车时，一枚焰火从建筑群中蹿上了城市的半空，像喷泉一样，在暮色中绽放出金黄色的点点星光。那些她看不到的人们正远观着在山边行驶的列车，送上一份致意，一束黄昏中孤单的火花，作为庆祝或是求助的象征。

转过下一个弯,她的眼前豁然开阔,只见远处的低空中有一白一红的两点灯光。那不是飞机,她看到了灯光下面支撑的锥形钢架。她刚意识到那些是威特石油公司的井架,山已经一下子向两侧闪开。大地骤然开阔,铁轨顺着地势,一路向下伸展出去。在路的尽头,在幽暗的山谷对面的威特山脚下,她看到了用里尔登合金修建的大桥。

他们在向下飞奔。她顾不上去想当初精心设计、减缓下冲力量的斜坡大转弯,只觉得他们头朝下冲了下去,眼看大桥离他们越来越近——这是一座镶着金属花边的小巧的方形隧道,横梁闪烁着蓝绿色的光芒横跨在空中,夕阳从山顶的缺口照进来,把一道长长的光线洒在桥上。桥边黑压压地挤了一大群人,但她的意识里只有车轮越来越响的加速声。伴随着车轮的节奏,她的脑海里回响起音乐的旋律,越来越高亢,猛然间在车厢内爆发出来,但她知道,这音乐只是在她的心中:理查德·哈利的《第五协奏曲》。她想,他会不会正是为了这一刻而写了这首曲子?他是否也有过这样的感受?他们的速度更快了。她觉得他们已经腾空而起,用山峰作跳板,滑翔在了空中。这样的测试可不太公平,她想,我们连桥身都没沾一下。她看到里尔登的面孔在自己头顶上方。她看着他的眼睛,把头向后靠去,让自己的脸静静地停在他脸庞下的空气之中。他们听到响亮的金属撞击声和脚下车轴的旋转,听到大桥的钢索在车窗外掠过,铁棍划过栅栏时发出的声音。随后，窗外忽然清静了下来，向下俯冲的余势带着他们冲上坡去，前方便是威特油田正在旋转的井架，正开着工。帕特·洛根回过身来，眼里含着笑，瞧了瞧里尔登。里尔登开口道："走到头了。"

一个房顶上挂着一块牌子，上面写着：威特枢纽站。她盯着它，觉得有什么地方不对头，随后才明白：牌子没动。经过这一段驰骋，此时火车纹丝不动，使人颇不适应。

她听到有说话声传来，向下一望，看见了站台上的人群。紧接着，控制室的门被猛地推开了。她知道她必须头一个下车，便来到了门边。在一瞬间，她感到了自己身体的瘦弱，站在扑面而来的风中是那么轻盈。她抓住铁把手，从台阶上走下来。才下到一半，她感到腰肢被什么人的手掌一把揽住，双脚便离开了台阶，身体不由得腾了空，随后她被放到了地上。她简直难以相信，这个此时在她面前大笑着的小伙子正是艾利斯·威特。她记忆中那张带着轻蔑、时刻绷紧的脸，此刻完全如梦想成真的孩子的脸一般，充满了天真无邪和热切的欢快。

她感到在静止的大地上竟有些站立不稳，便倚着他的肩膀，靠在他的臂弯里，边笑边听他说着，同时回答道："难道你不知道我们会成功吗？"

她渐渐看清了周围的人。他们是来自尼尔森发动机公司、哈蒙德汽车制造厂、斯托克顿铸造厂等地方的在约翰·高尔特铁路投资的股东们。她握着他们的手,没有再说什么。她站在艾利斯·威特面前,略显劳顿,拂开垂在眼前的头发,露出了额头上煤烟留下的污渍。她和车组的人员一一握手。大家没有说一句话,但脸上的笑容已经说明了一切。闪光灯在他们周围没完没了地闪着,山坡上传动装置那里的人们向这里不停地招着手。落日的最后一丝余晖,此刻正映照着她和众人头顶上方那银色盾牌上的字母TT。

艾利斯·威特控制了局面,用胳膊从人群中分出一条路,领着她向前走去。一个手持相机的人挤到他们身边,喊道:"塔格特小姐,能不能对大家说句话?"艾利斯·威特用手指了指长长的一串货车车厢,"她已经说过了。"

随后,她坐进了一辆轿车的后座。车子向山上驶去。坐在她身边的是里尔登。艾利斯·威特亲自驾车。

他们在山崖边的一座屋子前停下,整个油田都在下面的山坡上,一览无余。

"今晚你们当然要住在我这里,"艾利斯·威特边走边和他们说,"你们本来想住哪儿?"

她笑着说:"我不知道,还真没想过。"

"从这儿到最近的城镇开车得一小时。你们的车组人员都已经过去了。你们分公司,乃至全城的人,要为他们搞个庆祝活动。不过,我告诉了泰德·尼尔森和其他的人,就不为你办什么宴会和仪式了，除非你想搞。"

"噢，不！"她忙说，"谢谢了，艾利斯。"

他们坐在餐桌前的时候，天已经黑了。房间用宽大的玻璃窗和几件昂贵的家具装饰，服侍他们晚餐的是一个身穿白上衣的沉默的印度侍者，他是这座房子里除主人以外的唯一一个人，不苟言笑，谦恭有礼。几点光亮映照着房间：那是桌上的烛火、窗外井架上的灯光和天上的星星。

"你觉得你现在事情够多吗？"艾利斯·威特说着，"给我一年的工夫，我就能让你忙不过来。每天两列油罐车，达格妮？到时候会是四趟、六趟，你想要多少就有多少。"他的声音在山里的灯火之上回荡着，"这个吗？和我要干的相比实在是小意思。"他向西一指，"离这里五英里远的布宜那·艾斯帕兰萨山谷，大家都不知道我准备拿它怎么办。是油页岩，人们嫌采油成本太高而放弃了它，已经有多少年了？嗯，等着瞧我想出来的办法吧，会把它变成最廉价的石油，而且取之不尽。跟它源源不断的供应相比，最大的油田也只不过是个小泥塘而已。我是不是还没订购输油管呢？汉克，你和我得一起建造四通八达的输油管线……哦，对不起，我在车站和你讲话的时候没做自我介绍，连名字都还没告诉你。"

里尔登咧嘴一笑："现在我已经猜出来了。"

"抱歉，我不想这么粗心，实在是太兴奋了。"

"你为什么兴奋?"达格妮的眼睛捉弄般地眯成一条缝,问道。

威特盯着她看了一会儿,用庄重却又含着笑意的声音回答:"为了我脸上活该去挨的那一记最漂亮的耳光。"

"你指的是咱们的第一次会面?"

"我指的就是咱们的第一次会面。"

"别,你当时做得很对。"

"的确,但唯独把你看错了。达格妮,经过这么多年,要想发现个与众不同的……噢,去他们的吧!想不想听听今晚他们在收音机里是怎么议论你们俩的?"

"不想。"

"很好,我不想听。让他们自食其言去吧。现在他们都在往乐队花车上爬呢,而我们就是乐队。"他看了眼里尔登,"你笑什么?"

"我一直特别想看看你是个什么样的人。"

"也只有在今晚,我才有机会能够像自己希望的那样。"

"你就像这样,独自在远离一切的地方生活?"

威特一指窗外:"我和一切隔得只有几步远而已。"

"那和其他人呢?"

"我为来谈生意的人准备了客房。至于其他人,我想离他们越远越好。"他探过身子,把他们的酒杯倒满。"汉克,你干吗不搬到科罗拉多来？让纽约和东海岸都见鬼去吧！这里才是复兴之都。这第二次复兴的不是油画和大教堂，而是用里尔登合金制造的石油井架、电站和发动机。人们经历了石器时代和铁器时代，现在他们会把它称为里尔登合金时代，因为你的合金让一切都变得可能。"

"我打算在宾夕法尼亚州买几英亩地，"里尔登说，"在工厂的周围。如果照我想的那样，在这里建个分厂，成本就低多了。但你清楚我为什么不能那么做。去他们的吧！反正他们也竞争不过我。我计划扩建工厂——如果她能保证我的货三天内到科罗拉多，我倒要让你看看，哪里才是复兴之都！"

"给我一年时间，"达格妮说，"让我来管约翰·高尔特铁路，给我点时间重新调整塔格特系统，我就能保证，横跨整个大陆的货运都可以在三天内到达。用里尔登合金的铁轨，跨越海洋。"

"是谁说过他需要一根杠杆来着？"艾利斯·威特接过来说道，"只要保证我的道路畅通，我就让他们看看怎么去撬起地球！"

她说不清为什么那么喜欢威特的笑声。他们说话的声音，甚至连同她自己的，都有一种她从未听到过的调调。当他们从桌旁起身的时候，她惊异地发觉房间里唯一的照明只有蜡烛，而她一直感觉自己是坐在耀眼的灯光里。

艾利斯·威特举起酒杯，看着他们说道："为此时我们眼前的这个世界干杯！"

他一饮而尽。

她看到一股气流回荡——从他微弓的身体、扬起的手臂到愤怒地将酒杯甩出去的手。与此同时,她听到了酒杯在对面墙上撞得粉碎的声音。这可不是庆祝的姿态,而是在发泄反抗的怒火,是用恶狠狠的动作代替痛苦的呐喊。

"艾利斯,"她轻声叫道,"怎么了?"

他回过身来看着她。像他突如其来的狂暴一样,他双眼清澈,脸色平静;看到他温柔的笑,她反而感到害怕。"对不起,"他道着歉,"别介意。咱们就尽量去想着这世界能一直如此吧。"

月光在山下的大地上流淌,威特带他们登上室外通向二楼的台阶,来到客房外开放式的走廊门口,向他们道了晚安。他们听着他下楼的脚步声。月光似乎不仅吸走了色彩,也吸走了声音。脚步声渐渐消失在遥远的过去,当彻底听不见的时候,寂静便恢复了它长久以来的孤独,似乎周围根本没有人存在。

她没有走向她的房门,他也没动。他们的脚下是一道细细的栏杆和弥漫的空气。陡峭的岩层下,井架投出方格形状的阴影,纵横交叉,在泛着微光的岩石上布下一道道黑印。几点白色和红色的灯光在清冽的空中闪烁,像是落在钢梁上的雨滴。远处的三滴是绿色的,沿着塔格特的铁道排开。在更远的天边,在发白的地平线上,便是那座网状的长方形大桥。

她感到一种无声无息的节奏,一种沉重的撞击感,仿佛约翰·高尔特铁路上的车轮仍在飞奔。面对无声的召唤，她欲拒还迎地慢慢转过身来，看着他。

从他脸上的表情，她终于明白自己其实早就知道这将是此行的终点。这不是人们该有的那种表情，不是那种放松的肌肉、悠然的嘴唇和不顾一切的饥饿。他的面孔线条紧绷，使它有一种特别的纯净，轮廓分明，看上去利落而年轻。他的嘴唇紧闭，微微向里收拢，线条显得更加清晰。只有他的眼睛是模糊的，下眼睑肿胀了起来，眼神中流露出愤恨和痛苦。

惊愕变成麻木，传遍了她的全身——她感到喉咙和腹部发紧，一阵无声的痉挛令她难以呼吸。但她不能用语言表达的感受是：是的，汉克，就是现在——因为这属于同一场战斗，用一种我无以名之的方式……因为这就是我们的存在，对抗着他们的存在……我们伟大的力量，快乐的力量，他们正是因此才折磨我们……现在，就像这样，无须再说什么、问什么……因为，我们想要……

仿佛仇恨一般，仿佛鞭子抽在她的身体上，抽得她皮开肉绽，她感到他的胳膊拥住了她，感到她的腿被拽过去顶紧了他，她的胸膛被他压得向后弯去，他的嘴吻上了她的唇。

她的手从他的肩膀摸向他的腰和腿，释放着她每次与他见面时不曾承认的欲望。她把嘴奋力和他分开时，已经是在无声地、胜利地笑着，似乎在说：汉克·里尔登——那个不食人间烟火、难以接近、像僧人一样、整天在办公室、在开会、在厉声讨价还价的汉克·里尔登——你现在还记得他吗？我现在想的就是这个，看到我把你变成现在这样子，我有一种快感。他并没有笑，紧绷着的脸像敌人一样。他猛地拉过她的头，再一次吻上了她的嘴唇，仿佛是在制造一个伤口。

她感到他在颤抖，她想，这就是她希望从他身上扯下的那种哭声——他的抵抗被一点点折磨、撕碎，就这样投降。同时她明白，她的胜利也是他的，她的笑正是给他的礼物，她的抵抗正是对他的归顺，她的拼命挣扎只是让他的胜利更加辉煌。他紧紧地压住她的身躯，似乎在显示他的信念，让她明白她现在只是一个满足他——满足他的欲望和战胜感的工具，让她知道，他如此对待她，正是她希望的。无论我是什么，她想，无论我保持着什么做人的尊严，无论我在勇气、工作、心灵和自由上保持着怎样的尊严——这就是我能给你的身体带来的享受，这就是我想要奉献给你的——而你想用它来享受就是对我的最大奖励。

他们身后的两个房间都亮着灯。他握住她的手腕，不由分说就把她拽进了他的房间，锁上房门，注视着她的脸。她迎着他的目光，笔直地站着，伸手熄灭了桌上的台灯。他走上前来，手腕轻蔑地一拧，又把灯打开。她头一次看到他笑了，这是一种缓慢的、带有捉弄和欲望的笑，清楚不过地表明了他的意图。

他抱着半蜷在床上的她，把她的衣服扯了下来；她的脸紧紧贴在他的身上，嘴从他的脖子游移到他的肩膀。她知道，她每一次对他充满欲望的举动都会给他沉重的一击，他身体内有种难以置信的愤怒的颤抖，但毫无举动又会满足他寻找她的欲望的那种贪心。

他低下头看着她赤裸的身体，俯下身来。她听到了他的声音——与其说是问，不如说是获胜后轻蔑的宣言："你想要吗？"她闭上了双眼，嘴唇微启，喘息着说出："想。"

她知道，她手臂的肌肤触到的是他的衬衣，她的嘴碰到的是他的唇，但她身体的其他部分已经和他难以分开了，就好像身体和精神没有分野一样。走过这些年来身后的路，他们凭着唯一的忠诚——对存在的热爱——赋予他们的勇气所选择的路，怀着终将一无所获，但必须有所欲望并努力实现的认知所选择的路，走过锻造钢铁、铁轨和发动机这条路上的每一步，他们深知，人是为了自己的快乐才去改造世界，人是为了让无生命的物质服务于自己的目标，才让自己的精神赋予它们意义。他们被这一想法的力量所感动。在对一个人最崇高的价值做出回答时，在只有一种形式的敬仰中，这条路带领着他们来到了此刻。人的精神将身体变成贡品，将它——作为证明、作为约束、作为奖赏——重铸为一种充满如此快乐的特殊情感，根本不再需要任何其他的存在方式。在同一瞬间，他听到了她呻吟的喘息，她感到了他身体的颤动。

神圣与世俗

the Sacred and the Profane

9

她看到自己胳膊上的光圈，像手镯一样，从手腕上直套到肩膀。那是从陌生房间的威尼斯式百叶窗透进来的阳光。她发现胳膊肘上方有块擦伤，曾经渗血的地方已经发青。她的胳膊此时搭在盖着的毛毯外面。她对自己的腿和臀部还有感觉，但身体的其他部位却轻飘飘的，仿佛她是在一个充满阳光的笼子里，彻底放松地在空气中飘浮。

转身看着他，她不禁想道：冷淡的、与世隔绝一般、高傲得向来无动于衷的他，如今成了躺在她旁边的里尔登。既没有言语，也无法在阳光下描述他们刚刚经历的长达几个小时的疯狂，只是，这一切都存在于他们对视的眼睛里，他们想要去表达和强调，想要对方永远地记住。

他看到了一张年轻姑娘的脸庞，嘴角含着笑意，仿佛她最自然放松的样子就是这般容光焕发；一缕长发绕过她的脸颊，拂在她露在外面的圆滑肩头上，正像她对他所做的一切都来者不拒一样。她看着他的眼神似乎表明，她可以接受他想要说的任何话。

他伸出手,小心翼翼地拨开她脸颊边的头发,像是怕弄坏娇贵的东西,用手指拈着,凝视着她的脸。随即,他忽然紧紧握住她的头发,把它举到了唇边。他用嘴抵着它的时候是如此的轻柔,用手抓住它的样子却又是如此的绝望。

他猛地躺回枕头上,闭上眼睛,一动也不动;他的面孔显得年轻、安详。她就这样放松地看了一会儿,忽然意识到了他一直以来所承受的抑郁;但现在都过去了,她想,已经过去了。

他没有去看她,径自起了床,脸上又恢复了冷漠抵触的神情。他从地上拾起衣服,站在房间中央,侧身对着她,开始穿了起来。他并非有意忽略她的存在,而是根本不被她所影响。他系衬衣纽扣和腰带的动作快速而准确,有条不紊。

她靠在枕头上看着他,欣赏着他身体的动作。她喜欢他那灰色的裤子和衬衫——这个约翰·高尔特铁路的熟练技工,她心想,在太阳的光线和阴影笼罩下,像是铁栅栏里的犯人。但是,铁栅栏已经不复存在,那只是被约翰·高尔特铁路冲开的墙上的一道道裂口,是外面的一切,穿过百叶窗提前向他们倾泻了进来。她想到了乘坐从威特枢纽站发出的第一趟列车,沿着崭新的铁轨回到她在塔格特大楼的办公室,所有成功的大门现在都已向她敞开。不过,她已经不需要着急去想这些了;此刻,她想着的是他的第一次亲吻。她自由自在、心无旁骛地回味着,面对百叶窗外的天空露出了挑战的笑容。

"我要告诉你。"

他穿着完毕,站在床前,低下头瞧着她。他的声音异常平稳清晰,毫无起伏。她则乖乖地看着他。他说道:

"我对你的感觉是轻蔑,不过,比起我对自己的轻蔑,这算不了什么。我不爱你,我从没爱过任何人。第一眼看到你的时候我就想要你,这和人想要妓女有着同样的原因和目的。两年来,我一直诅咒我自己,因为我觉得你是高于这个层次的。但你不是,你和我一样属于低等动物。我本来应该厌恶自己的这个发现,可我没有。昨天,如果有人跟我说,你会做我让你做的这一切,我简直会把他杀了。今天,我就是死也不会让你改变你现在这副婊子的模样。我在你身上发现了很多伟大之处,但我不会用它们去交换你那像野兽一样享受肉欲的淫贱本事。你和我,我们是两个伟大的生命,对自己的能力引以为傲,对吧?看来,我们现在也只剩下这个了——我可不想自欺欺人。"

他说话的速度非常缓慢,像是在用这些话抽打着自己。他的声音里没有感情色彩,只是机械般费力地向外挤,像尽义务一样用难听和受罪的语调一点也不情愿地讲着。

"我以自己不会需要任何人为荣,可我需要你。我向来按自己的意念办事,并为此骄傲,却在我所唾弃的欲望面前低下了头。这欲望把我的心、我的意志、我这个人和我生存的力量降低成了一种对你的可悲依赖,这依赖甚至还不是对我所敬佩的达格妮·塔格特，而是对你的身体、你的手、你的嘴，和你身体那几秒钟的抽动。我从不食言，却违背了我一生的誓言。我从没做过什么躲躲藏藏的事，现在，我要去撒谎，要偷偷摸摸和东躲西藏了。无论我想要什么，我都可以自由地高声宣布，并当着全世界的面去获得它。现在，我自己说起这仅有的欲望都觉得恶心。但我唯一的希望就是拥有你——为了它，我可以放弃一切，放弃矿山、合金，和我毕生的成就。为了得到你，我愿意付出任何代价，哪怕把我自己也搭进去，哪怕牺牲我的自尊，我想让你知道这一点。对于我们所做的一切，我不想伪装和逃避，不想什么表示也没有。我不想为爱、价值、忠诚和尊重找什么借口，我们之间的这份荣耀，我一点也不想隐藏。我从没乞求过怜悯，是我选择这么做的，我会承担一切后果，包括彻底承认我的选择。我会把它当作堕落来接受，然而，为了得到它，我会放弃一切高尚的品德。现在，如果你想抽我的耳光，就来吧，我希望你能抽我。"

她笔直地坐在那里，用下巴抵着紧紧裹住全身的毯子，听他说着。起初，他看到她的眼睛在难以置信的惊愕中渐渐黯淡了下去。随后，他觉得她似乎听得更专注了，尽管一直盯着他的脸，但她的眼睛好像看到了更多的东西。看上去，她像是在聚精会神地研究着她从未遇到过的新发现。他感到照在脸上的光线似乎更加强烈了，因为他看到这光线折射到了她正在端详着他的脸上。他发现她的惊愕褪去了，随后出现的是迷惑。他看到一种奇怪的平静浮现在她的脸上，看上去既安宁，又闪烁着光芒。

他一停下，她就放声大笑了起来。

让他震惊的是，他从她的笑声中听不到任何愤怒。她只是放松而开心地笑着，全然不像是解决了难题后的欢笑，而像是发现了根本就不存在什么难题一样。

她故意一挥手，掀掉毯子，站了起来，看到她的衣服扔在地上，便抬脚把它们踢到了一边。她浑身赤裸，同他面对面地站着，开口说：

"我想要你，汉克。我的动物本能比你想象的更强。见到你的第一眼，我就想要你了——唯一令我感到羞愧的是，那时我根本没意识到。不知为什么，我发现自己这两年来最舒畅的时候都是在你的办公室里，在那里，我可以仰起头来看着你。你在我身边时，我不知道我的那种感受究竟是什么，也不清楚产生这种感受的原因。现在我知道了。我想要的就是这些，汉克。我想要你上我的床，想要你今后在我面前无拘无束。你完全不必有什么伪装，不用考虑我，不用想，不用在乎。我不需要你的心、你的意志、你的生命或者你的灵魂，只要你带着最原始的欲望来到我的身边。我是个动物，除了你所唾弃的快感，别的什么都不想要——只是，我想从你身上得到它。你为了它可以放弃所有高尚的品德，而我——我都没什么可以用来放弃的。我既不追求，也不希望达到什么高尚。我实在是太下作了，甚至会拿全世界最美的景致来交换，只要能看到你在火车厢里的身影。一看到它，我就没办法无动于衷。你不用担心会对我有依赖，现在是我在依赖着你的每一个怪念头。你在任何时间、任何地方，用任何条件都可以得到我。你说过，这是我淫贱的本事，对吧？正因为这样，我才比你所拥有的任何其他财产都更安全。如果你愿意，可以把我甩了——我并不害怕承认这一点——我对你毫不设防，毫无保留。你觉得这对你的成就是个威胁，但对我不是。我依然会在办公桌前工作，如果周围的事情让我实在忍受不了，我就会想，我将得到晚上和你上床的奖赏。你把这叫作堕落吗？我比你堕落得多：你把这看成你的罪恶，我却把这当成我的骄傲。这比我所做的任何事、建成的任何铁路都更令我骄傲。如果有人让我指出我最值得骄傲的成就，我会说：我和汉克·里尔登一起睡过觉。那是我挣来的。"

他把她扔到了床上，他们身体发出的声音在房间中互相碰撞：一个是他痛苦的呻吟，一个是她的笑声。

漆黑的街道上，看不见在下雨，但街灯下，雨丝像台灯罩四周闪亮的流苏一样垂落。詹姆斯·塔格特在兜里翻来翻去，发现手帕不知丢到哪里去了。他恶狠狠地破口骂出声来，仿佛他丢了东西，下着的雨以及他的头疼是有人对他的阴谋陷害。

人行道上有一摊烂泥，他觉得脚下黏黏的，一股寒意从脖领子直透下来，他走也不是，停也不是，无路可去。

在开完董事会离开办公室的时候，他突然意识到自己没有其他任何安排了，前面是等着他的漫漫长夜，没人陪他去消磨时光。报纸的头版都在惊呼着约翰·高尔特铁路的成功，对此，昨天电台已经嚷嚷了一天一夜。带有塔格特泛陆运输名字的通栏标题像它的铁轨一样，已经遍及全国上下，他也笑着回应了那些祝贺。他笑着坐在董事会长桌的一头。董事们谈论着塔格特的股价在交易所急速蹿升，小心翼翼地询问他和他妹妹签订的合约。只是为了以防万一，他们说，同时表示着没什么问题，合约滴水不漏，她毫无疑问会把铁路立即交还给塔格特泛陆运输；他们谈论着一片大好的前景，以及公司对詹姆斯·塔格特的感激之情。

他坐在会议室时，盼着会议赶快结束，他好回家。随后，走在大街上时，他才发现家是他今夜不敢回去的地方。接下去的几个小时，他不能独自一个人过，但又没什么人可找。他不愿意见到人，面前总是出现董事会上那些人在讲到他功劳时的眼神：一种诡秘、蒙眬、怀着对他的轻蔑的眼神，更可怕的是，这种轻蔑也针对着他们自己。

他垂下头走着，雨滴像针一样时不时地刺中他的脖子。只要一见到报刊摊，他就把脸扭开。那些报纸似乎在向他尖声叫喊着约翰·高尔特铁路的名字，同时，他也不想听到另外一个名字：拉格纳·丹尼斯约德。昨天夜里，一艘满载紧急捐赠的机械工具的轮船在开往挪威的途中被拉格纳·丹尼斯约德抢走了。这消息令他产生了一种很难解释的私人的不安。这种情绪与他对约翰·高尔特铁路的感受有着某种一样的特质。

这是因为他感冒了，他想，如果没感冒的话，他就不会有这种感觉，感冒的人不可能有什么好的状态——他也没办法——他们今晚还想要他怎么样，唱歌跳舞吗？——他愤愤地朝审视着他那未被察觉到的情绪的无名法官质问着。他又四处找起手帕来，一边骂一边想，最好还是到哪儿买点纸巾算了。

经过一个一度很是繁华的街区广场时，他看到对面一家廉价店的窗子亮着灯。这么晚了，这家店还不甘心关门。很快又要有一家倒闭的了，他一边想着，一边穿过广场；这想法让他感到惬意。

店里的灯光明晃晃的，几个疲惫的女店员在脏乱的柜台之间晃荡着，留声机刺耳地播放着唱片，角落里只有一个顾客，漫无目的地徘徊着。音乐声吞没了塔格特尖利的嗓音：他索要纸巾的那个腔调倒像是把他的感冒怪罪到了女店员的身上。那女孩转向她身后的柜台，但又回过头，飞快地朝他的脸上瞟了一眼。她取了一小包纸巾后，犹豫地停住手，十分好奇地打量着他。

"你是詹姆斯·塔格特？"她开口问。

"是！"他不耐烦地回道，"怎么了？"

"噢！"

她像看到焰火的小孩那样发出了一声惊叹,看着他的那种眼神,使他觉得自己像是电影明星。

"我在今天早晨的报纸上看到过你的照片,塔格特先生,"她急急地说着,脸颊上掠过了一丝淡淡的红晕,"那上面说这是个很了不起的成就,说这一切其实都是你做的,只不过你不想让人知道。"

"哦。"塔格特应道,他笑了。

"你和照片上一模一样,"她异常惊讶地说着,又补上一句,"真想不到,你本人居然会来这里!"

"不应该吗?"他的语气轻松了起来。

"我是说,全国都在谈论这件事,你就是那个人,居然在这里出现了!我从没见过什么重要人物,从没和任何重要的事沾过边,我是说报纸上登的新闻。"

他还从不知道他的出现能够令一个地方顿生光彩:那个女孩子的疲劳看起来一扫而光,这家廉价店里的场景仿佛成了充满神奇色彩的一幕戏。

"塔格特先生,他们在报纸上说的你的那些事,是真的吗?"

"他们说什么了?"

"关于你的秘密。"

"什么秘密?"

"呃,他们说,大家都在争论你的大桥会不会倒。你没和他们争,只是接着干,因为别人都不相信的时候,你也知道它站得住——所以,这条铁路其实是塔格特的项目,你是幕后的指挥,但你没有声张,因为你不在乎这功劳是不是你的。"

他曾经看见过公关部打印出的那条新闻。"对,"他说道,"没错。"她看着他的那副样子让他觉得事情似乎就是这样的。

"你真了不起,塔格特先生。"

"你总能记住从报纸上看的东西吗?而且那么清楚,那么详细?"

"是啊,我觉得吧——但都是有意思的事,大事,我很喜欢看。我从没经历过什么大事。"

她笑嘻嘻地说着,一点也不自卑,声音里有一股朝气、率直和活力。她有一头红褐色的卷发,眼距很宽,翘翘的鼻头上有几粒雀斑。他觉得如果有人注意看的话,会觉得这张脸挺漂亮,但谁也不会平白无故地去注意。那不过是一张普通而小巧的脸,只是有一点机灵和急切的好奇,觉得这世界到处都隐藏着令人兴奋的秘密。

"塔格特先生,做伟人是什么感觉?"

"做个小女孩是什么感觉?"

她笑了:"啊,好极了呀!"

"那你比我强多了。"

"哦,你怎么这么说?"

"也许,你和报纸上登的那些大事一点边都不沾才是幸运的。大事,你究竟觉得什么才算是大事?"

"当然是……重要的。"

"什么是重要的?"

"这应该是你来告诉我呀,塔格特先生。"

"什么都不重要。"

她简直不敢相信地瞪着他:"还从来没人说过你今晚这种话!"

"我一点也没觉得有什么好的,如果你想知道的话,我可以告诉你,我这辈子也从没觉得有什么不好的。"

他吃惊地发现,她正以一种别人从未给过他的关切冲他打量着。"你是累坏了,塔格特先生,"她诚恳地说,"他们都该去下地狱。"

"谁?"

"所有那些拖累你的人。这样是不对的。"

"什么不对?"

"你的这种感觉不对。你是很不容易,可毕竟把他们都打败了啊,所以你现在应该享受一下自己的成果。"

"那么,你觉得我该怎么享受呢?"

"哦,我不知道。不过,我觉得你今晚应该好好庆祝庆祝,搞个聚会,把那些大人物都叫来,有香槟,还有授予你城市钥匙之类的东西，就是特别出风头的那种庆祝——而不是你一个人转悠，干什么买纸巾这种没意思的事！"

"趁你还没忘，先把纸巾给我，"他递过去一毛钱，"至于搞聚会、出风头，你没觉得我今天晚上也许不想见任何人吗？"

她认真地想了想，说道："没有，我没想过，不过，我看得出是为什么。"

"为什么？"这个问题他都不知怎么回答。

"因为没人配得上你，塔格特先生。"她回答得非常简单，觉得本来就是如此，没有一点恭维。

"你这么认为吗？"

"我觉得我不太喜欢别人，塔格特先生，至少是大多数人。"

"我也是，没一个喜欢的。"

"我想到像你这样的人——你可不知道他们会有多卑鄙，如果你不管的话，他们会有多想踩在你身上，让你一直驮着他们。我觉得这世上的大人物们可以甩掉他们，不会总是当跳蚤的诱饵，不过也许我想错了。"

"跳蚤的诱饵，什么意思？"

"哦，那只是我难受的时候说给自己听的——我得从那些很恶心，像是总在被跳蚤叮咬的地方逃出去，但也许哪儿都是一样的，只不过跳蚤更大一些而已。"

"是大得多。"

她沉默不语，像是思考着什么。"有意思。"她有些伤感地自言自语道。

"什么事有意思？"

"我看过一本书，上面讲伟人总是不快乐的，越伟大就越不快乐。这在我看来根本就讲不通，可也许真是这样。"

"这比你能想象到的还要真实。"

她转头看着别处，流露出不安的神情。

"你为什么那么担心这些伟人？"他问道，"你是什么呢，是那种崇拜英雄的人吗？"

她回过身来看着他。从她依然肃穆的面孔上，他看到了她发自内心的笑容。这是他所见过的别人投给他的最动人的眼神，而她回答的语气非常平静，没有任何感情色彩，"塔格特先生，还有别的什么值得崇拜吗？"

一阵尖叫声突然响起，既不是铃，也不是嗡嗡的信号，刺耳得让人难以忍受。

她像被闹钟吵醒了一样，猛地晃了晃脑袋，然后叹了口气。"关门了，塔格特先生。"她惋惜地说。

"去拿你的帽子——我在外面等你。"他说。

她直愣愣地瞪着他，仿佛无论如何也想不到有这种可能。

"不是开玩笑？"她喃喃地。

"不是开玩笑。"

她欢快地转过身，飞一样地跑向员工区，把她的柜台和职责扔到了脑后，彻底忘记了女性在接受男人邀请时，不能表现得太积极。

他站在原地，眯起眼睛看了她好一会儿。他并没有深究他的这种感受——从不确定某种感情，这是他生活中唯一坚持的原则，他只是去感觉，而现在那感觉很舒服，这对他就足够了。不过，这感觉是来自他说不出口的想法。他遇到过不少生活在下层的女孩子，她们总是装出一副崇拜他的样子，迫不及待而露骨地吹捧，用意再明显不过了。他对她们谈不上喜欢和讨厌，只是无聊地和她们逢场作戏而已。这个女孩子不一样，他心里暗暗地说道，这个小傻瓜是认真了。

他一边站在人行道上的雨里，等得不耐烦，一边又觉得自己今晚需要有这样一个人陪；他并不觉得这感觉有什么矛盾的地方。他从不把自己的需要弄清楚，这样就能避免那些没有明确的东西和未说出口的东西发生冲突。

她出来的时候，他发现她高高扬起的脸上有一股羞涩。她穿的雨衣很丑，更丑的是她领口上别着的廉价饰品，以及与她的一头卷发并不搭配的小花绒帽。但奇怪的是，她高昂的头令这身装束很吸引人；这样的一身装扮，她也照样穿出了魅力。

"想去我那里喝点什么吗？"他问道。

她沉默而严肃地点了下头，像是不相信自己能找到更好的接受方式。随即，她没有看他，而像是在自言自语一样地说道："你今晚谁都不想见，但是想见我……"这么庄重骄傲的语气，他还是头一次听到。

在出租车里，她默默地坐在他的身旁，看着旁边的高楼大厦。过了一会儿，她开口说："我听说过这种事情会在纽约发生，但没想到会发生在我身上。"

"你是哪里人？"

"布法罗。"

"家里还有什么人吗？"

她犹豫了一下："我觉得有吧，在布法罗。"

"你觉得有，这什么意思？"

"我是离家出走的。"

"为什么？"

"因为我想如果我要干点什么的话，就必须彻底离开他们。"

"怎么了？发生什么事了吗？"

"没什么，也发生不了什么事，这才是让我受不了的。"

"你什么意思？"

"嗯，他们……唉，我还是跟你说实话吧，塔格特先生。我老爸什么都不会干，我妈也根本不管，我们家七口人里面，只有我还打份工，其他人总是没运气，还老有各种各样的借口，我实在是受够了。要是不出来的话，我也会被传染，和他们一样彻底烂掉。有一天，我就买了张火车票，没打招呼就走了。我打算出走这事儿，他们事先连一点感觉都没有。"她突然想起什么，不禁笑了出来，"塔格特先生，我坐的是塔格特的火车。"

"你是什么时候到这里来的？"

"六个月前。"

"就你一个人？"

"是啊。"她快活地说。

"你原本打算做什么呢？"

"嗯——自己能干点什么，去个什么地方。"

"去哪里？"

"哦，这我还不知道，不过……不过，人在这个世界上总是要干点什么吧。我看到纽约的照片后就想，"——她用手一指车窗外雨幕后的高楼——"有人建了这些楼，他一定不会整天坐着抱怨什么厨房有多脏、房顶漏水、下水道堵了、整个一团糟，以及……塔格特先生，"她的头激灵一下转过去，直直地看着他说道，"我们一贫如洗，而且什么都不在乎。我受不了的就是这一点——他们真是一点也不在乎了，连手指头都懒得动，垃圾桶都懒得倒，我隔壁的女人还说我有责任去帮助他们，说我、她、还有我们大家再怎么样都没用，因为其实谁都不能怎么样！"在她明亮的目光下面，他看到了她内心所受的伤害和痛苦。"我不想说他们了，"她继续讲着，"不想和你说他们，这——我的意思是见到你——这对他们来说是不可能的。我可不想和他们分享这个机会。它是我的，不是他们的。"

"你多大了？"他问。

"十九。"

在客厅的灯光下，他发现如果她再多吃点，身材会很不错，就她的身高和骨架来说，她实在是太单薄了。她穿了一条破旧的黑色紧身裙，为了弥补，她的手腕上咣里咣当地戴着耀眼却俗气的塑料手镯。站在他的房间里，她那样子像是进了博物馆，什么都不敢碰，同时又虔诚地想要把每样东西都记在心里。

"你叫什么名字？"他问道。

"雪莉·布鲁克斯。"

"好，坐下吧。"

他不再作声，调着饮料，而她则听话地挨着椅子边坐下等着。他把一杯饮料递了过去，她象征性地喝了几口，便把杯子拿在了手上。他知道，她根本没喝出什么味道，注意力也根本没在那上面。

他灌了一大口，呛得放下了杯子。和她一样，他也并不想喝什么。他闷闷不乐地在屋子里踱来踱去，心里很清楚她的视线正跟随着他，对此他感到非常得意：他的动作、他的袖夹和鞋带、他的灯罩和烟灰缸都会在那温柔和顺从的眼神中，具有一种非同凡响的意义。

"塔格特先生，是什么让你这么不开心呢？"

"你干吗要管我开不开心？"

"因为……嗯，如果连你都不能开心和自豪，那谁还能呢？"

"这正是我想知道的——谁还能？"他猛地转向她，像是保险丝被烧断，肆无忌惮地咆哮起来，"又不是他发明的铁矿石和吹风炉，对不对？"

"谁呀？"

"里尔登。冶炼、化工和空气压缩又不是他发明的。如果没有成千上万人的劳动，他不可能发明他的合金。他的合金！他凭什么认为这是他的？凭什么认为这是他的发明？每个人都是在利用其他人的劳动成果，从来就没有谁能自己发明任何东西。"

她疑惑地说："可是，铁矿石和其他那些东西一直都有啊，除了里尔登，别人怎么就没做出合金来呢？"

"他这么做，没有一点崇高的用意，只是为了他自己的利润。他所做的一切都是出于这个原因。"

"这有什么不对吗，塔格特先生？"随即，她像恍然大悟般轻声笑了起来，"胡说，塔格特先生，你说的不是这意思。你知道的，里尔登先生和你一样，是自己去挣的那些利润。你这么说，只是谦虚罢了，特别是大家都知道你们干成了一件多么了不起的事——是你和里尔登先生，还有你的妹妹，她肯定特别出色！"

"是吗？也就你这么想。她是个一点也不温柔、感觉迟钝的女人，一辈子只知道修铁路和大桥，不是为了什么远大的理想，仅仅是因为她就喜欢干这个。如果她只是喜欢的话，又有什么好崇拜的呢？这是不是很了不起，我看很难讲——在困难地区的很多穷人还需要解决交通问题的情况下，却为那些科罗拉多的大亨们修这么一条铁路。"

"可是，塔格特先生，是你力争去修那条铁路的呀。"

"没错，因为我要对公司、对股东和员工们负责，但我根本就不喜欢这个项目。这是不是个伟大的工程还不好说呢——在这么多国家还需要普通钢材的情况下，却要为这么复杂的新合金投资——为什么？你知不知道，中国连盖房用的铁钉都还不够用？"

"可……可我不觉得那是你的错。"

"总得有人去管吧，总得有人看到这些，而不是仅仅盯着自己兜里的钱。这年头，有同情心的人在看到我们身边有这么多人遭罪的时候，绝不会浪费十年的时间用来琢磨那些金属玩意儿。你觉得那很了不起吗？哼，那没什么，只不过是隐藏得太深罢了，即使把成吨他自己造的合金浇上去，也穿不透他的脑袋！这世界上有很多能人，但他们从不出现在报纸的头版上，也不会让你张着嘴呆立在铁道路口上看他们，因为当他们的精神成为人类苦难的寄托时，他们不会去发明什么塌不了的大桥！"

她沉默而尊敬地看着他，原本欢快的渴望渐渐低落，眼神也被压抑得黯淡下去。他感觉好些了。

他抄起饮料灌了一口,猛地想起了什么,忽然笑出了声。

"不过,还是挺可笑的,"他的语调变得像和老朋友聊天般随意、活跃了起来,"昨天,收音机里刚一传来威特油田的消息,你真应该看看沃伦·伯伊勒的样子!他脸色发青——我是说,就像鱼离开水时间太长的那种青色。你知道他听说这个坏消息后干什么去了?他在瓦哈拉酒店给自己开了个套间——你明白了吧——目前我知道的就是他至今还在那里,和他的一帮朋友喝得大醉,还叫了阿姆斯特丹街上的一半女人!"

"伯伊勒先生是谁呀?"她糊里糊涂地问道。

"哦,是个贪心不足的胖糊涂虫,有时候聪明得过了头。你是没见到他昨天那副表情!我被他那副样子吓了一跳。还有弗洛伊德·费雷斯博士——那个八面玲珑的家伙,来自国家科学院的高雅的费雷斯博士,他是人民的公仆,能言善辩,对此一点儿都看不上,噢,一点儿都看不上!不过,我必须承认他的应对还是挺得体的,只不过他的不安还是能从他讲话的段落中流露出来——我指的是他今天上午的采访。他说,'国家将合金给予了里尔登,现在我们期待他也能够回报给国家些什么。'这话说得多妙啊!想一想有谁在乘坐那列赚取暴利的火车,并且……嗯,想一想吧。他说的比伯川·斯库德强多了。在出版界同僚请他发表感想时,斯库德先生除了'无可置评'外,什么都想不出来。

'无可置评'出自伯川·斯库德之口。他可是从生下来就对你所问的一切，甚至连你没问的，无论是阿比西尼亚诗歌还是纺织行业的女厕所，都能滔滔不绝一番！还有普利切特博士，这个老傻瓜还四处在说他确切地知道那合金不是里尔登发明的——因为据他可靠的不知名的消息来源，里尔登谋杀了一位潦倒的发明家，并从对方手里剽窃了产品配方！"

他得意地笑着。她仿佛是在听一堂高等数学课，别说内容，甚至连讲话的方式都不懂，那种方式增加了更多的神秘感，因为她可以肯定——既然此话是他讲出来的，就绝不会是在其他地方的那种意思。

他重新斟满酒杯，又是一饮而尽。但是，他的快活感忽然之间消散得无影无踪。他一屁股跌坐进椅子里，在他硕大脑门的遮挡下，他的眼睛显得模糊不清，视线由下而上，向对面的她瞟去。

"她明天就要回来了。"他干笑道，语气中没有一丝轻松。

"谁？"

"我妹妹，我那个亲爱的妹妹。哦，她会觉得她很了不得，对吧？"

"你不喜欢你妹妹，塔格特先生？"他又干笑了一声，那意思让她再明白不过了。

"为什么？"她问。

"因为她认为自己很出色。她凭什么这么认为？谁又有权利觉得自己很出色呢？其实谁都不怎么样。"

"你不是真这么认为的，塔格特先生。"

"我是说，我们不过是人而已，而人又是什么？是一种软弱、丑陋、充满罪恶的动物，从一生下来，在骨子里面就是这样。所以谦逊才是人应该奉行的一种操守，人应该终身匍匐在地，为自己不洁的存在乞求宽恕。当一个人觉得自己很好了，那就是他已经烂到头了。无论人做了什么，骄傲都是万恶之最。"

"可是，如果人知道他所做的是件好事呢？"

"那他就应该为此道歉。"

"向谁？"

"向那些没去做这件事的人。"

"我……我不明白。"

"你当然不明白了，这要靠对更高的精神境界进行许多年的研习才成。你听说过西蒙·普利切特博士所说的宇宙里的抽象矛盾吗？"她害怕地摇了摇头。"你怎么可能明白什么是好呢？谁知道什么是好？谁又能知道？正像普利切特博士所做出的不容辩驳的证明所说——绝对是根本就不存在的。没有什么是绝对的，任何事都只是一种观点而已。你怎么知道那桥没有塌过？你只是认为它没塌过罢了。你怎么知道那里究竟有没有桥呢？你是不是认为像普利切特博士哲学体系那种东西只是学术上的，遥远而不实际？可它不是，绝对不是！"

"可是，塔格特先生，你修的那条铁路——"

"哦，那条铁路又算什么？不过是一个物质成果罢了。它有什么大不了的？任何物质的东西又能有什么大不了的？只有低等动物才会在那座大桥面前惊呆，而生活当中还有许多更高境界的东西。但更高境界的事物会得到认可吗？哦，不会的！你瞧瞧这些人，对这些花哨的破烂玩意能如此大张旗鼓，他们会去关心高尚的事业吗？他们会用头版去报道有关精神方面的美德吗？他们会去注意或是赞赏一个更有感觉的人吗？你会不由得去想，在这个世风日下的社会，伟人会不会注定就是不幸的？"他向前探了探身子，热切地盯着她，"我告诉你……我告诉你吧……不幸就是美德的证书。如果谁是不快乐的，确实非常不快乐，那就意味着他属于异常优秀的一类人。"

他看到她脸上迷惑而焦虑的表情。"但是，塔格特先生，你已经有了你想要的一切，现在还拥有全国最好的铁路，报纸称你为这个时代最成功的企业管理者，他们说你的公司股票一夜之间就给你带来了巨大的财富，你想要的一切都得到了——你难道不高兴吗？"

从他回答的停顿中，她察觉到了他身体里突如其来的恐惧，她感到很可怕。他回答道："没错。"

不知不觉间，她的声音如耳语一般低了下去："你宁愿那座桥塌掉？"

"我没那么说！"他厉声道，随后耸了耸肩，把手轻蔑地摆了摆，"你不明白。"

"对不起……哦，我知道我还有好多东西得学！"

"我讲的是一种饥渴，远远超过了那座桥的意义，是一种任何物质都无法满足的饥渴。"

"是什么，塔格特先生？你要的究竟是什么？"

"噢，你看你！你一问'是什么'，就回到了那个把一切都挂上标签进行估量的、原始的物质世界。我所说的东西是不能用物质化的语言来表达的……是人类永远难以企及的精神的更高境界……说到底，人类究竟又干成过什么事呢？地球不过是一个在宇宙里旋转的微粒——那座桥对于太阳系来说，又有多重要呢？"

一股猛然间恍然大悟的快乐令她的眼睛重新明亮起来。"塔格特先生，你真是太伟大了，你从不满足于自己已经取得的成就。我想，无论你前进到了哪一步，你仍然想走得更远。你很有野心，这就是我最崇拜的地方：野心。我是说，在干事情，不是停下来或放弃，而是一直干下去。我明白了，塔格特先生……虽然我对那些很大的想法还没理解。"

"你会学到的。"

"噢，我会努力去学的！"

她目光里的敬慕一直没有改变。他在房间里走过时，那眼神如同一盏温柔的聚光灯。他走过去斟满了酒杯。一面镜子挂在可移式吧台后面的橱柜上，他瞧了一眼自己的样子：高高的身躯被困顿委靡的姿势扭曲着，像是在有意拒绝接受人类的优雅；稀疏的头发；疲软而阴沉的嘴巴。他猛然发现，她其实根本就没真正看到他：她的眼中是一个建设者英雄般的身影，有着傲然挺立的肩膀和被风吹打的头发。他放声笑了出来，觉得这对于她真是个莫大的玩笑，隐隐感到了一种胜利般的满足：是能把某种东西施加给她的优越感。

他一边呷着酒水，一边瞧了瞧他卧室的门，心里想着这种猎奇过程通常的结局，并觉得易如反掌：这女孩充满了敬畏，根本不会反抗。在一盏灯下，她正低头坐着，他看到了她头发泛出的红铜般的光泽和肩头一片平滑光洁的肌肤。他移开了眼睛，心想，何苦呢？

他所感觉到的这点欲望与身体的不适毫无区别。在他的头脑里，不断催促他行动的那股最强烈的冲动并不是对这个女孩的浮想，而是想起了所有那些不会放过这个机会的男人们。他自己承认，她比贝蒂·波普强多了，恐怕算是他能上手的女人中的佼佼者。这种认可令他无动于衷。这与他对贝蒂·波普所产生的欲望并无二致，他感到麻木。对尝试快感的期待并不值得他费这个劲，他并没有体验快感的欲望。

"天不早了，"他说道，"你住哪里？再喝一杯，然后我送你回家。"

在一所位于贫民区的破烂出租房门口,当他向她道别时,她犹豫着,竭力不去问她早已迫不及待地想问的问题。

"我能……"她欲言又止。

"什么?"

"没,没什么,没什么!"

他很清楚那个问题就是:"我能再见到你吗?"尽管他知道她会问这个问题,但觉得还是不去回答它让他感觉更舒服。

她再一次抬头看了看他,仿佛这会是最后一次,然后用低低的嗓音,真心地说道:"塔格特先生,我很感激你,因为你……我是说,其他的任何一个男人都会想要……我是说,他们想的就是这个。可你比他们强得太多了,噢,简直强太多了。"

他隐约露出一种好奇的笑容,朝她俯过身去:"你会吗?"

她从他面前退开,突然感到自己说出的话令她自己恐惧。"噢,我不是那个意思!"她喘了口气,"哦,天啊,我不是在暗示或者……或者……"她气恼得羞红了脸,急速转身逃开,消失在出租房里狭长陡峭的楼梯上方。

他站在道边,感到了一种奇怪的、沉重而莫名其妙的满足:仿佛他刚刚完成了一次道德的壮举,又像是对围着三百英里长的约翰·高尔特铁路欢呼的所有人进行了报复。

列车一到费城，里尔登便一言未发地离开了她。拥挤的站台和机车穿梭来往的白天，是他所敬重的现实生活，而他们在归途中度过的夜晚，则似乎无须在此提及。她独自回到了纽约。不过，在当天深夜，正如达格妮所期盼的那样，她公寓的门铃响了。

他进门时没说一句话。他看着她，他默默的现身对她是比言语更亲密的问候。他的脸上有一丝轻蔑的笑容，顿时显示出他早就知道她已等不及了，同时也在嘲笑着他自己的迫不及待。他站在客厅中央，慢慢地环顾着四周。这就是她的公寓，是这座城市里那个折磨了他两年，令他欲想不敢、欲罢不能的地方，那个他曾经无法走进，现在却像主人一般随便地不宣而入的地方。他在一张椅子上坐下，把腿向前一伸，她却站在他面前，简直像是她必须等候他的同意才可以坐，而这种等候又给她带来了愉悦。

"要不要我告诉你，你修那条铁路是干了一件多漂亮的事？"他问。她吃惊地看了他一眼，他还从未给过她这样的赞扬。他语气中的敬佩发自内心，但脸上还留着捉弄的神情。这令她觉得，他这么讲有着她所猜不出的目的。"我一整天都在回答关于你、关于那条铁路、关于合金以及关于将来的问题。忙这个，还有数合金的订单。那些订单以每小时成千上万吨的速度涌进来。那是什么时候来着，九个月前？我连一个回复都收不到。而现在，我不得不把电话关掉，才能不去理那些要亲自和我讲话、急等着里尔登合金的人。你今天都做了什么？"

"我不知道。只是听了艾迪的汇报，尽量避开人，尽量再去弄些钢材，好多生产些火车投入到约翰·高尔特铁路上去，因为我之前做好的运输日程连仅仅这三天累积的运输量都应付不了。"

"想见你的人多得不得了，对不对？"

"嗯，是的。"

"只要能和你说上一句话，他们什么代价都愿意付，对不对？"

"我……我觉得是吧。"

"记者们总是问我你是个什么样的人。有个地方报的小伙子一直在说，你是个了不起的女人，他就算是有机会，也没胆量跟你说话。他讲的没错。他们议论并为之颤抖的那个前景，将要完全取决于你的创造，因为你有他们任何人都无法想象的勇气。是你的力量为他们开辟了财富之路，这力量可以抗拒所有人，不用向自己以外的任何意志低头。"

她捕捉到自己呼吸中正在下沉的喘息：她明白他的用意。她站得笔直，双手垂在体侧，神情肃穆，如同是在无所畏惧地承受着什么，她站在这样的赞美面前，像是在经受侮辱的鞭打。

"他们也不断问你问题，是吧？"他的身体俯过来，急切地问道，"而且他们看你的时候，眼神里带着仰慕，似乎你是站在山巅之上，他们只能远远地仰望，并向你脱帽致敬，对吧？"

"是的。"她轻声道。

"他们看着你时，应该是觉得不会有人能接近你、在你面前讲话，或说沾一下你的衣角。他们知道这一点，也的确是如此。他们是很尊敬地在看待你，对吧，对你简直是高山仰止？"

他抓过她的胳膊，把她按得跪在地上，将她的身体推搡在自己的腿前，弯腰去吻她的嘴。她无声地像恶作剧般地笑着，却双目微合，隐隐地透出满足。

几个小时后，他们一起躺在床上。他用手摩挲着她的身体，猛地把她放平在自己的臂弯里，将身体压在她上方，冷不丁问了一句话。从他认真的表情和虽然低沉平稳但还是有些急喘的声音中，她明白这问题已经在他心中憋了好几个小时了。

"你还和哪些人在一起过？"

他注视着她，仿佛这问题是一幕细节分明的情景，他不愿意看到，却又不愿放弃。她从他的声音中听到了轻蔑、仇恨和痛苦，还有像是与折磨无关的一种奇怪的渴望。他紧紧地抱着她，问了这个问题。

她语气平稳地回答着，但他看到她的眼睛危险地眨了一下，似乎是在警告，她太明白他的心思了，"只有过一个人，汉克。"

"什么时候？"

"我十七岁的时候。"

"一直持续着吗?"

"有几年吧。"

"他是谁?"

她把身体躺回到他的手臂里。他俯得更近了一些,紧绷着面孔。她迎着他的目光:"我不会告诉你的。"

"你爱他吗?"

"我不会回答的。"

"你喜欢和他一起睡吗?"

"喜欢!"

她眼里含笑,令这回答如同抽在他脸上的一记耳光,这笑意表明,她知道这回答是他既害怕又想知道的。

他把她的双手反压在她身后,令她动弹不得,她的胸脯与他的紧紧贴在一起。她感到肩头撕裂般地疼痛,听到他话语中的愤怒和声音里粗粗的快意。"他是谁?"

她没有回答。她望着他,眼睛漆黑,闪耀着奇怪的光泽。他发现她的嘴巴因痛苦而扭曲,却变成了讥讽地嘲笑的形状。

他感到在他双唇的压力之下,她嘴巴的形状开始变得臣服。他抱着她,似乎这种猛烈而绝望的拥抱可以将他的对手消灭于无形,从她的过去中赶走,并且不止于此:仿佛这能够把她身体的任何一部分,甚至那个对手,都变成令他得到快感的工具。从她的胳膊抓紧他的那种渴望中,他明白这正是她想要的。

滚动的传送带在空中一道道火光的映衬下显得轮廓分明，将煤炭送上高处的塔顶，仿佛有取之不尽的黑色煤块不断自地下沿着斜亘在落日前的一条线涌上来。远处，嘎嘎作响的链条不断发出刺耳的声音，一个身穿蓝色工作罩衫的年轻工人正把链条往机器上拴，把它固定在停靠于康涅狄格州昆氏滚珠轴承公司运输道旁的平底货车上。

在路的另一侧，开关和信号公司的莫文先生正驻足观望。他正从工厂回家。一件浅色外套紧绷着他粗矮的身体和挺起的大肚子，他灰白和金黄头发混杂的脑袋上戴了一顶圆边骑马帽。九月的空气中有了一点最初的微凉。昆氏工厂内所有建筑的大门一律敞开着，工人们和吊车将机器设备搬运出来。就像是把重要的器官都拿出来而把尸体留下一样，莫文想道。

"又一个？"莫文先生朝厂子的方向跷了跷拇指，明知故问道。

"什么？"那个年轻人并没注意到他站在那里。

"又是一个要搬到科罗拉多的工厂？"

"嗯。"

"这是最近两个星期内从康涅狄格搬走的第三家了。"莫文先生说道，"要是你再看看新泽西、罗德岛、马萨诸塞，还有整个大西洋沿岸……"那个年轻人看也不看，似乎没在听他说什么,"这就像漏水的水龙头一样,"莫文先生说,"所有的水都流到科罗拉多去了,所有的钱。"年轻人把绳索抛到对面,自己跟着利索地爬过帆布盖住的货包。"你觉得人们应该对他们土生土长的家乡有点感情,有点忠心……可他们却在跑掉。我不知道大家都是怎么了。"

"都是因为那个法案。"年轻人说。

"什么法案?"

"就是那个《机会平衡法案》。"

"你这是什么意思?"

"我听说,昆先生一年前就打算在科罗拉多开一家分厂了,那个法案让这计划泡了汤。所以现在他下决心搬过去,把所有家底都带走。"

"我可看不出这是对的。那个法案是有必要的。简直是耻辱啊——那些已经在这里几辈子的老企业……应该有个法律……"

年轻人自如而熟练地干着,似乎很喜欢他所做的一切。他身后的传送带在天空的映衬下继续"哗哗"地不断爬升。远方的四根烟囱像旗杆一样耸立着,烟雾袅袅地环绕在它们身旁,仿佛是傍晚红彤彤的亮光中降下一半的旗帜。

从他的祖父辈起,莫文先生就与这高耸入云的每一根烟囱朝夕为伴。三十年来,他一直从他办公室的窗户那里望着这条传送带。昆氏滚珠轴承公司要从街道的那边消失实在难以想象。他早就知道昆的打算,却一直不相信。或者说,他只是像对待他所听到和说过的每一句话那样,权当是耳旁风。那些话音无法与现实紧密地联系起来。现在他明白这一切是真的了。他站在道边的货车旁,就好像仍有机会阻止它们一样。

"这不对,"他冲着远方的天际说道,然而这只有站在上方的那个年轻人能听到。"我父亲的那个时候可不是这样的。我不是什么大人物,不想和任何人作对,这世道究竟是怎么了?"没有人回答。"那么就说你吧,他们要把你带到科罗拉多去吗?"

"我?不,我不在这里工作,只是临时打个工,帮着把这些东西运走。"

"那么,他们搬走以后你打算去哪儿?"

"还没想好呢。"

"如果有更多人搬走,你打算怎么办?"

"走着看吧。"

莫文先生满腹狐疑地向上看了一眼,他不知道这回答是适用于他,还是适用于那个年轻人。不过,那个年轻人正专心致志地干着活,并没有朝下看。他挪向下一节货车上的包裹。莫文先生跟着走了过去,边抬头看着他,边向头顶上方的空中乞求着:"我有权利,对不对?我出生在这里,在我成长时就盼着这些老企业留在这里。我盼着能像我父亲那样亲手经营工厂。人是他所在社区的一部分,有权利依靠它,对不对?应该要对此做点什么吧。"

"对什么？"

"哦，我知道，你觉得这太好了，是吧？塔格特的发达和里尔登合金，还有科罗拉多的淘金热和那里的狂欢，而威特和他帮人则像烧开的水壶一样扩大他们的生产！所有人都觉得这太好了——无论走到哪里，听到的全是这些——人们击掌相庆，像放假的六岁小孩儿一样做着计划——你会觉得这是举国上下在度蜜月，要不就是永久性的七月四号国庆节！"

年轻人什么都没说。

"可是，我不这样认为，"莫文先生说道，他压低了嗓门，"报纸上也不这么说，我可提醒你，报纸上什么都没说。"

除了绳索铿然作响的声音，莫文先生听不到任何回音。

"他们干吗都跑到科罗拉多去？"他问，"他们在那里究竟能得到什么我们这里没有的？"

年轻人咧嘴一乐，"兴许是你有的东西，而他们没有呢。"

"什么？"年轻人没吱声。"我可没看出来。那是个落后、野蛮、未开化的地方，他们甚至连现代意义的政府都没有，那是所有州里最差劲的政府，最懒惰的，除了维持法庭和警察局，什么都不干，不为人们做任何事情，不帮助任何人。我实在看不出我们最优秀的企业为什么都一股脑跑过去。"

年轻人向下瞟了他一眼，还是默不作声。

莫文先生叹了口气。"事情不对头,"他说道,"《机会平衡法案》是个挺好的主意,每个人都要有机会才对。如果像昆这样的人也占这种便宜,真是莫大的耻辱。他为什么不让其他人在科罗拉多生产轴承?我还希望科罗拉多人别来管我们的事呢。那里的斯托克顿铸造厂根本就没权利插手开关和信号的生意,这是我做了多少年的生意了。我可是老资格,这不公平,是同业相残的竞争。不该允许新来的人硬闯进来。我的开关和信号还能在哪里卖?科罗拉多原来有两家大的铁路公司。现在没有了凤凰-杜兰戈,只剩下了塔格特泛陆运输。他们赶走丹·康威是不公平的。必须有竞争的空间才对……我等沃伦·伯伊勒的钢材已经等了六个月了,可现在他说他没法答应我任何事,因为里尔登合金把他的市场彻底击垮了,那个合金现在简直疯了。伯伊勒不得不节省开支。允许里尔登这么毁掉别人的市场,这不公平……我也想要点儿里尔登合金,我是需要,可你试试看能不能拿到!要货的队伍能排出三个州那么长,除了像威特和达纳格那样的他的老朋友,别人连片钢坯也拿不到。这不公平。这是歧视。我和其他人一样,应该得到我的那部分钢材。"

年轻人望了望天。"我上周在宾夕法尼亚,"他说,"看见了里尔登的工厂。那个地方可真够忙的!他们正在新建四座炼钢平炉,另外还有六个在等着建……新的炼钢炉。"他边说边向南方望去,"过去五年,谁也没在大西洋沿岸新建过一座炼钢炉……"在天空的衬托下，他站在一台包装好的机器上，如同遥望远方的爱人那样，眺望着暮色，脸上露出一丝渴望和向往的微笑。"他们真忙啊……"他说。

随即，他的笑容倏地不见了，手中拉拽绳索的动作头一回不那么流畅和熟练，看上去像是生气的一拽。

莫文先生望着天边，望着传送带、齿轮和浓烟。在傍晚的空中，浓烟沉静地化作长长的尘雾，一直蜿蜒伸展到了落日后面的纽约城上空。想到环绕着纽约的神圣的火焰、烟囱和天然气罐、吊车和高压线，他的心便安定了下来。他感到一股电流涌过了他所熟悉的街道上每一处肮脏的角落。他喜欢这个正在上方的年轻人的身影，他干活的样子里有一种令人踏实的感觉，有种与天际融合在一起的东西……尽管如此，莫文先生还是纳闷，为什么自己会觉得有道裂缝正在吞噬这牢固而永恒的墙壁。

"不能袖手旁观，"莫文先生开口道，"上周，我的一个朋友关门了，他是做石油生意的，在俄克拉荷马州有一两口油井，他没法和艾利斯·威特竞争。这不公平。应该给小人物们一个机会，应该限制威特的产量，不能让他的产量大得把别人都挤出了市场……我昨天沦落在纽约，只好把我的车扔在那儿，搭了个下班人的车才回到家。因为加不到油了。他们说城里的油短缺……这样下去不对，应该做点什么……"

莫文望着天，搞不清楚这无名的威胁究竟是什么，又有谁能够粉碎它。

"你想做什么呢？"年轻人问。

"谁，我吗？"莫文先生答道，"我哪里知道，我又不是什么大人物，没法解决国家的问题，我只是想维持生计。我只是知道，得有人去对此做些什么……这事情不对头……听着——你叫什么名字？"

"欧文·凯洛格。"

"听着，凯洛格，你觉得这世上会发生什么事？"

"这你是不会在乎的。"

远处的楼顶上响起了哨子声，这是夜班的哨子。莫文先生发现天色已经不早了。他叹了口气，扣上外套，转身要走。

"嗯，事情正在做着，"他说，"正在采取着步骤，很有建设性的步骤。议会已经通过了一项法案，给予经济计划和国家资源局更广泛的权力。他们已经任命了一个很有才能的人做首席协调员。以前似乎没听说过这个人，不过报纸上说他很值得关注。他叫韦斯利·莫奇。"

达格妮站在她客厅的窗前眺望着城市。夜色已深，灯光如同篝火里剩下的火星，在漆黑的余烬中闪烁着。

她感到安宁，而且希望自己能够停下思想，好让感情追上来，好好地审视一下过去这个月从她身边飞驰而过的每一个瞬间。她无暇去感受自己又回到了她在塔格特泛陆运输的办公室，太多的事情令她忘记了自己是刚刚从流放中归来。她不记得吉姆对她的回来都说了些什么，甚至是否说了些什么。她想知道的只是一个人对此的反应。她给韦恩·福克兰酒店打了电话，却被告知弗兰西斯科·德安孔尼亚先生已经回布宜诺斯艾利斯去了。

她记起了当初自己在一份长长的法律文件上签名的时刻。那一时刻宣告了约翰·高尔特铁路的结束，现在，它又变回为塔格特泛陆运输的里约诺特铁路了——只是列车的车组人员拒绝放弃它原先的名字。她本人也发觉实在是难以割舍。她强迫自己不去称它为"约翰·高尔特铁路"，却不知为什么如此困难，也不知为什么会隐约感到悲伤和痛苦。

一天晚上，她突然心血来潮，绕过塔格特大楼，去最后看一眼坐落在小巷内的约翰·高尔特公司办公室。她漫无目的，只是想去看看。沿着人行道竖起了一排木制的隔离墙，这座老建筑正在被拆掉。它终于再也难以为继了。她爬过木板，站在曾经将那个陌生人的身影投射在人行道上的街灯下，透过她旧办公室的窗户向里面张望。一层的地面空空如也，什么都没剩下。隔断已经被扒掉，断开的管道从天花板耷拉下来，地上是一堆碎砖石。没什么可看的了。

她曾经问过里尔登，他是否在去年春天的一个夜晚来过这里，站在她的窗外，克制着要进去的冲动。但还没等他回答，她就明白他并没有来过。她没告诉他问这个问题的原因，不知为什么，这记忆至今仍时而困扰着她。

在她客厅的窗外，长方形的日历板被点亮了，高挂在夜空中，宛如一块小小的货运标签。上面显示着：九月二日。她挑衅地笑了笑，想起了自己和它不断翻动的日期之间展开的竞赛。现在，没有限期了，她想着，没有阻碍了，没有威胁了，没有束缚了。

她听到她公寓大门上传来的钥匙转动声，这正是她今晚所等待的、想听到的声音。

里尔登走了进来，他已经来了多次，她给他的钥匙是他进门唯一打的招呼。他用惯常的方式把帽子和外套扔到椅子上，里面穿了晚宴用的正式礼服。

"嗨。"她招呼道。

"我可还在等着看你哪天不在呢。"他回答说。

"那你可就得给塔格特泛陆运输的办公室去电话了。"

"每天晚上吗？不去其他地方？"

"嫉妒了，汉克？"

"没有，只是对那种感觉好奇而已。"

他站在房间的一头看着她，不让自己走近她，他知道自己可以随时这样做，因此有意地让这种快乐延长。她穿了一条紧身的灰色办公套裙和一件透明的白色宽松上衣，剪裁得像是件男衬衣。

上衣自她的腰部形成向下的喇叭口状，勾勒出她整齐平坦的臀部。她身后的台灯光使他可以看到上衣里她那苗条身段的轮廓。

"宴会怎么样？"她问道。

"不错。我尽量早早就逃掉了。你怎么不来？你被邀请了。"

"我不想在公开场合见到你。"

他瞟了她一眼，似乎表示他捕捉到了她回答里的全部含义，然后，他脸上的线条转变成一种开心的微笑："你错过了很多东西，全国金属行业理事会可不会再这么痛苦地让我做嘉宾了，能不让就不让。"

"怎么了？"

"没什么，就是一堆讲话。"

"对你是痛苦的吗？"

"不……也算是吧……我本来挺想去开心开心的。"

"我给你倒点喝的？"

"嗯，行吗？"

她转身正要走，却被他拦住。他从后面揽住了她的肩膀，把她的头向后扳过来，吻住了她的嘴。当他抬起头来的时候，她不由分说，像主人一样又把他拉了下来，仿佛是在表明她有这个权利。随后，她从他身旁踱开了。

"别弄喝的了，"他说道，"我其实不想喝，只是想看你伺候我。"

"哦，那么就让我伺候你吧。"

"不。"

他笑了，在沙发里躺下，两手交叉放在脑后，把身体伸展开。他觉得像在家里一样，这是他有生以来找到的第一个家。

"你知道，这个宴会最糟糕的就是，每个人都希望它能早点结束，"他说道，"我不明白的是他们究竟为什么要办这个宴会。他们没必要。肯定不是因为我。"

她拿起一盒烟递给他，然后有意用一副伺候他的样子，举起点燃的打火机凑到他的香烟头上。她笑着回应他的忍俊不禁，接着便坐在了房间对面的椅子扶手上。

"你干吗要接受他们的邀请，汉克？"她问，"你向来是拒绝与他们为伍的。"

"我不想拒绝一个讲和的邀请——我已经把他们痛打了一顿，他们很清楚。我永远不会加入他们，但做嘉宾去露面的一个邀请——唉，我想他们还输得起，觉得他们还是很大方的。"

"他们？"

"你是要说我吗？"

"汉克！在他们做了那么多阻碍你的事情之后——"

"我赢了，对吗？所以我想……你知道，我并不怪他们没有更早地认识到合金的价值——只要他们最终能看到就行。每个人都是用自己的方式和时间来学会东西的。当然，我明白这里面有很多懦弱、很多嫉妒和伪善,不过我觉得那只是表面上的——现在,当我证明了自己,证明得这么轰动,我觉得他们邀请我的真正用意就是他们对合金的赏识,而且——"

在他停顿的瞬间,她笑了。她知道,他收住口没说的那句话是:"而且,就为这,我会原谅任何人、任何事。"

"但事实不是这样,"他接着说,"而我也搞不清他们的目的何在。达格妮,我觉得他们根本就没有任何目的。他们用不着办个宴会来讨好我,想从我这儿得到什么好处或是在舆论面前保住脸面。这宴会根本就没有任何目的,一点意义都没有。他们在对合金进行诽谤的时候就满不在乎,现在他们还是不在乎。他们并不太害怕我会把他们从市场上赶走——他们甚至对此都不太在乎。你知道这宴会像什么样子吗?就像是他们听说了有什么值得尊敬的东西,而宴会就是尊敬的方式,所以他们就像被一个好日子里的某种遥远的回声唤醒的鬼魂,行动了起来。我……我真受不了。"

她表情严肃地说:"而且你不觉得你是大方的!"

他抬头看了看她,脸上现出一种感到有趣的神情,眼睛为之一亮:"他们怎么会让你这么生气呢?"

她用低沉的嗓音掩饰着流露出的温柔,"你本想去开心开心的……"

"也许是我自作自受,我本来就不该指望什么。我都不知道我想要的究竟是什么。"

"我知道。"

"我从来就不喜欢那种场合，不知道为什么我觉得这次会有所不同……你知道，我去的时候，几乎觉得这合金改变了一切，甚至包括人。"

"是啊，汉克，我知道！"

"哼，期望从那儿找到些什么可是选错了地方……还记得吗？你曾经说过，庆祝只属于那些真正需要庆祝的人。"

她点燃的香烟停在了半空。她愣坐在那里。她从未和他谈起过那次聚会或是任何有关他家的事。她沉默了片刻，静静地回答："我记得。"

"我明白你的意思……在那时我就明白。"

他紧盯着她，她则垂下了眼睛。

他默不作声，再开口的时候，语调欢快了起来："人最糟糕的时候，并不是大家都来侮辱你，而是来奉承你。我受不了他们今晚滔滔不绝的好话，特别是他们一直在说所有人都需要我。我想，这是指他们，这座城市，这个国家，乃至全世界。显然，他们所认为的至高荣耀就是跟需要他们的人打交道。我可受不了别人需要我。"他斜了她一眼，"你需要我吗？"

她由衷地回答："非常疯狂。"

他大笑道："不是，我不是这意思。你和他们说话的样子不一样。"

"我是怎么说的呢？"

"像是个商人——为自己想得到的去付钱。他们则像个叫花子，用罐头盒去要钱。"

"我……付钱，汉克？"

"别一副无辜的样子，你很清楚我的意思。"

"是啊。"她面带笑容，喃喃地说着。

"嗨，见他们的鬼去吧！"他快活地把腿一伸，把自己在沙发里的姿势换了一下，特意显示出放松的优越感。"我当不了什么公众人物。不管怎么样，现在都无所谓了。我们不用管他们怎么看，他们不会再烦我们了，前面畅通无阻。下面要做什么，副总裁先生？"

"用里尔登合金铺成一条横跨全国的铁路。"

"你打算多久建成？"

"从现在起，我要用三年时间建好。"

"你觉得用三年能建好？"

"如果约翰·高尔特……如果里约诺特铁路能保持像现在一样的出色表现。"

"它会越来越棒的，现在只不过是才开始。"

"我做好了一个分期计划。随着资金的到位，我就会开始分段拆掉主线，把里尔登合金轨换上去。"

"好啊，你想什么时候开始都行。"

"我要不断地把旧铁轨换到支线上去——假如不这样的话，那些支线就坚持不了多久了。三年内，假如谁想在旧金山宴请你的话，你就可以在自己的铁轨上，一直行驶到那里。"

"三年内，我要在科罗拉多、密歇根和爱达荷州拥有铸造里尔登合金的工厂，这是我的分期计划。"

"你自己的厂？分厂？"

"嗯。"

"那个《机会平衡法案》呢？"

"你不会认为从现在开始它还能存在三年吧？我们已经给他们上了这么一课，所有那些破烂都会被清除一空。全国上下都站在我们一边，现在谁还会想阻拦？谁还会信那些鬼话？目前，华盛顿有一班子人还不错，他们正在努力在下次议会的时候把这个平衡法案废除。"

"我……我希望如此。"

"我最近忙得要死，前几个星期忙着去搞新的炉子，不过现在一切就绪，正在建造。我可以轻松一下，坐在桌子旁边收钱，像懒汉一般悠闲，瞧着合金的订单蜂拥进来，四处施舍……对了，你们明天早晨去费城的第一班火车是什么时间？"

"哦，我不清楚。"

"你不清楚？业务副总裁是干吗的？我明天一早七点前要赶

回厂里。六点左右有车吗？"

"我记得首班车是五点半。"

"你是打算及时把我叫醒呢，还是让那列车等我？"

"我会叫醒你。"

她坐在那里，看着他，不再说话。他进门的时候显得很疲乏，现在，他脸上的困顿一扫而光。

"达格妮，"他忽然开口道，声音也变了腔调，语气里流露出一种竭力掩饰的迫切，"你为什么不想和我在公众场合一起露面？"

"我不愿意成为你……正式生活的一部分。"

他默不作声。过了一阵儿，他随意地问道："你上次休假是什么时候？"

"我想是两年……不，三年以前了。"

"都干了什么？"

"想去阿迪朗达克山脉待一个月，结果一周就回来了。"

"我是五年前休的假，不过是去的俄勒冈。"他平躺下来，望着天花板。"达格妮，咱们一起去度假吧，一起开上我的车，离开几个星期，去哪里都行，沿着小路一直开下去，到个没人认识我们的地方。我们不留地址，不看报纸，不碰电话——我们彻底摆脱掉正式的生活。"

她起身走向他，站在沙发边上低头看着他，将台灯挡在身后。她不想让他看清她的脸，以及她正强自忍住的欢笑。

"你能歇几个星期，对吧？"他继续道，"现在事情都进入了正轨，不用担心了。今后三年是不会再有这样的机会了。"

"好吧，汉克。"她努力使自己的声音显得平静而不带任何色彩。

"行吗？"

"你打算什么时候开始？"

"星期一早晨。"

"好吧。"

她转身正要走开，他一把抓住她的手腕，把她拽倒，让她完全躺在了他的身体上面。他别扭地将她按住，她倒下的时候，他用一只手插进她的头发，将她的嘴向自己的按去，另一只手从她薄薄的上衣下面伸入，从肩头移向她的腰腹，再到她的双腿。她轻声道："你还说我不需要你……"

她从他的怀里抽出身，站了起来，撩起垂在脸上的头发。他一动不动地躺着，凝视着她。他的眼睛眯成了一条缝，里面有某种意趣一闪一闪地跳动着，既认真又有点像在捉弄。她向下一看：胸罩的一根带子断开了，一头还吊在她的肩膀上，另一头垂在她的身体旁，他的目光穿过她透明的外衣，看着她的胸脯。她抬起手去调整胸罩，他一把将她的手打掉。她会心地笑了，作为对他的捉弄的回应。她慢慢地踱了开去，故意穿过房间，靠在一张桌子前面，面朝着他，两手扶着桌边，肩膀向后一扬。他喜欢的正是这种对比——衣服的严肃与半裸的身体，铁路公司的总裁成了他的女人。

他坐了起来，舒服地靠在沙发上，两腿搭在一起向前伸着，双手插兜，用评估财产一般的眼神端详着她。

"你说过要用里尔登合金来铺一条横跨全国的铁路吗，副总裁先生？"他问，"如果我不给你怎么办？我现在可以挑选客户，任意开价。换作一年前，我是不会要求你用和我睡觉来进行交换的。"

"我倒希望你要求过。"

"那你会那么做吗？"

"当然。"

"当成一桩生意？一次销售？"

"假如你是买主的话。你会喜欢的，对不对？"

"你呢？"

"我喜欢……"她轻声道。

他走近她，抓住她的肩膀，把他的嘴隔着她薄薄的上衣压在了她的胸前。

随后，他抱住她，默默地凝视了她许久。"你拿那个手镯干什么用了？"他问。

他们从没有谈起过这事，过了好一会儿，她才使自己的声音恢复了平稳,"我拥有了它。"她回答。

"我想让你戴上它。"

"如果别人看出来的话,你可会比我更难堪。"

"戴上它。"

她取出那只里尔登合金制成的手镯,紧紧地盯着他的眼睛,一言不发地向他递了过去。那蓝绿色的链条在她的手掌里熠熠闪光。他迎着她的目光,把手镯扣在了她的手腕上。在搭扣"咔"地一下被他的手指合上时,她把头埋了下去,亲吻着他的手。

大地在车身下奔腾。威斯康星州起伏的丘陵中伸展出的高速公路是人类活动在这里留下的唯一痕迹。一座危桥横跨在灌木、杂草和树丛汇成的海洋之上。这海洋缓缓地起伏,在湛蓝的天空下放射出橘黄色。山坡旁偶尔可见几株满是红叶的大树拔地而起,低洼处则到处是一汪汪残存的绿。置身在明信片一样的色彩中,车身仿佛是珠宝商的一件杰作,阳光在铬合金的表面反射出光亮,黑色的珐琅映照着天空。

达格妮靠在车窗旁,向前伸直了双腿。她喜欢这样宽大、舒服的坐椅和肩头上阳光的温暖。她感觉这乡间真是美极了。

"我想看的,"里尔登说道,"是个大广告牌。"

她放声笑了起来,他回答了她心里未说明的想法。"卖什么,卖给谁啊?一个小时了,我们连一辆车、一座房子都没看到。"

"这就是我不喜欢的地方，"他向前俯了俯身，双手握着方向盘，皱着眉头，"看看这路。"

长长的混凝土路已褪成沙漠遗骨般的灰白，太阳和雪仿佛把车辙、油迹和碳痕吞蚀一空，不停地打磨着它。绿色的杂草从混凝土断裂的缝隙里钻了出来。许多年来，这条路一直少有人光顾和修葺，裂缝却很少。

"这条路不错，"里尔登说，"修得很棒，筑路的人一定坚信它今后会很繁忙。"

"是呀……"

"我不喜欢它这副样子。"

"我也不。"她随即笑了，"可是想一想，我们常听到人们抱怨说广告牌破坏了乡间的景色。嗯，这就是没有被破坏的乡间，留着给他们欣赏。"她又加上一句，"我恨的就是这些人。"

她不愿意去想这些令她不舒服的事，它们像是她此刻的惬意下方一道细细的裂口。过去三周以来，看到从车头前方流淌而过的乡间景象时，她时常能感受到这种不舒服。她笑了：在她的视野当中，大地在流逝，唯一不变的是车头。在一个模糊和不断消散的世界里，这车头就是一切的中心，就是她的焦点和保障……她前方的车头，以及身边里尔登握着方向盘的双手……她笑了，觉得由这些来组成她的世界，她感到很满足。

在他们开车漫游了一周之后，他曾在一天早晨出发时对她说:"达格妮,休息的时候非得什么都不干吗?"她大笑着回答说:"不是啊,你打算去看哪家工厂?"不必有什么内疚,也无须做什么解释。他笑了,答道:"我听说在萨吉瑙湾附近有个废矿场,据说已经开采光了。"

他们便开车穿过密歇根州,向那个矿场驶去。走在一个空矿坑中的矿石层上,一台吊车的残骸在他们头顶向下俯视,一只锈蚀的午餐盒"咣当"响着被他们踢开。她感觉到一阵比悲哀更甚的不舒服向她袭来,里尔登却高兴地说:"采光了?胡说!我要让他们瞧瞧,我还能从这里挖出多少吨、多少钱的矿石!"走回他们的汽车时,他说,"假如能找到合适的人,我明天一早就把这矿买下来,让他开工干起来。"

第二天,在他们朝着西南方的伊利诺伊州平原开去时,他突然打破了长时间的沉默,说:"不,我得先等他们废除了那个法案。能对付那个矿场的人是不需要我去教的,而需要我教的人,连一钱都不值。"

他们可以一如往常地谈论工作上的事,深知所说的一切对方都会理解。但他们从没谈及彼此。他表现得像是把他们炽热的情感当作无名的客观存在,而不必在两个心灵间的交流中明说出来。每天晚上,她似乎都是躺在一个陌生人的臂弯里。他会让她看到他身体那充满激情的战栗,却从不允许她知道这些震荡是否得到了他身体里的回应。她赤裸着躺在他的身边,但手腕上面有一只里尔登合金做成的手镯。

她明白，他极不愿意忍受在路旁破旧的旅馆登记表填上所谓的"史密斯夫妇"。在某些夜晚，她注意到当他按意料中的欺瞒计划去签那意料中的姓名时，他咬紧的嘴唇掠过不易察觉的愤怒的抽动。他是对那些逼得他只好如此的人感到恼怒。她不动声色地从旅馆店员的举止中观察到他们明白一切的狡黠神情，这神情似乎是在暗示，旅客和店员一样，都在参与这桩可耻的劣行：偷欢的劣行。不过她知道，当他们独自在一起的时候他就没事了，他会抱住她待一会儿，而她可以看到他的眼睛充满生气，毫无罪疚。

他们驶过小镇，穿过偏僻的小路和他们多年都没有见到过的地方。小镇的景象令她不安。过了许多天，她才意识到最令她感到怅然若失的东西，就是看不到一眼新粉刷的油漆。房屋矗立着，像穿着皱巴巴西服的人，已经丢掉了挺起腰杆站直的念头，房子的檐板像是垂头丧气的肩膀，翘曲的门廊阶梯像是开线的缝边，破裂的窗户被隔板像补丁一样钉起来。街上的人瞪着他们这辆新车的样子，不像是在盯着什么稀罕景象，倒像这辆锃亮的黑东西是来自另一个世界的不可思议的景观。街上车辆稀少，其中很多还是马车。她早已忘记了马是怎么用的，不愿意看到它重回了现实。

那天，在一个铁道路口，里尔登指点着什么笑出了声，她看到一列当地小公司的火车从山后蹒跚着拐了出来，牵引它的车头已经年迈，它高高的烟囱里喘着黑烟。她没有笑。

"噢，天啊，汉克，这没什么好笑的！"

"我知道。"他说。

过了一小时，他们驶出去七十英里后，她说："汉克，你能想象塔格特的彗星号被这种烧煤的家伙拖着跑遍全国吗？"

"你没事吧？别胡思乱想。"

"对不起……只是我一直在想，如果找不到人来生产柴油机，如果不能很快找到的话，所有我的那些新铁轨和你的那些炼钢炉，就都白费了。"

"科罗拉多的泰德·尼尔森就是你要找的人。"

"没错，假如他能想出办法开个新厂的话。他为约翰·高尔特铁路的债券砸进了过多的资金。"

"结果那成了一项回报很高的投资，不是吗？"

"对，但他被拴在上面了。现在他万事俱备，却没有机床。无论在哪儿，用什么价钱，都搞不来机床。他除了承诺和延期，什么都得不到。他从关闭的工厂里找可以利用的旧设备，把全国都翻遍了，如果他不尽快开工的话——"

"他会的，现在谁阻止得了他？"

"汉克，"她忽然说，"我想让你去看个地方，行吗？"

"当然了，任何地方。要去哪里？"

"在威斯康星州,那里过去有个很不错的发动机公司,是在我父亲的名下,它的业务一直靠着我们的一条支线来支撑,但我们七年前停了那条铁路,他们也就关了那家厂。我想,它是现在那些被毁掉的地区之一。或许那里还有一些设备留下,泰德·尼尔森能派上用场。那儿可能会被疏忽掉,人们早就忘了那个地方,根本没有交通工具去那里。"

"我能找到。那个公司叫什么名字?"

"二十世纪发动机公司。"

"噢,可不是嘛!那是我年轻时最棒的发动机公司之一,也许是最好的。我记得它关门的时候,好像是有什么不对劲……记不得是什么了。"

他们花了三天打听,却找到了这条被风化和遗忘的公路。眼下,他们正经过一片像金币一样闪亮的黄色秋叶的海洋,向二十世纪发动机公司驶去。

"汉克,如果泰德·尼尔森出了什么事怎么办?"在行驶的静默中,她突然问了一句。

"他为什么要出事呢?"

"我不知道,但是……你瞧怀特·桑德斯,他就消失了。联合火车头厂现在不存在了,而其他厂还不具备生产柴油机的条件,我已经再不听什么承诺了。那……那铁路没了发动机还有什么用呢?"

"如果这么说的话，没了发动机，还有什么是有用的呢？"

树叶在风中摇曳闪亮，它们绵延数英里，从草地漫到灌木丛，再铺到树上，充满了动感和火焰的种种色彩，似乎在欢庆一个完成的使命。它们不被注意，无人问津，但在尽情地燃烧。

里尔登笑了："自然中还是有些令人称道的东西，我开始喜欢它了。无人发现的新的疆域。"她快活地点着头，"土壤多好啊，看看这些东西长的样子。我想把灌木丛清除掉，然后建一个——"

随即，他们止住了笑。他们在路旁的杂草丛中看到的残骸是一截带着碎玻璃的锈钢管——这是一个残缺的油泵。

这些是唯一在视野中残留的景象。烧焦的柱子、混凝土板以及闪亮的碎玻璃碴——曾经的一个加油站被灌木丛淹没，不仔细看根本不会发现，而在这之后的一年又将无人看见了。

他们移开视线，不想再探究那绵延数英里的野草后面还藏着什么东西，继续向前驶去。在彼此之间沉重的静默中，他们想到了同样沉重的问题：野草到底是以什么样的速度、吞没了多少东西？

转过了一个山弯，道路戛然而止，路的尽头长长地凹陷下去，里面混合着沥青和泥巴，几块混凝土耷拉在上面。混凝土路面被人砸碎后运走了，再往前，是一片连野草都难以生长的荒地。一根电线杆背衬着天空，孤零零地歪立在远处的山顶上，如同旷野墓地上方的十字架。

他们用低速挡缓慢地爬行,穿过没有道路的荒地和水沟,然后沿着马车辙印,费了三个小时,一只车胎也被扎爆,总算开到插着电线杆的山头后面,来到了这家位于山谷深处的废弃工厂。

在这个过去的工业小镇的废墟里,有些房屋还在。所有能搬走的东西都被搬走了,但有些人留了下来。空荡的房架成了竖立着的碎石堆,侵蚀它们的并不是岁月,而是人:房板被随意拆走,屋顶残缺不全,毁掉的地下室里只剩下了大洞。看上去像是被人们的手瞎抓一气,只要当时觉得合适的东西都被抓掠一空,根本不去想转天要如何生存。还有人居住的那些房子胡乱地散落在废墟之中,从烟囱里冒出的烟是这个小镇唯一可见的动静。小镇的边缘,立着一栋空荡荡的水泥房子,那曾是一所学校。它看上去像是个骷髅,玻璃全无的窗户是眼窝,断落的电线则是垂下来的几缕头发。

在小镇后面,远处的山丘之上,便是二十世纪发动机公司的工厂。它的墙壁、房顶的线条和烟囱看上去很整齐,坚固得像座城堡。如果不是那个向一边歪斜的银灰色水塔,它的外表看上去几乎完好无损。

他们从密密麻麻的树林和山丘的四面都找不到通向工厂的路,便停在了冒着青烟的第一户人家门口。门开着,一个老妇人听到汽车声,便拖着脚步,慢吞吞地走了出来。她弓着背,身体浮肿,赤着两只脚,穿了件面口袋一样的衣服。她打量着汽车,没有惊讶和好奇,那漠然空洞的眼神是一个筋疲力尽得已经失去任何感觉的人才会有的。

"能告诉我去工厂的路吗?"里尔登问道。

老妇人没有立即作答,她的眼神看上去像是不会说英语一般。"什么工厂?"她问。

里尔登用手一指:"那个。"

"它已经关了。"

"我知道它关了,不过有没有路可以过去?"

"我不知道。"

"任何路都没有吗?"

"林子里有些路。"

"能让车开过去?"

"也许吧。"

"那好,该走哪一条呢?"

"我不知道。"

他们透过打开的房门可以看到屋子里面。有一个没用的煤气炉,炉膛里塞着破布,当成壁橱在用。角落里有一个用石头做成的火炉,几块木头在破旧的水壶下燃着火苗,墙壁上留下了长长的烟熏痕迹。一件白色的东西靠着桌子腿躺在地上:这是一只陶瓷洗手盆，不知是从哪个浴室的墙上拆下来的，里面装着干枯的白菜。一根牛油蜡烛插在桌上的瓶内。地板上的油漆剥落得一点不剩，木板被磨成了黯淡的灰色，活脱脱地映照出眼前这个人深入骨髓的痛苦，她的腰被压弯了，被折磨得再也无力去对付那些渗入地板的灰尘。

一群衣衫褴褛的孩子一个接一个地来到门口，无声地聚集在妇人身后。他们瞪着汽车，眼里没有孩子那种明亮的好奇，却有着未见过世面的原始人那种紧张，危险一出现，便会逃之夭夭。

"这里离工厂有多远？"里尔登问。

"十英里，"妇人答道，接着又说，"也许五英里。"

"从这里到下一个城镇还有多远？"

"这儿哪有什么下一个城镇？"

"其他什么地方总有别的城镇。我想问的是有多远。"

"是啊，其他什么地方。"

在房子旁边的空地上，他们看到破布搭在晾衣绳上，这绳子原是一截电话线。园子里有三只鸡在凹凸不平的菜圃里啄食，另外一只伏在一截原本是下水道的管子上打盹。两头猪摇摇摆摆地晃进一摊泥浆和垃圾的混合物里。那上面铺的垫脚石是公路上的混凝土块。

他们听到远处传来咯吱咯吱的响声，只见一个人正在公用的水井旁边用轳辘打水。他们注视着他慢慢地顺着街道走过来。他提的两桶水对他的细胳膊而言显得太重了。看不出他的年龄。他走近，停下来，瞧着汽车。他飞快地向这两个陌生人看了一眼，随即诡秘而可疑地移开了视线。

里尔登取出十元钱向他递了过去，问道："你能不能告诉我们去工厂怎么走？"

那人阴沉地盯着钱，无动于衷，没有抬手去接，依然抓紧了两只水桶。如果谁曾见过全无贪念的人，达格妮心想，那他就是了。

"我们在这儿不需要钱。"他回答。

"你们难道不靠工作糊口吗？"

"是啊。"

"那么，你们用什么当钱呢？"

那人放下了水桶，好像才发现没必要提着这么重的东西站在这里。"我们不用什么钱。"他说，"我们用东西互相交换。"

"你们和其他城镇的人怎么交换呢？"

"我们不去什么其他的地方。"

"看来你们在这儿的日子并不好过。"

"跟你有什么关系？"

"没什么，只是好奇而已。你们为什么待在这里呢？"

"我爸过去在这里有个杂货铺，只是后来工厂关了。"

"你怎么不搬走呢?"

"去哪儿?"

"随便什么地方。"

"有什么用?"

达格妮盯着那两只水桶在看:那是两只装了绳把手的方口铁罐,原来曾是油罐。

"喂,"里尔登说,"能不能告诉我们是否有路去工厂?"

"路很多呀。"

"有没有能开车的路?"

"我想有吧。"

"哪一条?"

那人认真地想了一阵。"嗯,如果你在学校那座房子左转,"他开口道,"一直走到那棵歪橡树,那里有一条上去的路,如果一两个星期没下雨的话还行。"

"上次下雨是什么时候?"

"昨天。"

"有其他的路吗?"

"嗯,你可以开过汉森的牧场,穿过树林,然后就有一条不错的硬实的水泥道,一直可以开到小溪。"

"小溪上有桥吗?"

"没有。"

"其他的路呢？"

"哦，如果你想找开车的路，在米勒家那块地的另一边有一条，是铺好的，开车最好了，只要从学校的房子向右转，然后——"

"可那条路不去工厂，是不是？"

"对，不是去工厂的。"

"好吧，"里尔登说，"看来我们得自己找路了。"

他刚一发动车，一块石头便砸到了挡风玻璃上。玻璃是防碎的，但立刻有了放射状的裂纹。他们看到一个小流氓尖声地笑着消失在拐角处，然后听见从某些窗户和墙缝后传来的小孩们的刺耳笑声。

里尔登强忍住一句骂人的话。那人皱了皱眉，了无生气地向街对面看了看。那个老妇人毫无反应地继续看着这一切。她一直无声地站在那里注视着，既没有兴趣，也没有什么目的，如同洗胶卷盘子里的化学试剂，只是被动地将影像吸收，却无法形成她自己视野里的景物。

达格妮已经观察了她好几分钟。那妇人臃肿得看不出身材的身体不像是因为上了年岁和疏于照顾，而像是怀了孕。这似乎不可能。但凑近观察，达格妮发现她被灰尘沾染的头发并未灰白，脸上也几乎没有皱纹。只是她那茫然的眼睛、佝偻的肩膀和慢吞吞的举止令她显得老态龙钟。

达格妮往前探身,问道:"你多大了?"

那妇人看着她,并不生气,只是像面对一个毫无意义的问题一般回答说:"三十七。"

直到他们开出了相当于五个街区那么远,达格妮才开口说话。

"汉克,"她惊恐地说,"那个女人只比我大两岁!"

"是的。"

"天啊,他们怎么会落到这步田地?"

他耸了耸肩:"谁是约翰·高尔特?"

他们离开这座城镇时见到的最后一样东西是一块广告牌。上面旧时的色彩已经褪去,只剩下了死气沉沉的灰色。从斑驳的印刷条纹中,还可看出原本的图案。是洗衣机的广告。

他们看到城外远处的旷野里有一个人在一点点地挪动,身形因过度用力而扭曲。他正用手在推犁。

他们花了两小时,走了两英里,来到了二十世纪发动机公司的工厂。才攀上小山,他们就知道自己的这番寻找是白费劲了。一把生锈的铁锁挂在入口的大门上,但宽大的玻璃都已粉碎,整个地方事实上是门户洞开,里面残枝遍地,野兔穿行,枯叶堆积。

工厂早就腾空了。大部分设备是被文明地搬运走的,水泥地上还留着设备基座的整齐洞口。其他东西则被抢掠一空,除了连饥不择食的乞丐都不感兴趣的废物，什么都没剩下。成堆的卷曲生锈的废铁皮、板子、石膏和玻璃碎片，还有钢制的楼梯，当初修得非常牢固，此时依然向上盘旋着，直通到天花板。

他们在大厅停下脚步。一缕光线透过天花板的缝隙，斜斜地照下来。他们脚步的回声在四周回响，然后消失在一排排空荡荡的房间内。一只鸟从屋顶的钢梁上箭一样地跃出，然后拍打着翅膀，飞快地冲了出去。

"我们最好还是看看，没准还有什么，"达格妮说，"你去车间，我去旁边的楼里。我们尽快看完。"

"我不想让你一个人在这儿逛。我不太放心这些地板和楼梯的安全。"

"哦，别啰唆了！我在工厂里找路没问题——在营救队里都没问题。还是把事情干完吧，我想尽快离开这儿。"

她走过静寂的空厂区，钢制天桥依然吊在头顶，在天空的衬托下，还能够看出它们完好无损的外形。她此时唯一的希望就是不要看到它们，但她还是强迫自己去看。这如同是对自己所爱的人进行尸体解剖一样。她的目光像一架探照灯般转动着，牙齿紧紧地咬在一起。她走得飞快，这里没有任何地方值得停留。

她在一个曾经是实验室的房间停下。留住她脚步的是一卷铁丝。它从一堆废弃物中冒了出来。她从没见过编成这种形状的线圈，但似乎又有些眼熟，仿佛是触碰到了她某些细微而遥远的记忆。她伸手去拉线圈，可是拉不动，好像是连着埋在里面的什么东西。

她看到了墙上被毁坏后剩下的残留物：很多插座、几节粗电缆、铅导电管、玻璃管，以及嵌进墙壁的、没有架板和门的橱柜。如果她判断得正确，这个房间看来曾是一个实验室。这里堆积着大量废旧的玻璃、橡胶品、塑料和金属，以及原来做黑板的黑灰色碎石屑。地板上堆满了被风吹得瑟瑟作响的废纸片。这里还有不属于原先主人的遗留物：爆米花的包装盒，一只威士忌酒瓶，一本纪实故事杂志。

她试着把那卷线圈从废物堆中拉出来，却拉不动。它连在一个大物件上。她跪下来，开始挖起废品堆。

她的手被划破了。重新站起来打量着这件被清理出来的物体时，她已是满身灰尘。这是一个残缺不全的发动机模型，大部分零件已经缺失，但现在的样子还能让人看出它起初的形状和设计意图。

她从没见过这种发动机或者类似的东西。对于它各个部件的独特设计和试图实现的功能，她一点也看不明白。

她仔细查看着脏污的管子和造型奇怪的连接件，脑海里涌过她所熟知的每一种发动机的样子以及上面零件可能的用途，竭力猜测着这些部件的功能。但这个模型与那些都对不上号。它看上去像是个电动发动机，可她搞不明白它用的是什么燃料。它不是为蒸汽、汽油以及她能想到的任何东西来设计的。

她无声的喘息忽然急促起来,让她猛地一头扎进了废品堆。她手足并用,在废墟里爬来爬去,抓起能找到的每张纸片,随后扔掉,接着继续找下去。她的双手在抖个不停。

她发现,她希望找到的那样东西有一部分还在。那是用打字机打出来的、夹在一起的薄薄一沓纸——残存的底稿。开头和结尾的部分已经不见,从被夹住的狭窄纸边来看,这底稿原本页数很厚。纸张已经发黄变干。这是发动机说明书的底稿。

正在空空荡荡的工厂发电室内的里尔登听到了她的惊呼。"汉克!"声音听上去像是恐怖的尖叫。

他朝着呼喊的方向跑去,发现她站在一间屋子中央,手上流着血,长筒袜被撕破,衣服上落满了灰尘,手里紧紧抓着一沓纸。

"汉克,这东西像什么?"她指着脚下一件奇形怪状的残缺物件问道。她声音里透出的紧张和着魔,如同一个人被惊得目瞪口呆,彻底脱离了现实一般。"这像什么?"

"你受伤了吗?出了什么事?"

"不是!哦,没事,别看我!我挺好的。看这个。你知道这是什么吗?"

"你刚才都干什么了?"

"我得把它挖出来,我没事。"

"你在发抖。"

"你一会儿也会的,汉克!瞧瞧这个,你看看,然后说你觉得它是什么。"

他向下瞥了一眼,立刻便专注地看了起来,然后坐在地上,仔细地研究着这个东西。"这么装发动机不合常理呀。"他蹙着眉说道。

"读读这个。"她把那沓纸递了过去。

他读罢,抬头叫道:"我的天啊!"

她和他并肩坐在地上,许久,什么都说不出来。

"是线圈,"她感觉到她的心在狂奔,无法追上眼前骤然看到的一切,言语则争先恐后地向外涌,"我最先注意到的是线圈,因为我许多年前在学校时见过类似的图纸,不完全相同,但有点像。是在一本旧书上,很久以前,人们认为这不可能,就放弃了。可是我喜欢读能找到的所有关于火车发动机的东西。那本书上说,人们曾经有过这种想法,并为此努力,花了许多年去做实验,但他们没搞出来,就放弃了。它已经被好几代人遗忘了。我觉得现在没有一个活着的科学家还能想起它。可还是有人想了,有人把它搞出来了,就是现在,今天!汉克,你明白吗?很久以前,有些人尝试着发明一种发动机,能吸收空气里的静电,经过转化,边运行边生成自身的动力。他们没做成,就放弃了。"她指了指那个破损的物件,"可它现在就在这里。"

他点了点头,脸上没有笑容。他坐在那儿瞧着那残骸,专注在他自己的想法上,那想法看来并不令人开心。

"汉克!你难道不明白这件事的意义吗?这是发动机历史上自从内燃机以来最伟大的革命——比那还要伟大!它让一切都成为历史,又让一切都成为可能。让怀特·桑德斯和他们所有那些人都见鬼去吧!谁还想要什么柴油机!?谁愿意再去为石油、煤和加油站操心?我说的这些你都明白吗?一台崭新的火车头,只有一台柴油机车头体积的一半,却有十倍的马力。自己生成动力,只靠一丁点儿燃油就能开始工作,就能产生无穷的能量。有史以来最清洁、最快速、最廉价的动力来源。你能看出大约一年之后,它会给全国和我们的运输系统带来什么吗?"

他的脸上没有丝毫兴奋的迹象。他缓缓地说:"是谁设计的?为什么留在了这里?"

"我们会知道的。"

他沉思着,将这沓纸在手中掂量了一下。"达格妮,"他问,"如果找不到制作它的人,你能根据现有的这些东西重新制造出这台发动机吗?"

过了良久,一个词才沉重地掉了下来:"不行。"

"没人能行。他都把它做好了,根据他在这里的记录,是能用的。这是我亲眼见过的最了不起的东西,的确如此。但我们没法把它恢复。得是一个像他一样伟大的人才能把这里缺少的东西补上。"

"我会找到他的——即使放下现在我手里的所有事也要找到他。"

"——而且，如果他还活着的话。"

她听出了他的话外之音。"你干吗要这么说？"

"我不认为他还活着。如果他还活着，会让这么一个发明在垃圾堆里烂掉吗？他会扔掉这么大的一个成果？如果他还活着，你在很多年前就已经会有这种能自行产生动力的火车了。而你也不会到处去找他，因为他的名字早就闻名于世了。"

"我不觉得这个模型是很久以前做成的。"

他看了看底稿和锈蚀得失去光泽的发动机："我猜大概有十年了，或许更久。"

"我们必须找到他，或者找到认识他的人。这比——"

"——现在任何人拥有或生产的东西都重要。我不认为我们会找到他。如果我们找不到的话，没人能重现他的成果。没人能再造他的发动机。上面剩的东西太少，只是一条线索，一条无价的线索，可是完成它所需要的人才，一个世纪才能出现一个。你觉得我们现有的发动机设计师能行吗？"

"不行。"

"现在一个一流的设计师都没有，发动机行业多少年来都没有任何创新。这是个濒临死亡——或者说已经死亡的行业。"

"汉克，你知道这台发动机一旦做成会意味着什么吗？"

他笑了笑："那我得说，全国每个人的寿命都会延长大约十年——如果考虑到它会让多少东西的生产变得更容易、更廉价，把人的劳动力解放出多少个小时去干其他事，而因此又能得到多少更大的回报。火车吗？那么用这种发动机的汽车、轮船和飞机呢？还有拖拉机，还有电站，全都使用无穷无尽的能源，不用花钱买燃料，只需要用几毛钱的成本来维持转换器的运转就行了。这个发动机能让全国都热火朝天地动起来，能让家家都有电灯，甚至是我们在山谷里看到的那些人家。"

"它能？它会的。我要找到它的制造者。"

"我们是要想办法找。"

他忽然站了起来，但又停住，瞧了一眼地上的残骸，没有半点快活地笑道："这本该是用在约翰·高尔特铁路上的发动机。"

随后，他用了企业高管那种不容分说的口吻："首先，我们试试能否在这里找到他们的人事部办公室，如果有资料留下的话，就去查。我们需要的是他们研究人员和工程师的名字。我不知道这个地方现在属于谁，不过我想很难找到这里的主人，否则，他们不会让这个地方变成现在这样。然后，我们把实验室的每个房间都查一遍。以后我们再找些工程师飞过来，把其他的地方彻底检查一遍。"

他们开始行动。但她在门口停了片刻。"汉克，这台发动机是工厂里最有价值的东西，"她压低了嗓门说，"比整个工厂和里面所有的东西都值钱,却没被注意到,扔在了废品里。它是个没人愿意搬走的东西。"

"让我感到恐惧的也正是这个。"他回答道。

他们没费多久就找到了人事部办公室。他们是发现了门上的标志才找到的,这却是唯一留在那里的东西。里面没有家具,没有纸张,除了打破的窗户玻璃,一无所有。

他们回到发现发动机的房间,摊开四肢趴在地上,仔细检查地面留下的每一片垃圾。几乎没什么收获。他们把写有实验室记录的纸张收集起来,但那些记录里根本没有提到发动机,也没有底稿的缺页。爆米花的包装和威士忌酒瓶证实闯入的人群曾经像潮水一般涌遍了屋内,把损毁的东西翻了个底朝天。

他们把有可能是发动机部件的几块金属收集在一起,但它们实在是小得没有什么价值。看上去,发动机的某些部分是被生敲硬扯下来的,也许是有人想改作他用。残存的部分面目全非,引不起人的一点兴趣。

她跪得膝盖生疼,两只手掌平伸在满是沙砾的地面上,感到身体里有一股战栗的愤怒,这伤痛而绝望的愤怒是对眼前如此的玷污做出的反应。她在想,会不会谁家晾尿布的绳子就是发动机上丢失的电线,发动机的轮子是不是成了公用水井的绳索滑轮,它的汽缸是不是被那个拎着威士忌酒瓶的人的老婆拿去当成花盆,种了天竺葵放在窗台上。

山顶还有余光,但一团蓝汪汪的雾气正向山谷弥漫而来,红色和金色的树叶在落日的照耀下伸向空中。

他们干完时天已经黑了。她站起身来,靠在一扇空空的窗前,让前额去感受一下凉爽的空气。夜空是深蓝色的。"它能让全国都热火朝天地动起来。"她低头看了看发动机,又抬头看着外面的原野,突然被一个长长的战栗击中,呻吟了出来。她头垂在胳膊上,倚着窗框站在那里。

"怎么了?"他问。

她没有回答。

他向外望去。在远处的山谷里,夜色沉凝之中,有几点牛油蜡烛的微光正苍白地摇曳。

威特的火炬

Wyatt's Torch

10

"咱们得求上帝怜悯了，夫人！"档案馆的职员嘟囔着，"没人知道那家厂现在的主人是谁。我想是不会有人知道了。"

这个职员坐在位于一层办公室的桌后。灰尘在文件上落了厚厚的一层。很少有人造访这里。他望了望窗外，一部锃亮的汽车停在泥泞的小广场上，这广场曾是繁华县城的中心。他带着一丝好奇打量着两位陌生的访客。

"为什么？"达格妮问。

他无可奈何地指了指拿出来的一大摞文件："得靠法庭来裁决谁是主人，我认为哪个法庭也裁决不了。即使法庭真想做决定，也做不出来。"

"为什么？怎么回事？"

"呃，它被卖掉了——我是说二十世纪……二十世纪发动机公司。同时被卖了两次，卖给了两批不同的买主。这在当时，两年以前，算是件很轰动的丑闻，而现在，它不过是——"他用手一指，"不过是一堆纸，等着法庭去审理。我可看不出有哪个法官能解决这起产权纠纷案——或许究竟还有没有产权都难说。"

"能不能请你告诉我究竟是怎么回事?"

"呃,这家工厂的上一个合法拥有者是威斯康星州罗马市的人民抵押贷款公司。那个城市就在工厂以北三十英里的地方。这家抵押贷款公司是那种四处宣传的机构,做了很多简便贷款的广告。马克·扬兹是公司的头儿,没人知道他的来历,也没人知道他现在跑到哪儿去了。不过就在人民抵押贷款公司破产的当天上午,人们才发现马克·扬兹已经把二十世纪发动机公司卖给了南达科他州的一帮人,同时又用它作担保,从伊利诺伊州的一家银行贷了一笔款。他们去看工厂的时候,发现他已经搬空了里面的设备,零敲碎打地都给卖了,老天才知道是卖到哪里、卖给谁了。所以好像谁都是这家工厂的主人,又谁都不是。眼下就是这个状况。南达科他州的买主、银行,还有代表人民抵押贷款公司债主的律师们互相告来告去,全都想要这家厂,但谁都无权去动里面的一个轱辘,只不过里面现在连一个轱辘都没了。"

"在卖掉之前,马克·扬兹经营过这家工厂吗?"

"绝对没有,夫人!他才不是那种干事的人呢。他不是想去挣钱,只是想得到钱。看来他也得到了,比其他人从那个厂里赚的都要多。"

他在纳闷,为什么这个一头金发、面孔僵硬的人和这位女士坐在他的桌前时,会厌恶地看着窗外他们的汽车,看着汽车敞盖的行李箱内用绳子和帆布紧紧包住的一件大东西。

"工厂的记录怎么样了?"

"你是指哪方面的,夫人?"

"他们的生产记录、工作记录,他们的……人事资料。"

"哦,那些现在都没了。洗劫和抢夺一直不断。那些各种各样的买主把他们能拖走的家具和东西都抢走了,就算县里的治安官员把大门上锁也没用。纸张这类东西嘛,我想全被斯塔内斯村的人拿光了。那个地方就在山谷里。他们现在生活得很艰难,很可能是用这些东西生火了。"

"这里还有没有曾在厂里工作过的人?"里尔登问。

"没有,先生,这一带没有。他们全都住在斯塔内斯村。"

"全都?"达格妮不禁喃喃地说道,她想到了那片荒凉的废墟,"那些……工程师们也在?"

"是啊,夫人,那就是工厂的镇子,他们很早就都过去了。"

"你是否记得在那儿工作过的人的名字?"

"不,夫人。"

"经营工厂的最后一个厂主是谁?"里尔登问。

"这我说不上来,先生。自从杰德·斯塔内斯死后,那边就一直纠纷不断,管事的人像走马灯一样换来换去。老杰德当初建了这家厂,整个那一片都是他建起来的。他十二年前就死了。"

"你能否告诉我们那之后所有的厂主姓名?"

"不能,先生。老法院失过一场火,大约是三年前,所有旧的记录都烧光了。我不知道你现在怎么才能找到他们。"

"你不知道这个马克·扬兹是怎么接管工厂的吗?"

"这个我知道。他是从罗马市的巴斯康姆市长手里买下来的,至于工厂是怎么到了巴斯康姆市长手里,我就不清楚了。"

"巴斯康姆市长现在在哪儿?"

"还在罗马市。"

"多谢你了,"里尔登站起身来,"我们会去找他的。"

他们走到门口时,那个职员问道:"先生,你们究竟在找什么?"

"我们在找一个朋友,"里尔登回答,"一个失去音讯的朋友,他曾经在这家厂工作过。"

威斯康星州罗马市的市长巴斯康姆仰靠在椅子里。他的胸脯和肚子在脏兮兮的衬衣下像桃子一样鼓起。空气交织着阳光和尘土,低低地笼罩在他家的门廊上方。他摆了摆胳膊,手指上大大的黄玉戒指发出劣质的闪光。

"没用,没用,女士,绝对没用。"他说道,"去问住在这一带的人,纯粹是浪费时间。工厂的人都走了,而且谁也不太记得他们。很多人家都搬走了,留下的全是没用的,我也是这么说我自己的,一点儿都没用,不过是给这群废物当个市长而已。"

他给两位客人拿了椅子,不过如果这位女士愿意站在门廊的栏杆前,他也不在意。他向后一靠,端详着她修长的身材。高级货色,他心想,不过,这样看来,她旁边的那个男人显然很阔绰。

达格妮站在那里,看着罗马市的街道。这里有房屋、人行道、灯柱,甚至还有饮料的广告牌,但这座城镇看上去就要落到和斯塔内斯村一样的光景了。

"喏,厂子的记录都没了,"巴斯康姆市长说道,"假如这就是你们想找的,夫人,还是算了吧。这简直是在风暴里追逐树叶。谁还在乎那些文件呢?现在这世道,人们要的是实实在在的、物质上的好东西,必须现实一点。"

透过满是灰尘的窗玻璃,他们看得到他家的客厅:鼓胀的木地板上铺了波斯地毯,铬条包边的移动式吧台紧靠着一面被往年雨水侵蚀的墙壁,吧台上摆着一台昂贵的收音机,上面放着一盏旧煤油灯。

"是,我把厂子卖给了马克·扬兹。马克是个不错的家伙,一个善良、活跃、精力充沛的家伙。是,他有点滑头,可谁不是这样呢?当然了,他是有些过分了,这我可没料到。我觉得他这么聪明的人应该知道守法——无论如今的法律是什么样。"

巴斯康姆市长笑了,用一副平静而坦率的样子瞧着他俩。他的眼神精明却缺乏智慧,笑容带着好意却并不亲切。

"我看你们不像是侦探,"他说道,"不过就算你们是,我也无所谓。我没从马克那里得到什么好处，他干一切勾当都不让我参与，我根本不知道他现在跑到哪儿去了。"他叹了口气，"我喜欢这家伙，希望他会留下来。别对礼拜日的说教太在意。他总得生活呀，对吧？他并不比其他人更坏，只是更聪明些罢了。有些人被逮住，有些人就不会——只是这点区别而已……不，我不知道他买工厂的时候打算拿它去干什么。那是，他出的钱比这个破烂摊子的价值可高多了。是，他买厂子其实是帮了我的忙。不，我可没有任何逼他买的意思，没必要啊。我以前帮过他一些忙，很多法律其实都像橡胶一样有弹性，当市长的就可以替朋友把它们拉得松一点嘛。哼，管它呢？在这个世道，人要想富就只能这样"——他瞟了一眼那辆豪华的黑色汽车——"这你们应该懂。"

"你是在跟我们讲这家工厂。"里尔登竭力控制着自己。

"我受不了的，"巴斯康姆市长说，"就是讲原则的人。原则不会流到任何人的牛奶瓶里去。生活里唯一管用的就是实实在在的物质财产。当我们身边什么都没了的时候，我们就没时间去讲什么理论。嗯，我——我可没打算过穷日子。让他们守着他们的理想吧，而我就要那家工厂。我不需要什么理想，我只想每天吃三顿饱饭。"

"你为什么买这家厂？"

"人们为什么要去做生意？还不是为了把它的油水榨干？我看得出什么是好机会。那是桩破产出售，没人愿意在这团乱麻上出什么好价钱。所以我就捡了个便宜。也不用在手里放太久——马克在两三个月之后就把它拿走了。是啊，让我自己说的话，这也是桩聪明的买卖。商业大亨来操作也不过如此。"

"你接管的时候，工厂还在经营吗？"

"不，已经关门了。"

"你试过重新开张吗？"

"我才不呢，我是很实际的。"

"你能想起在那里工作过的人的姓名吗？"

"不，我从来没见过他们。"

"你从厂里搬走过什么东西吗？"

"嗯，我跟你说吧。我四下转了转，我喜欢的是老杰德的桌子。老杰德·斯塔内斯在他那个年代，可是个鼎鼎有名的大人物。那桌子真棒，是很结实的桃花心木。我就把它运回家了。有个主管，我也不知道他是谁，在他的卫生间里装了个淋浴间，那式样我从没见过。在玻璃门上刻着一条玻璃的美人鱼，绝对的艺术品，也很值钱，比任何油画都值钱。我就把那个淋浴间拆掉搬回来了。管它呢，是我的了，对吧？我有资格要那个厂里的值钱东西。"

"你买那个厂子的时候，是谁在破产出售？"

"哦，那是麦迪逊社区国民银行的一次大地震。好家伙，动静可真大！几乎轰动了整个威斯康星州——这一片肯定是轰动了。有的说是这家发动机厂让银行破了产,可其他人说这不过是裂掉的水桶里淌出的最后一滴水,因为社区国民银行在三四个州的投资都已经亏光了。尤金·洛森是银行的头儿,他们称他是有慈善心肠的银行家。两三年前,他在这一带很有名气。"

"洛森经营过这家厂吗?"

"没有,他不过是在上面投了一大笔钱而已,远比他希望从这个废物堆里收回的要多。工厂的倒闭,就成了压倒尤金·洛森的最后一根稻草,银行三个月后就破产了。"他叹了口气,"这让这一带的人们很震惊,他们全都把一生的积蓄存在了社区国民银行。"

巴斯康姆市长的目光遗憾地穿过门廊的栏杆,望着他自己的城镇。他冲着街对面的一个人晃了晃大拇指。那是个白头发的女佣人,正痛苦地跪着挪动,用力擦洗着一户人家的台阶。

"看到那个女人了吗?他们过去日子很殷实,很受尊敬。她丈夫开一家干货店,一辈子工作就是为了她的后半生做准备,而他在死的时候也做到了——只是那些钱存在了社区国民银行。"

"工厂倒闭的时候是谁在经营?"

"哦,那是一家名叫合并服务公司的短命机构。不过是朵蒲公英,毫无根基,转眼就没了。"

"它的成员呢?"

"蒲公英散开的时候,上面那些东西都跑到哪儿去了?试着在全美国找找看,你试试。"

"尤金·洛森在哪儿?"

"哦,他吗?他一切都好,在华盛顿谋了个职位——是在经济计划和国家资源局。"

里尔登气得噔的一下子站了起来,随即,他控制着自己,说道:"谢谢你说的这些情况。"

"不用客气,朋友,不用客气。"巴斯康姆市长满足地说,"我不清楚你在找什么,不过听我一句,算了吧。那个工厂已经没什么油水了。"

"我跟你说过,我们是在找个朋友。"

"好啊,随你便吧,你们——你和这位不是你妻子的迷人女士费了这么大劲来找,肯定是个很好的朋友了。"

达格妮看见里尔登的脸色顿时煞白,连他的嘴唇都变得像雕塑一般,同他的肤色难以区分开来。"闭上你的臭——"他开口道,但她站到了他们二人中间。

"你为什么觉得我不是他妻子呢?"她平静地发问。

巴斯康姆市长看来被里尔登的反应吓呆了。他说那句话时并无恶意,只是如同一个人对他同伴的不轨行为开个玩笑罢了。

"女士,我这辈子见多了,"他善意地说,"结了婚的人在看对方的时候,不会像是心里面似乎还想着卧室。在这个世界上,你要么就有德行,要么就有快乐,不能两样都占着,女士,不能两样都占着。"

"我问了他一个问题,"她对里尔登说道,及时让他平静了下来,"他给了我一个有启发性的解释。"

"如果想要建议的话,女士,"巴斯康姆市长说道,"从廉价店买个结婚戒指戴上。这不一定灵,但管点用。"

"谢谢你,"她说,"再见。"

她坚决而异常镇静的神态便是一道命令,使得里尔登随着她默默无语地回到了车上。

他们离开城镇几里地以后,里尔登才开口说话,他的眼睛没有看她,声音急切而低沉:"达格妮,达格妮,达格妮……我很抱歉!"

"我可不。"

过了一会儿,看见他恢复了冷静,她才说道:"永远不要对说实话的人发怒。"

"可这关他什么事。"

"他对此怎么想,和你我都不相干。"

他从牙缝里挤出来的已经不是回答,而像是一直撞击着他大脑的念头爆发出了他不愿听到的声音:"我没能保护你不受那个不齿的小——"

"我不需要保护。"

他沉默了,没去看她。

"汉克，等你平息这股火气之后，明天也好，下周也好，就去想一想那个人的解释，想想看那些话里有什么是你能认同的。"

他忽地扭过头去瞧着她，但什么话都没说。

当他过了许久之后再开口时，已经是一种疲惫而没有起伏的声音了："我们不能给纽约去电话，让工程师们来查这个工厂。我们不能在这里见他们，不能让人们知道这个发动机是我们一起发现的……在山上……那个实验室里……我把这些都忘了。"

"找到电话后，我和艾迪联系一下，让他从塔格特的员工里派两个工程师过来。他们会知道我是自己在这里度假，他们也只需要知道这些。"

他们开出去两百英里才找到一个能打长途电话的地方。当她给艾迪·威勒斯打电话时，他一听到她的声音就长出了一口气。

"达格妮！我的老天爷，你在哪儿？"

"在威斯康星，怎么了？"

"我不知道去哪儿找你，你最好马上回来，尽快。"

"出什么事了？"

"现在还没出，不过一直有动静……假如你，或者无论是谁能够的话，最好马上就去阻止它们。"

"什么动静？"

"你没看报纸吗？"

"没有。"

"我没法在电话里说,没法告诉你详细的情况。达格妮,你会觉得我在发疯,但我想他们正在策划彻底毁掉科罗拉多。"

"我马上赶回来。"她回答。

穿过曼哈顿地底的花岗岩,在塔格特火车站的下面是曾经用做辅路的隧道。当初,每天的每个小时都有满载的车流在车站的每一条干道上面铿锵地穿梭往返。随着交通一年年地萎缩,对空间的需要也下降了,这些辅路隧道于是像干涸的河床一样被遗弃了。里面只保留着一些照明灯,一块块钢板被扔在轨道两侧上方的花岗岩路面上,慢慢生锈。

达格妮把发动机的残骸放进了其中一条隧道的地下室里。这间地下室以前放置着一台备用的发电机,早已被搬走。她信不过在塔格特泛陆运输做研究的那些没用的年轻人。在他们当中,只有两个卓有才干的工程师能够欣赏她的发现。她把这秘密告知了他们两个,并把他们派到威斯康星州去检查那座工厂。接着,她就把这台发动机藏进了这个不为人知的地方。

当工人们把发动机抬进地下室并离开以后,她准备随他们出来,然后锁上大铁门。可她手握着钥匙停了下来,安静和孤寂似乎突然把她扔回了她最近一直面临的问题前,仿佛此刻就是她要作决定的时候。

她的办公车厢挂在几分钟后就要开往华盛顿的列车后面,

正停在车站的一个站台前等候着她。她约好了去见尤金·洛森。不过,她告诉自己,对于她在返回纽约的途中发现的,也就是艾迪力求她抗争的那些情况,一旦想出与之抗衡的办法,她就会取消约会,暂缓她的探访。

她努力地想过,却发现根本没有对抗的办法,没有搏斗的规则,没有武器。这种无可奈何的感觉很是奇怪,她还从未有过。她一直不觉得去面对现实并且做出决定有什么困难,但这次她面对的不是具体的事情——这是一团无形无据的迷雾,其中的某些东西如同黏稠的液体中半凝半散的块状物,在被发现之前不断地聚合和变幻。仿佛她的眼睛退化得只能看到两侧的物体,尽管可以感觉到灾难正模糊地向她席卷过来,她却无法移动她的视线,她没有任何视线可以去移动和注视。

火车司机联合会正在要求约翰·高尔特铁路上所有列车的最高时速降低到六十英里。列车长和司闸员联合会正在要求约翰·高尔特铁路上的所有货车长度降低到六十节车皮。

怀俄明、新墨西哥、犹他、亚利桑那等州则要求在科罗拉多州行驶的火车数量不超过它任何一个邻州所行驶的火车数量。

以沃伦·伯伊勒为首的一群人要求通过《生活保障法》,规定里尔登合金的产量不能超过任何一家同等水平钢厂的产量。

以莫文先生为首的一群人要求通过《公平分配法》,让每一个需要里尔登合金的顾客都得到平等的供应。

以伯川·斯库德为首的一群人要求通过《社会稳定法》，禁止东部的厂商从其本州迁出。

在经济计划和国家资源局担任首席协调员的韦斯利·莫奇发布了数不清的声明。很难说这些声明的内容和用意究竟是什么，但每隔几行，"紧急控制权"和"失衡的经济"这样的字眼就会赫然出现在文中。

"达格妮，凭什么？"艾迪·威勒斯这样问过她。他的声音很平静，但句句话都像是在叫喊。"他们凭什么这么做？凭什么？"

她和詹姆斯·塔格特在他的办公室里顶撞起来："吉姆，现在这仗该你去打了，我的已经打完了。你对付这些抢劫的无赖应该很有办法，去制止他们。"

塔格特说话时眼睛并不看着她："你不能为了自己方便就去管国家的经济吧！"

"我不想管国家的经济！我是想让你的那些国家经济管理者们别来管我！我有铁路要去管，而且我很清楚一旦我的铁路垮掉，会给你们的国家经济造成什么后果！"

"我觉得没必要惊慌。"

"吉姆，咱们的全部收入都来自里约诺特铁路，它的每一分钱、每一张票和每节车皮，咱们都必须尽快赚到手，这些还用我跟你解释吗？"他默不作声，"我们把所有破旧的柴油发动机都用上了,还是供不上科罗拉多州的需求,一旦我们再降低时速和货车长度,会是什么样的后果?"

"呃,有些事也需要从他们的角度来看。他们觉得,有这么多的铁路倒闭,没有生意,而你还在里约诺特铁路上进一步提高速度,这不公平;他们觉得应该增加火车的数量,把运输量分摊一下;他们觉得咱们独占新铁轨的种种好处,实在是不公平,他们也想要一份。"

"谁想要一份?他们想负担什么?"他没回答。"谁会在运营一家火车同时却要负担两家的费用?"他没回答。"你打算从哪儿去弄车厢和火车头?"他没回答。"那些人把塔格特泛陆运输毁掉之后,我们还能干什么?"

"我完全是想维护塔格特泛陆运输的利益。"

"怎么维护?"他不吱声了。"如果你毁掉科罗拉多,又怎么维护?"

"我觉得,在给某些人增长的机会之前,我们应该为那些只是需要生存机会的人们想想。"

"如果你毁掉科罗拉多,你那些抢东西的无赖们还能靠什么生存?"

"你总是和每一次的社会变革措施对立。我似乎还记得,在我们通过《反同业相残条例》时,你说灾难即将临头,灾难却没有来。"

"因为是我救了你,你这个蠢货!这次我可救不了你!"他耸了下肩膀,眼睛还是不去看她。"如果我救不了你,有谁会?"他没回答。

此刻站在地下,这一切显得并不真实。在这里想到这些,她知道她不可能加入吉姆的行动。对那些模糊的念头、不明的动机、隐晦的目的,以及不清楚的品行,她无法采取任何行动。她对他们无话可说——既没有人听,也得不到回答。她想,在一个理性已不能再作为武器的领域,又能拿什么当作武器呢?这是个她无法进入的领域,只能留给吉姆,指望着他能够为了个人的利益去做些努力。隐隐约约地,有一个念头令她不寒而栗,个人利益并不是吉姆的动机。

她看着眼前装着发动机残骸的玻璃箱,忽然想到了制作这台发动机的人,这想法如同绝望的呐喊一般降临。她感觉如此无助,渴望能找到他,倚靠着他,让他告诉自己该怎么做。他这样的头脑一定会想出取胜的办法。

她望了望四周,在地下隧道这个干净而有条理的世界里,没有其他事比寻找发动机的制造者有更加紧迫的重要意义。她想:能否把此事放下,先去跟沃伦·伯伊勒辩论,跟莫文先生讲理,去恳求伯川·斯库德呢?她看见了一台做好的发动机,安装在火车头里,拖着一列挂了两百节车皮的火车,以两百英里的时速行驶在里尔登的合金铁轨上。在这幅画面触手可及、非常可能实现的时候，她要放弃它，为了六十英里、六十节车皮而花时间去争吗？她无法把自己降低到大脑即使炸开也要强忍着与那些无能之人为伍的地步。她无法遵从这样一条规矩：顺从点——不要冒头——慢下来——别去尽力，根本就不需要！

她毅然转身离开了地下室，去乘那列开往华盛顿的火车。

在给铁门上锁的时候，她似乎听到了微弱的脚步声。她上下看了看黑暗弯曲的隧道，眼前一个人也没有，只有一串蓝色的灯泡在潮湿的花岗岩墙壁上闪烁。

里尔登无法去对付那帮要求通过法案的人。他能选择的是，要么和他们斗，要么顾着自己的工厂。他已经失去了铁矿石的供应。在这两场斗争中，他只能放弃一个，有限的时间不允许他两者兼顾。

他一回来就发现有一批定好的矿石没有到货。从拉尔金那儿听不到一句话或解释。被叫去里尔登办公室时，拉尔金比约好的日期晚了三天才露面，并且没有表示歉意。他紧紧地撇着嘴，摆出一副恨恨的高傲姿态，也不看里尔登，说道：

"不管怎么样，你不能自己什么时候想起来了，就命令别人在什么时候跑到你的办公室来。"

里尔登缓缓地、小心地开口道："矿石为什么没运到？"

"我不接受辱骂，我绝不会为了那些我无能为力的事挨骂。

我经营铁矿和你一样好，完全一样，你做的一切我都做了——我不知道为什么总是会出意料之外的问题，意料之外的事可怨不到我头上。"

"你上个月给谁运去了矿石？"

"我是想把你的那批运给你的，我绝对是这么想的，可是整个明尼苏达北部的大暴雨造成上个月我们停产了十天，我实在没办法——我是想给你运矿石的，你不能怪我，因为我确确实实是这么想的。"

"假如我的一台炼钢炉停了，我能把你的想法填进去，让它重新运转起来吗？"

"这就是为什么没人能和你打交道或者说话——因为你不通人情。"

"我刚刚听说，在过去三个月，你一直没用船去运矿石，而是用铁路。为什么？"

"呃，不管怎样，我有权用我认为适合的方式来经营。"

"你为什么情愿去付额外的费用？"

"你操什么心？我又没向你收这笔钱。"

"一旦你付不起铁路的费用，又发现内陆湖的运输也被你毁了，你怎么办？"

"我确信，除了钱，你理解不了其他任何考虑，但有些人是会考虑他们的社会责任及国家责任的。"

"什么责任？"

"呃，我认为塔格特那样的铁路公司是国家利益所不可或缺的，所以大家有责任去支持吉姆在明尼苏达的铁路，现在它在亏损。"

里尔登向办公桌对面探身，他开始看到自己始终弄不懂的一串事情之间的联系。"你上个月把矿石运给谁了？"他语气平平地问。

"呃，不管怎么说，那是我个人的事——"

"运给了沃伦·伯伊勒，是不是？"

"你不能指望别人把国家的整个钢铁行业都牺牲在你自私的利益上，而——"

"出去。"里尔登平静地说，事情的前后经过他已经彻底清楚了。

"别误会我，我不是想——"

"出去。"

拉尔金退了出去。

接下来，就是用电话、电报甚至飞机没日没夜地在全国寻找已经废弃和即将废弃的铁矿，没日没夜地在小餐馆里阴暗角落的桌前进行紧张匆忙的会面。里尔登必须仅凭桌子对面那个人的相貌、举止和声调来决定他投资的风险大小，他恨透了这种渴望得到诚实像渴望得到恩惠一样的感觉，但还是要冒险将大把的钱塞到那些素不相识的人手里，换来毫无凭据的承诺，把没有签字、没有记录的贷款投给那些落魄的矿主，匿名的现金像罪犯在交换东西般在偷偷摸摸中转手；钱流进了无法强迫执行的合同里——双方都明白，一旦有欺诈发生，倒霉的不是诈骗的一方，而是被骗者。但只有这样，矿石才能源源不断地涌进钢炉，钢炉才会继续源源不断地炼出白色的钢水。

"里尔登先生，"他厂里的采购经理问，"如果你这样下去的话，利润从哪里来呢？"

"我们可以靠产量弥补回来，"里尔登疲倦地回答，"里尔登合金有无穷无尽的市场。"

采购经理是一个头发灰白的上年纪老人，脸又瘦又干，人们说，他的心思全都用在了算计如何把一分硬币榨出最后的一滴油上。他站在里尔登的桌前，没有再说什么，冷冰冰的双眼眯缝起来，不依不饶地盯着里尔登。这是里尔登所见过的最怜悯的目光。

没有别的办法，里尔登心想，他已经思考了无数个日夜。对于他想要的东西，他只知道花钱才能买到，以价抵价，他从不指望大自然能够让他不劳而获，从不指望人们能够白给他东西。他在想，如果连价值都再也不起作用了，还有什么能管用呢？

"无穷无尽的市场吗，里尔登先生？"采购经理冷冷地问。

里尔登抬起眼瞧着他："看来我还是不够聪明，玩不转现在需要的这些把戏。"他这句话算是对悬在桌子对面那个无声的想法的回答。

采购经理摇了摇头："不，里尔登先生，只能占一样，同一种大脑干不了两样活儿。你要么善于在工厂经营，要么善于在华盛顿钻营。"

"或许我该学学他们那一套。"

"你学不会，而且那对你也没任何好处。在那些把戏中，你哪个都赢不了。还不明白吗？你就是那个注定要挨抢的富有的人。"

独自一人的时候，里尔登感到一股令人眩晕的怒火上涌，就像以前有过的那样，痛苦而不掺杂任何别的色彩，像被电击一样突然。这怒火的发作是因为他认识到人是斗不过纯粹的邪恶的，这种赤裸而且完全清醒的邪恶既没有也不需要理由。但当他产生了在正当的自卫中去搏斗和杀戮的念头时，他看到了巴斯康姆市长那张肥胖的笑脸，听到了那个故意慢吞吞的声音在说，"……你和这位不是你夫人的迷人女士。"

就这样，一切正当的理由全都不见了，愤怒的痛渐渐化为屈服之下羞愧的痛。他想，他没有权利得到道义上的认可，从而去谴责任何人，抨击任何事，去战斗并且快乐地死去。违背的诺言，未曾坦白的欲念，背叛，欺骗，谎言，诡计，这些罪过他全都有，他还能去嘲笑什么样的堕落呢？程度是无关紧要的，他想，谁也不会一尺一寸地去计较邪恶的深浅。

他所不知道的是，在他垂头丧气地坐在桌前，去想他再也不能保持的正直和他失去的正义感时，恰恰是他刻板的正直和无情的正义感使他丢掉了手里的武器。他要和那些掠夺者们斗争，但没有了狂怒和火气。他会去斗争，但只是作为一个有罪的可怜的家伙，去对付和他同样的人。他没有把这些话说出来，痛苦却和言语并无二致。丑陋的痛苦似乎在说：我要朝谁扔这第一块石头？

他趴在了桌上……达格妮，他想道，达格妮，如果这就是我要付出的代价，那我会付出的……他还是那副商人的样子，除了知道为欲望去付出全部的代价，其他就一概不知了。

他很晚才回家，悄无声息地快步上楼来到他的卧室。他讨厌自己落到要偷偷摸摸的地步，但好几个月来，他在大部分晚上都是如此。看到家人这件事变得让他难以忍受，他也说不清原因。不要因为你的罪过而恨他们，他这样对自己说，却隐隐地知道这并不是他仇恨的根源。

他像获得了喘息之机的罪犯一样关上了卧室的门。他小心翼翼地挪动着脱下衣服，不想出一点声音让家人知道他的存在，不想和他们有任何接触，连心里的接触都不愿意。

他换上睡衣，停下来点了根烟，这时卧室的门开了。那个唯一不需敲门便能正常进入他房间的人从没主动进来过，因此他吃惊地看了好半天，才相信进来的真是莉莉安。

她穿了一件罗马式的淡黄绿色连衣裙,褶裙自高高的腰际优雅地垂下,很难一下看出这是件晚礼裙还是家常睡衣;这就是一件睡衣。她在门口停了一下,身后的灯光映衬出了她诱人的身段。

"我知道我其实不应该向陌生人自我介绍,"她轻声说,"可我必须这么做:我是里尔登夫人。"他听不出这话是讽刺还是恳求。

她进了屋,傲慢地随手一带,将门关上,一副主人的神气。

"怎么了,莉莉安?"他平静地问道。

"亲爱的,你用不着承认得这么直率,这么多。"她漫不经心地踱过房间,经过他的床,在一张椅子上坐了下来,"而且这么冷冰冰,这就是承认我得有特殊的理由才能占用你的时间。我是不是应该通过你的秘书预约?"

他站在房间中央,手夹着烟停在嘴边,望着她,没有回答的意思。

她大笑着:"我这个理由实在太特别了,我知道在你身上是从来不会发生的。是孤独,亲爱的。你在乎把你那金贵的注意力扔给叫花子一点碎渣吗?你会不会介意我没有任何正式理由地待在这儿呢?"

"不,"他平静地说,"如果你想的话,我不介意。"

"我没什么重要的事和你商量——不是上百万的订单,不是大生意,不是铁路,不是大桥,甚至都不是时事,我只是想像个女人那样,聊点无关紧要的事。"

"请便吧。"

"亨利，这是阻止我最好的说辞了，对不对？"她露出无可奈何的样子，看起来很是诚恳，"我还能接着这个说些什么呢？假设我想跟你谈论巴夫·尤班克正在写的新小说——他要把它献给我——你会感兴趣吗？"

"如果你要听实话——完全没兴趣。"

她大笑着："如果我想听的不是实话呢？"

"那我就不知道该说什么了。"他回答——随即感到血液猛地向大脑涌上来。他突然意识到为了证明诚实而讲的谎言两面都不讨好。他讲的时候是诚心诚意的，却意味着他再没有以此炫耀的权利了。"不是实话，你为什么还想要？"他问道，"有什么用？"

"看看，这就是有良心的人残酷的一面。如果我回答你，真正的奉献包括故意撒谎、欺骗和假装，只要这一切能让另一个人快乐——如果他不喜欢已经存在的一切，这一切能给他创造一个他想要的现实，你是不会理解的，对不对？"

"对，"他缓缓地说，"我不会理解的。"

"这其实很简单。如果你告诉一个漂亮女人她很美的话，你给了她什么呢？不过是事实而已，没花费你任何东西。但如果你告诉一个丑女人她很美，你就是在表示对她的尊崇，尊崇得颠覆了美的概念。因为女人的美德而去爱她是没意义的，这是她挣来的，是报酬，不是礼物。因为她的缺点而爱上她才是真正的礼物，她没有挣，也不配。爱上她的缺点就是要为了她而去诋毁所有的美德——而这才是真正的爱的礼物，因为你牺牲了你的良知、你的理智、你的正直以及你高贵的自尊。"

他茫然地瞧着她。这听上去像是一种令人根本无法相信的畸形的堕落。他唯一感到不解的是，说出这样的话来究竟意义何在？

"亲爱的，如果没有自我牺牲的话，那爱又是什么呢？"她带着一种在客厅里高谈阔论的语调，轻快地继续说着，"除了一个人牺牲他最宝贵和最重要的东西，还有什么称得上自我牺牲呢？不过我没指望你去理解这些，你这样一尘不染的清教徒。这就是清教徒最大的自私。你们宁愿全世界都腐烂，也不想让你们清白的自身染上一个令你们蒙羞的污点。"

他缓缓地开口，声音里透出一种不寻常的压力和严肃："我从没自称清白。"

她笑了。"你现在这副样子是什么？你是在诚实地回答我，对吗？"她裸露的肩头耸了耸，"哦，亲爱的，别太当真！我只是说说。"

他把烟摁灭在烟灰缸里，没有回答。

"亲爱的，"她说，"其实我来这儿只是因为我总在想，我有个丈夫，我想看看他究竟是什么样子。"

她打量着站在房间对面的他。在深蓝色睡衣的衬托下，他的身体显得更加高大、挺拔和结实。

"你很有魅力，"她开口道，"最近这几个月来，你的气色看上去好了很多。更年轻，我是不是应该说更快活了？你看上去不那么紧张了。噢，我知道你比以前更忙，忙得像指挥空袭一样。不过那都是表面现象，你的心里没那么紧张了。"

他吃惊地看着她。她说得对，他一直不知道，一直不承认。他对她的观察力很惊讶。最近这几个月她很少见到他。自打从科罗拉多回来以后，他从没进过她的卧室。他一直认为她是喜欢他们彼此分开的。现在，他在纳闷她为什么对他的变化如此敏感——除非是她的感情远远超出了他的预料。

"我没意识到。"他说。

"这很好，亲爱的，而且很令人惊讶，因为你过得一直都不容易。"

他不清楚这是否算是在发问。她顿了一下，像是在等着回答，但她并没有逼他，而是高兴地继续说下去：

"我知道你的工厂一直麻烦不断，然后政局也开始恶化，对吧？假如那些他们正在议论的法案得到通过，就会对你打击很大，对不对？"

"是的，会这样，可这不是你感兴趣的话题，莉莉安，对吗？"

"不,它当然是!"她抬起头来直视着他,眼里是他以前见过的空洞而半藏半露的目光,一种故作神秘、知道他无法解开谜团的自信神情。"我很感兴趣……尽管不是因为任何钱财上可能会出现的损失。"她轻声补充了一句。

他平生第一次开始怀疑,她的刁难和讥讽,她在笑容的掩盖下表现出的傲慢侮辱的怯懦,是否还和他以前认为的一样。那并不是一种折磨人的方式,而是一种扭曲的绝望的表现;并不是成心想让他难受,而是在供认她自己的痛苦;那是为了维护一个不被爱的妻子的自尊,是一个隐藏着的乞求——因此,她举止中的狡猾、暗示、圆滑和她苦求被理解的东西,并非公开的恶意,而是隐藏的情爱。他念及此,顿感惊骇,这使得他的愧疚比他一直以来所深思的更重了。

"如果我们说的是政治,亨利,我有个有趣的想法。你所代表的那一方——你们总在用的口号、你坚持的座右铭是什么来着?'合同的神圣不可侵犯'——是这个吗?"

她看到他飞快的一瞥,他眼睛里的专注,这是她得到的第一个回应,她大笑了起来。

"接着说。"他语调低沉,带着威胁的口气。

"亲爱的,这是干什么?你很了解我这个人。"

"你究竟想说什么?"他的声音严厉而明确,毫无感情色彩。

"你真希望让我受到抱怨的屈辱吗?这抱怨已经太滥,也太普通了——尽管我确实认为我有一个因为不同于常人而骄傲的丈夫。想让我提醒你吗？你曾经发誓把我的幸福当作你一生的目标。而你并不能真正确定我是否幸福，因为你甚至都没问过我是否还存在。"

这一切难以置信地一股脑朝他涌来，他真切地感到它们是一种痛。她的话是一种乞求，他心想——他感觉到了一股阴暗而灼热的愧疚。他感觉到了怜悯——冷冷的、没有感情的、丑陋的怜悯；他感觉到了隐隐的怒气，如同他竭力压抑着的、会在极度厌恶下喊出的声音：为什么我要去应付她扭曲的谎言？为什么我要为了怜悯而忍受折磨？为什么要我去扛起这无望的重负，去保留这种我没法知道或明白、猜不出来而她也不会承认的情感？如果她爱我的话，这个混账的胆小鬼为什么不说出来，好让我们能把它摊开来去面对？他听到了另外一个更响亮的声音，语调平平地说道：不要把罪责转嫁到她身上，这是所有懦夫最惯用的伎俩——你是有罪——无论她做了什么，都比不上你的罪责——她是对的——知道了她才是对的，是不是让你很受罪？那就让你这个奸夫受罪去吧——她才是对的！

"什么能让你幸福，莉莉安？"他闷声问道。

她笑了，放松地向后靠在椅背上；她一直在专注地观察着他的表情。

"哎呀，亲爱的！"她像是很无趣地说，"这是拙劣的律师才会问的问题,是遗忘,是逃避。"

她站起身,肩膀一耸,双臂放了下来,楚楚可怜地用轻柔而优雅的姿势伸展着身体。

"什么能让我幸福,亨利?这应该由你来告诉我,应该由你去为我发现。我不知道。你应该去把它创造出来,然后给我。那是你的职责,你的义务,你的责任。不过,你不是第一个不履行承诺的男人,这是所有的债务中最容易被赖掉的。哦,对于运给你的铁矿石,你从来不会赖账不还,你逃避的只是生活上的义务。"

她随意地在房间内走动着,黄绿色的裙摆如长长的波浪一般,在她的身旁起伏。

"我知道做出这样的要求不合实际,"她说,"我没有把你作抵押,没有担保,没有枪,没有锁链。我对你没有一点控制,亨利——有的只是你的名誉。"

他站在那儿看着她,似乎用了他所有的努力使目光停留在她的脸上,一直看着她,忍受他看到的一切。"你想怎么样?"他问。

"亲爱的,如果你真的希望了解我想要什么的话,有很多东西是你自己都能猜出来的。比如说,如果你几个月来总是这么明显地回避我,我难道不想知道原因吗?"

"我一直很忙。"

她耸了耸肩:"妻子应该是她丈夫在生活中首先关心的——即使是在你发誓放弃其他一切时,这一切还不包括炼钢炉——我没有感觉到这一点。"

她走上前来,伸出手臂缠住了他,她脸上那饶有趣味的笑容像是在戏弄着他们两人。

如同一个年轻的新郎在被妓女主动接近后所做出的迅速、本能而凶猛的反应一样,他挣开她的手,把她推到了一边。

他被自己野蛮的反应惊得呆立在原地。她瞪着他,没有神秘,没有做作,没有保护,只是一脸迷乱,她万万没有料到会是这样。

"对不起,莉莉安……"他的声音很低,带着诚恳和痛苦。

她没有回答。

"对不起……我只是太累了。"他又加上一句,声音死气沉沉。他被三重谎言给击垮了,其中一个是令他难以面对的背叛;它不是对莉莉安的背叛。

她干笑了一声。"哦,假如工作对你产生的是这样的效果,我会支持的。请原谅我,我只是想尽自己的本分而已。我还以为你是个超越不了动物本能的好色之徒,我可不像爱干这种事的那些婊子一样。"她不假思索、心不在焉地把这些话干巴巴地一气说完。她有了一个疑问,正搜肠刮肚地寻找着答案。

她的最后一句话让他突然转向她,简单地、直直地面对着她，再不是被动抵挡的样子。"莉莉安，你活着的目的是什么？"他问道。

"这么愚昧的问题！文明人根本不会问这种问题。"

"哦，那么文明人是怎样生活的？"

"或许他们不会企图去做任何事。那才是开了窍。"

"他们怎么打发时间呢？"

"他们肯定不会把时间花在造下水管道上。"

"告诉我，你为什么总发这些牢骚？我知道你看不起下水管，这你早就说过了。你的轻蔑对我没有任何意义。为什么还老重复这些？"

令他不解的是，这话一下子击中了她。他不清楚是怎么回事，但他知道这话起了作用。他感到奇怪的是，他为什么无比确定地感觉到这才是应该说的话。

她冷冷地问道："干吗突然问这个？"

他简洁地答道："我想知道是否有什么东西是你真正想得到的。如果有的话，只要我能，我就想把它给你。"

"你想买吗？你只知道花钱买东西。这样你心里就过得去了，对吗？错了，没那么简单。我想要的东西不是物质上的。"

"是什么？"

"你。"

"你什么意思，莉莉安？你不是说肉体上的吧。"

"不,不是肉体上的。"

"那是什么?"

她站在门口,转过身,抬头看着他,冷笑着。

"你不会明白的。"她说了这句话,便走了出去。

依然折磨他的是他知道她永远不想离开他,而他永远不会有离开她的权利——是想到他至少亏欠着对她的怜悯之情的最微薄的认可,对一种他既不能理解也无法回报的感情的尊重——是知道他从她身上找不出蔑视之外的任何东西,这种奇怪、彻底、没有道理的蔑视,是可怜、责备,以及他自己对公正的乞求都无法代替的——还有,也是最难忍受的,就是那股强烈的高傲,它在反抗着他自己的结论,反抗着他比自己所瞧不起的女人更下作的想法。

随后,他不再把它当回事了,这一切都消逝得远远的,剩下的只是他愿意去忍受一切的念头,留给他的是一种既紧张又平静的状态——因为他躺在床上,脸紧紧地贴向枕头,想着达格妮,想着她苗条敏感的身体在他身边舒展,在他手指的触摸下颤抖。他希望她早就回到了纽约,这样,他就会在如今的深夜立刻赶过去。

尤金·洛森坐在他的办公桌前,仿佛那是主宰着下面陆地的轰炸机的控制面板。不过他有时会想不起这一点,便没精打采地坐着，西服下面肌肉松懈，似乎他在对着这世界生闷气。嘴巴是他身体上任何时候都绷不紧的一个部位，别扭地凸显在他的瘦脸上，吸引着听他讲话的人的视线：当他讲话时，他的下嘴唇不停地动，潮湿的唇肉被扭动得生生歪了过去。

"我对此并不惭愧，"尤金·洛森说道，"塔格特小姐，我想告诉你，我对担任麦迪逊社区国民银行总裁的那段职业生涯毫不惭愧。"

"我没提过惭愧不惭愧的事。"达格妮冷冷地说。

"道德的罪责和我根本不沾边，那是因为我的一切都随着那家银行的毁灭而失去了。我觉我应该对做出如此的牺牲而感到骄傲。"

"我只是想问你一些关于二十世纪发动机公司的问题——"

"我乐意回答任何问题，我没有什么好隐瞒的，我问心无愧。如果你认为这个话题会让我难堪，你就错了。"

"我想了解的是在你提供贷款的时候，当时那些工厂业主的情况——"

"他们一点问题都没有，不过，当然啦，那是一桩很值得去冒的风险，我是在用普通人的说话方式，而不是你从银行家那里习惯听到的冷冰冰的谈论钱的语言。我把购买工厂的款贷给他们是因为他们需要。如果人们需要钱，对我来说就是足够的理由，需要就是我的标准，塔格特小姐。需要，而不是贪婪。我的祖辈开办这家社区国民银行只是为他们自己聚敛财富。我用他们的财富服务于一个更高的理想。我不坐在钱堆上向需要钱的穷人索要担保。人心就是我的担保。当然，在这个物质就是一切的社会，我不指望谁会理解我。我得到的报偿不是塔格特小姐你这个阶层的人所认同的。人们过去在银行里坐在我桌前的时候，可不是像你这种坐法，塔格特小姐。他们是厚道、犹豫、小心翼翼、不敢说话的。我的回报就是他们感激的泪水、颤抖的声音和保佑的祝福，还有拿到贷款后吻我手的那位妇人——她求遍了其他所有地方，都无济于事。"

"能否请你告诉我那家发动机厂业主的姓名？"

"那家厂对当地很重要，绝对是不可或缺的。我有充分的理由贷出那笔款。它为成千上万没有其他生活途径的工人提供了就业机会。"

"工厂的那些人里，有没有你认识的？"

"当然了，他们我都认识。我感兴趣的是人，不是机器。我关心的是企业里人的一面，不是收款机的那一面。"

她急切地从桌上探过身子："你认不认识在那儿工作的哪位工程师？"

"工程师？不，不，我可比那要平民得多。我感兴趣的是真正的工人，普通人，他们都认识我。我过去常进车间，他们就会挥着手喊，'你好，金！'他们就是这样招呼我——金。不过我确信你不会对这些感兴趣。这些都是历史了。假如你现在来华盛顿真是为了和我谈你铁路的事"——他一下子坐直了身体,恢复了操纵轰炸机的神态——"我不知道是否能答应你任何特殊的考虑,因为我必须把国家利益放得高于任何私人特权或利益——"

"我来不是和你谈我的铁路的,"她困惑地看着他,"我没兴趣和你谈论我的铁路。"

"没有吗?"他听上去有点失望。

"没有。我来是想了解发动机厂的情况。你能不能回忆起任何一个曾在那里工作的工程师的名字?"

"我想我从没问过他们的名字。我对办公室和实验室的那些寄生虫从不关心。我关心的是真正的工人——那些手上长着老茧、维持工厂运转的人。他们才是我的朋友。"

"你能给我几个他们的名字吗?谁的名字都行,任何一个在那里工作过的人。"

"亲爱的塔格特小姐,时间太久了,那儿曾有成千上万的人,我怎么会记得住?"

"你难道一个都想不起来吗,任何一个?"

"我肯定想不起来。我的生活里充满了这么多的人,我不可能记得大海里的一滴水。"

"你熟不熟悉厂里的生产以及他们所做的工作——或者计划?"

"当然。我对我所有的投资都有自己的兴趣。我经常去考察那家厂，他们干得特别出色，是在创造奇迹。工人的住房条件是全国顶尖的。我在每一扇窗户上都见到过绣花窗帘，窗台上都有花。每家都有一块地用作花园。他们给孩子们建了一座新的校舍。"

"你是否了解工厂实验室的任何情况？"

"是啊是啊，他们有一个很棒的实验室，非常先进，非常活跃，很有前瞻性，计划得很好。"

"你……是否记得或听说过任何有关……生产一种新式发动机的计划？"

"发动机？什么发动机，塔格特小姐？我没工夫留心这些细节。我的目标是社会的进步，世界的繁荣，人类的友谊和爱。爱，塔格特小姐。这是一切的关键。假如人类学会了爱，他们所有的问题就都解决了。"

她转过了脸，不想去看他湿乎乎的嘴在那儿蠕动。

办公室一角的架子上放着一块刻有埃及象形文字的石头——壁橱里摆着一尊印度的千手观音——墙上挂了一幅让人眼花缭乱的巨大数学图表，像是邮购商店的销售表。

"因此，如果你想着的是你的铁路，塔格特小姐——你当然是在构想几种发展的可能性——我必须告诉你，虽然国家的福祉是我首先要考虑的，而且我会毫不犹豫地牺牲任何人的利益，但我从没拒绝去听那些乞求仁慈的呼声和——"

她看着他,明白了他在她身上的企图,明白了他这一套后面的动机。

"我不想谈铁路的事,"她竭力使自己的声音平淡得没有任何起伏,同时她却恶心得想大叫出来,"你要谈这件事的话,请和我的哥哥詹姆斯·塔格特去谈吧。"

"我想,在这种时候,你是不会放过一个难得的机会来为你自己辩护的——"

"你是否保存了与发动机厂有关的任何记录?"她坐得笔直,两手紧紧扣在一起。

"什么记录?我记得告诉过你,我的一切都在银行毁掉的时候失去了。"他的身体又一次瘫软了下去,兴趣也消失了。"但我不在乎,我失去的只是物质财产。我又不是历史上头一个为了理想受苦的人。我被身边那些人自私的贪欲打败了。在一个到处都是敛财者的国家,我只想在一个小小的州里建立起友爱的社会,连这都办不到。这不是我的错,但我不会被他们打倒的,谁也阻止不了我,因为有幸能够为大家服务,我现在是在一个更大的领域里斗争。记录,塔格特小姐?当我离开麦迪逊的时候,记录都铭刻在了那些以前从没有过半点生机的穷人心中。"

她一个多余的字也不想说了,但那个擦洗台阶的女佣总在眼前出现,她无法止住自己。"从那以后,你又到过那一带吗?"

她问。

"那不是我的过错！"他咆哮着，"那是那些富人的过错。他们还有钱，却不愿意牺牲它来挽救我的银行和威斯康星州的人民！你不能责备我！我的一切都失去了！"

"洛森先生，"她克制着自己，"你或许还记得曾经拥有那家工厂的公司老板的名字？就是你同意贷款的那家公司。它是叫合并服务公司，对吧？总裁是谁？"

"哦，他呀？是的，我记得他。他叫李·汉萨克，是个非常难得的年轻人，受了很大的打击。"

"他现在在哪里？你知道他的地址吗？"

"当然——我想他是住在俄勒冈的什么地方，俄勒冈的格兰治村。我秘书会给你他的地址。可我不觉得这有什么意思……塔格特小姐，如果你是想设法去见韦斯利·莫奇先生，那我告诉你，莫奇先生很重视我的意见，比如对于铁路和其他的……"

"我对见莫奇先生没有兴趣。"她说着站起身来。

"可是，我不明白……你来这里真正的目的是什么？"

"我是想找一个在二十世纪发动机公司工作过的人。"

"你为什么要找他？"

"我想让他在我的铁路上工作。"

他两手一摊，显出一副难以置信和有点愤然的样子："在这种关键的时刻，你还浪费时间去找一个雇员？相信我吧，你铁路的命运更多的是要依靠莫奇先生,而不是任何一个你要找到的雇员。"

"再见。"她说道。

她转身要走的时候,他开口了,声音急迫而尖厉:"你没有任何权利瞧不起我。"

她停下来看了看他:"我从没表达过任何意见。"

"我太无辜了,因为我失去了我的钱财,我为了一个良好的愿望而失去了我自己的钱财,我的目的是纯洁的,我自己什么都不想得到,从没为我自己捞过任何东西。塔格特小姐,我可以自豪地说,我这辈子从来都没有谋过私利!"

她的声音平静、沉着而严肃:

"洛森先生,我应该告诉你,所有的人话里,这是我认为最卑鄙的一句。"

"我从来就没有过机会!"李·汉萨克说道。

他坐在厨房中央,桌上全是乱七八糟的纸片。他需要刮刮脸,他的衬衣需要洗洗。很难判断出他的岁数:他肿胀的脸平滑而空白,没有风霜之色,灰色的头发和模糊的眼睛看起来像是被疲劳累垮了。他四十二岁。

"没有人给过我机会,但愿他们见到我现在这副样子就能知足。但是,别以为我不知道,天生就属于我的权利都被骗走了。

别听信他们吹嘘他们有多好心。他们是一群臭不可闻的伪君子。"

"谁？"达格妮问。

"所有的人，"李·汉萨克说，"人在内心里面全都是畜生，装什么都没用。正义？哈！看看吧！"他的胳膊向周围一扫，"像我这样的人居然落到这步田地。"

窗外，正午的日光宛如灰沉的薄暮，笼罩着萧瑟的房顶和光秃秃的树梢，这个地方不是乡村，却也永远成不了城市的模样。暮色和湿气似乎浸透了厨房的墙壁，一摞早餐的盘子堆在水池内；炉子上炖着一口锅，飘着一阵阵廉价肉所发出的肥腻的味道；一架灰尘满面的打字机埋在桌上的纸堆里。

"二十世纪发动机公司，"李·汉萨克说道，"是美国历史上最响亮的名字之一。我是那家公司的总裁，我拥有那家厂，但他们不给我机会。"

"你不是二十世纪发动机公司的总裁，对吧？我想你应该是那家合并服务公司的头儿？"

"对，对，不过是一码事。我们买下了他们的厂。我们打算干得和他们一样好，更好。我们是同样有能力的。那个杰德·斯塔内斯究竟算得了什么呢？不过是个乡下修理工罢了——你知不知道他就是这么起家的？——一点背景都没有。我家曾经是纽约的四百个大家族之一。我祖父是国会的成员。我父亲送我上学时买不起车给我，那可不能怪我。所有其他的男孩子都有车，我家的名望和他们都是一样的。我上大学的时候——"他突然大叫道,"你说你是从哪家报社来的?"

她说过自己的名字;不知为什么,她很高兴他并没有认出她,而她也有意不说明。"我没说我是从报社来的,"她回答说,"由于我个人的原因,我想了解那家发动机厂的一些情况,并不是为了出版。"

"哦,"他看上去有些失落,沉着脸继续说下去,仿佛她因故意冒犯他而犯了罪一样。"我以为你是提前来采访的,因为我正在写我的自传。"他指了指桌子上的纸,"而且我有很多想说的。我想——哦,糟糕!"他像是想起什么似的忽然叫道。

他冲到炉子前,掀起锅盖,恨恨地搅了搅炖着的东西,根本不在意自己的这些举动。他把湿湿的汤匙朝炉子上一扔,也不去管油汤会滴进煤气炉里,就返回到桌前。

"是啊,假如谁给我个机会的话,我就要写我的自传,"他说道,"不得不去忙这种事的时候,我怎么能把精力集中到重要的工作上呢?"他朝炉子那边晃了晃脑袋。"朋友,哈!那些人这么想只是因为他们拉我下水,能像剥削中国苦力那样剥削我!就因为我没别的地方可去,我过去的这些好朋友们,他们可是轻松了。他连一个手指头都不动,只会整天坐在他的店里,那么个小破文具店——它的重要性能和我正在写的这本书相比吗?而她出去逛商店,让我替她看着炖锅。她知道写作的人需要安静和注意力集中，可她在乎吗？你知道今天她干了什么吗？"他神秘地将身体从桌子另一边靠过来，指着池子里的盘子，"她去逛市场，把早晨的盘子都留在池子里，想让我洗。哼，我要气气她，就留它们在那里，一动不动。"

"能否允许我问几个有关发动机厂的问题？"

"别把那家发动机厂想成我生活里唯一的东西。我以前担任过许多重要的职务。我在不同的阶段与生产手术器械、纸箱、男士帽子和吸尘器的企业都保持着固定的联系。当然，那些玩意儿没给我带来什么机会。不过发动机厂——那才是我的一次好机会。我等的就是它。"

"你是怎么把它收购的？"

"它注定是我的，是我的梦想成真了。那家厂被关了——是破产。杰德·斯塔内斯的后代们很快就经营不下去了。我不清楚究竟是因为什么，不过里面一直有些事不太对劲，所以那个公司就破产了。铁路的人把他们的支线停了，那地方没人想要，没人出价去买。可那是一家好厂啊，所有的设备，所有的机床，所有让杰德·斯塔内斯发家致富的东西都在，那就是我想要的那种配置，那种属于我的机会。因此我找了几个朋友，一起组成了合并服务有限公司，凑了点钱。不过我们的资金不够，需要贷款来启动。这个投资绝对稳妥。我们是开创伟大事业的年轻人，对未来充满了热情和希望。可你认为会有人支持我们吗？没有。那些贪梦的特权人物才不会！没有人支持我们办工厂，我们又怎么能成功？我们没法去和那些把全部生产厂家都继承下来的小屁孩们竞争，对吧？我们是否应该享受同样的权利呢？噢，别跟我提什么正义了！我就像狗一样拼命去找人给我们贷款，可麦达斯·穆利根那个混蛋却勒索我们。"

她坐直了身体："麦达斯·穆利根？"

"是啊——一个长相和做事都像卡车司机的银行家。"

"你认识麦达斯·穆利根？"

"我认识他？我是唯一揍过他的人——并不是因为这能给我带来什么好处！"

她忽然奇怪地感到心神不安并纳闷起来——正像她对在海上发现漂流的遗弃船只，或者不知来自何处的光束射向天空感到好奇一样，她对麦达斯·穆利根的消失也充满了好奇。她不明白自己为什么觉得必须解开这些谜，唯一的理由就是这些神秘根本就与神秘无关：它们不可能是无缘无故的，但已知的原因又都无法解释它们。

麦达斯·穆利根一度是全国最富有，因此也最受谴责的人。他的投资从来没赔过钱，简直是点石成金。"那是因为我知道该去点什么。"他说。他的投资方式让人捉摸不定：他拒绝做那些被认为毫无风险的交易，却在其他银行家都不会染指的风险项目上投入巨资。长久以来，他成了枪上的扳机，把一发又一发出人意料、令人叹为观止的子弹射向全国各地,并取得了商业上的成功。是他在里尔登合金刚起步时就注入了资金,里尔登因此得以完成对宾夕法尼亚州一处废钢厂的收购。有位经济学家曾称他为厚颜无耻的赌徒,穆利根则说:"你永远富不起来的原因就是你认为我在赌博。"

人们传说,要想和麦达斯·穆利根做生意,必须遵守某种不成文的规定:假如贷款的申请者流露出半点个人需要或个人感情,见面立即结束,他就再也没有跟穆利根先生讲话的机会了。

"哦,我当然可以了,"当麦达斯·穆利根被问到他是否能找出比没有同情心的人更恶毒的人时,他回答道,"利用别人的同情的人。"

在漫长的职业生涯中,他向来对舆论的攻击置之不理,只有一次例外。他的原名叫麦克,在一个人道主义团体的专栏作者给他起了麦达斯·穆利根[1]这个绰号之后,这名字便成为一种侮辱,甩也甩不掉。于是穆利根便走上法庭,请求正式将他的名字改为麦达斯,这项请求得到了批准。

在那些与他同时代的人们看来,他犯下了无法饶恕的罪行:他以财富为荣。

这些就是达格妮听说过的有关麦达斯·穆利根的事情,她从未见过他。七年前,麦达斯·穆利根突然消失了。有一天早

---

[1] 麦达斯为希腊神话人物,被赋予了点石成金的神力。——译注

晨，他离开了家，从此杳无音讯。第二天，穆利根银行的储户们收到了通知，要他们把钱全部取走，因为银行即将停业。随后进行的调查发现，穆利根事先就策划好了详细到以分钟计算的停业安排，他的雇员们只是奉命执行而已。这是全国上下所见过的最井然有序的银行行动。每一位储户收到的存款精确到了实际应付利息的最后一位小数点，银行的所有资产都被分散卖给了不同的金融机构。最后核账时，发现收支正好相抵，只多出了几分钱，穆利根银行什么都没留下，从此消失。

有关穆利根的动机、去向或者他的万贯财产，全无线索。这个人连同他的财富消失得仿佛从来就不曾存在过一样。他的这个决定没有提醒过任何人，也找不到任何事情能够对此做出解释。人们曾经猜想，假如他打算退休的话，为什么不把他拥有的一切高价卖出——这完全可以做到，而是要毁掉呢？没人知晓答案。他没有成家，没有朋友，他的佣人们什么都不知道：他那天早晨像平常一样出了门，然后没有回来，就是这样。

达格妮曾经不安地想过许多年，穆利根失踪这件事里有着某种不可能的成分。这就像是纽约城里的一幢摩天大厦在一夜之间无影无踪，除了街角的一块空地，什么都没留下。像穆利根这样的人，以及他带走的这笔财富，什么地方都藏不住。一幢摩天大厦不可能没了，一定会在它选择藏身的平原或森林里高高地耸立；即使被毁掉，留下的成堆废墟也不会没人发现。但穆利根的确不见了——从此以后的七年间，尽管有许多谣言、猜测、推理、周日号外消息，以及自称亲眼在世界各地见过他的人，却没发现任何线索能够形成令人信服的解释。

在众多传闻中，有一个简直离谱得荒谬，达格妮却相信那是真的：穆利根的天性是任何人都无法凭空编造的。据说在他失踪的那个春日的早晨，最后见过他的人是一个在芝加哥的街角、穆利根银行旁边卖花的老妇人。她讲述道，他停下来，买了一束当年最早的风信子；他一脸的快乐是她从没见过的，有着年轻人奔向眼前灿烂无阻的生活那种神情；伤痛和紧张的烙印，岁月在人脸上的沉积全都一扫而光，留下的只是喜悦的憧憬和安详。他似乎是心血来潮般地拿了一束花，冲着老妇人挤了挤眼，仿佛要和她共享一个开心的笑话。他说："你知道我一直多爱这样吗——活着？"她困惑地盯着他，他则拿着花，像小球一样在手里抛来抛去，走开了——宽阔挺拔的身材罩在一件沉稳而价格不菲的正装大衣内，迎着在办公楼窗户上闪烁发光的春日，走向与办公楼群方向相反的远方。

"麦达斯·穆利根是个心已经被金钱的符号盖上了戳的恶棍，"在炖锅冒出的呛人臭气里，李·汉萨克说道，"我全部的未来都指望着这可怜的五十万，这对他不过是九牛一毛，但我申请贷款时，他非常干脆地就拒绝了——只是因为我没什么可以用来做担保。没人给我好机会的话，我怎么能积攒下来任何可以做担保的东西呢？他为什么把钱借给别人，而不给我？这是赤裸裸的歧视。他甚至连我的心情都不顾及——说我过去失败的记录让我连拥有卖菜推车的资格都没有，更不用提发动机厂了。什么失败？那么多无知的食品商拒绝用我的纸箱，我又有什么办法。他凭什么来判断我的能力？我自己的未来为什么要依赖于一个自私垄断专制的人的意见？我才不会忍这口气呢，我就把他给告了。"

"你干了什么？"

"嗯，没错，"他得意地说，"我起诉了。我知道对于你们死板的东部各州来说是有些奇怪，但伊利诺伊州有非常人性、非常先进的法律，在这个法律下，我可以告他。我得说那是这类案子里的头一例，但我有个非常聪明和开明的律师，为我们找到了打官司的途径。那是一个经济紧急法案，规定凡涉及人的生计，便禁止以任何理由和任何方式歧视任何人。那是用于保护临时工之类的人的，但也能用在我和我的合伙人身上，对吧？我们就上了法庭，作证陈述我们过去所受到的打击。我援引了穆利根所说的我连卖菜推车都不能有的那句话，我们证明所有合作服务有限公司的成员都没有名望，没有信用，没有谋生的办法——因此，购买发动机厂就是我们谋生的唯一机会——因此，麦达斯·穆利根无权对我们进行歧视——因此，我们有权依据法律要求他贷款。噢，我们的案子绝对是完美无瑕的，但负责审理的是纳拉冈赛特法官，是法律界一个保守得不食人间烟火的老家伙，像数学家那样算计，从来就不近人情。在审判过程中，他从头到尾就像一尊大理石像一样坐着。最后，他让陪审团出具了一份宣布麦达斯·穆利根胜诉的判决——而且他还对我和我的同伴们严加斥责。但是我们向上一级法院上诉——上一级法院做了改判，下令穆利根按我们的条件贷款。他有三个月的时间去履行判决，但三个月快到的时候就出了事，谁也料不到，他和他的银行全都蒸发了。银行没有一分钱能让我们收回我们应得的权益。我们白花了许多钱去雇侦探，想找到他——谁又不想呢？——但我们还是放弃了。"

不——达格妮想——不，尽管这事让她觉得恶心，但这个案子并不比麦达斯·穆利根多年来承受的其他任何一件事糟糕多少。他在类似的法律判决下承担了很多损失，种种规定和法令让他损失了比这多出许多的钱财；他忍受着这些，更加拼命地去抗争和工作；像这么一件案子是不太可能把他打倒的。

"纳拉冈赛特法官后来怎么样了？"她极不情愿地问道，心里在想是什么下意识的联系令她问出了这句话。她对纳拉冈赛特法官所知甚少，不过她听说过，并记住了他的名字，因为这个名字绝对是北美大陆所独有的。此时，她忽然意识到已经有好几年没听到他的消息了。

"哦，他退休了。"李·汉萨克回答。

"真的？"她几乎是惊呼着问道。

"是啊。"

"什么时候？"

"哦，大约六个月以后吧。"

"他退休之后在做什么？"

"我不知道，我想从那以后就没人听到过他的消息了。"

他奇怪她为什么看上去很害怕。她所感觉到的恐惧的一部分，就在于她也说不清个中的原因。"请讲一讲发动机厂的事情吧。"她努力地讲出这句话来。

"呃，麦迪逊社区国民银行的尤金·洛森终于把买厂子的贷款给了我们——但他是个麻烦的吝啬鬼。他没有足够的资金支撑我们彻底干完，在我们破产的时候帮不上忙。那不是我们的过错。从一开始所有的事情就都和我们唱反调，我们没了铁路还怎么经营这家厂？难道我们不该有铁路吗？我争取过让他们重开这条支线，可那些混账的塔格特公——"他停住话头，"哎，你不会碰巧是塔格特公司的人吧？"

"我是塔格特泛陆运输的业务副总裁。"

有好一会儿，他茫然恍惚地瞪着她；从他含混不清的眼睛里，她看到了恐惧、谄媚和仇恨交织在一起的挣扎。最终是一声突如其来的咆哮："你们这些大人物我一个都不需要！别以为我会怕了你，别指望我求你给份工作，我谁都不求。我打赌你是不习惯听到别人和你这么讲话的，是不是？"

"汉萨克先生，如果你能把我需要的工厂情况告诉我，我将十分感谢。"

"你现在感兴趣有点晚了。怎么了？你的良心让你不安了吗？你们这些人让杰德·斯塔内斯靠那家厂发了不义之财，却一点机会也不给我们。还是那家厂，我们干的和他一样，我们一开始就是生产他过去最赚钱的那种发动机。然后一个从没听说过的新来的人在科罗拉多开了个小破厂，叫尼尔森发动机厂，推出了和斯塔内斯的型号相同级别的新发动机，却只要一半的价格！我们也没办法，对吧？斯塔内斯一帆风顺，他那个时候没有冒出过有杀伤力的竞争对手，可我们该怎么办？没人把能与之竞争的发动机给我们，我们怎么打得过尼尔森？"

"你接管了斯塔内斯的研究实验室吗？"

"是啊，是啊，那个是还在，所有东西都在。"

"他的员工也在吗？"

"哦，有一部分吧，很多人在工厂关门后就走了。"

"他的研究人员呢？"

"他们都走了。"

"你雇过自己的研究人员吗？"

"是啊，是的，有一些——不过我告诉你吧，我资金紧张得连气都喘不过来，就没那么多钱花在实验室上面。我甚至连必不可少的现代化和重新装修欠下的账单都没法付——从人的效率观点来看，那个工厂实在是太丢脸、太落伍了。总裁办公室里是没粉刷过的灰泥墙和一个小洗手间，任何一个现代心理学家都会告诉你，谁也不可能在这样压抑的环境里实现最大的效率。我不得不把我的办公室粉刷成明快的色调，做出一个漂亮而现代化的、带浴室的洗手间。这还不算，我花很多钱为工人盖了一个新餐厅、一间游戏室和洗手间。我们得讲道德，对吧？每个受过教育的人都知道，人是被生活环境里的物质因素塑造成的，人的头脑要靠劳动工具来形成。可他们等不及经济决定一切的法则在我们身上运行。我们以前从没经营过发动机厂，必须要让工具慢慢适应我们的头脑，对吧？可谁都不给我们一点时间。"

"你能讲讲研究人员的工作情况吗？"

"哦，我的那群年轻人都很有希望，他们都有顶尖大学的毕业证书。不过，那些并没给我带来什么效益。我不清楚他们在做些什么。我认为他们只是整天坐着混工资。"

"你的实验室由谁负责？"

"咳，我现在怎么可能还记得？"

"你还能否想起哪个研究人员的名字？"

"你觉得我会有时间亲自去见每一个雇员吗？"

"他们当中有没有谁向你提到过关于……关于一种全新的发动机的试验？"

"什么发动机？我跟你说吧，像我这种地位的老板是不会泡在实验室里的。我把大部分时间都花在了纽约和芝加哥，去尽力筹钱维持这个厂。"

"谁是工厂的总经理？"

"他叫罗伊·卡宁汉，非常能干。去年死于一场车祸，他们说他是醉酒驾车。"

"你能告诉我任何一个你合伙人的姓名和地址吗？任何一个你能想起的人？"

"我不知道他们都怎么样了，我没心情去盯着这些事。"

"你有没有保存工厂的任何记录？"

"当然有了。"

她急切地说："能让我看看吗？"

"那还用说！"

他看来急于满足她的要求，马上起身跑出了房间。他回来后放在她面前的，是一本厚厚的剪报册子：里面收集了报纸上对他的采访和他发布的新闻稿。

"我也曾经是著名企业家之一呢，"他得意地说，"你看，我是个全国知名的人物，我的人生可以写成一部具有深刻人文意义的书。如果有合适的工具，我早就写好了。"他气恼地在打字机上重重一拍，"我没法用这破玩意儿工作，它会跳格。我怎么可能用一台跳格的打字机获得灵感，写成一部畅销书呢？"

"谢谢你，汉萨克先生，"她说，"我想你能告诉我的就是这些了——"她站起来，"想必你不会知道斯塔内斯的后代们后来怎么样了。"

"哦，他们抛弃了那家工厂后，就跑掉躲起来了。两个儿子，一个女儿，一共三个人。最后一次我听说的是，他们隐姓埋名住在路易斯安那州的杜兰斯。"

她转身离去时最后看了李·汉萨克一眼，只见他突然蹦了起来，冲到炉前，掀开锅盖，然后把它扔到了地上，他的手指头被烫了，嘴里骂骂咧咧的：那锅炖肉已经焦了。

斯塔内斯的财富所剩无几，留给下一代的就更少得可怜。

"塔格特小姐，你还是别去见他们了。"路易斯安那州杜兰斯市的警察局局长说道。他已经上了年纪，行动不快，但很果断；神态间的痛楚并不是由于无端的怨恨，而是出自对严明的法律的忠诚。"这世上有各种各样的人可以看，有杀人犯和犯罪狂——但不知怎么回事，我认为体面人不该去见斯塔内斯家的人。他们是很坏的那一类，塔格特小姐。病态的，而且坏透了……是的，他们还住在城里——我是说他们中的两个。另一个死了，是自杀，那是四年前的事了，很恶心。他叫艾瑞克·斯塔内斯，是三个人里最小的。他是那种早就四十多岁了，还没完没了地哀叹自己的感情有多脆弱的人，用他的话说，他需要爱。只要找得到，他就靠那些比他大的女人养活。后来他开始追一个十六岁的女孩子。那是个好姑娘，不愿意沾他的边，嫁给了一个已经和她订婚的小伙子。在他们成婚的那天，艾瑞克·斯塔内斯溜进了他们家。在教堂举行的婚礼结束后，他们一回来，就发现他在他们的卧室里，死得很难看，把手腕给割了……我现在要说，也许一个安静地杀死自己的人会得到宽恕，谁能对别人遭的罪和他所能承受的极限乱下结论呢？可这个杀死自己，为了伤害别人而拿自己的死去作秀的人，这个把生命给了恶毒诅咒的人——对他没有宽恕，没有借口。他烂到底了，他的下场是人们一想到他就会唾弃，而不是像他希望的那样为他感到惋惜和悲痛……哼，这就是艾瑞克·斯塔内斯。如果你希望的话，我可以告诉你另外那两个住在哪里。"

她在一家廉价旅社内找到了杰拉德·斯塔内斯，他躺在一张简易小床上，半蜷着身体。他的头发依旧是黑色，下巴上的白色胡茬却像杂草一样长在荒芜的脸上。他喝得昏沉沉的，说话时不断嘶哑地笑着，声音里始终带着四处寻衅的恶毒。

"那个大工厂爆掉了，就这么回事，就这么飘上去，然后爆掉了。这让你不舒服吗，夫人？这厂子烂了，所有人都烂了，我应该去求别人原谅，可我不会。我才不在乎呢。它已经全都烂掉了，烂得发黑，人们还到处找东西去维持它，车辆、建筑，还有人，可再怎么样都没用了。你真该瞧瞧我吹着口哨把一切像面团一样捏来捏去的时候，那些知识分子是怎么突然转变的。教授、诗人、知识分子、救世主以及自称博爱的人。不管怎么样，我还是吹着口哨好好地痛快了一把。我曾经想做些好事，但现在我不这么想了，根本就不存在任何好的事物，在这个该死的世界上没什么好东西。如果我不想的话，就不会提出去洗澡，就这么回事。你想了解工厂的事，就去问我姐吧。我那个好姐姐有个信托基金，别人动不了，所以她算是安全脱身了。尽管她现在也沦落到靠汉堡包而不是美味的蛋黄酱煎肉片来度日，可她会给她哥哥一分钱吗？这个爆掉的完美计划是我的，也是她的，可她会给我哪怕一分钱吗？哈！去看看那位公爵夫人吧，好好地看看。那个工厂还有什么可让我在乎的？不过是一堆油乎乎的机器罢了。只要有杯酒喝，我可以把我所有的利益、要求和所有权都卖给你。我是斯塔内斯名下的最后一人了，这名字曾经多辉煌啊——斯塔内斯。我可以把它也卖给你。你觉得我是个臭到家的懒骨头，可其他人，还有像你这样的阔太太都一样。我曾想过为人类做点贡献。哈！但愿他们都下油锅，那就好玩了。我希望他们会窒息，那又怎么样？还能有什么大不了的？"

旁边的另一张窄床上，一个满头白发、满脸皱纹的流浪汉在睡梦中呻吟着翻了个身，一枚五分硬币从他褴褛的衣衫里滚落到地上。杰拉德·斯塔内斯把它拾起来放入自己的口袋内。他斜了达格妮一眼，脸上的皱纹里现出怨毒的笑。

"打算把他叫醒找麻烦吗?"他问,"如果你这么干,我就说是你在撒谎。"

爱芙·斯塔内斯所住的小平房坐落在密西西比河畔的城市边缘,有股怪异的气味。悬垂的苔藓和植物结成的灰白色网块看上去像是正淌着的口涎。狭小的房间里挂了过多同一式样的布帘,垂在凝固的空中。那怪味来自未经打扫的角落,与歪歪扭扭的东方神像脚下银罐内燃着的香气混合在一起。爱芙·斯塔内斯如同一尊大佛,坐在一只枕头上。在她那张年过五十的妇女松弛黯淡的面孔上,是略弯而紧绷的嘴巴,那嘴巴像是不断要人哄的小孩一样,随时会发怒。她的眼睛是一对死气沉沉的水坑,说话的声音像下雨时均匀滴落的雨滴一样单调:

"姑娘,我不能回答你的这类问题。研究实验室?技术人员?我为什么要记得那些?应该是我父亲,而不是我,才会对这种事感兴趣。我父亲是个罪人,除了生意什么都不关心。他的时间都花在钱上面,从来不会用于爱。我和我弟弟生活在另外一种思维空间,我们的目标不是去制造什么小玩意,而是行善。我们给这个工厂带来了一个崭新的宏伟计划。那是十一年前了。我们是被人类的贪婪、自私和动物本性打倒了。这是精神与物质、灵魂与肉体之间永恒的矛盾。他们不会放弃肉体,而这就是我们对他们的唯一要求。那些人我谁都不记得,我根本无心去记住他们……技术人员?我相信他们就是这场血友病的起因……没错,我就是这么说：血友病——缓慢渗出、无法止住的失血。他们最先跑掉了，一个接一个地将我们抛弃……我们的计划吗？我们是去实践前人的高尚格言：从按各人能力，改为按各人需要。在工厂里，从女佣到总裁，都拿同样的工资——基本的最低工资。每年两次，我们在一块儿开大会，每个人把他的需要讲给大家听，大家对每个人的需要进行投票，根据大多数人的意见决定每个人的需求和能力，相应地将工厂的收入分发出去。根据需要产生奖励，根据能力产生惩罚。那些需求得到投票最多的人就会分得最多，那些被投票认为没有尽最大能力去劳动的人，则要无偿地加班作为惩罚。这就是我们的计划，它建立在无私的原则上，要求人们把兄弟间的友爱，而不是个人的索取作为动力。"

达格妮听到自己内心一个冷漠和执拗的声音在说：记住它吧——好好记住——纯粹的邪恶不是经常见得到的——看看吧——记住——有一天你会发现能够揭示它本质的词语……这个声音之后，又响起了另一个在极度绝望中的叫喊：这不算什么——这我以前听到过——到处都在听到——不过还是那老一套废话而已——我怎么就受不了呢？——我受不了它——我受不了！

"你怎么了，姑娘？你干吗这样跳起来？你为什么发抖？……什么？说大点声，我听不见你说什么……这个计划是怎么实行的？说一说这个我不会介意的。情况的确相当恶劣，而且一年比一年糟，让我对人性失去了信心。在四年内，一个不是用冷冰冰的精心算计，而是带着纯粹的爱意构思出的计划被警察、律师和破产诉讼这些卑鄙的勾当给终止了。不过，我发现了自己的错误，不会再犯了。我已经受够了这个充满机器、制造商和金钱的世界，这个被物质奴役的世界。我在像印度伟大的奥秘所启示的那样，学着释放自己的灵魂，这是对肉体束缚的解脱，是对自然本性的战胜，是灵魂对物质取得的胜利。"

透过愤怒那令人目眩的雪亮闪光，达格妮眼前出现了一截长长的混凝土带：它曾是一条路，裂缝里长出了杂草，还有一个手持耙犁、身体歪歪扭扭的人的身影。

"但是，姑娘，我说过我不记得……我不知道他们的名字，我不知道任何姓名，我不知道我父亲在那个实验室里都尝试过些什么！你没听到我说的吗？我不习惯被这样提问……别老重复这问题。你难道只会说技术员这个词吗？你究竟听没听我说？你是怎么回事啊？我——我不喜欢你这张脸，你……别来烦我了。我不知道你是谁，从没伤害过你，我是个老太太了，别那样看着我，我……站回去！别靠近我，否则我要喊人了！我要……哦，对了对了，我认识那个人！那个总工程师，对了，他是实验室的头儿，对，威廉·哈斯亭，这是他的名字——威廉·哈斯亭。我记得。他去了怀俄明州的布兰登，是在我们宣布计划后的第二天辞职的。他是第二个辞职的……不不，我不记得谁是第一个了。他不是什么重要人物。"

开门的妇人头发灰白,神态安详,外表看上去非常整洁,达格妮打量了一下才发现,她穿的只是一条简单的家居棉布裙。

"我能见一见威廉·哈斯亭先生吗?"

妇人在难以觉察的停顿中看了看她,那眼神很怪,既带有疑问又不失稳重:"请问你是谁?"

"我是塔格特泛陆运输的达格妮·塔格特。"

"哦,请进吧,塔格特小姐,我是威廉·哈斯亭的妻子。"她所发的每一个音节都带着适当的慎重,像是警告一般。她的举止彬彬有礼,但没有笑容。

这是一所普通的房子,坐落在一个工业城市的郊区。光秃秃的树干划过明亮而寒冷的蓝天,树梢伸向房顶。客厅的墙壁是银灰色的,阳光投在顶着白灯罩的水晶玻璃灯座上,在一扇开着的门里面,是铺好了白底红点桌布的早餐台。

"你和我丈夫是在工作中认识的吗,塔格特小姐?"

"不,我从没见过哈斯亭先生。不过我想和他谈一件极其重要的工作上的事。"

"我丈夫五年前去世了,塔格特小姐。"

达格妮闭上了眼睛,这凝滞、沉落的震惊包含在她无须用言语表达的结论当中:那么,他就是她要找的那个人了,里尔登是对的，这就是为什么那个发动机被扔在垃圾堆里而无人去拿。

"我很抱歉。"她说道，既是对哈斯亭太太，也是对她自己。

哈斯亭太太脸上的一丝笑意凝结成了伤感，但那面孔里不见悲惨的痕迹，只有一副坚毅、沉默、安详的庄重神情。

"哈斯亭太太，能否允许我问你一些问题？"

"当然，请坐。"

"你是否了解一些你丈夫的科研工作？"

"很少，应该是没有。他在家从不谈这些。"

"他曾经是二十世纪发动机公司的总工程师？"

"是的，他们雇了他十八年。"

"我本来是想问哈斯亭先生他在那里的工作情况，以及他后来放弃的原因。如果你能告诉我的话，我想知道那家厂发生了什么事。"

悲伤的笑容和自嘲的幽默在哈斯亭太太的脸上流露了出来。"这是我自己也想知道的，"她说道，"不过，恐怕我永远也无法了解了。我知道他为什么离开工厂，是因为杰德·斯塔内斯的子女们在那里施行的一项蛮不讲理的计划。他不愿意在这种条件下、为这样的人工作。不过，还有其他一些事。我总觉得二十世纪发动机公司发生过一些事，可他不告诉我。"

"我非常急切地想了解你愿意告诉我的任何线索。"

"我一点头绪都没有。我尝试过去猜想，但是放弃了。对此我无法理解和解释，但我知道有事情发生。我丈夫离开二十世纪公司后，我们来了这里，他做了极限发动机公司的技术部门主管。当时这是个正在发展的成功公司，给了我丈夫一份他喜欢的工作。他不是一个经常内心苦恼的人，对他所做的一切总是很确定，心态平和。但在离开威斯康星州后的整整一年里，他像是被什么东西折磨着，像是挣扎在一个他解决不了的个人问题之中。到了那年年底，他有天早晨告诉我说，他已经从极限发动机公司辞职了，他要退休，不再去任何其他地方工作。他热爱他的工作，那是他的全部生活。可他看上去平静、自信而快乐，那可是我们来到这里后的第一次。他让我别问他这样决定的原因。我没有去问他，没有反对他。我们有这所房子，有积蓄，足够今后平平常常地过日子。我从来就不知道他的原因是什么。我们继续在这里过着安宁而非常快乐的生活。他似乎格外满足，精神上特别平和，是我以前从没见过的。他一切如常，只是有时会偶尔出去而不告诉我他去了哪里，见了什么人。在他生前的最后两年，他每个夏天都外出一个月，没告诉过我去了哪儿。除此以外，他一切和从前一样。他钻研了很多东西，在我们的地下室里工作，把时间用于他自己的技术研究。我不知道他把他的笔记和试验模型弄到哪里去了，他死以后，我在地下室找不到一点痕迹。他五年前去世了，是死于已经折磨了他一阵子的心脏病。"

达格妮不抱希望地问道："你了解他实验的情况吗？"

"不，我对技术上的事懂得很少。"

"他的同行朋友或同事里，你是否认识谁或许熟悉他的研究呢？"

"没有。他在二十世纪发动机公司的时候，工作的时间很长，我们很少有在一起的时间，因此只要有时间，我们总是在一块。我们根本没有社交生活。他从不把同事带到家里来。"

"他在二十世纪公司的时候，有没有和你提到过他设计的一种发动机，一种能够改变整个工业进程的全新发动机？"

"发动机？对，对，他说过几次。他说那是一个重要性难以估量的发明。可那不是他设计的，是他一个年轻助手发明的。"

她看到了达格妮脸上的表情，然后缓缓地、怪异地补充了一句，话语中没有责备，只是伤感地自嘲："我明白了。"

"噢，对不起！"达格妮意识到她的心情都反映在了脸上，显而易见的笑容像是如释重负后的叫喊。

"没事，我理解。你感兴趣的是那个发动机。我虽然不清楚他是否还活着，可我至少没理由觉得他死了。"

"我会用半辈子来确定他还活着，并找到他，就是这么重要，哈斯亭太太。他是谁？"

"我不认识，我不知道他的名字以及他的任何情况。我从来不认识我丈夫手下的任何人。他只说过他有个年轻的技术员，早晚有一天会彻底颠覆这个世界。我丈夫只关心人的才能。我觉得那是他唯一喜爱过的年轻人。他没那样说过,但他一谈起这个年轻助手,我就看得出来。我记得——那天他告诉我那部发动机完成了——他说话的时候声音是什么样的,'而他才二十六岁!'那大概是杰德·斯塔内斯去世前的一个月,从那以后,他再没提起过那部发动机和那个年轻技术员。"

"你不知道那个年轻技术员的下落吗?"

"不知道。"

"能否建议一下怎么去找他?"

"不能。"

"难道没有任何头绪和线索能帮忙找出他的名字?"

"没有。你告诉我,那部发动机非常有价值吗?"

"比我能给你的任何估算都更有价值。"

"这就怪了,因为,在我们离开威斯康星州几年后,我还想到过这件事,并且问我丈夫他提到过的那个伟大发明怎么样了,还要做些什么。他看我的样子很怪异,回答我说:'没什么。'"

"为什么呢?"

"他不告诉我。"

"你能否记起任何一个在二十世纪公司工作过的人?任何一个认识那个年轻技术员的人?他的任何一个朋友?"

"没有,我……等等!等等,我想我能给你提供一条线索,我可以告诉你去哪里找他的一个朋友。我甚至连那个朋友的名字也不知道，但我知道他的地址。这事儿说来很蹊跷，我还是解释一下。有天晚上，大概是我们来这儿两年后，我丈夫要出去，而我那天夜里要用车，他就让我晚饭后到火车站的饭馆去接他。他没说是和谁一起吃晚饭。我开到车站的时候，看见他和两个人站在饭馆外面。其中一个很年轻，个子高高的，另一个上了年纪，看上去卓越不凡。我到哪儿都能认出他们来，他们的面孔让人一见就忘不了。看到我，我丈夫就离开了他们。他们向站台方向走了过去。有列火车正在进站。我丈夫指着那个年轻人的背影说：'看见他了吗？那就是我说过的那个小伙子。''是做发动机的那个？''就是他。'"

"他没再说别的？"

"没有，那是九年前的事了。去年春天，我到夏延去看我哥哥。有一天下午，他带全家出去，开了很长的路，一直开到落基山上一个很偏僻的地方，然后停在路边的一家饭馆前。吧台后面站着一个灰白头发的人，很特别。他给我们准备三明治和咖啡的时候，我一直盯着他看，因为我知道这张脸我以前见过，却想不起来是在哪里。我们继续开下去，离开那家饭馆好远以后，我想起来了。你最好还是去那里，是山里的八十六号公路，在夏延的西边，靠近雷诺克铸铜厂的一个工业小区。这似乎挺怪的，但我可以肯定，那家饭馆的厨师就是我在车站见到的和我丈夫那个年轻偶像在一起的人。"

那家饭馆矗立在一条又长又陡的山路顶上。满目的山石和松柏顺着陡峭的断壁向下展开，直连天边的落日，景色倒映在饭馆的玻璃墙面上。山下已经昏暗，但饭馆内依旧留有一抹均匀而闪亮的光，如同退落的潮汐身后未带走的一洼浅水。

达格妮坐在吧台的一角吃着夹心汉堡。这是她所吃过的食物中做得最好的，配料简单，但厨艺不凡。两个工人的晚饭已经快吃完了，她在等着他们离开。

她打量了站在吧台后面的那个人。他又瘦又高，头发很有特色，这样的头发应该是在古代城堡或者银行高层人员的办公室里看到，可他的独特魅力就在于，即使是在一家饭馆的吧台后面，他的这种特色看上去也很和谐。他穿着厨师的白上衣，像是身穿一套礼服；他干活时的样子老练而娴熟，动作轻巧、聪明得一点多余的力气都无须多费；他的脸庞清癯，灰色的头发与他冷静的蓝眼睛色调正好搭配；在他彬彬有礼、不苟言笑的神情背后，有一种幽默的意味，但只是浅浅的，在人想去看清楚之前就倏然隐去了。

两个工人吃完饭，付款离开，各留了一角钱当小费。她看着他收起他们的盘子，把小费放进他白色上衣的兜里，擦拭着吧台，活儿干得快而不乱。随后，他转过身来望着她，眼神平常，无意和她交谈。不过，她确信他早就留意到了她身上穿的纽约西装和高跟鞋,她身上那种从不浪费时间的女人的气息;他冷静而富有洞察力的眼睛似乎在告诉她,他知道她不是本地人,而他正等着去发现她的意图。

"生意怎么样?"她问。

"很糟。他们下个星期就要把雷诺克铸铜厂关掉了,所以我很快也要关门了,准备继续干点别的。"他的话音清晰,带着惯有的诚恳。

"去哪儿?"

"我还没决定。"

"打算干点什么?"

"不知道。要是能在哪儿找到合适的地方,我想开个修理厂。"

"噢,不要!你改行太可惜了。你去做什么都不如做厨师。"

一丝奇怪而细微的笑容掠过他的嘴角。"不要?"他礼貌地反问。

"不要!你觉得在纽约工作怎么样?"他吃惊地看着她。"我是认真的,我能让你在一个大铁路公司工作,主管餐车部门。"

"我能问问你为什么要这么做吗?"

她举起白色纸巾里的夹心汉堡:"这就是理由之一。"

"谢谢。还有呢?"

"我想你没在大城市生活过,否则你就会知道,无论什么工作，想找到称职的人有多难。"

"这我知道一点。"

"噢？那怎么样？想不想来纽约工作，工资每年一万？"

"不。"

她本来一直陶醉在发现和奖赏所带来的喜悦中。此刻，她在惊愕中默默地看着他。"我想你没明白我的意思。"她开口道。

"我明白。"

"这样的机会你还拒绝？"

"是的。"

"可是为什么？"

"那是我的私事。"

"能有一份更好的工作时，你为什么还要干这个？"

"我并不想找更好的工作。"

"你难道不想有个机会提升和赚钱吗？"

"不想。你为什么要坚持这样？"

"因为我就恨看到有才干的人被埋没。"

他缓慢而诚恳地说："我也是。"

他说这话的样子让她感觉到他们有同样深沉的情感被束缚，也让她打破了从不开口求助的戒律。"他们真让我恶心！"她的声音把她自己吓了一跳：这是一种身不由己的喊叫。"我饿疯了一样去找任何一个能把事情做好的人！"

她用手背抵住双眼,竭力阻挡她一直抑制着的绝望的发作;她从来不知道这绝望有多大,也不知道在这抑制当中,她还剩下几分忍耐力。

"对不起。"他声音低沉地说道,听上去不是道歉,而是热情的声明。

她抬眼看了看他,他笑了。她明白,这笑容表示他想冲破这个他也感觉得到的束缚;这笑容里有一丝亲切的捉弄。他说:"可我不相信你这么远从纽约来,只是为了在山里给铁路上找个厨师。"

"不是的。我来是为别的事情。"她向前探身,两只手臂紧紧地撑住吧台,感到恢复了平静和理智,也感觉到了一个危险的对手。"你认不认识大约十年以前曾在二十世纪发动机公司工作的一个年轻工程师?"

她在数着沉默的时间;她难以分辨他看着她的眼神有什么样的意味,但看得出他有一种特别的关注。

"是的,我认识。"

"能否告诉我他的名字和地址?"

"为了什么?"

"找到他至关重要。"

"那个人?他有什么重要的?"

"他是全世界最重要的人。"

"真的？为什么？"

"你对他的工作是否了解？"

"是的。"

"你是否知道，他有过一个能产生重大影响的想法？"

他停顿了一下："可以告诉我你是谁吗？"

"达格妮·塔格特，我是副总——"

"知道了，塔格特小姐，我知道你是谁。"

他语气里的尊敬并不是因她而有的，但看来他似乎找到了他心里那些疑问的答案，也不再感到吃惊了。

"那么你知道我感兴趣的不是懒人，"她说，"我能够把他想要的机会给他，而且我做好了答应他任何条件的准备。"

"我能问问你对他的什么感兴趣吗？"

"他的发动机。"

"你是怎么知道他的发动机的呢？"

"我在二十世纪工厂的废墟里找到了一具残骸，缺的东西太多了，没办法重新制造一个出来，或者弄明白它的工作原理，但现有的一切足以说明它能用，而且这个发明可以挽救我的铁路，挽救这个国家和全世界的经济。现在不用问我是顺着什么线索在找这台发动机和它的发明者，那不重要，目前，我的生活和工作也不重要。除了必须找到他以外，什么都无关紧要。别问我是怎么来到你这里的。你是这条道路的终点。告诉我他的名字。"

他一动不动地听着,直直地盯着她看,眼里表现出的关注像是在把她所讲的每个词都拿起来,再小心翼翼地存放到别处,而不把他的意图暴露给她。他长久地一动不动,然后开口道:"算了吧,塔格特小姐,你是找不到他的。"

"他叫什么?"

"我不能告诉你关于他的任何情况。"

"他还活着吗?"

"我什么都不能告诉你。"

"你叫什么?"

"休·阿克斯顿。"

她在一片空白之中努力恢复着自己的心智,不断地对自己说:你太可笑了……别胡思乱想了……

这名字不过是巧合——与此同时,在麻木和无法解释的恐惧之中,她非常确定地知道,此人正是那个休·阿克斯顿。

"休·阿克斯顿?"她结结巴巴地说,"是那个哲学家?最后一个提倡理性的人?"

"怎么了?是啊,"他愉快地回答,"或者说是他们当中返回的第一个人。"

他看起来并没有被她的震惊吓到,而是觉得没必要震惊。他举止平淡,几乎是友善的,仿佛觉得不需要掩饰自己的身份,而对它的暴露也不以为忤。

"我没想到还有哪个年轻人能知道我的名字,或者把它和什么意义联系起来,特别是现在。"他说。

"可……可你在这里干什么?"她胳膊向屋子里一扫,"这解释不通啊!"

"你真这么想?"

"这是怎么回事?表演吗?是实验?秘密行动?是不是你出于特殊的目的在研究什么?"

"不是,塔格特小姐。我在谋生。"这句话和声音再简单真实不过了。

"阿克斯顿博士,我……这太难以想象了,这是……你是……你是个哲学家……在世的最伟大的哲学家……一个不朽的人……你为什么干这个?"

"因为我是个哲学家,塔格特小姐。"

她可以肯定的是——尽管她觉得自己已经丧失了确认和理解的能力——她不会从他那里得到帮助,提问是徒劳的,无论是关于发明者还是他自己的命运,他都不会给她什么解释。

"放弃吧,塔格特小姐,"他平静地说着,像是在证明正如她所料,他能猜出她的想法。"这种寻找毫无希望,更毫无希望的是,你还没想到你所选择的是一个不可能完成的任务。如果你想绞尽脑汁,找出一些能让我把你想要的情况告诉你的理由、招数或者请求，我愿意奉陪。听我的吧，这事做不到。你说过，我是你这条道路的终点。这是条没有结果的小道，塔格特小姐。不要试图把你的钱和努力去浪费在其他的、更常用的寻找方法上了。别去雇侦探。他们什么都找不到。你可以不顾我的警告，但我认为你是个智商很高的人，知道我是不会随便说话的。放弃吧。你想要解开的那个秘密涉及更大的东西——比用空气中的静电作动力的发动机这个发明大得多的东西。只有一个有益的建议是我能够给你的：根据存在的本质和特性，矛盾是无法存在的。假如你觉得天才的发明被遗弃在废墟里，以及哲学家愿意在饭馆里当厨师不可思议的话——就去检查一下你的前提。你会发现有一个前提是错误的。"

她吃了一惊：她记得以前听到过这样的话，而说这话的是弗兰西斯科。接着她想起来，这个人曾经是弗兰西斯科的一位老师。

"那好吧，阿克斯顿博士，"她说道，"关于这件事，我不会试图问你什么了。但你能允许我就一个完全不同的话题向你问个问题吗？"

"当然。"

"罗伯特·斯塔德勒博士告诉过我，你在帕特里克亨利大学的时候，有三个学生是你和他最得意的，你对这三个才华横溢的头脑寄予了很大的希望。他们中的一个是弗兰西斯科·德安孔尼亚。"

"对,另一个是拉格纳·丹尼斯约德。"

"那很自然——这并不是我的问题——第三个是谁?"

"他的名字对你来说没有任何意义,他没什么名气。"

"斯塔德勒博士说,为了这三个学生,你和他变成了对手,因为你们都把他们当成自己的儿子。"

"什么对手?他从来就没有得到过他们。"

"告诉我,你对这三个人后来的成长感到自豪吗?"

他移开目光,投向远方,凝视着最远处的岩石上落日沉坠后的火红;他的脸上有了一种父亲看着儿子们血洒战场的神情。他回答道:

"比我当初想到的更自豪。"

天几乎黑了。他猛然转过身,从衣袋里掏出一盒烟,拿了一根,似乎他在一段时间里把它给忘了;想起她在一旁,他又停下来,把烟盒递了过去。她拿了一根烟,他划着了火柴,然后摇灭。在这间玻璃房的黑暗之中,在屋外绵延不断的崇山峻岭之间,只有这两点小小的亮光。

她站起身,付了账,然后说道:"谢谢你,阿克斯顿博士。我不会变着法儿地打搅或请求你,不会雇侦探,但我要告诉你,我不会放弃。我必须找到发动机的发明者,我会找到他的。"

"在他主动去找你之前——他会这么做,你是找不到他的。"

她走向自己的汽车。他把饭馆里的灯打开。令人难以置信的是，在路边的邮箱上，她发现"休·阿克斯顿"的名字赫然写在那里。

她顺着山路蜿蜒而下，走出了很远，饭馆的灯光早已从视野里消失，这时，她留意到自己还在享受着他给她的那支香烟的味道：和她以前吸过的任何烟都不一样。她把未抽完的烟凑到仪表板的亮光前，去看香烟的名字。上面没有名字，只有一个商标。用金色印在薄薄的白色烟纸上的，是一个美元的符号。

她好奇地端详起来：她以前从没听说过这个牌子。随即，她想起了在塔格特火车站前摆烟摊的老人，想到这可以加入他的收藏品，就笑了起来。她捻灭了烟，把烟头放进了自己的手包。

她到达夏延的时候，五十七号列车已经停靠在轨道上，准备好开往威特枢纽站。她把汽车停在租好的车库里，迈步走上了塔格特车站的站台。东行去纽约的火车还得等半小时。她走到站台的一头，疲倦地倚在一根灯柱上；她不想被车站的员工看到并认出来，不想同任何人讲话，她需要休息。人们三三两两地站在冷清的站台上，隐约传来交谈的声音，报纸也比平时更加醒目。

她望着五十七号列车明亮的车窗——看到这胜利的成果让她感到了片刻轻松。五十七号列车要沿着约翰·高尔特铁路发车，穿越市区，穿越起伏的山岭，经过人们曾簇拥欢呼的绿色信号灯，以及曾在夏天的空中升起过烟花的山谷。列车车顶上方的树干上残留着枯卷的树叶。乘客们裹着厚厚的皮衣和围巾登上列车，像往常一样轻松随意，对列车的运行早就习以为常，毫不担心……我们做到了——她心想——至少已经做到了这些。

在她身后不知什么地方，两个人偶然的谈话突然引起了她的注意。

"但法律不应该这么通过，太快了。"

"那不是法律，是规定。"

"那它就是非法的。"

"不非法，因为议会上个月通过了一项法案，给了他发布规定的权力。"

"我不认为规定可以这么随便伤人，无缘无故的，像是往鼻子上打一拳。"

"呃，在全国紧急状态的时候，就没工夫多说什么了。"

"可我认为这不对，而且是会被笑话的。里尔登又能怎么样？这里明明说——"

"你替里尔登操什么心？他那么有钱，干什么都能找到办法。"

她马上冲到离她最近的一个报摊前，抓起一份当天的晚报。

头版上，经济计划和国家资源局的首席协调员韦斯利·莫奇"出人意料地，以全国紧急状态的名义"签发了一系列规定，内容占据了整整一个专栏：

勒令全国的铁路公司将所有列车的最高时速降低到六十英里——将所有的列车长度降低到六十节车厢——在由邻近的五个州所组成的分区内，各州之间要保持行驶同样的列车次数，为此，全国的分区正在进行。

勒令全国的钢铁厂，任何一种金属合金的最大产量不得超过其他同等规模钢厂的其他合金产量——需将任何一种金属合金的合理数量提供给所有希望得到金属合金的顾客。

严禁全国所有的生产企业从目前的所在地搬迁，无论形式和规模如何，除非得到经济计划和国家资源局的特别批准。

为补偿国家铁路所负担的相关额外费用，以及"缓冲调整的过程"，所有铁路债券的本金和利息，无论是否已经保险，能否转换，都可以延期到五年后再给付。

为拨出资金给相关人员以保证这些规定的实施，对科罗拉多州征收特种税，"因为该州最有能力帮助那些贫困州承受全国紧急状态所带来的冲击"，税额为科罗拉多工业总销售额的百分之五。

她发出的惊呼声是她以前从未允许自己发出过的，因为她总是骄傲地让自己去回答一切——但她看见几步之外正站着一个人,她并没看见他是一个衣衫褴褛的流浪汉,她的叫喊是因为她想要找到解释,而他则是一个人。

"我们怎么办?"

流浪汉苦笑着耸了耸肩膀:

"谁是约翰·高尔特?"

最令她感到害怕的,不是塔格特泛陆运输,不是想象中被绑在刑架上越拖越远的汉克·里尔登——而是艾利斯·威特。有两幅画面横扫了一切,填满了她的意识,令言语无处立足,使思索失去了时间,成了她还未及去问就劈头响起的回答:艾利斯·威特在她桌前恨恨不平的身影,他说:"你现在可以毁掉我,我或许会完蛋;但如果我完蛋的话,一定会把你们所有的人都拉上。"——还有艾利斯·威特把酒杯摔碎在墙上时猛烈转动的身体。

这些画面留给她的唯一意识是感到某种难以想象的灾难正在逼近,以及感到她必须抢在它们前面。她必须赶到艾利斯·威特那里去阻止他,她不清楚她要阻止的是什么,只知道她必须去拦住他。

因为她曾在大厦的废墟下忍受过,曾被狂轰滥炸得支离破碎,但只要她还活着,她就明白,不管一个人感觉如何,首要的必须是行动——因此,她跑过站台,找到站长并命令他:"让五十七号车等等我!"——然后跑进站台尽头黑暗之中的一个电话亭，把艾利斯·威特家的电话号码告诉了长途接线员。

她靠在电话亭的墙上，闭着眼，听着金属急速地振动，那是某处正在响起的铃声。没人接。铃声痉挛般地响个不停，像钻头一样穿透了她的耳朵、她的身体。她不自觉地紧抓着听筒，仿佛那仍然是某种联系的方式。她希望这铃声更响一些，忘记了她所听到的并不是在他家里响起的铃声。她完全不觉地大喊道："艾利斯，不要！不要！不要！"直至她听见接线员冰冷责备的声音传来，"对方没有接听。"

她坐在五十七号列车一节车厢的车窗前，听着车轮在里尔登合金轨道上的滚动声。她坐在那里，任身体随着列车的行进摇晃着。漆黑的车窗外是她一眼都不愿去看的原野。这是她第二次搭乘约翰·高尔特铁路，而她努力地不去想那第一次。

债券的持有人们，她想道，约翰·高尔特铁路的债券持有人们，他们冲着她的信誉才把他们的钱、他们日积月累的积蓄和劳动所得投了进来，他们相信她的能力才冒了这个风险，他们依赖着她和他们自己所做的工作——她却被搞得背叛了他们，让他们陷入了掠夺者的圈套：运输将失去列车和血液，约翰·高尔特铁路只是一条吸管，成全了吉姆·塔格特，不劳而获地就把他们的财产吸进了他的腰包，作为交换，他让其他的人再去压榨他的铁路——约翰·高尔特铁路的债券，这到今天上午还是股东们的安全和未来的信心保证，不到一小时，就成了没人愿买的一堆废纸，毫无价值，毫无希望，毫无力量。把力量用于关门，用于停下国家最后的一线希望的车轮——塔格特泛陆运输并非一株靠着工作所生产出的血液来生存的植物，而是昙花一现的食人者，吞噬着还未出生的下一代的远大前程。

对科罗拉多的征税，她想，向艾利斯·威特征的税，是为了那些要靠着他工作，却又让他活不下去的人，那些时刻盯着不让他得到一列火车、一节车皮、一根里尔登合金钢管的人的生存——艾利斯·威特，被剥夺了自卫的权利，没有话语权，没有武器，更糟的是：他被变成了自我毁灭的工具，变成了一个毁灭他自己的支持者，还为他们提供粮食和武器——艾利斯·威特，被用他燃烧的能量所做成的绳索勒住了他自己——艾利斯·威特，这个曾想发掘无穷的页岩油、曾谈论第二次文艺复兴的人……

她弯着身子坐在那里，头枕着胳膊，瘫在车窗边上——而此刻，那些蓝绿色的铁轨、山峦、山谷、科罗拉多新兴的城镇，正在黑暗中逝去，没有被她看到。

突然的刹车震动让她一下子坐直了身体，这并不是计划中的停靠，小镇的站台上挤满了人，都在朝一个方向望去。她身边的乘客全都挤到窗前，向外张望着。她猛地站起来，跑过走道，下了台阶，站在冷风扫荡的站台上。

在她还未看到它的刹那，伴随着她压过人群噪音的尖叫声，她明白，她早就知道自己要来看的是什么了。在群山的缝隙之间，腾空而起的闪光照亮了夜空，在车站的房顶和墙壁上晃动。威特石油所在的山丘已经是一道密集的火幕。

后来，他们告诉她艾利斯·威特消失了，除了他在山脚下的路灯柱上钉的一块板子，什么都没有留下；她看着他在板子上写的字，感觉好像自己几乎早就知道会是这样的话：

"我依当初发现它的样子把它留下。拿走吧，它是你的了。"

接 第二部
PART TWO
Either-or 排中律